蘇州彈詞綜論

陳文瑛　著

敬謝

私淑彈詞老師　周　良先生　惠賜序文

成大藝研所　施德玉教授　惠賜序文

蘇州市評彈團　盛小雲女士　惠賜玉照

本肖像攝影師　鮑俐雯女士　惠賜版權

序一

周良
蘇州評彈理論家

在新世紀之初，百花書局還開在公園路上的時候，書店的同志告訴我，有一位來自臺灣的曹興仁先生，經常來買《評彈藝術》和《蘇州雜誌》及其他各種有關蘇州評彈的書刊、音像製品，還問起我的情況。

曹先生為了補買幾本過期的雜誌，又找到位於葉聖陶先生三十年代故居的蘇州雜誌社，認識了劉家昌同志。經老劉介紹，我認識了曹先生。曹先生在蘇州買了房子，每年要在蘇州住上一段時日，所以，和曹先生有過多次晤談的機會。

曹興仁先生是臺灣政治大學政治研究所的法學博士，已自教職退休。有關評彈的書刊，主要是為他的夫人陳文瑛女士搜集的。陳文瑛女士早年就讀於臺灣藝專國樂科，主要是學中國傳統音樂，對蘇州彈詞音樂發生興趣，進而研究彈詞，寫了《蘇州彈詞研究》，作為玄奘人文社會學院中國語文研究所的碩士論文。

2004年秋天，曹先生和夫人一起在蘇州住了一段時間。9月間，曹先生陪夫人陳文瑛女士一起來看我，殷殷執弟子之禮，希望我幫助她繼續學習蘇州彈詞，對她今後的研究方向和方法，提出建議。

她給了我一本《蘇州彈詞研究》，我閱讀之後，發現她是一位非常勤奮、認真，且謙遜好學的研究者。她花了很大力氣，仔細搜集了大陸當時已經出版的幾乎是所有有關蘇州彈詞的著作，認真閱讀，仔細比較，分析異同，展開研究，而且發表了不少她自己的見解。

後來，陳文瑛又來蘇州大學繼續攻讀博士學位，學習文學和蘇州彈詞。在蘇州學習期間，我們經常見面，交流探討。她謙虛好學的精神，使我相信她的學習一定會有成績。希望她學業有成，研究有成績，向臺灣進一步介紹蘇州評彈，介紹吳地文化，為發揚光大中華傳統文化而作出努力。

經重新修訂後，《蘇州彈詞研究》將改名《蘇州彈詞綜論》在寶島付梓面世，遵囑略贅數語於書前，是為序。

周良

2020年春　序於蘇州

周良，原名濮良漢，1926年生，江蘇省海門市人，著名評彈理論家。曾任蘇州市文化局局長、蘇州市文聯主席、江蘇省曲藝家協會主席、文化部江浙滬評彈工作領導小組負責人。2006年，因其對蘇州評彈研究50年的卓越貢獻，榮獲第四屆中國曲藝牡丹獎「終身成就獎」。

序二

施德玉
成功大學藝術研究所特聘教授

在戲曲和音樂相關的學術會議一隅，經常看見穿著一襲紫色中國服飾，長髮飄逸的古典美人，總是靜靜地參與會議，專注聆聽與會學者的論文發表和討論，好似穿越時光隧道的旅人，前來見證戲曲領域的學術發展。她是我就讀臺灣藝術專科學校國樂科的同班同學——陳文瑛。

文瑛主修聲樂，能唱崑曲、京劇、越劇、民間歌謠、西河大鼓和蘇州彈詞。由於她的扮相秀麗俊美，儀態端莊優雅，表演時聲情並茂，頗受師長和同學們的肯定。當我們都執著於器樂演奏之際，她已是粉墨登場的主要歌樂表演者。回想當年，在藝專創立國樂科的董榕森老師，於擔任科主任期間不辭辛勞四處奔走，多方禮聘中國音樂和表演方面優秀傑出的師資從事教學工作，讓我們獲益匪淺。

第一屆聲樂組的師資，在西洋聲樂方面，由音樂科楊淑英老師教授美聲法及藝術歌曲，之後，國樂科聘請李安和老師教授華聲唱法與合唱課。戲曲方面，有徐炎之老師教授崑曲，梁秀娟老師教授京劇，張清真老師教授民間歌謠，程松甫老師、楊錦池老師教授蘇州彈詞，高謹老師教授越劇，另有林嘉安老師教授民族舞蹈與身段。此外，文瑛又在課餘之暇前往臺北市立社會教育館，向張天玉老師學習中國北方民俗曲藝。她就是在這樣一個豐富多彩兼容並蓄的環境中，盡情汲取諸多養分，奠定深厚基礎。而在這些學習的歌樂樂種之中，文瑛最偏愛的是蘇州彈詞。

藝專畢業之後，我們各自選擇了不同的生涯規畫，有的繼續進修，有的在職場就業。文瑛秉性溫婉蕙質蘭心，在工作中結識夫婿，婚後衣食無虞幸福美滿，繼而選擇再進修，由碩士而博士。先至玄奘人文社會學院就讀中國語文研究所，在校期間成績優異名列前茅，經由羅宗濤教授的指導，完成碩士論文《蘇州彈詞研究》，取得文學碩士學位，讓文瑛對於她所鍾情的蘇州彈詞，在學術方面有了更深一層的探究。如今她要將這本厚實又豐富的專書以《蘇州彈詞綜論》為名出版，我為文瑛感到開心歡喜，冀望文瑛的見解與研究心得，能為說唱藝術的學術研究展現一股新氣象。

她的居所位於碧湖湖畔，隔著波光瀲灩的湖水與臺灣戲曲學院兩兩相望。碩士班畢業，文瑛的身影出現在戲曲學院的戲曲樓，於京劇學系萬裕民主任親授的推廣教育「戲曲唱腔身段班」，學習京劇唱念做打的表演形式。同時也在臺北市大安社區大學推廣教育「京劇之美」的課程中，跟隨臺灣京劇名伶魏海敏老師學習梅派青衣經典唱段。

多年沉浸在繪畫、玩硯、品茗、賞壺、唱戲、看戲以及各類藝術課程的研習之後，她毅然絕然放下這些遊於藝的生活情趣。這個平日深居簡出不食人間煙火的女子，在年過半百之際，負笈至中國江蘇省求學。金桂飄香九月時節，文瑛端坐在蘇州大學文學院的課堂裡，有些博士班授課老師的年齡比她還小。她之所以選擇與年輕的碩博士研究生一起同窗共讀，是為了完成研究蘇州彈詞的初衷，這種勤學不綴的精神令人激賞。

說唱表演藝術具有悠久的歷史，其類型多樣而豐富，由於中國歷朝歷代時空與社會型態的改變，以及各地不同語言與民情之表演藝術的特色，而產生許多不同種類的說唱藝術，例如：評話類、相聲類、快板類、鼓曲類、彈詞類、時調小曲類、道情類、牌子曲類、琴書類、走唱類、雜曲類，以及少數民族說唱的曲種。這些源自於中國多元而豐富的傳統說唱表演藝術，也隨著移民遷臺，在臺灣進行傳習，尤其說唱表演中的相聲類，在臺灣擁有比較好的發展。雖然鼓曲類的京韻大鼓與彈詞類的蘇州評彈也曾經在臺灣進行傳習與表演，但是近年來由於社會的變遷，這些說唱藝術逐漸式微，可見積極推動傳統說唱藝術乃是當務之急。

文瑛即將出版的《蘇州彈詞綜論》一書，真是為臺灣說唱藝術的研究與發展注入新血。首先，這本論著依據前賢研究的基礎，闡述蘇州地理環境、歷史文化與蘇州彈詞的關聯性，並對蘇州彈詞進行定義與定位。其次，依循說唱藝術的歷史跡痕，梳理蘇州彈詞的淵源與演進歷程，具有歷時性的研究意義。其三，從蘇州彈詞的實體內容，深入探究其表演藝術之「彈」與「唱」。彈奏樂器方面，分析樂器演奏的過門、托腔和伴奏，並具體說明其功能性；唱曲部分，探討蘇州彈詞的開篇與選曲，論述曲牌腔調、腔系的衍變，整理不同流派唱腔的特色，在實務上有其功能。其四，探討蘇州彈詞的「說」與「噱」。「說」的部分，指的是說書技巧與內容，蘇州彈詞的傳統長篇書目，以及書藝的傳承。其中四部傳統長篇書目代表作，有《珍珠塔》、《玉蜻蜓》、《三笑姻緣》和《白蛇傳》，作者對於這四部傳統長篇書目均有深入的剖析，具有文學價值。「噱」的部分，提出「噱」的意義、種類、作用和放噱的手法，在表演的技巧上提出方法論。

本書最後，探討當代蘇州彈詞在大陸地區與臺灣地區的現狀，以及當前所面臨的問題，藉以承接蘇州彈詞歷史論述的延續性，並提出對於蘇州彈詞發展面向的檢討與建議，以作為蘇州彈詞未來發展之參考。因此，這是一本兼具學術與實務的書，成績斐然，更是研究說唱藝術極具參考價值的相關著作。

成功大學藝術研究所
施德玉 謹序
2020年3月14日

施德玉，1959年生，臺灣屏東人，現任成功大學藝術研究所特聘教授。曾任臺灣藝術大學中國音樂學系專任教授、系主任、學務長、表演藝術學院院長、藝文中心主任。中國文化大學中國音樂學系所專任教授。國家文藝基金會董事、中華民俗藝術基金會董事。主要著作：《中國地方小戲及其音樂之研究》、《板腔體與曲牌體論》、《鄉土戲樂全才——林竹岸》、《臺南藝陣小戲縱橫談》。編著《臺灣臺南車鼓竹馬之研究》。合著《地方戲曲概論》。

提要

蘇州彈詞是中國民間傳統的說唱藝術，被譽為「江南曲藝之花」。明末清初發源於蘇州，盛行於江、浙、滬地區，係以蘇州方言說表，運用三弦、琵琶伴奏彈唱的曲藝。其說唱形式包含「說、噱、彈、唱」四部分，形成獨樹一幟的藝術風格與魅力。這是由文學、音樂、表演等要素構成的綜合藝術，無論是在俗文學或曲藝史上均占有一席之地，深具研究價值。

本文研究目地旨在對蘇州彈詞的文獻、歷史、音樂、表演、文學與現狀，進行通論性探討，提示研究方向與研究資料。歸納整理大陸彈詞界數十年來研究成果，作為臺灣研究蘇州彈詞之參考。紀錄採訪臺灣蘇州彈詞發展現狀，彌補大陸研究近代彈詞所欠缺的版塊。祈為當代臺海兩岸彈詞的研究成果與發展歷史，留下完整的記錄。

研究範圍限定在發源於蘇州，以吳語說唱的蘇州彈詞，探討定位於說唱藝術與說唱文學的蘇州彈詞。

研究途徑是以文獻研究、歷史研究、理論研究、調查研究，做為主要研究方向。研究方法包含問題法、批判法、分析法、比較法及歸納法。

論文架構分為六章。第一章，緒論。簡述蘇州地理環境、歷史文化與蘇州彈詞的關聯性，敘述研究觀點，探討前賢研究成果，進而說明蘇州彈詞的定義與定位，導入論文主題。第二章，進入論文的正文部分。研究蘇州彈詞，必先求其本、究其源，依循說唱藝術的歷史跡痕，去探溯蘇州彈詞的淵源與演進過程。第三章，探討蘇州彈詞「說、噱、彈、唱」中，與音樂相關的彈與唱。彈唱二者相輔相乘，以唱為主，以彈為輔。彈的部分，探討蘇州彈詞的彈奏樂器、過門、托腔和伴奏。唱的部分，探討蘇州彈詞的開篇與選曲，以及曲牌唱腔、腔系的衍變和各家流派唱腔的特色。第四章，探討蘇州彈詞「說、噱、彈、唱」中，與說書相關的說與噱。說噱，以說為主，以噱為輔。說的部分，探討蘇州彈詞的說書技巧、內容，傳統長篇書目、書藝傳承，以及四部傳統長篇書目代表作《珍珠塔》、《玉蜻蜓》、《三笑姻緣》、《白蛇傳》。噱的部分，探討噱的意義、種類、作用和放噱的手法。第五章，探討當代蘇州彈詞在大陸地區、臺灣地區的現狀，以及當前所面臨的問題，藉以承接蘇州彈詞歷史論述的延續性。第六章，結論。結論是以陳述蘇州彈詞的前景與展望作結，並於文末兼述蘇州彈詞的研究檢討與建議，以作為未來研究之參考方向。

關鍵詞

彈詞、評話、評彈、蘇州彈詞、蘇州評話、蘇州評彈、說唱藝術、曲藝、說唱文學、珍珠塔、玉蜻蜓、白蛇傳、三笑姻緣

目次 ｜ CONTENTS

第三章　蘇州彈詞的彈與唱

第五章 蘇州彈詞的現狀與問題

第六章 結論

附 錄

參考資料

表目次 | CONTENTS

附表目次

圖目次 | CONTENTS

第一章
緒論

蘇州，是鑲嵌在江南大地上的一顆璀璨明珠，位於江蘇省東南，太湖之濱。北枕長江，南臨浙江，東依上海，西接無錫。區內湖泊棋布，河道縱橫，有「水鄉澤國」之稱。地處太湖平原，土沃田腴，物產豐饒，是著名的魚米之鄉，素有「江南之奧壤」、「財富之淵藪」的稱譽。南宋詩人范成大（1126-1193）編纂的《吳郡志》云「天上天堂，地上蘇杭」[1]，此後蘇州與杭州並稱人間天堂。清代曹雪芹著《紅樓夢》，開卷第一回便道，蘇州「最是紅塵中一二等富貴風流之地」。[2]蘇州的歷史源遠流長，是舉世聞名的文化古城。早在春秋後期，吳王闔閭在位時（公元前513-496）採納伍子胥「立城郭」的建議，於公元前514年擴建都城至今，蘇州，已走過二千五百餘年的漫長歲月。

蘇州地靈水秀，自古即是人文薈萃之地。千百年來，蘇州文壇俊彥，浩如繁星。明清時期，以蘇州為中心的江南地區不僅是中國的經濟重心，同時也是中華文化的藝術中心。蘇州的詩、文、書、畫，具有舉足輕重的地位。清代，蘇州是狀元之鄉，翰林濟濟。此外，以惠棟（1697-1758）為首的乾嘉樸學吳派，是清代漢學的兩大流派之一。著名經學家俞樾（1821-1907）應聘主講蘇州紫陽書院，於城中馬醫科巷，購地建構「曲園」，小巷深處成為晚清的國學重鎮。

走進蘇州，撲面而來的是吳越古風。其文化底蘊的厚重深邃和文化內涵的豐富多彩，體現在歷史悠久的古城名鎮，意境雅逸的園林勝跡，傳統精緻的蘇繡、緙絲、蘇裱、玉雕、折扇、家具、桃花塢木刻年畫，影響深遠的吳門畫派、吳門書派，以及並稱為蘇州「三枝花」的崑曲、蘇灘和蘇州評彈。

明代戲曲興盛，蘇州出現一批傑出的劇作家，典雅幽婉的崑曲興起後，不僅影響其他戲曲，也影響說唱藝術。明清時期，中國情節性敘述性藝術已經成熟，戲曲與小說成就輝煌。萬歷年間，寄籍蘇州的通俗文學巨匠馮夢龍（1574-1646），編輯白話小說集《喻世明言》、《警世通言》和《醒世恆言》。演義小說與傳奇小說，對蘇州評彈的興起具有直接影響。而明清時期蘇州臻於成熟完美的文學、園林、工藝、書畫都和戲曲與小說一樣，在思想上、藝術上影響著蘇州評彈的形成與發展。清代乾隆年間，誕生於蘇州，已雄稱劇壇三百年的崑劇逐漸式微，淡出中國舞臺。蘇州評彈孕育和成長於吳文化的滋養之中，開始嶄露頭角勃然興盛。

---

[1] 轉引自小田：《蘇州史紀》（近現代）（蘇州：蘇州大學出版社，1999年8月）頁4。

[2] （清）曹雪芹、高鶚著，馮其庸校注：《紅樓夢校注》（一）（臺北：里仁書局，2000年1月）頁5。

蘇州評彈被譽為「江南曲藝之花」，明末清初發源於蘇州，盛行於江、浙、滬，是以蘇州方言演出的說唱藝術。曲藝，是說唱藝術的統稱。評彈，包含評話和彈詞兩種曲藝，二者又俗稱為說書。評話俗稱大書，有說無唱。彈詞俗稱小書，既有說表，兼俱彈唱。

蘇州彈詞，係以吳語說表，以三弦、琵琶伴奏彈唱。細品吳儂軟語宛約動人的聲腔曲調，江南絲弦悠揚悅耳的音韻繚繞，大陸文化史論學者余秋雨著《文化苦旅》於〈白髮蘇州〉寫下：「這裡的流水太清，這裡的桃花太豔，這裡的彈唱有點撩人。」[3]中國戲曲專家俞大綱先生則稱譽蘇州彈詞是「中國最美的聲音」。[4]

---

[3] 余秋雨：《文化苦旅》（臺北：爾雅出版社，2000年3月）頁133。

[4] 此語經登琨豔先生傳述，由賈馨園女士發揚，現已成為稱譽與詮釋蘇州彈詞的經典名句。

第一節　研究動機與研究目的

一、研究動機

時光荏苒歲月如梭，1980年自臺灣藝術專科學校國樂科聲樂組畢業至今，匆匆已過二十四載，回首前塵往事歷歷如繪。1975年暑夏，筆者原是以南胡考取擦弦組。同年，增設聲樂一組，增收考生四名。入學月餘，聲樂組授課教師建議其中二位同學宜改修器樂。中國戲曲之美在於歌舞樂融合為一，粉墨登場具體呈現於聲色藝之中。筆者與科主任董榕森老師懇談之後，雖一時無法全然意會戲曲藝術精髓，亦未深思轉組之後得失，當下即懵懂地決定自器樂轉入聲樂組。

第一屆聲樂組共同主修科目，1975年由徐炎之老師教唱崑曲，1976年由梁秀娟老師教唱京劇。爾後，個人的主修科目，經國樂團指揮鄭思森老師建議，自1977年起，從程松甫老師習唱三年蘇州彈詞的開篇與選曲。週末假日則與程師至楊錦池老師家中聚會，楊師住宅成為彈詞票友及同好研習砌磋之處。1978年暑夏，臺北市社教館成立民俗曲藝研習班，逢此機緣，得以學習張天玉老師教唱的北方大鼓。1979年，國樂科為舉辦「中國樂劇欣賞會」，特聘高瑾老師教唱越劇《梁山伯與祝英台》，筆者於〈草橋結拜〉、〈梁祝同窗〉二折，飾演梁山伯一角，學妹黃介文飾演祝英台。因此，藝專五年修業期間，曾涉獵崑曲、京劇、越劇三種戲曲，以及北方大鼓和南方彈詞兩種曲藝。

藝專畢業，筆者以大鼓作為畢業研究論題。如今，則以蘇州彈詞作為研究論題，藉以延續藝專所學，進而深入學術領域探究。

蘇州彈詞是中國民間的傳統說唱藝術，是南方曲藝的代表作，無論是在俗文學或曲藝史上均占有一席之地，深具研究價值。自1949年中共建國後，因受限於海峽兩岸隔絕的政治局勢，蘇州彈詞資料取得不易，加上吳語方言的局限性，蘇州彈詞在臺灣的學術界缺乏專人研究。數十年來臺灣地區的碩士論文，以蘇州彈詞作為論題的僅有二篇。其一，是1983年由中國文化大學藝術研究所朱家炯所撰寫的《蘇州彈詞音樂研究》。其二，是1986年由臺灣師範大學音樂研究所孫雅惠所撰寫的《蘇州彈詞《珍珠塔》研究》。二者的研究方向皆隸屬於音樂領域，故此一論題尚有相當寬廣的探討空間。本文的研究方向即在增補二位尚未論及之處，依據現今資料推陳出新，為近年臺海兩岸彈詞的研究發展與現狀，留下完整的記錄。

臺灣蘇州彈詞著名票友楊錦池先生已於2002年逝世，徒留今人無限的追思與感傷，程松甫先生今年已八十四高齡，記錄蘇州彈詞在臺灣的一頁已是刻不容緩之事。基於上述種種因素，促使筆者撰寫《蘇州彈詞研究》作為碩士論文。

二、研究目的

本篇論文的研究目的如下：

（一）本篇論文旨在對蘇州彈詞作通論性的研究探討，為蘇州彈詞提示多面向的研究方向與研究資料。寄望來者，續作深入性的專題探論。

（二）第一章緒論中的文獻探討，羅列前賢研究彈詞的相關論著，按出版年代依序排列，其目地乃是著眼於相關書籍所陳述的觀點，具有關連性和延伸性。至於探討論著的排序則是一份循序漸進的演進表，藉此了解過去的研究情形及目前的研究狀況，祈望能為來日研究者，提供相關研究的發展進度以及一條探循的路徑。

（三）本文內容注意到下列問題的釐清：

1. 彈詞體韻文小說（擬彈詞）與彈詞體說唱腳本（蘇州彈詞書目）的區別。

2.「蘇州評話」、「蘇州彈詞」、「蘇州評彈」的差異性與關聯性。

3.「說、噱、彈、唱」與「說、噱、彈、唱、演」的歧異立論。

4. 彈詞曲藝形式的「演」與戲曲的「演」有何差異性。

（四）經由了解蘇州彈詞的歷史、探討蘇州彈詞的音樂、分析蘇州彈詞的唱篇、評析蘇州彈詞的傳統長篇書目、紀錄蘇州彈詞的現狀等過程，綜合研究結果提出對蘇州彈詞的研究檢討與建議，以作為個人研究心得的總結。

（五）文末，參考資料採用廣義的定義，包含書籍、期刊、論文、影音資料，旨在提供搜尋蘇州彈詞相關資料的方向與出處，按圖索驥即可，藉以協助往後研究者辨視資訊來源以及節省搜尋資料的時程。

第二節　研究範圍與研究方法

一、研究範圍

中國曲藝的種類繁多，北方以大鼓為代表，南方以為彈詞代表。蘇州彈詞是彈詞中的一種，但流行最廣，最具影響力。本文的研究範圍，即限定在發源於蘇州，以吳語說唱的蘇州彈詞，探討定位於說唱藝術與說唱文學的蘇州彈詞。

屬於縱向的研究範圍，自古代說唱藝術起，歷經漢、唐、宋、元、明、清的民間說唱，追溯蘇州彈詞的淵源。循序探討蘇州彈詞的形成與發展，則起於明、清迄今，自中共建國與國民政府遷臺後劃分為二，一為大陸地區的發展現狀、二為臺灣地區的發展現狀。

蘇州彈詞傳統的說唱藝術形式包含「說」、「噱」、「彈」、「唱」四個部分，此即本篇論文之研究重點與論述範圍。現今大陸評彈界另有一說，主張再增加一個「演」字。本文將討論「說、噱、彈、唱」與「說、噱、彈、唱、演」的歧異立論，限於篇幅暫不包含「演」的研究與論述。

民國時期彈詞的文本研究，包含文學類的閱讀文本（看的韻文體小說）與說唱類的書目（藝人說唱蘇州彈詞的演出腳本）。因此，在文獻探討的部分，將述及清代女性作家所創作的彈詞小說。自清代而起，由女性所創作的彈詞小說，計有陶貞懷的《天雨花》，作者不詳的《玉釧緣》，陳端生（1751-1796）作及梁德繩（1771-1847）續成後三卷的《再生緣》，侯芝（1768-1830）的《再造天》、《金閨傑》，丘心如（1805-1873）的《筆生花》，鄭澹若（1811-1860）的《夢影緣》，周穎芳（1829-1895）的《精忠傳》，朱素仙（約1736-1795）的《玉連環》，程蕙英的《鳳雙飛》，姜映清（1887-？）的《玉鏡臺》等。

本篇論文旨在探討蘇州彈詞，但因「蘇州評話」與「蘇州彈詞」又合稱為「蘇州評彈」，故在某些敘述時無法將二者強加區隔。

二、研究方法

研究方法，包含研究途徑與研究方法。

（一）研究途徑

本篇論文的研究途徑是以文獻研究、歷史研究、理論研究、調查研究，做為主要的研究方向。

1. 文獻研究：針對蘇州彈詞過去相關研究論述文獻，加以分析而形成的研究內容，如文獻探討、蘇州彈詞傳統長篇書目的刊本與評析。

2. 歷史研究：依循時間經緯、年代先後，追溯蘇州彈詞的淵源與演進、蘇州彈詞唱腔腔系的衍變、蘇州彈詞傳統長篇書目的書藝傳承。

3. 理論研究：依據具體的音樂文字資料及影音資料，探索蘇州彈詞抽象的音樂形式。

4. 調查研究：經由實地調查與電話訪談，論述蘇州彈詞的現狀與問題。

（二）研究方法

本篇論文的研究方法包含問題法、批判法、分析法、比較法、歸納法。

1. 問題法：係以所發現之問題作為研究對象，藉以解決疑惑並尋找解答。此法在論文中運用於第五章，劃定蘇州彈詞為問題範圍，探討蘇州彈詞在大陸地區與在臺灣地區的現狀，以及蘇州彈詞當前的問題，進而於第六章尋求問題的解決方案，提出蘇州彈詞的前景與展望以及蘇州彈詞的研究檢討與建議。

2. 批判法：探討各領域之本質，經由批判藉以發現較正確之事實。此法運用於第二章，論述蘇州彈詞在中共文化大革命時期所遭受的摧殘，依據史證，記錄文革迫害彈詞藝術的事實，評斷當時政策的繆誤。

3. 分析法：是科學方法中最常用的方法。真理式的定律，常藉由精密與嚴謹的分析而得。此法運用於第一章緒論，藉以陳述分析本篇論文的研究觀點與研究方式。在文獻探討的部分，藉分析法來分析彈詞的相關文獻。分析法在論文其他章節，與比較法、歸納法綜合並用。

4. 比較法：選取兩種以上之學術思想，或兩種以上之事物，加以比較推斷，以發掘其異同、特點、特質。此法運用於第二章，蘇州彈詞的淵源與演進，藉以比較中國歷代說唱藝術的特質與異同，以及蘇州彈詞形成後在不同時期的特點。第三章，蘇州彈詞的彈與唱，比較法與分析法兼用，藉以比較分析蘇州彈詞的音樂形式，開篇與選曲的唱詞，唱腔腔系的衍變，流派唱腔的特色。第四章，蘇州彈詞的說與噱，亦是比較法與分析法兼用，藉以比較分析蘇州彈詞傳統長篇書目中，歷代刊本與故事情節的演變與異同，以及書目內容的評比分析。

5. 歸納法：經由眾多事實，發掘原理原則。換言之，即是先蒐集許多同類的例子，而後比較研討，尋找出一個通則。列舉眾說為歸納，此法泛用於各章節內文中經由比較分析後所下的結論，以及經由歸納後所羅列的表格。[5]

此外，為避免撰寫內容流於資料的堆砌及淪於述而不論的地步，在需要探討的部分，筆者將不時提出一愚之見。並視論文需要，將與論文內容相關的圖片附於文末，藉以呈現論述內容的具體形像。音樂方面配合論文內容的流派唱腔，引用相關錄音帶及CD、VCD，直接訴諸聽覺與視覺，藉以明確提示參考影音資料。

最後，全篇論文為求記年方式統一，一律以公元紀年標示。參考資料的出版年代亦採公元紀年標示，文獻的排序則按採用版本的出版年份先後排列。

[5] 研究途徑與研究方法之釋義，採朱浤源主編：《撰寫碩博士論文實戰手冊》（臺北：正中書局，2001年3月）頁54、57之定義。

第三節　論文架構與章節安排

一、論文架構

論文架構分為六章。第一章，緒論。簡述蘇州地理環境、歷史文化與蘇州彈詞的關聯性，敘述研究觀點，探討前賢研究成果，進而說明蘇州彈詞的定義與定位，導入論文主題。第二章，進入論文的正文部分。研究蘇州彈詞，必先求其本、究其源，依循說唱藝術的歷史跡痕，去探溯蘇州彈詞的淵源與演進過程。第三章，探討蘇州彈詞「說、噱、彈、唱」中，與音樂相關的彈與唱。彈唱二者相輔相乘，以唱為主，以彈為輔。彈的部分，探討蘇州彈詞的彈奏樂器、過門、托腔和伴奏。唱的部分，探討蘇州彈詞的開篇與選曲，以及曲牌唱腔、腔系的衍變和各家流派唱腔的特色。第四章，探討蘇州彈詞「說、噱、彈、唱」中，與說書相關的說與噱。說噱，以說為主，以噱為輔。說的部分，探討蘇州彈詞的說書技巧、內容，傳統長篇書目、書藝傳承，以及四部傳統長篇書目的代表作《珍珠塔》、《玉蜻蜓》、《三笑姻緣》、《白蛇傳》。噱的部分，探討噱的意義、種類、作用和放噱的手法。第五章，探討當代蘇州彈詞在大陸地區、臺灣地區的現狀，以及當前所面臨的問題，藉以承接蘇州彈詞歷史論述的延續性。第六章，結論。結論是以陳述蘇州彈詞的前景與展望作結。回顧前文各章主要的論證部分，於文末兼述蘇州彈詞的研究檢討與建議，以作為未來研究的參考方向。

二、章節安排

第一章　緒論

第一節　研究動機與研究目地

第二節　研究範圍與研究方法

第三節　論文架構與章節安排

第四節　文獻探討與關鍵字詞

第五節　蘇州彈詞的定義與定位

第四節　文獻探討與關鍵字詞

一、文獻探討

文獻探討旨在整理、分析、歸納與蘇州彈詞相關的著作、期刊、論文、影音資料，做摘要式的分析評論。依照民國時期、大陸地區、臺灣地區分述如下：

（一）民國時期（1911-1949）：指民國元年至民國三十八年。

在舊日的中國，彈詞歷來為文人所輕視，其地位更下於被士大夫斥之為「小道」的小說與戲曲。因此，彈詞的歷史，很難找到準確與詳細的記載。關於彈詞的研究，是在1911年10月10日中華民國建立之後，才有人著手。

1919年，「五四運動」以後，興起民歌和俗文學的研究。研究俗文學的學者們，大量蒐集資料，分類整理，其中包括小說、彈詞的研究。這是彈詞研究工作的草創階段。

早期彈詞的研究特點如下：一、將彈詞視為一種文學體裁進行文本研究。彈詞視為韻文體小說，評話和話本視同小說。二、將兩種門類不同的彈詞視為同一大類。三、開始研究說唱的彈詞。

民國時期研究彈詞的先驅們將兩種門類不同的彈詞視為同一大類，如譚正璧《中國文學進化史》把彈詞分成不可唱的和可唱的，趙景森《彈詞選‧導言》分成文詞和唱詞，鄭振鐸《中國俗文學史》分成國音彈詞和土音彈詞。這時期所編輯的彈詞目錄，如鄭振鐸的〈西諦所藏彈詞目錄〉和凌景埏的〈彈詞目錄〉皆包含上述兩種彈詞。隨著研究工作的逐漸深入，後來彈詞的研究者發現，雖然就文本而言二者在文體上沒有區別，皆屬彈詞體的作品，故統稱彈詞。但是，「不可唱的」、「文詞」、「國音彈詞」應列入文學門類的閱讀文本，是看的韻文體小說。「可唱的」、「唱詞」、「土音彈詞」應列入說唱門類的書目，是藝人說唱蘇州彈詞的演出腳本，二者不宜混為一談。

以下羅列，民國時期（1911-1949）評話與彈詞的相關論著：

1916年4月，錢靜方編《小說叢考》，商務印書館出版。下卷收錄彈詞六篇，其書目為《玉蟾蜍》、《三笑姻緣》、《十美圖》、《大紅袍》、《白蛇傳》、《玉蜻蜓》（又名《芙蓉洞》）。

1919年，蔣瑞藻編《小說考證》，在上海出版。收錄彈詞《鳳雙飛》、《玉蜻蜓》、《天雨花》、《白蛇傳》、《再生緣》、《玉蟾蜍》、《庚子國變彈詞》、《十美圖》。

1920年，張靜廬著《中國小說史大綱》出版，為文學史類書籍中首先提及彈詞者。該書認為彈詞似小說而又近於傳奇的變態，其勢力在下層社會中實比一般通俗小說為大，但舊有彈詞所記，大半為蕩子淫娃之苟合，思想卑陋，文詞惡劣。

1925年，胡懷琛著《中華民歌研究》，商務印書館出版，第五章有對彈詞的解說。

1927年6月，鄭振鐸撰〈西諦所藏彈詞目錄〉載《小說月報》第十七卷號外《中國文學研究》，上海：商務印書館出版。蒐集彈詞目錄一一七種，是最早蒐集與著錄彈詞作品者。1934年，載《中國文學論集》，上海：開明書店出版。1957年，載《中國文學研究》下冊，北京：作家出版社出版。

1927年，范煙橋《中國小說史》出版，謂彈詞作品出於二途，一為說話人之隨意敷衍，彙而刊之者；一為女子讀書成誦，發揮其才學思想而撰者。前者不堪卒讀，後者意境不廣。1983年9月，臺北縣：漢京文化事業有限公司初版。

1929年，譚正璧著《中國文學進化史》出版，有專節討論彈詞文學。將彈詞分為可唱與不可唱兩種，可唱者內容淺薄不足觀；不可唱者太文，不適宜彈唱。

1930年，譚正璧著《中國女性的文學生活》初版出版，本書原意在補《中國文學進化史》之不足，最後竟成專著。第七章〈通俗文學與彈詞〉談論女性作家獨喜創作彈詞，篇幅冗長，內容繁複，如《筆生花》，一續再續者如《玉釧緣》、《再生緣》、《再造天》。這些女性文學，只供閱讀，不宜弦索彈唱。1935年，更名《中國女性文學史》，上海：光明書局出版。1985年更名《中國女性文學史話》，天津：百花文藝出版社出版。1991年7月、2001年1月，沿用1935年版之原名《中國女性文學史》，天津：百花文藝出版社出版。

1932年，胡行之著《中國文學史講話》，上海：光華書局出版。下卷第九章，有關於彈詞之解說。

1933年，陶秋英著《中國婦女文學》，上海：北新書局出版。第九章有對彈詞的解說。

1934年6月，鄭振鐸撰〈三十年來中國文學新資料的發現史略〉載《文學》第二卷六號，上海：生活書店出版。文中有彈詞概說，後收入《中國文學研究》下冊。

1934年10月，鄭振鐸撰〈從變文到彈詞〉載《痀僂集》上冊，上海：生活書店出版。後收入《中國文學研究》下冊。

1935年7月，凌景埏撰〈彈詞目錄〉載《東吳學報》第三卷第三期，收錄彈詞一八一種。

1936年，陳汝衡著《說書小史》，上海：中華書局出版。第五章〈說書兩大派〉，指出說書分評話與彈詞兩派，前者為大書，後者為小書。大書以剛勁見長，所述多英雄故事，開邦定國，說書人全用道白，不事吟唱，不用弦索；小書以情為美，所演乃才子佳人，花前月下，演唱者佐以三弦琵琶，或理弦吟唱，或歇指道白。第七章〈彈詞〉，提及清代蘇州彈詞藝人，俞秀山的「俞調」、馬如飛的「馬調」。1958年，更名《說書史話》，作家出版社出版。

1936年3月，李家瑞撰〈說彈詞〉，載《歷史語言研究所集刊》第六本第一分。文中分述彈詞的起源、彈詞體裁的演變、彈詞的內容、所謂南詞、彈詞與鼓詞的分別、彈詞彈唱的情形、彈詞界的規矩、彈詞名家、女彈詞、彈詞中之小唱、彈詞本子的刊刻、現存的彈詞。在現存的彈詞中，列舉史語所收藏之彈詞書目一四四種，其中包括長篇彈詞十八部及若干短篇與南詞。

1936年11月，阿英（原名錢德富、德斌，筆名阿英、錢杏邨）撰〈彈詞小說論〉與〈彈詞小說二論〉載《海市集》，北新書局出版。後收入1937年2月，《彈詞小說評考》，中華書局出版。再收入1958年5月，《小說閒談》，上海：古典文學出版社出版。

1937年2月，阿英著《彈詞小說評考》，上海：中華書局出版。其內容除〈彈詞小說論〉、〈彈詞小說二論〉兩篇外，並評論真本《五堂春傳》、《燕子箋彈詞》、《何必西廂》、《雙玉盃傳》、《雙玉燕全傳》、《詩髮緣傳》、《花錦城趙盛開山歌刻傳》、古本《劉成美忠節全傳》、古本《雙玉鐲前後傳》、《庚子國變彈詞》、《馬如飛開篇》等十一種，成為彈詞書目研究的先驅。

1937年5月，李家瑞撰〈三笑新編彈詞考證〉載中央日報南京版《圖書評論週刊》第二期。論述彈詞早期為敘事體，至清朝雍正乾隆時仍是敘事體。至乾隆嘉靖時代，受中國戲劇影響，乃在敘事體的話本裡雜入代言體的劇詞。此後，純粹代言體的彈詞，逐漸增多。

1937年11月，趙景深編《彈詞選》，商務印書館出版。書前有趙氏的彈詞概說為導言，評論彈詞的起源、分類、體制、書錄等。本文收有《張協狀元戲文》、《劉知遠諸宮調》、《二十一史彈詞》、《明史彈詞》、《天雨花》、《十二金錢》、《精忠傳彈詞》、《庚子國變彈詞》、《珍珠塔》、《三笑姻緣》、《義妖傳》等作品，其內容大部分為節錄。本書尚未將文學讀本與藝人演唱的腳本加以區分。

1938年7月，趙景深著《彈詞考證》，商務印書館出版。書中將彈詞區分為文詞與唱詞兩類，這是很重要的發現。文詞類的彈詞即案頭的文學讀本，如《天雨花》、《再生緣》、《玉釧緣》之類，多表而少白；唱詞類的彈詞即藝人演唱的腳本，多白而少表，唱句多七字句，間有攢十字者。唱詞又謂小書，趙氏選錄《白蛇傳》、《三笑姻緣》、《珍珠塔》、《倭袍傳》、《雙珠鳳》、《玉蜻蜓》等六部書目，考證淵源，敘述情節演變。1967年6月，臺灣商務印書館出版。

1938年，鄭振鐸著《中國俗文學史》，商務印書館出版。作者在下冊第八章〈鼓子詞與諸宮調〉、第十一章〈寶卷〉、第十二章〈彈詞〉，評斷這些講唱文學皆蛻化於唐代「變文」。第十二章〈彈詞〉，謂最早彈唱故事的彈詞為明末的《白蛇傳》。鄭氏將彈詞分為國音彈詞與土音彈詞二種。國音彈詞包含《安邦志》、《定國志》、《鳳凰山》等彈唱歷史故事的彈詞，與講史差別不大。另有女性作家撰寫的彈詞屬於婦女文學，如陶貞懷《天雨花》、陳端生作、梁德繩續成後三卷的《再生緣》、丘心如《筆生花》、鄭澹若《夢影緣》、程蕙英《鳳雙飛》、周穎芳《精忠傳》、朱素仙《玉連環》、姜映清《玉鏡臺》、以及作者不詳的《玉釧緣》等。土音彈詞指以吳音演唱的彈詞，如《三笑姻緣》、《玉蜻蜓》、《珍珠塔》等。1954年，作家出版社出版。1965年6月、1999年4月，臺灣商務印書館出版。

1938年6月，楊蔭深著《中國文學史大綱》，商務印書館出版。第二十九章〈近代通俗文學的興盛〉，介紹寶卷、彈詞、鼓詞、大鼓、皮黃、灘簧等通俗文學。於彈詞部分簡介《玉蜻蜓》、《珍珠塔》的情節，謂彈唱者自編的戀愛婚姻故事。另簡述清代女性所作彈詞，指陳端生《再生緣》、陶貞懷《天雨花》、周穎芳《精忠傳》的情節是寫史性彈詞。二者就故事情節合一論述，未區別唱本與文本。

1946年2月，楊蔭深著《中國俗文學概論》，世界書局出版。第十五章〈彈詞〉，有彈詞的異稱、彈詞的由來、彈詞的體例三節，敘述簡略。1995年10月，全書載楊家駱主編《中國俗文學》，臺北：世界書局初版。

（二）大陸地區（1949-2004）：指民國三十八年十月一日中共建國後至今。

1. 中共建國後的前十七年（1949-1966）

大陸地區在中共建國後的前十七年，各種曲藝逐漸受到重視。評話和彈詞的歷史研究、理論研究、資料編印、演唱錄音、藝人說唱腳本的記錄整理，都有很大的進展。這為蘇州評話和蘇州彈詞的研究，進行大量的準備工作，是評彈研究的準備階段。

以下羅列，中共建國後的前十七年（1949-1966）評話與彈詞的相關論著：

1957年3月，胡士瑩編《彈詞寶卷書目》，上海古典文學出版社出版。內容包含1927年鄭振鐸《西諦所藏彈詞目錄》、1935年凌景埏《彈詞目錄》、1936年李家瑞〈說彈詞〉之彈詞目錄約二七〇種，內容豐富。1984年，《彈詞寶卷書目》（增訂本）上海古籍出版社出版。由蕭欣橋整理，共收彈詞四四〇種。為所有彈詞目錄中，輯錄最多者。其缺點在於只有書目及版本之介紹，並無書中的情節內容。

1957年，左弦（本名吳宗錫）著《怎樣欣賞評彈》，上海文化出版社出版。全書分十節，介紹蘇州評話與蘇州彈詞的形式、書目、說表、評話中的賦贊、彈詞中的唱篇、角色、手面、口技、音響及藝術特色。這是欣賞蘇州評彈的入門書，也是有系統介紹蘇州評彈的第一本專著。

1957年，葉德鈞著《宋元明講唱文學》，上海：古典文學出版社出版。第五章介紹彈詞。

1958年5月，阿英著《小說閒談》出版，內收〈彈詞小說論〉、〈彈詞小說二論〉。

1958年5月，阿英著《小說二談》出版，內收〈彈詞小說引〉、〈彈詞論體〉、〈濰亭聽書記〉、〈馬如飛的珍珠塔及其他〉。

1958年12月，關德棟撰〈胡氏編著彈詞書目訂補〉載《曲藝論集》，上海：中華書局出版。對胡士瑩編《彈詞寶卷書目》補訂了一一五種。

1959年6月，陳寅恪撰〈論再生緣〉載《陳寅恪先生文集（一）》，香港：友聯出版社出版。1981年3月，臺北：里仁書局出版。2001年1月，載《陳寅恪集．寒柳堂集》，北京：生活讀書新知三聯書局出版。

1960年5月，阿英編《晚清文學叢鈔．說唱文學卷》，北京中華書局出版。上卷收錄晚清時代創作之彈詞十一種，如《猛回頭》、《精衛石》、《獅子吼》、《醒世緣彈詞》、《胭脂血彈詞》等。但這些書目，只供閱讀並無藝人實際演唱。

1961年5月4日，郭沫若撰〈再生緣前十七卷和它的作者陳端生〉載光明日報。1985年2月，載《郭沫若古典文學論文集》，上海古籍出版社第一版。

1961年6月，《說唱音樂》，北京：中央音樂學院中國音樂研究所編印，為內部教學資料。有關蘇州彈詞音樂部分，收錄開篇〈蝶戀花〉、〈珍珠塔〉〈宮怨〉、〈瀟湘夜雨〉、〈寶玉夜探〉、〈劍閣聞鈴〉、〈情探〉、〈新木蘭辭〉等簡譜曲譜十四篇。

2. 文化大革命時期（1966-1976）

文化大革命時期，大陸陷入十年浩劫，這是評彈研究的停頓階段。

3. 文化大革命之後（1976-2004）

文化大革命之後，研究工作在二十世紀八十年代重新起步，許多初探性、草創性的著作一一出現。這時期彈詞的研究特點有二：一、民國時期的研究，是將彈詞體韻文小說與彈詞體說唱腳本這兩種門類不同的彈詞視為同一大類。此時的評彈研究者周良在《蘇州評彈舊聞鈔》一書中，首次提出彈詞體的韻文小說宜稱為「擬彈詞」。並在《彈詞經眼錄》一書中，將彈詞小說與說唱腳本區分為二類。二、此時開始將蘇州評話與蘇州彈詞視為曲藝中的曲種加以研究，二者合稱為蘇州評彈。值得注意的是，曲藝分成若干類，蘇州評話與蘇州彈詞不屬於同一類。蘇州評話是曲藝中說的曲種，蘇州彈詞是曲藝中有說有唱的曲種。此後，蘇州評彈深入性、專論性的研究工作，逐步展開。

以下羅列，文化大革命之後迄今（1976-2004）評話與彈詞的相關論著：

1979年9月，連波著《彈詞音樂初探》，上海文藝出版社出版。全書十章，分為〈概述〉、〈三大腔系的衍變及流派唱腔的發展〉、〈腔句的結構〉、〈節拍與節奏〉〈轉調手法〉、〈唱腔旋法〉、〈唱法潤腔〉、〈伴奏的特點〉、〈複調手法〉、〈唱段選編〉。本書是探討蘇州彈詞音樂的專著，唱腔曲譜採簡譜形式。

1979年，彭本樂著《彈詞開篇創作淺談》，上海文藝出版社出版。介紹彈詞開篇的作用、類型、主題、結構及唱詞的寫法，附作品分析和彈詞檢韻。

1981年，楊蔭瀏著《中國古代音樂史稿》，北京：人民音樂出版社一版。分上中下三冊，共三十六章。第三十章〈說唱音樂〉，分析彈詞、彈詞起源、作品及其社會作用、著名蘇州彈詞藝人和流派、表現形式、曲例。曲例有二，一是陳靈犀編，中篇彈詞《林沖》的選曲〈長亭泣別〉、〈踏雪〉。二是馬如飛作，《紅樓夢》開篇〈紫娟夜嘆〉。唱腔曲譜採簡譜形式。1985年5月，臺北：丹青圖書有限公司出版。

1981年7月，譚正璧、譚尋編著《彈詞敘錄》，上海古籍社出版出版。本書之目的在於就明清以來所有彈詞作品作一集結，供中國文學史及中國民間文藝研究者參考之用。明清以來彈詞作品總數約為四百，本書敘錄二百種。以敘錄彈詞內容為主，兼及作者、版本、成書年代、本事來源以及同題材的小說、戲曲和其他說唱文學作品。

1981年8月，左弦（吳宗錫）著《評彈藝術淺談》，北京：中國曲藝出版社出版。

本書乃修訂補充《怎樣欣賞評彈》一書而成，除原書各節，另增添開篇、穿插、噱頭、書場等內容。

1983年，周良編著《蘇州評彈舊聞鈔》，南京：江蘇人民出版社出版。本書輯錄蘇州評彈及相關曲藝史料共五四五條，以蘇州評話和蘇州彈詞為正編，附編旁及說話、說書、諸宮調、崖詞、陶真、詞話、盲詞、南詞、擬彈詞和妓女彈詞等。書中提出「擬彈詞」和「妓女彈詞」的稱謂。周良先生據魯迅《中國小說史略》第十三篇，稱宋元間受話本影響而產生的作品為「擬話本」，在本書首次稱謂彈詞體的韻文小說為「擬彈詞」。

1985年7月，《彈評通考》，譚正璧、譚尋蒐輯。北京：中國曲藝出版社出版。為一有關評話、彈詞的考證材料匯編。全書分八卷六門。卷一〈原唱〉，收民間說唱文學胚胎期的可考材料七種。卷二〈評話〉，收錄有關評話的筆記、序文三十八篇。卷三、卷四、卷五〈彈詞〉，收錄有關彈詞的筆記、序文、考證、雜談共一百八十篇。卷六〈評論〉，收錄綜合評論各種民間說唱材料二十五篇。卷七〈雜錄〉，包括書場變遷、演出情況、藝人待遇、書業行規等項目。卷八為〈外編〉，收錄評話、彈詞以外其他各種民間說唱書本的材料。本書所收材料，來源極廣，凡書籍報刊所載有關評話、彈詞之文字，無不收錄。為《彈詞敘錄》的姊妹篇，可相互為用。

1988年，蘇州市戲曲研究室編，黃異庵校正《彈詞檢韻》，分別載於1988年8月，《評彈藝術》第九集，北京：中國曲藝出版社出版。及1990年11月，《評彈藝術》第十一集，北京：中國曲藝出版社出版。本文旨在便利彈詞創作者翻檢字韻。《彈詞檢韻》中各韻均為中州韻，吳語方言音韻未列入。

蘇州彈詞係以吳語說唱，其中唱篇以七字句為主，依唐詩格律，一韻到底。蘇州彈詞向有「十三個半韻」之說，本篇韻轍分為東同、江陽、支時、雞微、居魚、歌羅、家麻、歸回、山來、新陳、天田、逍遙、歡桓、鳩求，十四個韻。每一個韻目之下，分列常用字若干，並分別其為平聲或仄聲字。最後附入聲類，齷齪、墨黑、鐵屑、躐蹋，四個韻。

1988年10月，周良著《蘇州評彈藝術初探》，北京：中國曲藝出版社出版。全書分為〈歷史〉、〈藝論〉、〈書目〉、〈演出〉、〈理論〉五章。在〈後記〉中提出，說唱藝術應該是一個獨立的藝術門類。

1990年6月，周良著《論蘇州評彈書目》，北京：中國曲藝出版社出版。收錄作者於1962年至1988年間所撰寫的蘇州評彈書目評論二十四篇。在蘇州彈詞部分，析論

《珍珠塔》、《玉蜻蜓》、《楊乃武》、《白蛇傳》、《雙珠鳳》、《倭袍》、《雙金錠》、《描金鳳》、《落金扇》、《三笑》、《白衣血冤》等書目。

1992年12月，周清霖編輯《蘇州彈詞大觀》，上海：學林出版社出版。本書集蘇州彈詞唱篇之大成，分為四大部分：一、近代現代題材開篇，二、古代題材開篇，三、近代現代題材選曲，四、古代題材選曲。蘇州彈詞唱篇有二，一是原為定場而後獨立演唱的開篇，二是彈詞書目中演唱部分的選曲。唱詞大致用七言句，依唐詩格律，採二五句式或四三句式，押韻，一韻到底。1999年1月，《蘇州彈詞大觀》（修訂本）上海：學林出版社出版。

1994年7月至1996年5月，倪萍倩、思緘（本名楊作銘）編《馬如飛開篇集》，分四次連載於《評彈藝術》第十六集至第十九集。收錄馬如飛撰，彈詞開篇三五三首。資料來源於光緒二年（1876）木刻本《馬如飛時調開篇》亦名《馬如飛先生南詞小引初集》，民國十二年（1923）吳痾塵編輯、陳瑞麟藏本《馬如飛真本開篇》第一集，阿英藏本，路工藏本，和各種手抄本及傳唱的開篇。

此一開篇集共分十六目，計《三國》十八首，《水滸》十四首，《長生殿》十五首，《白蛇傳》二十三首，《西廂記》二十二首，《紅樓夢》四十七首，《牡丹亭》二首，《果報錄》二十八首，《珍珠塔》四十三首，《漁家樂》十首，《琵琶記》八首，《蝴蝶夢》二十一首，其他戲文十七首，歷史人物五十二首，民俗十一首，其他二十二首，可謂集馬氏開篇之大成。

1996年2月，吳宗錫主編，周良、李卓敏副主編《評彈文化辭典》，上海：漢語大辭典出版社出版。這是第一部評彈辭典，是研究蘇州評彈必備的工具書。

全書分十類：一、總類，二、名詞．術語，三、評彈書目，四、彈詞音樂．流派曲調，五、人物，六、社團，七、書場，八、著述．書刊，九、民俗，十、方言俗語。內容包羅萬象，誠為蘇州評話與蘇州彈詞的百科全書，意義重大。

1996年4月，周良著《彈詞經眼錄》，南京：江蘇文藝出版社出版。經眼錄，是指作者看過的彈詞作品。〈前記〉言，鄭振鐸、阿英、趙景深、陳汝衡、譚正璧諸位，為彈詞的考證、綜錄、內容和演變，做了許多研究工作。接棒者，應進一步將彈詞作品進行分類。

早期將彈詞視為一種文體進行文本研究的階段，說唱的腳本與閱讀的文本皆統稱為彈詞。現在把蘇州彈詞作為說唱藝術的一個曲種來研究，就要區別二者。說唱藝術的演出腳本稱為書目，彈詞體的文學作品稱之為擬彈詞。作者在本書中，開始從事這項區分的工作。

書分正編、附編。正編收錄蘇州彈詞演出過的書目，六十一部。屬於傳統書目者，又收錄有不同的版本，每個版本皆概述其情節內容，例如，《三笑》有六個版本、《玉蜻蜓》有六個版本、《白蛇傳》有八個版本、《珍珠塔》有五個版本。附編收錄擬彈詞作品、多種彈詞目錄中收過但不屬彈詞體的作品、或其他說唱作品，共九十一部。

1996年5月，周良著《再論蘇州評彈藝術》，南京：江蘇文藝出版社出版。本書乃是延續1988年《蘇州評彈藝術初探》之作，增加評彈藝術特徵、評彈管理工作的論述。

1997年7月至2000年8月，周良主編《蘇州評彈書目選》，南京：江蘇文藝出版社出版。全書分四集十一冊，收錄蘇州評彈長篇、中篇、短篇書目中有特色具代表性的選回。閱讀本書，宜參閱《評彈文化辭典》。

2000年8月，周良著《蘇州評彈》，蘇州：蘇州大學出版社出版。全書八章，分為〈概論〉、〈蘇州評彈的藝術特徵〉、〈蘇州評彈的敘事方式〉、〈蘇州評彈演出本的文學特色〉、〈蘇州評彈傳統書目反映的社會生活〉、〈蘇州評彈的演出〉、〈蘇州評彈的演員和聽眾〉、〈陳雲和評彈藝術〉。作者認為蘇州評彈的藝術特徵，是評彈之所以能獨立存在而不被其他藝術取代的依據。故藝術特徵的探討，是本書論述的重點。

2002年12月，蘇州市文聯編，周良主筆，《蘇州評彈史稿》，蘇州：古吳軒出版社出版。本書對評彈史的分期，不是按照藝術發展的階段來分，而是按照通史的形式來區分。全書九章，依序為〈概論〉、〈蘇州評彈的形成〉、〈古代的蘇州評彈〉、〈近現代的蘇州評彈〉、〈中華人民共和國成立以後的蘇州評彈〉、〈文革中的蘇州評彈〉、〈新時期的蘇州評彈〉、〈陳雲同志和蘇州評彈〉、〈展望〉。

2003年2月，夏玉才著《蘇州評彈文學論》，北京：中國戲劇出版社出版。全書十章，依序為〈寫在前面的話〉、〈評彈文學特性論〉、〈評彈文學創作方法論〉、〈評彈文學結構論〉、〈評彈文學人物性格論〉、〈評彈文學情節論〉、〈評彈文學細節論〉、〈評彈文學語言論〉、〈評彈文學的美學意蘊〉、〈蘇州評彈的發展與展望〉。本書是作者首次對評彈文學作嘗試性的系統研究。

2003年2月，王公企著《書壇春秋》，青海：人民出版社出版。作者長期從事新聞工作，報導評彈活動，選擇部分文稿集中付梓。

2003年5月，劉操南編《紅樓夢彈詞開篇集》，北京：學苑出版社出版。本書輯錄

《紅樓夢》彈詞開篇，計二二二篇。

2003年6月，周良主編《藝海聚珍》，蘇州：古吳軒出版社出版。記錄四十二位藝人的談藝錄，留下評彈藝人珍貴的藝術經驗。

1982年12月至2003年12月，《評彈藝術》期刊分期出版。1982年12月，蘇州評彈研究會編輯之《評彈藝術》創刊，北京：中國曲藝出版社出版。此為中共建國後，有關中國曲藝中單一曲種專題研究的首見。也是截至目前為止，研究蘇州評彈唯一的一份理論性研究期刊。

《評彈藝術》不定期出刊，約為每年一冊，間或有每年兩冊者。一至十二集由蘇州評彈研究會編，十三集由江蘇省曲藝家協會編，十四集至三十一集由周良主編，三十二集改由傅菊蓉主編而周良則擔任顧問一職。至2003年12月，總計出刊三十二期，目前仍在持續出版中。周良先生主持一定期評彈研究刊物，維持至二十一年之久，在中國學術界或文化界均甚為罕見。對蘇州評彈之探討、研究、振興、發展，功不可沒。

以下羅列，大陸地區影音資料：

蘇州彈詞的視聽資料，從早期的唱片、錄音帶、錄影帶，演進至今日的CD、VCD、DVD，在大陸地區習稱音像資料、聲像資料、錄像資料，在臺灣地區習稱影音資料。

蘇州彈詞在大陸地區的影音資料，種類齊全內容豐富。其中，由中國音像大百科編輯委員會編，上海音像公司出版的「蘇州彈詞系列」極具參考價值。該系列輯錄最具代表性的蘇州彈詞流派唱腔，內附唱詞。唱詞的前言由吳宗錫撰文，說明各家流派唱腔的特色。聆聽錄音帶時，宜參照內附前言與唱詞。

（三）臺灣地區（1949-2004）：指民國三十八年國民政府遷臺至今。

臺灣地區研究蘇州彈詞的專著至今未見，尚待學界學者的重視與研究。

以下羅列，臺灣地區：（1949-2004）評話與彈詞的相關論著：

1963年5月，婁子匡、朱介凡編著《五十年來的中國俗文學》，臺北：正中書局臺初版。第十章〈說書〉，敘介評話，略提彈詞。第十二章〈彈詞〉，分為一、被忽略的史詩，二、彈詞與鼓詞，三、聽書吃茶的韻味，四、吳音哆語的色調，五、開篇，六、孤鴻影與榴花夢，七、木魚書。文中討論的彈詞種類，包含彈詞小說（即擬彈詞），蘇州彈詞長篇書目、開篇，廣東木魚書。此外文中提及的福建《榴花夢評話》，亦屬有說有唱的彈詞。粵人稱彈詞為木魚書，閩人稱彈詞為評話。

1972年6月，汪季蘭著《中國民間藝術的今昔》，臺北：大華晚報社出版。第二十五章〈說書〉，將說書分成大書、小書。大書叫評話、小書稱彈詞。

1977年9月，陳裕剛著《中國的戲曲音樂——總述篇》，臺北：中華樂訊雜誌社出版。第三章〈戲曲音樂概說〉，於第三節板腔體音樂中提及彈詞，附蘇州彈詞開篇〈西湖十景〉、〈貍貓換太子〉、〈宮怨〉的唱腔曲譜，採五線譜形式。

1980年6月，王秋桂撰〈中研院史語所藏長篇彈詞目錄初稿〉載《書目季刊》十四卷一期。文中錄有史語所所藏長篇彈詞十八部，原稿存於史語所傅斯年圖書館。其中有不少精抄本，甚至有不見錄於鄭振鐸、凌景埏、胡士瑩、關德棟等人彈詞目錄中的孤本。依照筆劃的次序排列如下，《玉尺樓》、《玉鴛鴦》、《赤玉蓮花》、《金鎖記》、《吟餘編》、《姣紅傳》、《英雄譜》、《晉陽外史》、《晝錦堂》、《晝錦堂記》、《倭袍》、《犀釵記》、《荊釵記》、《群英女史》、《落金扇》、《蓮花帕》、《醒愁篇》、《錦堂歡》。另有附錄〈彈詞研究書目〉，頗具參考價值。

中央研究院歷史語言研究所傅斯年圖書館收藏的俗文學資料，是目前世界上收藏中國俗文學資料最豐富的地方。相關記載參見1984年12月，曾永義著《說俗文學》中〈中央研究院所藏俗文學資料的分類整理和編目〉一文，臺北：聯經出版事業公司出版。

1982年4月，王秋桂編《李家瑞先生通俗文學論文集》，臺北：臺灣學生書局初版。其中彈詞部分有〈說彈詞〉、〈三笑新編彈詞考證〉二篇。

1983年6月，朱家炯撰《蘇州彈詞音樂研究》，臺北：中國文化大學藝術研究所碩士論文，由李殿魁教授指導。論文分七章，第一章〈緒論〉、第二章〈彈詞腔系探討分析〉、第三章〈彈詞結構〉、第四章〈彈詞腔調特色〉、第五章〈調式轉換與節奏特點〉、第六章〈伴奏分析〉、第七章〈結論〉。

這是臺灣第一篇撰寫蘇州彈詞的碩士論文，內容著重在彈詞三大腔系與各家流派唱腔的音樂研究。由楊錦池、程松甫二位先生提供彈詞流派唱腔的錄音帶，作者自蘇州彈詞唱篇的譯譜工作入手，繼而進行聲腔的分析與音樂探討。

1986年6月，孫雅慧撰《蘇州彈詞《珍珠塔》研究》，臺北：臺灣師範大學音樂研究所碩士論文，由許常惠教授、李殿魁教授共同指導。論文分五章，第一章〈彈詞概述〉、第二章〈《珍珠塔》故事的內容、源流與腳本的沿革〉、第三章〈《珍珠塔》彈詞〉、第四章〈《珍珠塔》音樂分析〉、第五章〈結論〉。

本篇論文採取小題大作的方式，針對蘇州彈詞最著名的傳統長篇書目《珍珠塔》進行研究。依據楊錦池先生所藏二十世紀三、四十年代之盤式錄音帶，還原為腳本，音樂部分由作者完成五線譜的譯譜工作，進行音樂分析。

1989年3月，余崇生撰〈彈詞資料研究敘介〉，載《中國書目季刊》第二十二卷第四期。文內將作者所見的彈詞資料分為：甲、著錄，乙、選集，丙、考說（一、文學史章論，二、通論，三、作品敘介）三項。本文舉例詳盡，是必看的一份重要資料。注意，文內若干書名、篇名標示不清。

1993年10月，管成南著《中國民間文學賞析》，臺北：國家出版社出版。第二章〈中國民間文學的橫斷面〉，簡述講唱文學、變文、諸宮調、寶卷、彈詞、鼓詞。第七章〈清代民間文學的面目〉，簡述彈詞的形式、兩種彈詞、彈詞的內容、《珍珠塔》的動人故事、女性的文章、《天雨花》與《再生緣》、現存的彈詞。

2003年9月，胡曉真撰〈祕密花園：論清代女性彈詞小說中的幽閉空間與心靈活動〉載《漢學中心叢刊》，論著類第十種。作者鎖定清代婦女文學的論題，持續進行清代女性彈詞小說的學術研究，相關文論請參見本篇論文參考文獻的期刊論文部分。

1999年2月至2004年4月，由賈馨園女士發行的《大雅》藝文雜誌出版。1999年2月《大雅》藝文雜誌創刊，每一年雙月刊發行六期。至2004年4月已發行至第三十二期，目前仍在持續出版中。這是一份探討中國古典戲曲、文學、藝術方向的雜誌。雜誌中所有探討蘇州評彈的文章均已按期摘列，請參見本篇論文參考文獻的大雅雜誌部分。

以下羅列，臺灣地區影音資料：

蘇州彈詞的影音資料，在臺灣地區的市面上極為罕見。所幸，由朱順官先生成立的陽春音樂影視公司，擁有極豐富的戲曲與彈詞資料。他曾對十位以上博士班、二十位以上碩士班研究生，提供過戲曲、文學方面的影音資料，作為撰寫論文的參考。其人其事，請參見2003年6月《大雅》第二十七期，邱進福撰〈另類痴者——戲曲資料寶庫的守護人〉一文。

二、關鍵字詞

論文關鍵字詞定義：

（一）彈詞：曲藝的一種。彈詞依據流行地區、方言、和音樂曲調的不同，分為蘇州彈詞、揚州彈詞、四明南詞、長沙彈詞、桂林彈詞等等。

明清兩代彈詞作品曾大量刊印傳抄。鄭振鐸《中國俗文學史》謂，彈詞為流行於南方諸省的講唱文學，分為「國音彈詞」與「土音彈詞」。國音彈詞係彈詞體作品的一種，屬於文學門類的閱讀文本，是看的韻文體小說。周良《蘇州評彈舊聞鈔》稱之為「擬彈詞」。「土音彈詞」係彈詞體作品的一種，屬於說唱門類的書目，是藝人以吳語說唱蘇州彈詞的演出腳本，故又稱「吳音彈詞」。

（二）評話：曲藝的一種。清乾隆以後，評話因流行地區和方言的不同而各具特色，有些則稱為「評書」。今影響較大者，有蘇州評話、揚州評話、湖北評書、四川評書和流行於北京、天津以及東北三省的評書等。

（三）評彈：「蘇州評話」與「蘇州彈詞」的合稱。二者又俗稱「說書」，評話稱「大書」，彈詞稱「小書」。蘇州評話與蘇州彈詞，現今習慣合稱「評彈」，但為區別其他的評話與彈詞，仍應稱為「蘇州評彈」。

（四）蘇州彈詞：簡稱「彈詞」，俗稱「小書」。曲藝的一種。發源於江蘇省蘇州市，盛行於江、浙、滬的長江三角洲一帶，是以蘇州方言為主的曲藝。以說、噱、彈、唱為主要的藝術形式。

（五）蘇州評話：簡稱「評話」，俗稱「大書」。曲藝的一種。發源於江蘇省蘇州市，盛行於江、浙、滬的長江三角洲一帶，是以蘇州方言為主的曲藝。只說不唱，為其藝術形式。

（六）蘇州評彈：「蘇州評話」與「蘇州彈詞」的合稱。蘇州評話是曲藝中只說不唱的曲種，蘇州彈詞是曲藝中又說又唱的曲種。

（七）說唱藝術：藝術門類之一。主要藝術形式是說和唱。基本形式分為說的、唱的、又說又唱的、似說似唱的。

（八）曲藝：即「說唱藝術」。中共建國後，於1949年成立「中國曲藝改進會籌備委員會」時，統稱說唱藝術為「曲藝」。

（九）說唱文學：亦稱「講唱文學」、「曲藝文學」。指說唱藝術的說唱腳本及其創作，如唐、五代的變文、話本、詞文等。清乾隆、嘉慶以後，出現以蘇州方言編寫的彈詞說唱腳本。腳本又稱底本、唱本，是記錄彈詞說唱內容（如說白、唱詞等）的文字本。腳本也稱為書目，中共建國後蘇州彈詞的書目區分為長篇書目、中篇書目、短篇書目以及開篇、開詞等。書目的分類，分為一類書、二類書、三類書。[6]

---

[6] 論文關鍵字詞定義，採自吳宗錫主編：《評彈文化辭典》（上海：漢語大辭典出版社，1996年2月）。

第五節　蘇州彈詞的定義與定位

一、蘇州彈詞的定義

（一）大評彈與小評彈

評彈是近代流行於中國民間各地的一種說唱藝術，也是中國近代曲藝的一部分。評彈是一個複合名詞，包括評話與彈詞。評話或稱評書，是徒口說書，只說不唱；彈詞則是有說有唱，說唱相間。

只說不唱的評話或評書，分布在中國各地，有南北兩系之分。在清代，徒口說書形成南方評話與北方評書的兩大流傳系統。南方的評話採用各地方言說書，有採用揚州方音講說的揚州評話與採用吳語方言講說的蘇州評話，另又有南京評話、宜興評話、福州評話，都是以當地方言講說。北方的評書，有北京評書或北方評書，採用北京方音或普通話說書，又有湖北評書、四川評書、貴州評書、雲南評書，也都是採用當地的方言講說。

有說有唱的彈詞，包括蘇州彈詞、揚州彈詞、浙江的四明南詞、紹興的平湖調、長沙彈詞、山東彈詞、桂林彈詞、廣東彈詞、福建彈詞等，這些彈詞都是以當地方言說唱。

將一切的評書、評話、彈詞都包含在內，稱為大評彈。僅只包含蘇州評話與蘇州彈詞兩者，稱為小評彈。大評彈簡稱評彈，小評彈即是蘇州評彈。

（二）蘇州評彈

蘇州評彈是小評彈，包括蘇州評話和蘇州彈詞，兩者的起源不同，說唱的形式不同，書目的內容不同，說唱的藝人也很少兼說兩者，但何以要統稱「蘇州評彈」？

1949年中共建國之後，把蘇州評話與蘇州彈詞合稱為蘇州評彈。合稱的原因如下：

1. 這兩種說唱曲藝都流行於長江下游三角洲一帶。

2. 這兩者都是以吳語（蘇州方言）來說或說唱。

3. 蘇州評話與蘇州彈詞的藝人，在清朝初年即已組合在一個公會（光裕公所）之中。

4. 兩者皆崇奉「三皇」為祖師爺。

5. 每年年終（除夕），評話與彈詞的藝人，都在一起公演（會書）以籌措公費。

6. 評話與彈詞在說的技巧上有其共同性，如「大書小說」是運用彈詞表演技巧與風格來演出評話書目；「小書大說」是運用評話表演技巧與風格來演出彈詞書目。而「代問代答」、「夾敘夾議」、「跳進跳出」、「起腳色」也都是兩者共有的表演特色。

（1）代問代答：評彈演員在演說正書時，為幫助聽眾深入理解書情，以說書人的身分代聽眾提出其所關心的問題，又代作解答。

（2）夾敘夾議：此為評彈特點，說書人在敘事中，夾入自己的評點與議論。

（3）跳進跳出：評彈表演時，一人多腳並加上說書人的表敘。時而從說書人身分起腳色甲（跳進腳色），繼而又從腳色甲回到說書人的身分（跳出），時而又從腳色甲跳出，起腳色乙。

（4）起腳色：演員按書中人物的年齡、身分、性格和外形，以第一人稱（即腳色身分）來狀其聲音、表情和動作。

7. 評話與彈詞是在同一個書場表演的。

綜合上述幾點，可知蘇州評話與蘇州彈詞本是兩個不同的曲種。但因為都是以蘇州話在書場演出，活動在相同地區，後又組織在同一個行會之中，崇奉共同的祖師爺，遵守共同的行規，在藝術上具有相同的規律和技巧，兩個曲種的關係非常密切，故被視為一業。但因蘇州評話與蘇州彈詞併而不分，近時也發生若干困擾。因為評話是只說不唱的徒口講話，演員使用一塊醒木（驚堂木）和一把摺扇便可登場獻藝。彈詞是有說有唱的，唱有腔調曲牌，又有三弦、琵琶或其他樂器伴奏，具有音樂性。彈詞唱篇中的開篇和選曲，可以單獨在音樂演唱會中表演，稱為彈詞音樂。但是由於評彈的混而不分，以致出現「評彈音樂會」、「評彈演唱會」、「評彈開篇」等等令人費解的名詞。

（三）蘇州彈詞

蘇州彈詞發源於蘇州，由大部分是蘇州出生的藝人使用蘇州方言講唱，講唱發生在蘇州的故事，逐漸增多，而流行在吳語通行地區的一種民間說唱藝術。

蘇州彈詞與蘇州的關係如下：

1. 蘇州彈詞發源於蘇州

蘇州彈詞產生的年代，無確切的資料可考，但可確定是在明末清初。清朝康熙年間，藝人重立「光裕公所」做為行會，既云重組，可見藝人們設立行會，是在康熙年間以前。光緒三十二年（1906）馬如飛撰〈光裕公所顛末〉一文中載：

康熙年間，重立公所，名曰光裕，乃光前裕後耳。建立宮巷第一天門玄壇廟東，坐落長邑。[7]

宮巷位在今蘇州市中心，南起干將東路，北至觀前街，正對玄妙觀正門，係重要古街巷之一。玄壇即玄妙觀，始建於西晉咸寧二年（276），迄今已一千七百多年。玄妙觀與光裕公所，至今仍在原址屹立。

另一說法，光裕公所係乾隆四十一年（1776），由彈詞演員王周士在蘇州宮巷第一天門設立。雖然設立的年代有先後不同的說法，但是設立的地點在蘇州市內是無可置疑的。由此可證，蘇州彈詞發源於蘇州。

2. 蘇州彈詞的藝人大多出生於蘇州

清嘉慶、道光年間彈詞名家的「前四家」陳遇乾、毛菖佩、俞秀山、陸士珍都是江蘇人，其中除毛菖佩是寶山（今屬上海）人外，另外三位皆為蘇州人。咸豐、同治年間「後四家」的馬如飛、姚士章（評話演員）、趙湘洲、王石泉亦都是蘇州人。其後師徒相承，歷代的蘇州彈詞藝人也多為蘇州人，其中雖有極少數的藝人出生於常熟、無錫，但也是在吳語地區之內。

3. 蘇州彈詞是鄉土藝術與方言文學

蘇州彈詞在說的部分，第三人稱的表、噱都用蘇州話，其中許多語詞，非吳語地區以外人士所能了解，只有在說白的官白部分，採用「中州韻」，講幾句普通話。至於唱詞，當然更全是吳儂軟語。語音柔和委婉，正是蘇州彈詞的特色，也是其興味之所在。

4. 蘇州彈詞傳統長篇書目演述的大多是發生在蘇州地區的故事，例如：

（1）《白蛇傳》述白素貞在杭州西湖遇見許仙，隨許仙至蘇州開設保和堂藥店。端午節飲雄黃藥酒顯露原形，嚇死許仙。白素貞盜取靈芝草救活許仙，遷往鎮江，金山寺主持法海誘許仙入寺為僧，白素貞索夫，水漫金山寺，為天將所敗，逃回杭州，被法海金缽收服，鎮於杭州雷峰塔下。這個故事牽連杭州、蘇州、鎮江三地。

---

[7] 見（清）馬如飛編《南詞必覽》手寫本。1982年，彈詞老藝人唐春鳳捐贈，現藏於蘇州評彈研究室。載《評彈藝術》第十三集（北京：新華出版社，1991年12月）頁166。
《南詞必覽》亦名《稗官必覽》、《出道錄》。傳為馬如飛編，但書中載有馬如飛之後的人和事，當有後人增補。光裕社於藝人出道時人手一冊。內容有馬如飛〈自序〉、〈光裕公所顛末〉，袁榴〈出道錄序〉、〈光裕公所改良章程〉、〈道訓〉、〈雜錄〉等。

（2）《三笑》述唐伯虎為蘇州人，家住桃花塢。一日遊虎丘，見無錫華府侍婢秋香對之一笑，即追舟至無錫，賣身入華府為僮以追求秋香，後如願以償，偕秋香同返蘇州。

（3）《雙金錠》述王玉卿與黃金鳳訂有婚約，王父逝世後，王與母歸居揚州，家道中落。黃母接王至江蘇太倉家中攻讀，黃父卻欲悔婚，誣王姦殺婢女，買通太倉知州，將王定為死罪。王妹月金乃至蘇州巡撫處上告，後得月金之未婚夫協助，重審此案，平反冤獄。

（4）《玉蜻蜓》述蘇州南濠巨富金貴升，娶吏部天官張國勛之女為妻，婚後夫妻不睦。一日貴升至法華庵，與尼姑智貞相戀，遂留庵不歸，後病死庵中。智貞雲房產子，在襁褓中裹血書和貴升遺物玉蜻蜓扇墜，差遣佛婆深夜送子歸還金府。不料被人誤拾，由離任蘇州知府徐上珍收養，取名徐元宰。金府張氏見元宰貌似貴升，收為寄子。十六年後，元宰高中解元。貴升妻張氏於端午節看龍舟競渡，見玉蜻蜓，追查得血書，得知元宰即其夫之遺腹子。元宰知道生母為法華庵尼姑智貞，赴庵堂認母。張氏迫元宰歸宗，金、徐兩家廳堂奪子，結果元宰一人承繼金、徐兩家煙火。書中的金貴升，一作申貴生。申貴生即明萬曆年間大學士申時行之父。申姓是明、清兩代蘇州大族，此一故事因影射申時行之父，在清代蘇州官府猶有禁演之舉。

5. 蘇州彈詞流行於吳語通行地區的江蘇省南部、浙江省西部、北部及上海市地區。

蘇州藝人以蘇州話說唱蘇州地區的故事，這是蘇州彈詞的特色。可是這種特色也正是蘇州彈詞的局限性，使它很難向吳語以外的地區去發展。

二、蘇州彈詞的定位

（一）蘇州彈詞的文學定位

民國初年，在傳統的文學之外，出現了「俗文學」的名詞。俗文學又稱民間文學、通俗文學、鄉土文學、講唱文學等等，稱謂十分歧異。

俗文學中存在的，都是歷史上傳統的故事傳說、謠俗講唱，包括小說、戲劇、曲藝。和俗文學密切相關的，有民俗學和民族學的研究。這兩門學科，都會牽涉到俗文學的神話、故事、傳說和歌謠。

俗文學的分類非常分歧，如：

1. 鄭振鐸在其《中國俗文學史》中，將俗文學分為五大類：

（1）詩歌：包括民歌、民謠、初期的詞曲。

（2）小說：專指以白話寫成的話本。分為短篇的、中篇的、長篇的。

（3）戲曲：分為戲文、雜劇、地方戲。

（4）講唱文學：分為變文、諸宮調、寶卷、彈詞、鼓詞。

（5）遊戲文章：這是俗文學的附庸，大體以散文寫作，也有作賦體的。[8]

鄭氏在講唱文學類中說：

> 這一類的講唱文學在中國的俗文學裡佔了極重要的成分，且也佔了極大的勢力。……
>
> 這種講唱文學的組織是，以說白（散文）來講述故事，而同時又以唱詞（韻文）來歌唱之的；講與唱互相間雜。使聽眾於享受著音樂和歌唱之外，又格外的能夠明瞭其故事的經過。這種體裁，原來是從印度輸入的。最初流行於廟宇裡，為僧侶們說法、傳道的工具。後來乃漸漸的出了廟宇，而入於「瓦子」（遊藝場）裡。
>
> 他們不是戲曲；雖然有說白和歌唱，甚且演唱時有模擬故事中人物的動作的地方，但全部是第三身的講述，並不表演的。
>
> 他們也不是敘事詩或史詩；雖然帶著極濃厚的敘事詩的性質，但其以散文講述的部分也佔著很重要的地位，決不能成為純粹的敘事詩。[9]

鄭氏認為講唱文學的門類極為複雜，但其性質大致相同，其中「變文」是講唱文學的祖彌。變文走出廟宇，進入遊藝場中之後，其講唱宗教故事的成為「寶卷」，講唱非宗教故事的成為「諸宮調」。諸宮調的體裁和變文差不多，只是歌唱的調子比變文複雜得多。寶卷則是變文的嫡系子孫，歌唱方法和體裁與變文無甚區別。至於「彈詞」是流行於南方的講唱文學中最有勢力的一支，「鼓詞」則在中國北方諸省最具勢力。彈詞在福建省稱為「評話」，在廣東省稱為「木魚書」，亦稱「南詞」。

在彈詞裡，有一部分是婦女的文學，出於婦女之手，像《天雨花》、《筆生花》、《再生緣》等。彈詞大部分是用國語文寫成的，鄭氏稱之為「國音彈詞」，也有一部

---

[8] 鄭振鐸：《中國俗文學史》（上）（臺北：臺灣商務印書館，1999年4月）頁6-13。

[9] 鄭振鐸：《中國俗文學史》（上）（臺北：臺灣商務印書館，1999年4月）頁9-10。

分是純用蘇州話寫作的，稱為「吳音彈詞」，如蘇州彈詞中的《三笑姻緣》、《珍珠塔》、《玉蜻蜓》等。

2. 楊蔭深在《中國俗文學概論》中，將俗文學分為四類：

（1）歌曲：有謠諺、民歌、俗曲。

（2）小說：有話本、章回小說。

（3）戲劇：有雜劇院本、戲文、雜劇、皮黃戲、地方戲。

（4）唱詞：有變文、諸宮調、寶卷、彈詞、鼓詞、相聲。[10]

楊氏在俗文學的唱詞類中，也認為變文是一切唱詞的祖彌，發生於唐代，至宋代而禁絕。諸宮調是合許多宮調而成的唱詞，有說有唱，當受變文的影響。寶卷是變文的嫡系，唱的有佛教故事與非佛教故事兩種。彈詞則是流行於南方的唱詞，或稱為陶真、南詞、評話、木魚書等。鼓詞是流行於北方的唱詞，其後有大鼓書、子弟書、快書等。相聲是帶滑稽口吻的唱詞，但也有只說不唱或相各種聲音的。

綜合以上的分類，彈詞是說唱文學的一種，主要流行於中國南方各地，以各地方言說唱，其腳本的文體是散韻相間，既不同於戲曲，也有別於敘事詩的唱詞。蘇州彈詞是彈詞中的一種，是流行於吳語地區的一種方言文學或鄉土文學。

（二）蘇州彈詞的曲藝定位

中國的歷史悠久，地區遼闊，除文字統一之外，各地的方言極為分歧。所以分布在各地區，以方言說唱人物故事的民間藝術極為複雜。這些民間說唱藝術到了現代，竟然有近五百種之多，大陸學者為了研究上的方便，於是加以分類。

1949年大陸成立「中國曲藝改進會」，將所有的民間說唱表演藝術，統稱為「曲藝」。曲藝分為「評話類曲種」、「相聲類曲種」、「快板類曲種」、「鼓曲類曲種」、「少數民族曲種」五大類。其中，蘇州評話屬於「評話類曲種」，蘇州彈詞屬於曲藝中具有音樂性的「鼓曲類曲種」。[11]

就曲藝的字面意義來說，曲是小的意思，藝是指技藝。就實質而言，「曲藝是以口頭語言進行說唱展示的表演藝術」。[12]進一步而言，曲藝是一門綜合性的表演藝術，

---

[10] 楊蔭深：《中國俗文學概論》1946年初版。轉引自楊家駱主編：《中國俗文學》（臺北：世界書局，1995年10月）頁4。

[11] 吳文科：《中國曲藝藝術論》（太原：山西教育出版社，2000年8月）頁97。

[12] 吳文科：《中國曲藝藝術論》（太原：山西教育出版社，2000年8月）頁11。

「是一種由文學，音樂、表演等要素構成的綜合藝術」。[13]

1. 曲藝的藝術構成方式：

依照曲藝是以口頭語言進行敘述表演的特徵，曲藝的藝術構成方式，可以分為說的、唱的、又說又唱的和似說似唱的四種類型：

（1）說的曲種：這一類曲藝都是徒口說演的，沒有音樂唱腔，也沒有樂器伴奏，如各種評書、評話、相聲、諧劇等。

（2）唱的曲種：主要是借助音樂唱敘的，如牌子曲、鼓曲、雜曲，甚至還包括了走唱類的舞蹈和雜技，如東北地區的二人轉和流行於南方的三棒鼓。

（3）又說又唱的曲種：這一類曲種是說唱相間的，如各種彈詞、鼓書、琴書、漁鼓道情等。彈詞和鼓書，說的成分大；琴書和漁鼓道情，則是唱的成分多。

（4）似說似唱的曲種：主要包括各種快書與快板形式的表演。其說唱表演時的說，好似唱，有十分鮮明的韻律感；而其說唱表演時的唱，又近乎說，有強烈的節奏感，通常稱之為「韻誦」、「念誦」或「吟誦」。

2. 曲藝的曲本文學語言形態：

依照曲藝表演的文字腳本來區分，曲藝的曲本文學語言形態可以分為：

（1）散文體：指表演方式為說的曲種，如評書、評話、相聲、諧劇等。

（2）韻文體：指表演方式為唱的曲種和似說似唱的曲種。前者是有伴奏樂器和演唱曲調的唱曲類曲種，後者乃是由擊節樂器伴奏進行韻誦表演的韻誦類曲種。唱曲類的音樂曲調因曲體不同，而有板腔與曲牌之分。板腔的唱詞基本上是齊言上下句式的韻文體式，以七字句式為主，另有十字句式或五字句式。曲牌的唱詞多為雜言長短句式的韻文體式，依採用的唱腔曲牌或詞牌來填詞。至於韻誦類，主要的唱詞句式是七字句格齊言上下句式的靈活運用，屬韻文體式。

（3）散文、韻文相間體：指表演方式為又說又唱的曲種，如鼓書、彈詞、琴書、漁鼓道情等。說唱相間，主要是以說的散文來敘事，以唱的韻文來抒情。鼓書、彈詞的曲本語體，散文的成分多於韻文；琴書、漁鼓道情的曲本語體，韻文成分多於散文。其韻文唱詞，因為使用唱腔曲調的體式不同，齊言上下句式（板腔體）的稱為「詩贊系」；雜言長短句式（曲牌體）的稱為「樂曲系」。

---

[13] 戴宏林：〈論曲藝的藝術特徵〉，載《曲藝特徵論》（北京：中國曲藝出版社，1989年）頁27。轉引自吳文科：《中國曲藝藝術論》（太原：山西教育出版社，2000年8月）頁31。

3. 曲藝的音樂性：

依照曲藝的音樂性來分類，可以就其採用的唱腔曲調的音樂體裁，分為板腔體、曲牌體、雜曲體、韻誦體四種類型：

（1）板腔體：音樂唱腔屬於板腔體的曲種，有各種鼓書、鼓曲、彈詞、漁鼓等。板腔體唱腔是齊言式的詩贊系。

（2）曲牌體：音樂唱腔屬於曲牌體的曲種，有各種小曲及北方的道情等。曲牌體唱腔是雜言長短句式的樂曲系。

（3）雜曲體：雜曲體是板腔，曲牌及各種其他曲調混合而成的。音樂唱腔屬於此種曲體的曲種，情況複雜，比較典型的有二人轉，粵曲和錦歌等。

（4）韻誦體：此類音樂唱腔的旋律性較弱，是一種節奏性的韻誦曲種。包括各種快書、快板、竹板書和數來寶等。

按照上述的分析可以歸納出，蘇州彈詞是屬於曲藝中具有音樂性的鼓曲類曲種。它的表演方式是又說又唱、說唱相間的。曲本文學語言形態是散文、韻文相間體，以說的散文來敘事，以唱的韻文來抒情。其韻文唱詞，是隸屬於齊言上下句式的詩贊系。唱詞的音樂唱腔則是屬於板腔體。

（三）蘇州彈詞的藝術形式

蘇州評彈界的行話，稱說書的要素，即其傳統的說唱藝術形式包含「說」、「噱」、「彈」、「唱」四個部分。蘇州評彈以「說、噱、彈、唱」構成獨特的綜合藝術，音樂、文學與說表三者互相烘托、融合，形成獨特的藝術魅力。現今大陸評彈界另有一說，主張增加一個「演」字。

說：運用表與白兩種語言形式，來敘述評議故事和刻劃書中人物腳色。

噱：運用風趣幽默的語言、表情和動作，製造笑料及產生喜劇效果。

彈：以三弦、琵琶為主要樂器，藝人自彈自唱，又相互伴奏、烘托。

唱：運用蘇州彈詞各種流派唱腔及曲牌音樂，來演唱唱篇的唱詞和唱調。

演：運用不同的聲音、語氣和象徵性的手勢、身段，表現不同的人物。

1. 蘇州彈詞的說

「說書」泛指說唱故事的曲藝。說與唱，以說為重。蘇州彈詞俗稱小書，聽蘇州彈詞也叫聽書，藝人稱為說書人或說書先生。說，是蘇州彈詞表演時的主要特色。

（1）王周士的書品和書忌

清代乾隆年間，蘇州彈詞名家王周士撰寫〈書品〉和〈書忌〉，言簡意賅的闡述要成為一名出色的藝人，必需有扎實的基本功、深厚的文化內涵和高操的道德修養，這是蘇州彈詞目前所見最早的藝術經驗總結。書品包涵說書表演的要求與為人品格，書忌是說書表演時應該避免的舞台弊病。

一、書品：

快而不亂、慢而不斷、放而不寬、收而不短、冷而不顫、熱而不汗、
高而不喧、低而不悶、明而不暗、啞而不乾、急而不喘、新而不竄、
聞而不倦、貧而不諂。

二、書忌：

樂而不歡、哀而不怨、哭而不慘、苦而不酸、接而不貫、板而不換、
指而不看、望而不遠、評而不判、羞而不敢、學而不願、束而不展、
坐而不安、惜而不拼。[14]

書品和書忌是王周士說書經驗的總結，也是對說書人最高標準的要求。書品和書忌為了便於記誦，採用四言韻文的口訣形式，但有時語焉不詳，限於湊韻而因詞害義。茲依據蘇州彈詞藝術理論專家周良先生的解析，以表列說明如下：

表1：王周士的書品和書忌

	一、書品	二、書忌
1. 說功	快而不亂、慢而不斷	
2. 聲音和用氣的掌控	放而不寬、收而不短 高而不喧、低而不悶 明而不暗、啞而不乾 急而不喘	
3. 書目內容	新而不竄	接而不貫、板而不換 評而不判

[14] 王周士：〈書品書忌〉，載《評彈藝術》第十三集（北京：新華出版社，1991年12月）頁173。

	一、書品	二、書忌
4. 藝術表演能力		樂而不歡、哀而不怨 哭而不慘、苦而不酸 指而不看、望而不遠 羞而不敢、惜而不拚
5. 臺風		束而不展、坐而不安
6. 學習態度	聞而不倦	學而不願
7. 個人修養	冷而不顫、熱而不汗 貧而不諂	

按周良先生的解說，說書人在說功方面，說快時不顯得亂，說慢時不會斷斷續續，以免使人聽不清楚，這是說書的技巧。在聲音和用氣的掌控方面，要求把聲音放開但不過分，收音不能短促聽不清楚，高音不能聒耳，低唱不能閃音，聲音要明亮，如果暗啞也要唱得軟糯而不乾枯，急促時不能喘。在書目的內容方面，要不斷增新但非亂加竄改，注意故事前後的連貫性，情節不要呆板，說書不能缺乏清楚的分析與評判。在藝術表演能力方面，不能缺少動人的感染力。在臺風方面，藝人在臺上不能顯得拘束局促，或坐立不安。在學習態度方面，虛心學習聽取意見，不可不願學習。在個人修養方面，說書時要能達到忘我的境界，不受氣候冷熱的影響，藝人不能因為貧窮而諂媚他人。[15]

王周士為教誨同道及後輩而編撰的藝訣，提出了許多值得重視的藝術問題。

（2）蘇州彈詞的語言藝術

彈詞是說書人以口頭敘說的方式所表現出來的一種藝術。蘇州彈詞說的部分兼融敘事和代言為一體，由兩種語言組成，一是說書人的表敘語言，二是故事人物的腳色語言。說書人的表敘語言是第三人稱的敘事體，稱為「表」。故事腳色的人物語言是第一人稱的代言體，稱為「白」。

表也稱「說表」或「表白」，但此種說法很容易把「表」與「白」混淆。至於白也稱「說白」，則有「六白」之說，但各家說法不一。有「表白、襯白、托白、官白、私白、咕白」和「表白、襯白、官白、私白、咕白、大頭白」兩種說法。我們若將表的「表白」獨立，剩下的說白仍有「六白」。表列說明如下：

[15] 周良：〈王周士和〈書品．書忌〉〉，載《評彈藝術》第十四集（南京：江蘇文藝出版社，1993年5月）頁133-136。

表2：蘇州彈詞的語言藝術

第三人稱敘事體（說書人的表敘語言）	表（表白）	說書人敘述故事的來龍去脈，描述人物的思想、情緒、行為、相貌，說明場景、時代背景，穿插評議、史實、典故與放噱，代問代答聽衆的疑問。
	襯白	說書人對書中語意含混或不易理解的內容進行解釋、補充和強調。
	托白	說書人對書中人物的言行進行補充說明或評述。
第一人稱代言體（故事人物的腳色語言）	官白	腳色的口白。包括自報家門、掛口、自嘆、及人物間的對話。或書中正面人物、官員、地位高的人物所說的官話，用官音（中州韻）發音。
	私白	腳色的思想活動與內心獨白。或書中反面人物、丑角、地位低的人物所說的話，用土音（蘇州話）發音。
	咕白	腳色的自言自語。出聲能為其他腳色聽到的，為官咕白。不出聲或輕聲的，為私咕白。
	大頭白	書中人物出場後，自我介紹的話，也是獨白。或用中州韻或用蘇州話，視該人物的身分而定。

在表與白的交互運用之下，蘇州彈詞產生兩種特殊的表演手法，一是「跳進跳出」，二是「一人多腳」。藝人除了以說書人的身分進行說表之外，也擔任書中各種腳色的代言人，借用戲劇術語，稱「跳進跳出」。說書人起故事腳色時是「跳進」，說書人說表時是「跳出」。說書人一個人可以同時扮演多種腳色。

說在蘇州彈詞中，具最重要的地位，因為說是用口語的，比之韻文的唱詞，通俗易懂，靈活多變，又可以隨意增減穿插。歷來蘇州彈詞的知名藝人及有高深造詣的名家，無不擅長於說。

2. 蘇州彈詞的噱

噱，也稱「噱頭」，是彈詞演出中產生各種笑料的總稱。噱分為兩類，一是來自書的內容、故事的情節、故事人物的性格，稱為「肉裡噱」。二是說書人在故事情節之外穿插進來的笑料，或與情節有關，或從書情中引申出來，起借喻、譬如、形容、深化的作用，稱為「外插花」。有時在說書中夾入三言兩語逗笑的話，叫「小賣」。

噱包含在說之中，以說為主，以噱為輔。但噱又為何單獨列出呢？這是說書人從演出經驗中，體會到噱的作用。說書時富有趣味性，是蘇州彈詞的藝術特色之一。因此老藝人說「噱乃書中之寶」，還說「無噱不成書」，可見噱的重要性。

在說書中講笑料，叫「放噱」。放噱猶如戲劇中的插科打渾，可以調節書情、吸引聽眾，使書場的氣氛輕鬆。肉裡噱是書情中早就設計好的，說書人總要塑造出若干特別人物，加以醜化，配合特殊的語言與動作姿態來引起聽眾的哄笑。《三笑》中華府的兩個公子；《描金鳳》中算命先生錢志節和另一人物汪宣的哥哥的汪阿大；《白蛇傳》中的阿喜；《雙金錠》中的小二官等，都是笑料的來源。

說書人為醜化書中的若干人物以達到放噱的目的，最常使用的方法是採用「鄉談」。對書中丑角人物代言時說各地方言土話，如香山、無錫、常州、浦東、常熟以及蘇北話，有時也模仿口吃。

放噱雖然可以增加書中喜趣，但不可過分。老輩的彈詞名家，有許多位是平說的，並不放噱。書的好聽與否，並不完全取決於有無噱頭，彈唱得悅耳動聽，書情合乎情理又富趣味，人物形象塑造得栩栩如生，都是說書成功的條件。有些說書人盡量放噱，不僅耽誤了書的進度，低級庸俗甚至黃色笑話，反而降低了書的格調與品味。

至於外插花與小賣，因為是隨時插入的，需要說書人具有高度的機智與技巧，如果穿插不當，反而招致不良效果。

3. 蘇州彈詞的彈

彈就是伴奏，蘇州彈詞的伴奏，隨著演出形式的不同而有差異。蘇州彈詞的演出，有單檔、雙檔和多檔的區別。單檔就是一個人演出。早期的彈詞名家，如清朝中葉的陳遇乾、俞秀山、馬如飛、趙湘州、王石泉等人，都是單檔演出。單檔演出時，自彈自唱，伴奏的樂器都是三弦。馬如飛在〈道訓〉中說：

> 況且三條弦索，播入四處聲名，一部南詞，夠我半生衣食。畢竟清閑事業，瀟灑生涯。[16]

這正是馬如飛彈奏三弦，單檔說書的寫照。

清代晚期，漸有雙檔演出，謝品泉與王子和在光緒年間就曾拼檔演出。初期的雙檔是男子雙檔，分上手與下手。上手坐在書台右側，操三弦；下手坐書台左側，彈琵琶。之後又有女單檔演出，也是自彈自唱，但彈奏的樂器是琵琶。最後，男女雙檔成為固定形式，通常是男演員為上手，操三弦，女演員充下手，彈琵琶。當然，也有例外，1950年朱雪琴與郭彬卿拼檔，朱女為上手，郭為下手。

[16] 馬如飛：〈道訓〉，載《評彈藝術》第十三集（北京：新華出版社，1991年12月）頁171。

蘇州彈詞的伴奏，最初只是定音和彈奏過門，少有伴唱。1924年沈儉安與薛筱卿拼檔演唱《珍珠塔》，沈任上手，薛為下手。由於薛筱卿的琵琶彈奏技藝嫻熟，除過門外，更為沈儉安托腔，形成在演唱時以琵琶隨唱伴奏。

蘇州彈詞演唱時，上手執三弦唱，下手彈琵琶伴奏；下手抱琵琶唱，上手彈三弦襯托。三弦與琵琶不奏同一個旋律，伴奏托腔沒有固定的曲譜，全憑演員即興發揮。

4.蘇州彈詞的唱

初期彈詞說和唱的關係，可能是以唱為主。在蘇州彈詞正式出現以前，類似的說唱藝術，如涯詞、陶真、盲詞，都是以唱為主。後來由於受到評話的影響，說的比重增加，逐漸發展到以說為主。較早出現的傳統長篇《珍珠塔》，其腳本中唱詞所占的比重，比後來彈詞腳本的比重大，可以為證。[17]彈詞的唱和說一樣，也是以敘事為主，在敘事中抒情、描景、狀物。

蘇州彈詞唱篇有二，一是原為定場而後獨立演唱的「開篇」，二是彈詞書目內容中演唱部分的「選曲」。蘇州彈詞的唱應分兩方面，一是唱篇的唱詞，二是唱篇的唱調。

（1）唱詞

蘇州彈詞的唱詞，屬於詩贊系齊言上下句式的板腔體。唱詞押韻，講求平仄。蘇州彈詞的唱詞為七言韻文，基本上是七個字一句的七字句（另有三字句、五字句，亦可加襯字），兩句為一組或一聯，和七言律詩一樣。曲調結構為上下兩句結句式唱腔。上句稱上呼，下句稱下呼。按照七言詩的格律，第一聯下呼的末一個字起韻，以後每一聯下呼的末一字都要押韻。蘇州彈詞的音韻有十三個半韻。七言韻文中，基於平仄，分二、五句或四、三句。二、五句，是上二下五的七字句。四、三句，是上四下三的七字句。

字的聲勢，有平、上、去、入，叫做四聲。平聲是含蓄而長，國語的第一聲為陰平，第二聲為陽平，蘇州話則不分陰平或陽平，皆為平聲。上聲是促而未舒，在國語是第三聲，在蘇州話中稱上聲。去聲是往而不返，在國語是第四聲，在蘇州話中為去聲。入聲是逼側而斷，國語中沒有，將之併入陰平或陽平，蘇州話則有入聲。至於平聲仄聲之分，在國語中，一聲、二聲是平聲，三聲、四聲是仄聲。在蘇州話中，平聲是平聲，上聲、去聲、入聲都是仄聲。

以蘇州彈詞開篇〈宮怨〉，頭四句的唱詞為例來說明：

[17] 周良：《蘇州評彈藝術初探》（北京：中國曲藝出版社，1988年10月）頁91。

（第一聯上呼）西宮夜靜百花香，（第一聯下呼）欲捲珠簾春恨長。

（第二聯上呼）貴妃獨坐沉香榻，（第二聯下呼）高燒紅燭候明皇。[18]

由第一聯下呼的末一字起韻，「長」是「江陽韻」，所以第二聯下呼的末一字「皇」也必須是「江陽韻」。再由平仄來分析，第一聯上呼是平平仄仄仄平平，下呼是仄仄平平平仄平。第二聯上呼是仄平仄仄平平仄，下呼是平平平仄仄平平。

七字句中二、五句與四、三句的區別，是看七字句的第二或第四的平聲字。平聲在第二個字就是二、五句，平聲在第四個字就是四、三句。不可以有一個七字句的第二個字和第四個字都是平聲。按照這個規則，這四句唱詞，第一聯上呼「西宮夜靜百花香」是二、五句，第二個字「宮」是平聲。第一聯下呼「欲捲珠簾春恨長」是四、三句，第四個字「簾」是平聲。第二聯上呼是二、五句，第二個字「妃」是平聲。第二聯下呼也是二、五句，第二個字「燒」是平聲。

蘇州彈詞對於字的平仄是很講究的，演唱時必需注意唱詞的平仄，不管平仄而隨意彈唱，就會出現倒字，破壞唱詞的意義。[19]

蘇州彈詞的唱詞本為上、下兩句結構。另外，「鳳點頭」即「鳳凰三點頭」的唱詞寫法，也是蘇州彈詞特有的一種詞格。通常第一句末一字用仄聲，不押韻。第二句、第三句末一字用平聲，押韻。從唱腔結構來看，是由兩個上句和一個下句，組成二上一下的結構形式。[20]例如蘇州彈詞開篇〈杜十娘〉的唱詞：

鳳點頭：

（上句）青樓　寄跡非她願，　（二、五句：平平　仄仄平平仄）

（上句）有志從良　配一雙，　（四、三句：仄仄平平　仄仄平）

（下句）（但願）荊釵布裙　（去）度時光。[21]　（四、三句：平平仄平　仄平平）

---

18 周清霖編：《蘇州彈詞大觀》（上海：學林出版社，1999年1月）頁126。

19 姜守良：〈唱腔與字音、四聲的關係〉，載《評彈藝術》第二集（北京：中國曲藝出版社，1983年9月）頁171-173。

20 連波：《彈詞音樂初探》（上海：上海文藝出版社，1979年9月）頁80。

21 周清霖編：《蘇州彈詞大觀》（上海：學林出版社，1999年1月）頁171。

在此必須說明，並非所有的開篇唱詞皆合乎平仄格律，依然存有例外者。

（2）唱調

蘇州彈詞的唱調，早期是一種吟誦體的「書調」，即明朝讀書人吟詩的音調。經過有造詣的藝人在演唱的過程中，吸收了吳歌、地方戲曲、京戲中的唱調，結合個人嗓音和說唱內容，在師承上加以演變，形成具有個人獨特風格的唱腔。經其他藝人摹學傳唱，形成流派。一般流派唱腔均冠上創始人的姓氏，在清朝中葉，唱調都是以陳遇乾的「陳調」、俞秀山的「俞調」、和馬如飛的「馬調」為基礎。目前已發展出二十餘種的流派唱腔。在流派唱腔之外，蘇州彈詞也吸收來源於崑曲、蘇灘、江南民間小調的音樂資源。

5. 蘇州彈詞的演

傳統的蘇州彈詞並沒有演這個項目。演，就是蘇州彈詞的「起腳色」，「起」有「去」表演的意思。說書人按書中人物的年齡，身分、性格和外形，運用不同的聲音、語氣和象徵性的手勢、身段，以第一人稱來表現故事中不同的腳色。

（1）演的歧異立論

大陸評彈界，主張蘇州評彈包含「說、噱、彈、唱」者，以周良先生為代表人物。主張蘇州評彈包含「說、噱、彈、唱、演」者，以吳宗錫先生為代表。

蘇州彈詞藝人姚蔭梅在〈從性格描摹中「起腳色」〉一文中寫到：

> 評彈重聽不重看。說、噱、彈、唱都是為「聽」服務，凡是進書場來聽書的老聽客，都說「聽書」，沒有說「看書」的。評彈藝術重點是說、噱，其次是彈、唱。表演是在（二十世紀）三十年代才加快發展的，實踐證明「演」畢竟次要。……「演」是象徵性地現一下，若是也像演戲那樣來表演，那就不是曲藝了。[22]

評彈理論家周良著《蘇州評彈藝術初探》云：

> 評彈在演出時，即使演員以第一人稱說唱即「起腳色」時，是否和戲曲的表演相同呢？是不同的。[23]

---

[22] 姚蔭梅：〈從性格描摹中「起腳色」〉，載《評彈藝術》第四集（北京：中國曲藝出版社，1985年7月）頁75。

[23] 周良：《蘇州評彈藝術初探》（北京：中國曲藝出版社，1988年10月）頁34。

評彈理論家吳宗錫撰〈就評彈藝術特徵給周良同志的信〉，文中認為評彈是一種「說的戲」：

> 所謂說的戲，還可以說是，以口語表述為主要手段表現的戲劇。……評彈是以說唱為主要手段表現的戲劇。……評彈藝人把評彈主要的表現手段定為「說、噱、彈、唱」，卻不提「演」字……。[24]

戴宏森撰〈說中有戲——有關評彈藝術特徵的一點拙見〉云：

> 戲曲與近戲的曲藝的區別，可以用一句話簡單的說，一種是演的戲，其藝術形象是直觀的，一種是說（包括唱著說）的戲，其藝術形象是非直觀的。[25]

戴氏提出兩個探討焦點，一、評彈乃至整個曲藝中的「戲」究竟應指甚麼？二、評彈乃至整個曲藝中的「起腳色」的屬性為何？

戴氏認為，曲藝中的說是有戲的，但是這種說的戲，並非狹義現代通行的戲劇（演的戲），而是指在說中穿插的腳色扮演。蘇州評彈的起腳色與做戲，仍然屬於曲藝，而不屬於狹義戲劇。雖然受到崑曲、京戲的強大影響，但從本源上說還是來自說唱藝術本身，是從我國上千年詩贊系說唱藝術一脈承傳下來的。

周良著《再論蘇州評彈藝術》云：

> 人們通常用「說、噱、彈、唱」來歸納評彈的藝術手段，後來又加上了一個「演」。對這五個字，已有論者認為並不妥貼。噱可以包括在說之內，說和唱就是演。[26]

---

[24] 吳宗錫：〈就評彈藝術特徵給同良同志的信〉，載《評彈藝術》第十二集（北京：新華出版社，1991年2月）頁8-16。

[25] 戴宏森：〈說中有戲——有關評彈藝術特徵的一點拙見〉，載《評彈藝術》第二十集（南京：江蘇文藝出版社，1996年10月）頁97-102。

[26] 周良：《再論蘇州評彈藝術》（南京：江蘇文藝出版社，1996年5月）頁122。

周良主編的《中國蘇州評彈》云：

> 為了區分蘇州評彈和戲曲的「演」是不同的，強調評彈表演的特點、藝術特徵，有人曾主張，不應用這個「演」字。而且說、噱、彈、唱都是蘇州評彈的表演手段，「演」字應當包括了說、噱、彈、唱在內，怎麼和說、噱、彈、唱並列呢？[27]

（2）蘇州彈詞的演與戲曲的演

究竟蘇州彈詞曲藝形式的「演」與戲曲的「演」有何差異性？事實上說書的起腳色和戲曲的表演是截然不同的，分析如下：

其一，說書人上臺，是以說書人的本來面目出現在舞臺上，不化妝為故事人物。起腳色只是暫時性的，一會兒起，一會兒不起。而且，一個說書人可以同時起兩個腳色，只需表情、語氣，身形稍為變動，兩個腳色可以一問一答。戲曲的演出，演員需化妝為腳色，以腳色的面目出現在舞臺上，從上場至下場飾演的腳色是連貫的。曲藝藝人進入腳色，身分是可變的。戲曲演員進入腳色，身分是不可變易的。

其二，說書人起腳色的動作，主要是面部表情與手和上半身的動作，故行話稱之為「手面」。說書人常用手指叩桌，代表腳色下跪嗑頭。即便起身移動，至多一二步即止。戲曲演員的肢體伸展幅度大，活動範圍遍及整個舞臺。

其三，蘇州彈詞的說書人塑造人物形象，是以語言描述為主，非直觀形象，聽眾需具有想像力。戲曲演員所飾演的腳色形象，是直觀形象。

其四，說書人會自己站出來說話，顯示出個人主觀的褒貶評論與愛憎。戲曲中很少出現作者自己的語言。蘇州彈詞說書人的敘事語言靈活多變，第一二三人稱都有，說書人自己是我，面對聽眾時聽眾是你，故事中的人物是他。戲曲的腳色語言，多是第一人稱。說書人客觀敘事時的語言，是全知視角。戲曲中的語言出自腳色口吻，是限知視角。

其五，就藝術的本質特徵而言，蘇州彈詞與戲曲，雖同為敘事性、情節性的藝術，但分屬於兩種不同的藝術門類。蘇州彈詞的特徵，是說唱的曲藝，強調敘述性。戲曲的特徵，是腳色的舞臺行動，強調戲劇性。戲劇是以動作表現思想的藝術，動作是戲劇的

---

[27] 周良主編：《中國蘇州評彈》（上海：百家出版社，2002年12月）頁32。

中心。

清代馬如飛編《南詞必覽》一書，〈雜錄七〉收錄彈詞藝人毛莒佩的兩首〈鷓鴣天〉，第二首有「言宜清麗唱宜工，卻與梨園迥不同。」「登場面目依然我，試博閒人一笑中。」[28]的字句。其中「卻與梨園迥不同」和「登場面目依然我」，是毛氏的說唱心得，體會到說書和演戲不同。〈雜錄十〉記沈滄洲云：「書與戲不同何也？蓋現身之中說法，戲所以宜觀也。說法中之現身，書所以宜聽也。」[29]現身，是指表演腳色。戲，是在腳色表演中宣揚思想。書，是在敘述情節中呈現腳色。用現身說法和說法現身來區別演戲和說書，是很精闢的見解。終究蘇州彈詞是「說」書，不是「演」戲。

蘇州彈詞以說為主，輔以腳色表演。腳色表演包含在說、噱、彈、唱之中。因此，蘇州彈詞的說唱藝術形式包含「說」、「噱」、「彈」、「唱」四個部分，不宜另列「演」的項目。

---

[28] （清）馬如飛編《南詞必覽》，載《評彈藝術》第十三集（北京：新華出版社，1991年12月）頁174。

[29] （清）馬如飛編《南詞必覽》，載《評彈藝術》第十三集（北京：新華出版社，1991年12月）頁175。

第二章
蘇州彈詞的淵源與演進

第一節　蘇州彈詞的淵源

蘇州彈詞，是一種民間的說唱藝術，是個人佐以簡單的樂器伴奏來表演的。它非常具有流動性，藝人可以隨處演唱，娛樂民眾。它是敘事的，以講故事為主，著重於民俗。它不見於廟堂之上，而流布於民間。它不為士大夫所重視，卻深受市井小民的喜愛。

藝人們最初沒有師承，後來雖有師徒相承，卻僅是口傳心授，沒有演唱的腳本。逐漸的有了腳本，又僅是藝人自己備忘的綱要，內容並不完整也無系統，所以不入文學之列。以後勉強列入文學門牆，算是俗文學的一環。

在中國漫長的文學史中，紛雜的民間說唱藝術裡，去尋找蘇州彈詞的根，必須把握它的這些特點，不能把所有的詩歌、曲藝、遊戲表演都計算在內。我們探討蘇州彈詞的淵源，必須將俗文學史或中國曲藝史的範圍縮小，從民間的、個人表演的、又說又唱的、以敘事為主的、不登大雅之堂的那些藝術活動中去探索。

一、中國古代的說唱藝術

中國古代，說唱也稱說書。「說書」一詞最早見於《墨子・耕柱篇》：「能談辯者談辯，能說書者說書。」[30]《漢書・藝文志》說：「小說家者流，蓋出於稗官。街談巷語，道聽塗說者之所造也。」[31]，古代的小說是要說的，但有沒有唱，則不敢確定。

公元前第三個世紀時，有一種說唱的遠祖產生了，就是荀子〈成相篇〉。荀子名況，又稱孫卿。是東周戰國時代的思想家、教育家，趙國人，大約生活在公元前313年至公元前238年之間。〈成相篇〉的內容是在揭露統治者的愚闇不賢，要求他們改變。在性質上，不是講故事，而是說道理。在形式上，是一種排列整齊、有節奏的韻文唱詞。在內容上，是一篇瞽矇諷諫的諫文。

〈成相篇〉全文分三章，共五十六段。每章都以「請成相」開頭。選錄首章的一段為例：

---

[30] （周）墨翟：《墨子》〈耕柱篇〉（臺北：時報文化出版事業有限公司，1981年6月）頁412。

[31] （漢）班固：《漢書》卷30〈藝文志〉。《漢書二》（臺南：平平出版社，1975年5月）頁1745。

請成相，世之殃，愚闇愚闇墮賢良，人主無賢，如瞽無相，何倀倀。請布基，慎聖人，愚而自專事不治，主忌苟勝，群臣莫諫，必逢災。[32]

這種「成相」是我國古代民間流行的曲藝形式。在《漢書・藝文志》中，列有〈成相雜辭〉十一篇[33]，今皆不傳。

1975年，湖北省雲夢睡虎地秦墓出土的竹簡中，有〈為吏之道篇〉，篇末有八首韻文，也是〈成相篇〉的體裁。可見「成相」的這種說唱藝術是相當普遍的。漢代班固將〈成相雜辭〉列為雜賦，又說「不歌而誦謂之賦」。[34]

成相的「相」，是一種樂器。清代王先謙（1842-1918）《荀子集解》引盧文弨（1717-1795）之說：

相乃樂器，所謂舂牘。又古者，瞽必有相。審此篇音節，即後世彈詞之祖。[35]

相即舂牘，又稱拊，拊形如鼓，以皮革製成，中間填充有穀皮。擊鼓的時候，也要擊拊，可知拊的形狀似鼓，但不是鼓。

今人楊蔭瀏在其《中國古代音樂史稿》中說：

相又叫舂牘，是用幾尺長（一二尺至六七尺不等）、幾寸直徑的粗竹筒製成的一種樂器。奏起來是用兩手捧著舂擊地面，打出節奏。古代勞動人民在舂米或築地時，常常唱著歌曲以為助力，叫做「相」。[36]

成相的成，是演奏。相，是一種樂器，也可以解釋為樂曲。請成相就是「請讓我唱一曲成相」。盧文弨說：

---

32 （周）荀況著（唐）楊倞注（清）王先謙集解：《荀子集解》（臺北：世界書局，1966年10月）頁304。

33 （漢）班固：《漢書》卷30〈藝文志〉。《漢書二》（臺南：平平出版社，1975年5月）頁1753。

34 （漢）班固：《漢書》卷30〈藝文志〉。《漢書二》（臺南：平平出版社，1975年5月）頁1755。

35 （清）王先謙：《荀子集解》（臺北：世界書局，1966年10月）頁304。

36 楊蔭瀏：《中國古代音樂史稿》（上冊）（北京：人民音樂出版社，19821年2月）頁57。

首句「請成相」，言請奏此曲也。[37]

俞樾說：

盧說是也。此相字，即「舂不相」之相。《禮記．曲禮篇》：「鄰有喪，舂不相」。[38]

按《禮記．曲禮上》，有：

鄰有喪、椿不相；里有殯，不巷歌。[39]

意即鄰家有喪事，舂米時不要歌唱；鄰里舉行殯斂，不要在街巷中唱歌。相與歌的意思是相通的。

大陸學者陸侃如、馮沅君在其《中國詩史》中認為「成相」二字是連文，不能把成字當動詞。今人姜書閣認為，「成相」二字連文，應是戰國後期南方楚地的一種民間歌曲調名，如【陽春】、【白雪】、【下里】、【巴人】以及【蒿里】、【薤露】、【苦塞】、【精列】，乃至後世的彈詞、說唱等俚曲小調……。[40]

總之，東周戰國時期的〈成相篇〉，是一篇說唱體的諫文，採用當時民間流行的一種說唱形式來表達荀況的政治思想，它類似於諷諫式的說唱藝術。

二、漢代的民間說唱

漢代的民間說唱曲藝，缺少史料徵信。不過從地下出土的文物中卻可證明，

擊鼓說書在漢代是相當普遍又廣受人民喜愛的。

1957年，四川成都天回鎮的漢墓內，出土了一尊東漢蹲坐式的陶俑，起初被命名為「擊鼓俑」，後經學者研究確定為「說書俑」，另有人稱之為「說唱俑」或「成相

---

37 （清）王先謙：《荀子集解》（臺北：世界書局，1966年10月）頁304。
38 （清）王先謙：《荀子集解》（臺北：世界書局，1966年10月）頁304。
39 《禮記》卷第3〈曲禮上〉。《十三經注疏5禮記》（臺北：藝文印書館，1997年8月）頁55。
40 引自倪鍾之：《中國曲藝史》（瀋陽：春風文藝出版社，1991年3月）頁39。

俑」。據《考古學報》1958年第5期所載，劉志遠〈成都天回山崖墓清理記〉的描述是：

擊鼓俑（按即說書俑），頭上著巾，戴笠，額前有花飾。大腹豐凸，赤膊上有瓔珞珠飾，其左臂環抱一鼓，右臂向前平伸，手中握鼓棰欲擊。下身長褲，赤足，右足前伸，左足曲蜷於圓榻上。面部表情幽默風生，額前皺紋數道，張口露齒，是一個典型的丑角形象。高五十六厘米。[41]

（見，附圖1：四川成都東漢陶質蹲坐式說書俑）

從描述文字看來，這尊陶俑似在打鼓說唱，因而被確定為「說書俑」。如果此說不謬，則「說書俑」可以說提供了漢代說書藝術的具體形象。

1963年，四川郫縣又出土了東漢時期類似的「說書俑」，也是右手持棰，左手抱鼓的陶俑。與天回鎮「說書俑」不同者，乃前者是蹲坐式表演，後者是站立式表演。高六十六點五厘米。

（見，附圖2：四川郫縣東漢陶質站立式說書俑）

1979年，江蘇揚州邗江胡揚一號的西漢木槨墓中，再出土了兩件木質「說書俑」，據《曲藝》雜誌1958年第5期所載徐良臣的文章介紹：

兩件揚州說書俑，一件高五十厘米，刻畫一老人端坐態，右手向上揚起，著指劃狀；左手置於腹部，極為自然。其面部神情似侃侃而談，但笑得那麼詼諧，那麼風趣，彷彿已使周圍的聽眾發出陣陣的哄笑。

（見，附圖3：江蘇揚州西漢木質坐式說書俑一）

另一件俑高三十三厘米，亦係坐式，頭有髻，髻上插簪，手臂彎曲向上，左手

[41] 轉引自蔡源莉、吳文科：《中國曲藝史》（北京：文化藝術出版社，1998年1月）頁16。

放置左腿，神態亦極逼肖。[42]

（見，附圖4：江蘇揚州西漢木質坐式說書俑二）

由於這些說唱俑的發現，使我們知道，在兩漢時代，從長江上游的四川，到長江下游的江蘇，都有說書這種民間曲藝活動的存在，而且由於深受墓中主人的喜愛，以之做為陪葬品。不過，由於缺少其他資料的佐證，我們無法知道這些說書的方式與內容。

在漢代，除說書之外，也有一些長篇的民間敘事歌曲，如〈陌上桑〉、〈焦仲卿妻〉，前者有五十多句，後者更長達三百五十幾句。但在當時是怎樣歌唱的，也因為缺少記載，難以說明。《漢書．霍光金日磾傳》中，有「擊鼓歌唱作俳優」[43]的話，足見說唱在漢代已是相當普遍的一種民間藝術。

三、唐代的民間說唱

中國民間敘事詩的發展，在漢代至南北朝，已經達到相當成熟的地步。這是後來說唱藝術中，唱詞部分的基礎；而散文和四六體的韻文，六朝以來通行已久，則是後世說唱藝術中說話部分的基礎。

中國的民間說唱，內容是講故事，形式上是歌唱和說話兩者交錯組成，有時也用樂器伴奏。其歌唱部分常是一種敘事歌曲；其說話部分，或用散文，或用四六文體，或用語體文。

唐代講故事的「說話」，已在民間流行。如：

中唐詩人元稹（779-831）《元氏長慶集》卷一詩〈酬白學士代書一百韻〉：「翰墨題名盡，光陰聽話移」，其下自註云：「樂天……又嘗於新昌宅，說一枝花話，自寅至巳，猶未畢詞也。」[44]樂天即白居易，所說的「一枝花話」，可能就是歌唱與說話兩者結合的說唱藝術。

按「一枝花」是唐朝天寶年間（742-575）長安名妓李娃的別名。同時也是天寶年

---

[42] 轉引自蔡源莉、吳文科：《中國曲藝史》（北京：文化藝術出版社，1998年1月）頁17。

[43] （漢）班固：《漢書》卷68〈霍光金日磾傳〉。《漢書四》（臺南：平平出版社，1975年5月）頁2940。

[44] 引自蔡源莉、吳文科：《中國曲藝史》（北京：文化藝術出版社，1998年1月）頁24。

間產生的樂曲名稱，內容與李娃的故事有關。白居易在新昌宅中，能長時間說「一枝花話」，雖然不是職業性的表演，但民間可能早已存在這種說唱了。

唐代的民間雖然已經流行說話（講故事），但說唱的本子卻是一本都沒有留傳下來。現在遺留下來最早的說唱本子，只有敦煌出現的唐代佛教所保存的變文。

其實變文也是僥倖的封存在敦煌洞穴之中的，若不是1899年偶然被發現，我們至今也仍然不知道，在唐代有著這樣一種體裁的說唱藝術，影響到後代的文學和說唱藝術。

> 在變文沒有發現以前，我們簡直不知道，平話是怎麼會突然在宋代產生出來？諸宮調的來歷是怎樣的？盛行於明、清二代的寶卷、彈詞及鼓詞，到底是近代的產物呢？還是古已有之的？[45]

這是民國初年鄭振鐸教授的話，「變文」這個名詞，也是經他研定的。

佛經中說「轉換舊形名變」，所以佛教塑像，描述佛經中故事的連續圖畫，就叫「變相」。變相以文字說明，就是變文。後來變文脫離變相而獨立，演變成一種通俗文學的體裁。或者說，變文之變，是指變更了佛經的本文而成為「俗講」的意思。也有人認為變文是講唱奇異故事的意思。佛經中的故事，奇異變幻，繪之以圖是變相，敘之以文是變文。變相與變文最早的來源是佛經，是用來傳教的。後來才更換內容，敘述歷史故事。

從印度傳入中國的翻譯佛經中，有許多是富有文學色彩的。「佛教文學作品中有兩個特色，第一是富於想像，第二是散韻並用的體裁。」[46]佛經中散韻夾雜並用的體裁，是在每段散文敘述之後，再用韻文重述一遍，這種韻文叫做「偈」，可以唱。這種體裁，對於通俗唱本與戲曲的運用上，是非常需要的，傳入中國以後對於後代的彈詞、平話和戲曲的形式，都有影響。

1899年在甘肅敦煌石室中，發現了公元四世末到十世紀末的許多寫本書籍和圖畫文物，其中最為重要的文獻，就是變文。

變文是一種韻散夾雜的新文體，這種文體在唐以前的正統文學中未曾出現。唐代以前中國文學的體裁比較簡純，散文是散文，韻文是韻文。

---

[45] 鄭振鐸：《中國俗文學史》（上）（臺北：臺灣商務印書館，1999年4月）頁180。

[46] 劉大杰：《中國文學發展史》（臺北縣：漢京文化事業有限公司，1992年6月）頁397。

變文是演述佛經故事的俗講話本。或先以散文講述故事，再用韻文歌唱；或先以散文為引子，再用韻文詳細地敘述；或散文、韻文交雜並用，不可分開。至於韻文的體裁，都是以七言句式為主體，間或雜以三言、五言，但不常見。散文的體裁則用語體文或駢文。

變文的類別，依其內容，可分為演述佛事與演述史事和民間故事兩種。演述佛事的變文，以〈維摩詰經變文〉、〈降魔變文〉、〈大目乾連冥間救母變文〉為代表。演述史事與民間故事的變文，有〈伍子胥變文〉、〈捉季布變文〉、〈舜子變文〉、〈孟姜女變文〉、〈王昭君變文〉、〈秋胡變文〉等。此外尚有抒寫沙州（現今敦煌）首領的〈張義潮變文〉、〈張淮深變文〉，記載當時、當地的國家大事。

這些變文對中國後世的文學有什麼影響呢？和我們所研究的蘇州彈詞有什麼關係呢？1932年，鄭振鐸（1898-1958）在其《插圖本中國文學史》中說：

> 變文的發現，在我們的文學史上乃是最大的消息之一。我們在宋、元間所產生的諸宮調、戲文、話本、雜劇等等，都是以韻文與散文交雜組成起來的。我們更有一種弘偉的敘事詩，自宋、元以來，也已流傳於民間，即所謂「寶卷」、「彈詞」之類的體裁者是。他們也是以韻散交組成篇的。
>
> 變文之為此種新文體的最早的表現，則也是無可疑的事實。從諸宮調、寶卷、平話以下，差不多都是由變文蛻化或受其影響而來的。[47]

1938年，鄭氏又在其《中國俗文學史》中說：

> 變文是講唱的。講的部分用散文，唱的部分用韻文。這樣的文體，在中國是嶄新的，未之前有的。
>
> 變文的韻式，至今還為寶卷、彈詞、鼓詞所保存，真可謂為源微而流長了。考變文所用的韻式，最普通的是七言。也有於七言之中，夾雜著三言的，這三言的韻語，使用著的時候，大都是兩句合在一處的，仍似是由七言語句變化或節省而來。後來的許多寶卷、彈詞、鼓詞的三七言夾雜使用著的韻式，便是直接從變文這個韻

---

[47] 鄭振鐸：《插圖本中國文學史》（北京：文學古籍刊行社，1959年）頁448-449。

式流演下來的。

關於散文部分，變文的作者們大體使用著比較生硬而幼稚的白話文，但也有作者是使用著當時流行的駢偶文的。[48]

劉大杰（1904-1977）在《中國文學發展史》中說：

變文對後代中國文學的影響，有幾點值得重視的：

一、宋人話本，在形式上受有變文的影響。

二、寶卷、彈詞一類的民間通俗作品，是變文的嫡派。

三、在中國的長篇小說中，時時夾雜著一些詩詞歌賦或是駢文的敘述，是變文體裁的遺形。

四、唐、五代的口語，在變文中還保存著不少。這不僅對研究古漢語的人有用處，對於理解唐、五代以至宋、元的文學作品，也很有參考價值。[49]

寶卷、彈詞既是變文的嫡派，我們認為變文也是蘇州彈詞的祖源，應該是沒有錯誤了。

總而論之，敦煌變文的體裁，分為散韻相間、散文、韻文三種。題名為「押座文」的，全屬韻文。題名為「賦」的，也是韻文。題名有「話」的，全是散文。題名為「講經文」的，全是散韻相間的文體，在變文中，這一類文體的數量最多，所以散韻相間的文體，就成了變文的特色。唐代變文已經有了「又說又唱」和「只說不唱」的區別，現代的彈詞和評話就是這樣區別的。而「押座文」，也與後世作定場用的彈詞「開篇」頗相類似，只唱不說。[50]

變文的主要體裁既然是散韻相間的，講述變文時就要又說又唱。那麼唱的曲調，也是隨同佛經由印度傳進中國的嗎？在南北朝時代，南朝梁代的僧人慧皎（497-554）就曾在他撰寫的《高僧傳》中說到：

48 鄭振鐸：《中國俗文學史》（上）（臺北：臺灣商務印書館，1999年4月）頁190-195。
49 劉大杰：《中國文學發展史》（臺北縣：漢京文化事業有限公司，1992年6月）頁408。
50 周良：〈蘇州評彈史話〉，載《評彈藝術》第十二集（北京：新華出版社，1991年2月）頁120。

> 自大教東流，乃譯文者眾，而傳聲蓋寡。良由梵音重複，漢語單奇。若用梵音以詠漢語，則聲繁而偈促；若用漢曲以詠梵文，則韻短而詞長。是故金言有譯，梵響無授。[51]

因為印度與中國語言不同，曲調難以通用，所以中國佛教歌曲很少是從印度傳入的，而是採用了中國民間音樂，加上一個宗教性的名稱，叫做「梵音」。

唐代的民間歌曲至今已無傳，僅留有歌詞。歌詞的形式，有齊言的（七言、五言等）、有長短句的。在詞曲的形式結構上看，有單個的隻曲，有同曲配上多節歌詞連續歌唱的，也有分成若干段的「大曲」。[52]

四、宋代的民間說唱

宋代的民間說唱藝術，是十分興盛的。宋人幽蘭居士孟元老有《東京夢華錄》一書，其卷二〈東角樓街巷〉，記北宋末年東京（開封）東角樓街巷即有瓦子、勾欄五十餘座。瓦子、勾欄皆為當時的遊藝場所。其中，中瓦子蓮花棚、牡丹棚和裏瓦子夜叉棚、象棚最大，可容數千人，其盛況可以想見。[53]在卷五〈京瓦伎藝〉中，記京瓦伎藝有孟子書、小唱、嘌唱、般雜劇、傀儡、毬杖踢弄、講史、小說、散樂、舞旋、小兒相撲、雜劇、影戲、弄蟲蟻、諸宮調、商謎、合生、說諢話、雜班、說三分（三國志）、五代史、叫果子等項目。[54]

在這些伎藝中有說的、唱的、雜劇、歌舞、雜技、更有說唱相間的：

1. 說的：如孟子書、講史、小說、說諢話、說三分、五代史。其中講史、小說、說經、說參請，統稱為「說話」。

2. 唱的：如小唱、嘌唱、散樂。

3. 雜劇：如雜班、般雜劇、雜劇。

---

51 楊蔭瀏：《中國古代音樂史稿》（上冊）（北京：人民音樂出版社，1981年2月）頁163註1。

52 楊蔭瀏：《中國古代音樂史稿》（上冊）（北京：人民音樂出版社，1981年2月）頁204。

53 （宋）孟元老撰（民）鄧之誠注：《東京夢華錄注》卷2〈東角樓街巷〉（臺北：世界書局，1999年9月）頁97-98。

54 （宋）孟元老撰（民）鄧之誠注：《東京夢華錄注》卷5〈京瓦伎藝〉（臺北：世界書局，1999年9月）頁201。

4. 歌舞：如合生、舞旋。

5. 雜技：如叫果子、傀儡、商謎、影戲、弄蟲蟻、毬杖踢弄、小兒相撲。

6. 說唱相間的：如小唱、諸宮調。

描寫南宋末年都城臨安（杭州）民間說唱藝術的，有吳自牧的《夢粱錄》和周密的《武林舊事》、耐德翁的《都城紀勝》、西湖老人的《繁勝錄》及羅燁的《醉翁談錄》。《都城紀勝》成書於1215年，《夢粱錄》作者自序於1274年，都已是南宋的末期（南宋1276年亡國），《武林舊事》則是宋亡後的憶念杭州之作。

吳自牧《夢粱錄》卷十九〈瓦舍〉，記南宋末年定都杭州已經一百四十餘年，戶口蕃息，近百萬餘家，杭州城內外的瓦舍合計十七處。[55]卷二十〈妓樂〉、〈百戲伎藝〉、〈小說講經史〉中，記載民間說唱的雜劇、舞旋、說唱諸宮調、唱賺、百戲伎藝、商謎及小說講經史。在〈小說講經史〉條，區分小說（名銀字兒，如煙粉、靈怪、傳奇、公案、朴刀、桿棒發發蹤參之事）、談經（演說佛書）、說參請（賓主參禪悟道）、講史書（講說通鑑），為「說話四家」。[56]

周密《武林舊事》中卷六〈瓦子勾欄〉記杭州城內外，有瓦子勾欄二十三處。又有不入勾欄，流動賣藝，只在耍鬧寬潤之處做場的，叫做「打野呵」的「路歧人」，伎藝更次於在瓦子勾欄內表演的藝人。同卷〈諸色伎藝人〉記諸色伎藝有演史、說經、小說、影戲、唱賺、小唱、嘌唱、鼓板、雜劇、雜扮、彈唱因緣、唱京詞、諸宮調、唱耍令、唱撥不斷、說諢話、商謎、覆射、學鄉談、舞綰百戲、撮弄雜藝、傀儡、角觝、喬相撲、蹴毬、合笙等等。[57]

打野呵的路歧人，也有走入鄉間去賣藝的，如南宋詩人陸游（1125-1210）著《陸放翁詩集》有〈小舟遊近村〉一詩云：「斜陽古柳趙家莊，負鼓盲翁正作場，身後是非誰管得，滿村聽說蔡中郎。」[58]這位走唱的藝人是一位年老的盲者，以鼓來伴奏，在鄉間唱著蔡中郎的故事，也就是所謂的「陶真」。南宋號西湖老人者，著《繁勝錄》云「唱

---

[55] （宋）吳自牧：《夢粱錄》卷19〈瓦舍〉。見《筆記小說大觀》（正編・二）（臺北：新興書局，1973年4月）頁793。

[56] （宋）吳自牧：《夢粱錄》卷20〈妓樂〉、〈百戲伎藝〉、〈小說講經史〉。見《筆記小說大觀》（正編・二）（臺北：新興書局，1973年4月）頁797-798。

[57] （宋）周密：《武林舊事》卷6。見《筆記小說大觀》（續編・四）（臺北：新興書局，1973年7月）頁2250-2259。

[58] （宋）陸游：《陸放翁詩集》〈小舟遊近村捨舟步歸四首〉之四。見《全宋詩》第四〇冊卷2168（北京：北京大學出版社，1998年12月）頁24919。

涯詞只引子弟，聽陶真盡是村人」[59]，就是指這種走唱賣藝。

在這些瓦舍的表演伎藝之外，宋代的說唱歌舞也是十分發達的。北宋時期的民間歌舞有「轉踏」（即傳踏，或稱纏達），南宋時變為「唱賺」，曲調更為豐富。又有「大曲」，用來演唱故事，有舞有樂也有歌詞。宋代流行的大曲竟有十八調四十大曲，每一大曲用歌舞演一種故事。大曲中最為緊張刺激的段落叫「入破」，單獨演出入破段的叫「曲破」，這些都以歌舞為主。唱賺主要在唱，將流行的宋詞、大曲、曲破等歌唱形式加以綜合，再加上嘌唱、叫聲，在同一宮調中，把不同的曲調組合成套曲進行演唱。在當時說唱技巧中，難度最高。伴奏的樂器有鼓、板、笛等。

在如此繁多的瓦舍伎藝與高度發展的說唱歌舞樂曲中，主要以敘事為主，既說且唱，說唱的文詞又是散韻相間的，並與後世彈詞的成長有關的，則有「鼓子詞」與「諸宮調」。

（一）鼓子詞

轉踏、大曲、曲破等形式，都是說唱與歌舞相伴。純以說唱形式取勝的，則是鼓子詞。「鼓子詞」是歌唱時用鼓伴奏的一種樂曲。北宋時，有些鼓子詞並不敘述故事，如歐陽修的〈鼓子詞漁家傲〉十二首以詠十二月，並無講說，到後來才漸用於說唱故事。

今日所能見到的宋人鼓子詞文本，一為〈元微之崔鶯鶯商調蝶戀花詞〉，一為〈蔣淑貞刎頸鴛鴦會〉。〈元微之崔鶯鶯商調蝶戀花詞〉是宋、趙德麟（字令時，1061-1134）所撰，載於其《侯鯖錄》卷五。[60]將唐人元稹（字微之，779-831）的《會真記》分成十章，前面加上序言，再插入自己所寫的〈商調蝶戀花〉鼓子詞十一首，形成一種說唱相間、散韻夾雜的敘事文體。鄭振鐸在《中國俗文學史》下冊中說，這是受到變文的影響後，所產生的文人作品：

> 我們今日所知的最早受到「變文」的影響的，除說話人的講史、小說以外，要算是流行於宋、金、元三代的鼓子詞與諸宮調了。鼓子詞僅見於宋，是小型的「變文」，是用流行於宋代的詞調來歌唱的；當為士大夫受到「變文」影響之後的一種典雅的作品。

---

59 （宋）：西湖老人：《繁盛錄》。轉引自倪鍾之：《中國曲藝史》（瀋陽：春風文藝出版社，1991年3月）頁156。

60 （宋）趙德麟：《侯鯖錄》卷5〈元微之崔鶯鶯商調蝶戀花詞〉。見《筆記小說大觀》（正編．二）（臺北：新興書局，1973年4月）頁947-949。

「鼓子詞」是一種敘事的講唱文，和「變文」相同，也是韻文、散文相間雜的組織成功的。惟其篇幅比「變文」縮小得多了，當是宴會的時候，供學士大夫們一宵之娛樂的。故文簡而事略；每篇大約只有十章的歌唱。……鼓子詞乃是以管弦伴之歌唱的，和諸宮調之單用弦索（即弦樂）伴唱者不同。[61]

這種鼓子詞，是用一個曲調來說唱故事的，就像大曲一樣，以同一宮調的曲子，歌唱數遍，來唱一個故事。不過大曲只用唱，沒有說的部分。趙德麟撰這首鼓子詞，主要也是為了能唱。趙說：

夫傳奇者，唐元微之所述也。以不載於本集，而出於小說。……惜乎不被之以音律，故不能播之聲樂，形之管弦。

今於暇日，詳觀其文，略其煩褻，分之為十章。每章之下，屬之以詞。……調曰商調，曲名蝶戀花。句句言情，篇篇見意。[62]

從〈商調蝶戀花〉全文來看，在每段散文的講說之後，都要加一句「奉勞歌伴，再和前聲」，可以知道這種鼓子詞的講唱者至少須以三人組成。一人講，另一人唱，講唱者或兼操弦索，或兼吹笛。其他一人，則專事吹笛或操弦。

另一篇宋代鼓子詞，是〈蔣淑貞刎頸鴛鴦會〉，後來收入明人洪楩所輯的《清平山堂話本》之中，再由馮夢龍（1574-1646）編入《警世通言》第三十八卷。〈蔣淑貞刎頸鴛鴦會〉的體裁與〈元微之崔鶯鶯商調蝶戀花詞〉一樣，只是它的講說是白話的。篇末有「漫聽秋山一本〈刎頸鴛鴦會〉。奉勞歌伴，再和前聲。」「又調【南鄉子】一闋」[63]的話，可以推知這應是藝人秋山演唱的本子，與〈元微之崔鶯鶯商調蝶戀花詞〉為文人所作者不同。〈蔣淑貞刎頸鴛鴦會〉的說白多於唱詞，這就更接近於日後的彈詞了。

（二）諸宮調

諸宮調是公元十一世紀，北宋的民間藝人孔三傳所創立的。孔三傳係汴京（開封）

[61] 鄭振鐸：《中國俗文學史》（下）（臺北：臺灣商務印書館，1999年4月）頁62-64。

[62] （宋）趙德麟：《侯鯖錄》卷5頁4上。見《筆記小說大觀》（正編．二）（臺北：新興書局，1973年4月）頁947。

[63] （明）馮夢龍：《警世通言》（下）（臺北：里仁書局，1991年5月）頁580-581。

瓦子勾欄中賣技的藝人。吳自牧《東京夢華錄》中，載京瓦伎藝中有孔三傳耍秀才諸宮調。記耐德翁《都城記勝》說：

> 諸宮調本京師孔三傳編撰傳奇、靈怪，入曲說唱。[64]

孔三傳是宋神宗（1068-1086）時澤州（今山西晉城）人。初期的諸宮調用鼓、板、笛等樂器伴奏，繼而發展為用弦索樂器，如琵琶、箏等伴奏。所以到明、清時代，有人將諸宮調稱為「彈唱詞」或「搊彈詞」。

諸宮調至今留存下來的本子很少。前期孔三傳諸人之所作，今已不可得見。今所知者為後期產物，有元代南戲《張協狀元》中的一段和《劉智遠諸宮調》殘本。《劉智遠諸宮調》中講的是李三娘的故事，為十二世紀的遺物，是在甘肅西部發掘出來的西夏文物。目前僅有完整的一部諸宮調，是金人董解元的《西廂記諸宮調》。

董解元為金章宗時候（1190-1208）的人，身世不可考。他是根據唐人元稹《會真記》的故事概略，加以創造發展而寫成這部《西廂記》。

《西廂記諸宮調》是合若干宮調的套曲聯唱，間以講說。體裁仍是韻文和散文間雜的。它共用十四種宮調，一九一個套曲和兩隻單曲。元稹《會真記》是字數不足三千字的散文體小說，董解元改寫成五萬字左右，韻散間雜的說唱文體，氣勢上非常宏偉。

五、元明的民間說唱

在宋、金對峙期間產生的金代董解元《西廂記諸宮調》，在元代中葉還有人可以完整唱出，元末，就很少有人會唱了。

宋代民間說唱的雜劇至金代稱為院本，二者沒有分別，至元代才形成兩種不同的藝術形式。元代雜劇專指演員扮演人物演故事的形式，成為一種真正的戲劇，使它從說唱藝術中分離出去，徹底改變以前戲劇與說唱亦分亦合的局面。

（一）散曲

元代散曲繼承自唐、宋以來的民歌。「散曲」是清唱的，又名「清曲」。唱時只用

---

[64] （宋）孟元老撰（民）鄧之誠注：《東京夢華錄注》卷5〈京瓦伎藝〉（臺北：世界書局，1999年9月）頁216。

弦索、笙笛、鼓板伴奏，不用鑼鼓。散曲又分「套數」和「小令」兩類。散曲中有抒情的詩篇，有敘事的歌曲。

（二）彈唱

散曲以外，元代也有類似宋代的嘌唱和小唱。元人夏庭芝就在《青樓集志》中，列出青樓內有名的女藝人達百餘人。專長於自彈自唱的有，于四姐、金鶯兒、孔千金等人。元代還有一種用琵琶伴奏著歌唱的歌曲，稱為「琵琶詞」，在當時很受歡迎。

（三）山歌

明代有一種山歌，形式短小，有時用樂器伴奏，加上過門就成了「小曲」。小曲在形式上不一定短小，它是和「崑山腔」、「弋陽腔」等當時盛行的戲曲對比來說的。說「小」，是指其表演的形式比較簡單。

小曲的本身，雖然僅是提供清唱的一種歌曲，卻對後世的說唱音樂和戲曲音樂，產生了影響。把「南詞」加說白，用來講故事，就成了「彈詞」。《白雪遺音》卷四中的《玉蜻蜓》就是一個例子。

明代除了民間的小曲以外，還有一種承先啟後的民間說唱藝術，上承唐代變文之餘緒，下開彈詞的先河，那就是流行於民間的「寶卷」。

（四）寶卷

北宋真宗時（998-1022），講唱變文遭到禁止。變文雖在廟宇中絕跡，說經、說參請卻在民間的瓦舍興起。南宋時，杭州瓦子勾欄子中，就有說經和諢經的長嘯和尚、彭道、陸妙慧（女流）等；彈唱因緣的童道、費道等。皆見周密《武林舊事》卷六〈諸色伎藝人〉。這些說經，彈唱因緣的藝人，有和尚、尼姑、道士，也有俗人。但說經、說諢經、說參請、彈唱因緣的內容，卻沒有文字記載的留存。但有另外類似的一種作品保留了下來，那就是明清之際的「寶卷」。

寶卷之名，實出現在於元代。現存最早的卷本，是元末明初彩繪抄本的《目蓮救母出離地獄升天寶卷》。我們從它的名稱便可知道，這份寶卷的故事內容是出於變文的《目連緣起》和《大目乾連冥間救母變文》。

寶卷的結構與變文一樣，散韻相間，說唱間雜。內容也以因果報應及佛道故事為主。宣講寶卷又稱「宣卷」，多由尼眾到富紳家中，向女眷們宣講，宣前必須焚香請佛，然後尼姑展開寶卷的本子，照本念唱。先說開場白，接唱四句或八句偈。偈是梵語「偈陀」的略稱，意思是頌。唱時採用民歌小令的調子，如【楚江秋】、【山坡羊】、

【皂羅袍】等。全部講完，再頌一偈，偈畢高宣「摩訶般若波羅密」。

清朝初年，宣卷活動已流入南北各地民間社會，成為民眾信仰、教化、娛樂的活動。在南方集中於江、浙兩省的吳語地區，在北方散布於河北、山西、山東、甘肅各省，稱為「念卷」。清末民初，是民間宣卷發展的全盛時期。江浙地區，宣卷的活動不僅在鄉間，而且進入上海、蘇州、杭州、寧波等大城市。產生了所謂的「蘇州宣卷」、「四明宣卷」。

二十世紀四十年代，宣卷開始在大部分流傳地區消失。江浙的「書派宣卷」向蘇州彈詞靠攏，使之說書化；「化妝宣卷」向地方小戲靠攏，使之戲曲化。杭州的化妝宣卷，脫胎換骨，成了「杭戲」。進入五十年代以後，除個別農村地區外，各地的宣卷活動很快地便消失了。[65]

（五）盲詞與陶真

明代中葉，彈詞開始形成，最初稱為「陶真」。陶真又名「淘真」，其意義不明，只知是宋代的一種說唱形式。西湖老人《繁勝錄》中有「唱涯詞只引子弟，聽陶真盡是村人」之語。說明南宋民間有「涯詞」與「陶真」的演唱。涯詞（崖詞）唱詞較文雅，為宦家子弟所喜好；陶真內容更通俗，受農民們歡迎。

明人田汝成《西湖遊覽志餘》卷二十〈熙朝樂事〉云：

> 杭州男女瞽者，多學琵琶，唱古今小說、平話以覓衣食，謂之「陶真」。大抵說宋時事，蓋汴京遺俗也。瞿宗吉〈過汴梁〉詩云：「歌舞樓台事可誇，昔年曾此擅豪華，尚餘艮岳排蒼昊，那得神宵隔紫霞。廢苑草荒堪牧馬，長溝柳老不藏鴉，陌頭盲女無愁恨，能撥琵琶說趙家。」其俗殆與杭無異。若《紅蓮》、《柳翠》、《濟顛》、《雷峰塔》、《雙魚扇墜》等記，皆杭州異事，或近世所擬作者也。[66]

據田氏言，可知明代演唱陶真仍為盲者，男女均有，打鼓伴奏改為琵琶彈奏。所演唱之內容，為各種傳奇故事。北方的開封與南方的杭州，均有陶真演唱。

郎瑛《七修類稿》卷二十二記，《閭閻陶真之本》為七言唱詞。閭閻為里巷，借指

---

[65] 車錫倫：《中國寶卷研究論集》（臺北：學海出版社，1997年5月）頁6-9。

[66] （明）田汝成：《西湖遊覽志餘》卷20〈熙朝樂事〉（上海：上海古籍出版社，1998年12月）頁298-299。

為平民。本句是指里巷民間的陶真話本，內容為七言唱詞，這和現在的蘇州彈詞唱詞一樣。今日涯詞、陶真全無文本留傳，陶真究作何解，亦無從得知。

（六）彈詞

「彈詞」一詞，最早的記載見於明中葉嘉靖年間的田汝成，田字叔禾，浙江杭州（錢塘）人。田氏在其《西湖遊覽志餘》卷二十〈熙朝樂事〉中，記杭州八月觀潮時云：

> 其時優人百戲：擊毬、關撲、魚鼓、彈詞，聲音鼎沸。[67]

稍後，萬曆年間的臧懋循（1550-1620）在其《負苞堂文集》卷三的〈彈詞小記〉中說：

> 若有彈詞，多瞽者以小鼓、拍板，說唱於九衢三市；亦有婦女被以弦索。蓋變之最下者也。[68]

可見當時的彈詞包括了兩種形式：一為盲者以鼓、板伴奏歌唱，一為婦女以弦索（三弦或琵琶）彈唱。而將盲者說唱之盲詞包括在所謂的彈詞之內。

至於彈詞的著作，最早始於何時，今不可知。明代編《元曲選》的臧懋循，曾謂元人楊維楨（1296-1370浙江紹興人），著有《四遊記彈詞》。臧氏《負苞堂文集》卷三〈彈詞小記〉中說：

> 若有彈詞，……近得無名氏《仙遊》、《夢遊》二錄，皆取唐人傳奇為之敷衍。深不甚文，諧不甚俚，能使騃兒少女無不入耳而動於心。自是元人伎倆。或云楊廉夫（維楨）避難吳中時為之。聞尚有《俠遊》、《冥遊》錄，未可得。[69]

---

[67] （明）田汝成：《西湖遊覽志餘》卷20〈熙朝樂事〉（上海：上海古籍出版社，1998年12月）頁293。

[68] （明）臧懋循：《負苞堂文集》卷3〈彈詞小記〉。轉引自蔡源莉、吳文科：《中國曲藝史》（北京：文化藝術出版社，1998年1月）頁63。

[69] （明）臧懋循：《負苞堂文集》卷3〈彈詞小記〉。轉引自倪鍾之：《中國曲藝史》（瀋陽：春風文藝出版社，1991年3月）頁249。

臧氏認為元人已有《四遊記彈詞》的著作，又疑其為楊維楨所作，因傳本無人得見，只能存疑。臧氏刻印了《四遊記》中的《俠遊》、《冥遊》、《夢遊》三集，至今皆不傳，我們無法據以研究，只能得知明代已經出現以彈詞為名的民間曲藝，是優人的百戲之一。

（七）彈唱詞話

明代中期，憲宗成化（1465-1486）年間，北京永順書坊印行有《全相說唱詞話叢刊》，1967年，在上海嘉定縣，明朝成化年間，西安府同知宣昶之妻的棺木中發現。這一批隨葬的說唱詞話刊本，共有十二冊。除最後一冊為戲文《白兔記》外，其餘的全是說唱詞話，共十一冊，稱為「成化詞話」十一種。但在《包侍制出身傳》後還附《陳州糶米記》、《仁宗認母傳》，實際上這批詞話應該是十三種：

1. 新編全相說唱足本《花關索出身傳》
2. 新編說唱全相《石郎駙馬傳》
3. 新刊全相《唐薛仁貴跨海征遼故事》
4. 新刊全相說唱《包侍制出身傳》
5. 《陳州糶米記》
6. 《仁宗認母傳》
7. 新編說唱《包龍圖公案斷烏盆案傳》
8. 新刊說唱《包龍圖斷案曹國舅公案傳》
9. 新刊全相說唱《張文貴傳》
10. 新編說唱《包龍圖斷白虎精傳》
11. 全相說唱《師官受妻劉都賽上元十五夜看燈傳》
12. 新刊全相《鶯歌行孝義傳》
13. 新刊全相說唱《開宗義富貴孝義傳》[70]

每一集篇名前都冠以「全相」、「說唱」或「全相說唱」等字樣。所謂的「全相」就是插圖，在書頁上是上圖下文。因為這些說唱集子是明朝成化年間印行的，所以稱之為《明成化說唱詞話叢刊》。[71]

《成化說唱詞話叢刊》內容可分三類：

---

[70] 倪鍾之：《中國曲藝史》（瀋陽：春風文藝出版社，1991年3月）頁288。
[71] 原件藏入上海博物館。1973年影印一百套，上海古籍出版社內部發行，1979年重印一次。

1. 講史故事三種：《花關索出身傳》、《薛仁貴跨海征遼》、《石郎駙馬傳》。

2. 公案故事八種：均為包龍圖（包拯）斷案故事。

3. 勸善故事二種：《鶯歌行孝義傳》、《開宗義富貴孝義傳》。

說唱詞話是詞話的一種，詞話是宋、元時代一種曲藝的名稱。詞是唱詞，話是說話。在藝人說唱時，兩者可以各自單獨演出，也可以混合演出，所以總名叫「詞話」。後來，大概是要和只說不唱的平話小說有所區別，就將這種又說又唱的詞話題名為「說唱詞話」。這個名詞始見於墓中出土的叢刊。這是我國現存詩贊系說唱文學最早的作品，這些詞話的唱詞形式與變文、陶真的句式相同。

在《成化說唱詞話》刊印後的數十年，楊慎（字用修，號升庵1488-1559）也著有《歷代史略十段錦詞話》，後由張三異增注，改名《二十一史彈詞》。內容有韻文有散文，韻文除〈臨江仙〉詞和詩之外，唱詞全是十字句，與其稱之為彈詞，不如說近乎鼓詞。這一部詞話今有傳本，其作品不是文學著作，只是通俗的歷史講解，也不是日後的蘇州彈詞。

《成化說唱詞話叢刊》刊印於北京，後來埋葬於上海嘉定的墓中。《歷代史略十段錦詞話》的著者楊慎為四川人，為官於北京，後貶戍於雲南，無論其撰述的時期是在為官前後或貶戍期間，地點也都是在中國的北方，後來傳入江、浙一帶之後，才別名《二十一史彈詞》。由此可以推見，詞話與彈詞及鼓詞在名詞之間的演變關係。北方的詞話，因為是以彈唱的方式演出，稱為彈唱詞話，到江南就簡稱為彈詞。這種彈唱詞話是由中國北方向南移植的。

晚於楊慎的江蘇崑山人梁辰魚（1519-1591），將楊慎的詞話改編，更名為《江東二十一史彈詞》。明末清初浙江湖州人陳忱（1613-約1670）著《續二十一史彈詞》，清初江蘇無錫人顧彩（1650-1718）又著有《第十一段錦彈詞》，均為延續楊氏之作。可惜皆已佚失，不見其內容。

葉德鈞在《宋元明講唱文學》中，有一段話：

> 使用彈詞的稱謂，除上引梁辰魚、陳忱兩部作品和臧懋循、田汝成等的記載外，另有董說（即董若雨）的作品和徐復祚的記載。其中除田汝成、梁辰魚二人外，沈德符、臧懋循、徐復祚是萬曆間人，張弘緒是崇楨間人，陳忱、董說是明清間人。他們都用彈詞的名稱，可證彈詞的稱謂是始用於嘉靖，到萬曆、清初間已大

為通行。按梁辰魚是崑山人，徐復祚常熟人，田汝成杭州人，沈德符秀水人，臧懋循、陳忱、董說都是吳興人。他們都是江南和浙江人，又可證彈詞是明代的南方江浙的稱謂。[72]

由於葉氏的分析，我們可以確認，彈詞是在明代中葉以後，流行於江南吳語地區的一種民間曲藝形式。是明代流行於中國北方的說唱詞話，流傳到江南一帶的專稱。

明代中期的成化說唱詞話，是以唱為主的一種演唱形式，由於明代說話藝術的流行，在原來詞文、陶真的基礎上，加入少量說白。後來說白逐漸增加，達到說唱並重的形式。也有的又返回原有的詞文、陶真式的演唱形式，形成後世鼓詞的先聲。出現了《大唐秦王詞話》和《木皮鼓詞》。

《大唐秦王詞話》是明朝萬歷年間諸聖鄰編著，共八卷六十四回。鄭振鐸認為這是最早的鼓詞，實際上他是根據民間說唱的底本改編的，在目錄頁總題上標有「重訂」字樣，每卷正題並冠以「按史校正」。《大唐秦王詞話》是以說白與唱詞交錯使用，其中說白部分較唱詞的篇幅長。這是成化詞話發展至明末，與話本互相影響的表現。[73]

《木皮鼓詞》出現於明末清初。是明萬曆年間出生於山東曲阜的賈鳧西（1590-1647）所創作並加以演唱的。木皮即是鼓板。木皮鼓詞是沿襲明代中期演唱詞話的形式，更有《歷代史略十段錦詞話》與《大唐秦王詞話》的某些影響，但在內容與形式上又有較大的變革，它是反傳統史家的觀點的。

明代詞話發展到清代，分歧為兩條道路。一條是與江南的彈詞合流，形成說唱交替的長篇敘事文體；另一條是刪減唱詞，與評話合流，基本上以說為主，表現特定場景上仍有韻語，但這些韻語也變唱為誦，這就是大鼓。所以明代以後，「詞話」就消失了。

明末清初，以蘇州方言說唱的蘇州彈詞，在蘇州萌發、形成。

---

[72] 轉引自倪鍾之：《中國曲藝史》（瀋陽：春風文藝出版社，1991年3月）頁251-252。
[73] 倪鍾之：《中國曲藝史》（瀋陽：春風文藝出版社，1991年3月）頁304。

第二節　蘇州彈詞的形成與發展

蘇州彈詞於明末清初之際，形成於蘇州。在明代嘉靖（1522-1572）、萬曆（1573-1619）年間開始萌發，至清代嘉慶（1796-1820）、道光（1821-1850）年間，已進入成熟階段。

一、蘇州彈詞的形成

明朝中葉，楊慎（1488-1559）著有《歷代史略十段錦詞話》，傳入江浙一帶，別名為《二十一史彈詞》。崑山人梁辰魚（1519-1591），又據以改撰為《江東二十一史彈詞》。清初浙江烏程（湖州）人陳忱（1613-1670）著《續二十一史彈詞》。江蘇無錫顧彩著《第十一段彈詞》。可見「彈詞」的文人擬作，明末清初之際已在江南盛行。

但最早描述蘇州露天說書情景，在說書人說白中有蘇州話的，則見於明末出生於蘇州吳縣的李玉（1611-1671後）所著的《清忠譜》。明末清初與陳忱同鄉的董說（1620-1689）所著的《西遊補》第十二回中，描寫有三個唱彈詞的盲女，所唱的內容中有吳歌「月兒彎彎照九州，幾家歡樂幾家愁，幾人在玉墜金鉤帳，幾個瀟湘夜雨舟，姐兒半夜裡打被頭，為何郎去你吤勿留留？」[74]的詞句。「吤勿留留」是吳語，反映出蘇州彈詞在明末即已出現。

以吳語（蘇州話）說唱的蘇州彈詞，早期仍然與前代的盲詞、陶真一樣，是由貧窮人家子女為乞討生活而為的賤業。清初刊本的《玉華堂日記》裡，記述了一些明代萬曆（1573-1619）年間，戲曲、曲藝在上海演出的情況。其中關於曲藝的，有「瞽婦唱詞」、「評話」、「蘇州彈唱」等。《玉華堂日記》作者潘允端是上海人，曾任四川布政司，明嘉靖三十八年（1559），在上海興建「豫園」為居宅。日記中記載，萬曆十六年（1588）在豫園召見「蘇州彈唱小廝來靠試唱」，這也證明明代末年，蘇州彈唱已有小廝到上海賣藝了。[75]

---

[74] （明）董說《西遊補》第12回吳歌，見周良：《蘇州評彈初探》（北京：中國曲藝出版社，1986年1月）頁7。

[75] （明）潘允端：《玉華堂日記》，原件藏上海博物館。敘述引自成濂：〈蘇州彈詞考源〉，載《評

蘇州彈詞是用蘇州話說唱的一種民間曲藝，正確的出現時間，難以考據。現在能夠見到，有蘇州話的彈詞唱本，是在清初，證明蘇州彈詞在明末清初之際已經形成了。

清乾隆年間編有許多有蘇州話的彈詞腳本，如《新編東調大雙蝴蝶》，杏橋主人著，乾隆三十四年（1769）寫定，道光三年（1823）文會堂補刊。《雷峰古本新編白蛇傳》，雲龍閣梓，乾隆壬辰（1772）年汪永章序，內署《新編宋調全本白蛇傳》。

此外，在乾隆年間，還出現了蘇州彈詞名家王周士。據咸豐、同治年間彈詞藝人馬如飛的說法是：

> 先生元和人，忘其字。乾隆南巡時，內官聽書作消遣，上聞召見。……恩賜坐彈唱，數節後竟護駕回鑾。公卿大夫莫不往還，病乞歸鄉居。家有「御前彈唱」字樣之燈。……毗陵探花趙公甌北載贈王周士詩於集中，今人猶呼曰紫癩痢是也。[76]

但此事頗有可疑，趙翼（1727-1814）係乾隆時人，其《甌北詩鈔》中，有〈贈說書紫癩痢〉（姓黃名周士，以說書遊公卿間）一詩。其名為黃周士而非王周士。蔣開華於《評彈藝術》第十七集〈王周士御前彈唱並無其人其事〉一文中認為馬如飛係移花接木，易黃周士為王周士。並以乾隆南巡時，揚州接駕演劇盛會之事，改成御前彈唱的故事。馬如飛又記王周士撰有〈書品〉、〈書忌〉，蔣開華也以為係馬自己所作。此種作法乃係說書被人輕視，馬氏為了攀龍附鳳、裝點門面而近貴取榮。[77]關於此事，周良先生認為，馬如飛的記載是可信的，可以不相信趙翼記的是王周士，但不能因而不信馬如飛的記載。

二、蘇州彈詞的發展

（一）光裕公所的成立

「光裕公所」是蘇州評話與蘇州彈詞藝人共同組成的職業公會。是評彈行會組織中，歷史最長、參加人數最多的行會。光裕公所成立的年代說法不一，有康熙以前、康

彈藝術》第五集（北京：中國曲藝出版社，1986年1月）頁126。

[76] （清）馬如飛：《南詞必覽》，載《評彈藝術》第十三集（北京：新華出版社，1991年12月）頁173。

[77] 蔣開華：〈王周士御前彈唱並無其人其事〉，載《評彈藝術》第十七集（南京：江蘇文藝出版社，1995年3月）頁140-141。

熙年間、乾隆年間、嘉慶年間數種。

清代馬如飛編《南詞必覽》，戴〈光裕公所顛末〉一文：

> 康熙年間，重立公所，名曰光裕，乃光前裕後耳。建立宮巷第一天門玄壇廟東，坐落長邑。蓋先道友姜永年，陳遇乾捐募落成。[78]

（見，附圖5：蘇州市宮巷第一天門光裕公所舊址）

依此看來，似乎光裕公所係康熙以前所創立，至康熙年間再由姜永年、陳遇乾重建。但陳遇乾係清乾隆末年（1790年前後）至嘉慶、道光（1796-1850）年間活動於蘇州的彈詞藝人，上距康熙（1662-1721）時代過遠，似不能在康熙年間捐款重建光裕公所。另一說法，為藝人間的口頭相傳，謂光裕公所係王周士於乾隆四十一（1776）年所創立。但王周士有無其人，亦難以定論。同治四年（1865）的〈元和縣永禁匪徒偷取小日暉橋光裕公所木料磚瓦碑〉中，載有「曾於嘉慶年間設立光裕公所，坐落宮巷玄壇廟東」等語，一般認為比較可靠。

光裕公所成立後，奉三皇為祖師，訂定章程，保護社員權益，規定演出與出道的規則，提倡尊師禮讓，每年舉行集會與會書，舉辦公益事業，發揮了不少的積極作用。

光裕公所的門樓正上方有「光前裕後」四個大字，寓意評彈藝術要發揚光大，代代相傳。據傳是乾隆御筆，可惜在咸豐庚申（1860）年遭兵焚被毀。今日所見，乃是出自民國初年江南著名書法家吳湖帆重書，字體端莊大方，雋秀樸實。

光裕公所於嘉慶年間成立，1912年，更名為「光裕社」，至1957年才停止活動。其位於蘇州城內宮巷第一天門的舊址至今仍在，已闢成書場，名為「光裕書廳」，於每週週末與週日演出蘇州評彈書目。

（見，附圖6：蘇州市宮巷第一天門光裕公所新貌）

（二）公所章程的訂立

---

[78] （清）馬如飛：《南詞必覽》，載《評彈藝術》第十三集（北京：新華出版社，1991年12月）頁166。

今存馬如飛訂定的〈光裕公所改良章程〉，共十六條。大體上規定不可男女同檔，不傳授女徒，弟子不得冒犯師長，演唱時要勸人忠孝為善，長者欺凌子弟要請司年公論，不可私鬥，年底會書，子弟未曾出道不准掛牌演出等等。[79]

（三）名家輩出

彈詞演員具備名氣、影響力、藝術水準者，稱為「響檔」。響，並非指聲音響亮，而是象徵聲譽鵲起。藝術造詣比響檔更好、名望更高者，稱為「名家」。蘇州評彈的名家，「前四家」，指清嘉慶、道光年間的四個名家。「後四家」，指清咸豐、同治年間的四個名家。

清初嘉慶（1796-1820）、道光（1821-1850）年間，名家輩出，各擅勝場。評話與彈詞演員合論，有「前四家」之說，但說法不一。一說為「陳、毛、俞、陸」，即陳遇乾（或陳士奇）、毛菖佩、俞秀山、陸士珍（或陸瑞庭）六人。另一說為「陳、姚、俞、陸」，姚指姚豫章（評話藝人），合計七人。今將評話藝人姚豫章去除，僅就彈詞藝人而論，有：

1. 陳遇乾，蘇州人，生卒年不詳，演藝活動始於乾隆末年，經嘉慶朝而終於道光年間。嘉慶十四年（1809）刊本《義妖傳》、嘉慶十八年（1813）刊本《雙金錠》、道光十六年（1836）重刊本《芙蓉洞》，都題為陳遇乾原稿。陳氏被認為是清代評彈「前四家」之首，其所創的唱腔流派稱為「陳調」，曾被推舉為「光裕公所」司年，又捐款重修公所，是蘇州評彈界望重一方的人物。

2. 陳士奇，蘇州人，生卒年不詳，稍晚於陳遇乾，亦以說唱《玉蜻蜓》、《白蛇傳》享名。陳遇乾所編之《義妖傳》（即《白蛇傳》）曾由陳士奇校閱，《芙蓉洞》（即《玉蜻蜓》）亦由陳士奇評論。

3. 毛菖佩，寶山（今上海）人，生卒年不詳，曾師事陳遇乾，以說唱《玉蜻蜓》、《白蛇傳》享名。其唱腔吸收【東鄉調】，與彈詞曲調揉合而成。

4. 俞秀山，蘇州人，生卒年不詳。演藝活動與陳士奇同時，也同時校閱了陳遇乾編寫的《義妖傳》、《芙蓉洞》。其演唱書目有《玉蜻蜓》、《白蛇傳》、《倭袍》，尤其擅說《倭袍》。其唱腔亦自成一派，稱「俞調」，唱時以真假嗓結合，音域寬廣，旋律變化豐富。

---

[79] 〈光裕公所改良章程〉載《評彈藝術》第十三集（北京：新華出版社，1991年12月）頁168。

5. 陸士珍，蘇州人，生卒年不詳，演藝活動於嘉慶、道光年間。彈唱《玉蜻蜓》、《白蛇傳》、《繡香囊》等書目。其唱腔為敘述性較強的「書調」，是蘇州彈詞的基本唱腔。其後許多的流派唱腔，都是從書調上發展起來的。

6. 陸瑞庭，生平無考，演唱書目不詳。但在《南詞必覽・雜錄十》，保存有他寫的〈說書五訣〉。[80]

蘇州彈詞由明朝嘉靖（1522-1572）、萬曆（1573-1619）年間開始萌發，明代中葉以後，用江南各地方言（蘇州、杭州、紹興、寧波）彈唱的彈詞，仍然繼承著明代說唱詞話的格局，代言成分極少，演唱者則不外是瞽者。明末清初的一段時間內，雖出現一批文人編寫的彈詞作品，但僅限於文人擬作。文獻上記載的彈詞，還是由盲人或乞丐所演唱，藉以乞討生活的彈詞。至清初嘉慶、道光年間，蘇州彈詞的正式演員已經出現，有許多名家，有特別編寫的彈詞書目，有演唱的基本書調和陳調、俞調的流派唱腔，由是，蘇州彈詞的演唱風格完全顯現，不同於其他地區的說唱曲藝。至此，蘇州彈詞的發展已進於成熟階段。

[80] 周良主筆：《蘇州評彈史稿》（蘇州：古吳軒出版社，2002年12月）頁19。
周良：〈蘇州評彈的歷史〉，載《評彈藝術》第四集（北京：中國曲藝出版社，1985年7月）頁213。

第三節　蘇州彈詞的興盛

清代乾隆（1736-1795）、嘉慶（1796-1820）、道光（1821-1850）年間，蘇州彈詞在蘇州進入第一個興盛時期。咸豐（1851-1861）、同治（1862-1874）年間，蘇州彈詞在上海進入第二個興盛時期。

一、蘇州時期

蘇州彈詞的演藝活動，在明末清初形成於蘇州之後，便在蘇州開始發展。清代乾隆（1736-1795）、嘉慶（1796-1820）、道光（1821-1850）年間，是蘇州彈詞史上第一個興盛時期。這個時期的表現有：

1. 茶館書場遍布各地，由蘇州城內開始向四周鄉村擴展，覆蓋的地域擴大，茶館書場的數目增多。

2. 演出的書目大量增加，除了乾隆、嘉慶年間演出的長篇彈詞《義妖傳》、《玉蜻蜓》等傳統的老書目外，在嘉慶年間有《三笑》、《雙金錠》，在道光年間又有《文武香球》、《還金鐲》等的新書目。

3. 藝人演出的水準提高，同一部書目，藝人們有了不同的說法，形成「各家各說」的現象。在說唱中，說的部分增加，出現「起角色」的手法。唱的部分，曲牌、小調減少，逐漸以彈詞基本的「書調」為主，另外又產生了陳遇乾的「陳調」、俞秀山的「俞調」、馬如飛的「馬調」等影響後世甚巨的三大流派唱腔。

4. 這個時期名家輩出，如王周士、陳遇乾、張夢高、毛菖佩、陳士奇、俞秀山、章廷玉、曹春江、陸瑞庭、陸士珍、姚豫章、馬春帆等人，他們對蘇州評彈的發展與繁榮，貢獻良多。

5. 彈詞在早期走唱的階段，多為盲女和女藝人串家走戶、沿門賣唱，甚至有女藝人賣為富人家的倡優。蘇州彈詞興盛之後，逐漸以男藝人的演出為主。光裕公所的章程中，甚至禁止藝人收授女徒。

6. 經過多年的演藝經驗之後，老藝人留下許多口訣和規則，除王周士的〈書品〉、

〈書忌〉之外，陸瑞庭亦提出了〈說書五訣〉，即「理、味、趣、細、技」。[81]

彈詞能在清代前期於蘇州獲得如此的盛況，實與當時的時代背景有關。蘇州早為吳王闔閭之都，東南的一大都會。漢代，蘇州擄三江五湖之利，富甲一方。隋代京杭大運河江南段拓浚後，更促進了商業繁榮與市場發展。宋、元以來，即有「上有天堂、下有蘇杭」的諺語。蘇州自古即是水鄉都邑，交通便利，加以沃野平疇，物產豐富，自然人口薈集。明、清時期，早已是五方雜處、百貨聚匯，為商賈通販的要津。滿清自1644年入關建國以後，歷經康熙、雍正、乾隆三朝盛世，對民間曲藝的發展提供了良好的條件。蘇州與杭州在明代就已經是絲織業的中心，這時依然保持其盛況，蘇州東城「比戶習織，專其業者不啻萬家。」[82]同時，蘇州與上海、無錫也是棉織業的中心，蘇州的城鄉普遍生產棉布，名揚四方。

由乾隆、嘉慶、道光、咸豐到同治這五個朝代（1736-1874）的一百三十八年之間，蘇州一直是蘇州彈詞的中心。這個時期蘇州彈詞藝人與其擅長的書目，可以分為三個階段：

（一）乾隆時期（1736-1795）

乾隆時期的藝人，我們在今日所知不多，最有名的有王（黃）周士與陳遇乾等人。

1. 王周士，元和人（今吳縣），擅說《遊龍傳》、《白蛇傳》。蒙乾隆召至御前演唱，受賜七品頂戴，並創建「光裕公所」，撰有〈書品〉、〈書忌〉。[83]清季學者對之頗有贊詞。趙翼（1727-1814）在其《甌北詩鈔》中〈贈說書紫癩痢〉一詩，盛贊其書藝是「妙撥鵾弦擅說書，自演俚詞彈脫手。」[84]李斗（？-1817）在其《揚州畫舫錄》中，也提到「紫癩痢（黃周士的綽號）善弦詞。」可見王（黃）周士的聲望揚名於蘇州、揚州兩地。

2. 陳遇乾，蘇州人，為清初蘇州評彈名家，「前四家」之首。擅說《白蛇傳》、《玉蜻蜓》。創立「陳調」的流派唱腔。

（二）嘉慶（1796-1820）、道光（1821-1850）時期

乾隆晚年，中國的內亂已經發生。乾隆六十年（1795）爆發了湖南、貴州、四川三

[81] 周良：《蘇州評彈》（蘇州：蘇州大學出版社，2000年8月）頁14-18。
[82] （清）乾隆《長洲縣志》卷16。
[83] 王周士其人之有無，近人雖有爭議，但苦無確實資料佐証，吾人只有依據馬如飛《南詞必覽》中的記敘。
[84] 鵾弦：用鵾雞筋做的琵琶弦。

省苗民造反，延續十二年之久。嘉慶元年至九年（1796-1804）發生白蓮教之亂，漫延湖北、四川、河南、陝西、甘肅五省。嘉慶十八年（1813）又有天理教的林清之亂，攻擾北京。所幸蘇州地處江南，尚能平靜。道光年間，外患開始侵略中國。道光二十年（1840）中英鴉片戰爭後，中國與英國締結了中外第一個不平等條約。此後各國不平等條約便接踵而至，使中國社會經濟產生巨大的變化。外國資本主義勢力的入侵，導致中國原本是農業與手工業相結合、自給自足的封建經濟結構遭到破壞，成為西方資本主義國家的商品市場和原料供應地。

在這個風雨已至，社會將變的時期，蘇州安於東南一隅，蘇州彈詞仍然穩定的發展。主要的彈詞藝人有：

1. 陸士珍，蘇州人，評彈「前四家」之一。擅說《玉蜻蜓》、《白蛇傳》、《繡香囊》。

2. 毛菖佩，寶山人（今屬上海），評彈「前四家」之一。師從陳遇乾，擅說《玉蜻蜓》、《白蛇傳》。

3. 陳士奇，蘇州人，評彈「前四家」之一。擅說《玉蜻蜓》、《白蛇傳》。

4. 俞秀山，蘇州人，評彈「前四家」之一。擅說《玉蜻蜓》、《白蛇傳》、《倭袍》。創「俞調」唱腔。

5. 馬春帆，丹陽人，居蘇州，為《珍珠塔》的最早說唱者。

（三）咸豐（1851-1861）、同治（1862-1874）時期

鴉片戰爭後，各地民變遍及全國，最後洪秀全於廣西起義，咸豐元年（1851）建立太平天國，三年（1853）定都南京。1856至1860年，兩次英法聯軍的第二次鴉片戰爭，迫使清廷先後訂定「天津條約」與「北京條約」。與此同時，太平軍東征，占據蘇州，建立以蘇州為首府的蘇福省。光裕公所曾被損毀，1863年蘇州又被清軍收回，公所由馬如飛、趙湘洲、王石泉等彈詞藝人重建。

在這樣的社會背景之下，蘇州評彈的發展開始走向分歧。農村受戰亂與經濟衰落的影響，書場時開時關，於是藝人湧向城市，轉向上海發展。蘇州因受戰亂的波及，評彈的演藝活動也幾度萎縮，並且受到上海娛樂業迅速發展的影響頗大。當上海成為中國重要的文化娛樂中心之後，蘇州就逐漸衰退了。

蘇州評彈的「後四家」，指活動於清咸豐、同治年間的四大名家，是「馬、姚、趙、王」，即馬如飛、姚世章（評話藝人）、趙湘洲、王石泉。此時著名的彈詞藝人，仍是以傳統書目為主要的說唱題材，敘述如下：

1. 馬如飛，蘇州人，評彈「後四家」之一。擅說《珍珠塔》，為馬春帆之子。曾習刑名，文筆佳，撰有「開篇」數百篇。於太平天國亂後重建光裕公所，擔任光裕公所司年，訂定〈光裕公所改良章程〉，著〈出道錄〉，對後期蘇州評彈界的重整，甚有貢獻。馬如飛創的「馬調」，與俞秀山的「俞調」齊名。

2. 趙湘洲，蘇州人，評彈「後四家」之一。為《玉蜻龍》、《描金鳳》的最早演出者。與馬如飛在同治年間共同重整光裕公所，亦被推舉為公所司年。

3. 王石泉，蘇州人，評彈「後四家」之一。活動於同治、光緒年間。從馬如飛習《珍珠塔》，又編唱長篇書目《倭袍》，以此成名。為馬如飛之婿，馬去世後，繼為光裕公所司年，直至光緒二十三年（1897）。[85]

4. 顧雅庭，蘇州人，同治六年（1867）光裕公所出道。擅說《三笑》，腳本得文人江汀山、歐陽春潤飾，遂成名家。

5. 錢玉卿（1850-1895），蘇州人，師從趙湘洲習《描金鳳》，同治八年（1869）光裕公所出道。又據揚州彈詞《雙金錠》，改編為蘇州彈詞。

6. 趙鶴卿，蘇州人，趙湘洲之子，從父習《玉蜻龍》、《描金鳳》。同治八年光裕公所出道，演出於江浙各地。

7. 王秋泉，蘇州人，同治十年（1871）光裕公所出道，演唱《玉蜻蜓》、《雙珠球》、《雙金錠》，彈唱皆精。

二、上海時期

上海原係一小縣城，早期繁華程度，不及江南大城的蘇州與杭州。1842年中英「南京條約」訂立，其中有開「五口通商口岸」的規定，上海即為其中之一。於是上海開埠，外國資本進入，太平天國事起，侵擾江南各省，江南各地富戶紛紛遷居上海避難，上海乃急速發展，成為十里洋場的繁華世界。

隨著江南農村經濟的快速衰落，江南富戶湧入上海租界尋求庇護的結果，導致上海人口大增，財富集中，市面繁榮，各種娛樂事業也發達興盛，評彈與其他曲藝表演一齊

[85] 評彈「後四家」中，姚士章乃評話藝人，此處略而不談。

湧入。

清咸豐（1851-1861）、同治（1862-1874）年間，蘇州彈詞在上海進入第二個興盛時期。這個時期的表現有：

1. 大型而繁華的書場紛紛設立，有錢人家又有堂會，藝人表演的場地多，演出忙碌，包銀也多。

2. 藝人中名家雲集，努力爭取在上海演出，一旦成名，無異於跳過龍門。以後再到各地表演，更受歡迎。

3. 藝人擺脫蘇州光裕社規則的約束，在上海另外成立潤餘社，取消光裕社不授女藝徒、男女不能同檔演出的限制，於是女藝人產生，質量並進。

4. 產生許多以現代題材改編的新書目，如《楊乃武》、《張文祥刺馬》、《啼笑因緣》、《秋海棠》。

5. 藝人競爭激烈。好的藝人是精研藝業，或創立新的唱腔，或編寫新的書目，提昇彈詞的質與量。不好的藝人為了討好聽眾，講說黃色故事，甚或有男女藝人不知自愛，趨於墮落。

清末光緒年間（1875-1908）至民國以後，進入上海演唱蘇州彈詞的著名藝人及說唱書目如下：

1. 魏鈺卿（1879-1946），蘇州人，說唱《珍珠塔》出名，為馬如飛的再傳弟子。是上海二十世紀二十年代的響檔。曾於上海、蘇州兩地獻藝，日夜火車往返。

2. 夏蓮生（1880-？），蘇州人，宣統二年（1910）光裕公所出道，師從謝少泉習《三笑》，曾與其徒劉天韻至上海、天津等地演出。

3. 蔣如庭（1888-1945），蘇州人，說唱《落金扇》、《三笑》、《雙金錠》、《描金鳳》、《玉蜻蜓》等書目。1923年起，在上海演出。

4. 朱蘭庵（1889-1939），原名姚朕，是小說家、戲曲家。從其父朱寄庵習《西廂記》，二十世紀二十年代代起，長期於上海大世界遊樂場和東方書場演出。並編寫《空谷蘭》、《巧姻緣》、《荊釵記》長篇彈詞。

5. 吳小松（1892-1971），蘇州人，說唱《白蛇傳》、《描金鳳》、《玉蜻蜓》等書目，於蘇州、上海等地獻藝。

6. 王亦泉（1893-1940？），蘇州人。師從謝少泉習《三笑》。民國七年（1918）出道，二十世紀二十年代至三十年代，在上海得意樓與東方書場及各家電台演出。

7. 朱耀祥（1894-1969），無錫人。師從趙筱卿習《大紅袍》，三十年代初說唱長篇彈詞《大紅袍》、《四香緣》，又請朱蘭庵根據張恨水的小說《啼笑因緣》改編為同名長篇彈詞，於1935年在上海演出成功。

8. 蔣賓初（1897-1939），蘇州人，師從王少泉習《三笑》，1928年光裕社出道。三十年代至上海演出《三笑》，並在廣播電台開設空中書場，受到歡迎。

9. 楊斌奎（1897-1972），蘇州人，師從趙筱卿習《描金鳳》，1921年光裕社出道，1937年進入上海演唱。曾編說彈詞《長生殿》，演出《大紅袍》、《麗華緣》。

10. 周玉泉（1897-1974），蘇州人，1913年出道，1917年至上海演出《文武香球》，與夏荷生、徐雲志為三十年代有名的「三單檔」。

11. 夏荷生（1899-1946），嘉善人，師從錢幼卿習《描金鳳》，與其師拼檔演出，後退出光裕社，加入上海潤餘社。1924年後至上海演出，被上海聽眾評為當時四大名家之一，號稱「描王」，並灌有《描金鳳》、《三笑》部分內容的唱片。

12. 沈儉安（1900-1964），蘇州人，拜朱兼莊、魏鈺卿為師，習《珍珠塔》。先在蘇浙各地村鎮演唱，1924年到上海，於四美軒書場演出，有「塔王」之稱。創「沈調」唱腔，為主要的流派唱腔之一。

13. 徐雲志（1901-1978），蘇州人，從夏蓮生習《三笑》，1916年光裕社出道，單檔演出於江浙一帶。後創「徐調」唱腔。成名後長期在上海演出。

14. 陳瑞麟（1905-1986），蘇州人，從其父習《倭袍》，1923年光裕社出道，1932年進入上海演出，並在多家電台播唱《倭袍》，長達十年，由此成名。

15. 姚蔭梅（1906-1997），吳縣人，最初在江浙的村鎮演唱《描金鳳》，後將張恨水《啼笑因緣》改編為長篇彈詞，1945年在上海滄州書場演出，長期走紅。

此外，在上海書場演唱蘇州彈詞成名的藝人，尚有楊仁麟、朱介生、王燕語、劉天韻、祁蓮芳、張鑒庭、秦紀文、嚴雪亭、凌文君、蔣月泉、楊振雄、朱慧珍、楊振言、朱雪琴、范雪君等。在這些藝人當中，較早期者皆為男性，但他們卻有著十分女性化的名字，如鈺卿、蓮生、蘭庵、蔭梅、蓮芳、文君等。到了晚期才有女性藝人出現。進入民國時代以後，成名的女彈詞演員，就越來越多了。

就書目而言，晚期傳統書目仍是經常性的長期演出，但新編的書目也逐漸增加。至於彈唱方面的流派唱腔，也顯得豐富而多變了。

第四節　蘇州彈詞的衰微與復甦

自1949年10月1日中共建國後，蘇州彈詞的歷史分成三個階段：

第一段：中共建國後前十七年的變遷（1949-1966）

第二段：文化大革命時期的摧殘（1966-1976）

第三段：文化大革命之後的復甦（1976年之後）

一、中共建國後前十七年的變遷

中共建國後的前十七年（1949-1966），蘇州彈詞原本是在穩定中繼續發展，後來因為政治因素，發展狀況開始變化。

（一）說新書

1949年，在中共10月建國之前，蘇州已於4月解放，上海也於5月解放。有些評彈藝人，覺得過去所說的書目內容，不過是帝王將相的評話與才子佳人的彈詞，不適合於新的世紀。於是由個人或集體，編寫一些新的書目來演出。1949月7月，潘伯英根據趙樹理的小說，首先編寫出《小二黑結婚》，又稱《小芹抗婚》，是一短篇彈詞，由蔣月泉、范雪君、劉天韻等人演出，慰勞解放軍。

（見，附圖7：書戲《小二黑結婚》1950年上海演出）

1949年年底，上海軍管會文藝處規定，各書場開書前要先說七天新書。新書，是指新編的書。於是，許多新的書目就在這樣的背景下產生了。在彈詞方面，有《李闖王》、《林冲》、《武松》、《陳圓圓》、《梁祝》、《紅娘子》、《漁家樂》等。在評話方面，有《李闖王》、《慶頂珠》、《武松》、《野豬林》等。這些都是長篇彈詞與長篇評話，說唱的內容，還是歷史上的故事。例如，《林冲》、《武松》都是根據小說《水滸傳》改編的。《林冲》，由陳靈犀改編，1950年起由蔣月泉、王柏蔭、朱慧珍等演出。又有劉宗英改編本，由劉宗英自行演出。《武松》，則是由楊振雄自編自演。《梁祝》取材於越劇（紹興戲）的《梁山伯與祝英台》，有多種改編本，有長篇，也有中篇的彈詞本。1951年起，分別由朱霞飛、薛小飛，徐碧香、王月香，朱雪琴、郭彬卿等多檔藝人演出。除了舊時代的題材外，也有現代題材的中篇彈詞，如《劉巧團圓》。

（二）斬尾巴運動

「斬尾巴」，是斬掉封建主義尾巴的意思，即不說含有封建主義毒素的傳統書目，這是對待傳統文化遺產的一種偏執態度。「斬尾巴」的背景是「鎮壓反革命」、「土地改革」和「抗美援朝」三大運動，是向舊社會徹底決裂的年代，當時文藝界正在批判《武訓傳》，上海文藝處開會時有人喊「把唐伯虎送進墳墓去」，這就給當時評彈藝人一個很大的警惕。傳統書目中，《三笑》的唐伯虎有了八個妻子還去追求秋香，《落金扇》歌頌風流的正德皇帝，《十美圖》宣揚一夫多妻，《玉蜻蜓》的金貴升落庵是黃色書，《珍珠塔》方卿一夫有三妻，《三國》是軍閥混戰，而且劉備、關公、張飛鎮壓過農民革命的黃巾起義，通通是封建糟粕。

評彈藝人們認為傳統書目壽命不長，遲早會禁演，於是在1951年11月起草宣言「斬尾巴」，送各大報紙、雜誌發表。參加起草的藝人有劉天韻、蔣月泉、張鑒庭、唐耿良等一共九個人。1952年春季，「斬尾巴」擴大化，藝人們紛紛表態，不說老書，改說新書。

1952年4月，蘇州評彈改進協會決議，停演含有深刻毒素的評話《彭公案》及彈詞《三笑》、《落金扇》、《珍珠塔》、《啼笑因緣》等五部書。上海市評彈改進協會又加禁評話《乾隆下江南》、《濟公活佛》及彈詞《玉蜻蜓》三部書。這八部禁書，統於5月1日起禁止演出。

1952年底，北京《人民日報》社論中表示要尊重民族傳統文化，對戲曲應該推陳出新、百花齊放。接著蘇州市文聯的領導人也檢討了「斬尾巴」運動的缺點，宣布可以用改革的精神說舊書，於是斬掉的尾巴又接了回來。總計斬掉尾巴的時期，約有八個月。

（三）治淮與新中篇的創作

1951年11月20日，上海市人民評彈工作團正式成立，由劉天韻任團長，唐耿良與蔣月泉為副團長，陳靈犀任業務指導員，共有成員十八人。成立後立刻參加治淮工作隊，到皖北參加整治淮河的工作，並實地觀察體會民工們的勞動與生活情形，11月23日出發，三個月後工作結束，以這一段時期的生活和經驗，於1952年集體創作一個新形式的中篇彈詞《一定要把淮河修好》，全書四回，4月在上海演出。這是彈詞第一次以中篇形式反映國家建設的作品。

（四）二類書

「斬尾巴」之後，不說傳統書目，藝人們迫於生計，必須尋找新書。這時雖有一些新創作的書目，但數目不敷演出所需，尤其缺少長篇新書，難以經常演出。在蘇州有一批演員組成十一個小組，在潘伯英的帶領下，改編上演一批書目。這些書目大都是根據歷史故事和當時受肯定的、經過整理的傳統戲劇與古典小說改編的，稱為「二類書」。「二類書」的思想沒有問題，題材和傳統書相同，但範圍拓寬，運用傳統說唱藝術技巧演出，演員容易說，聽眾也習慣。但其缺點是編寫的時間倉促，內容粗糙，缺少「關子」與「噱頭」[86]，聽來較為乏味，有人喻之為白開水。據約略的估計，在斬尾巴之後到文革之前，這十多年當中，一共產生五十二部的新長篇。其中流傳較廣的，有《王十朋》、《四進士》、《梅花夢》、《拜月記》、《秦香蓮》、《白羅山》等長篇彈詞。在中篇彈詞方面，也有《竇娥冤》與《王佐斷臂》。

五十年代後期，「大躍進」中，著力於短篇彈詞、中篇彈詞的創作。六十年代初期，書目的創造轉向長篇，到1964年止，改編、創作出具有一定藝術質量的作品，如《苦菜花》、《青春之歌》、《野火春風鬥古城》、《紅色的種子》、《林海雪原》、《江南紅》等現代題材長篇彈詞。

1952年底恢復說舊書之後，所有的傳統書目，都經過不同程度的整理。五十年代初期，整理《玉蜻蜓》、《白蛇傳》。六十年代初期，整理《珍珠塔》與《三笑》。在整理長篇書目的基礎上，演出大批傳統書目中的「選回」。「選回」，是傳統長篇書目中，內容較好、有一定藝術特色、完整獨立的片斷故事，經適當加工後演出的短篇彈詞。例如，《長生殿》選回〈絮閣爭寵〉、〈醉吟〉，《西廂記》選回〈操琴〉、〈借廂〉、〈傳柬〉、〈回柬〉，《三笑》選回〈追舟〉，《玉蜻蜓》選回〈打巷門〉、〈恩結父子〉、〈沈方哭更〉、〈問卜〉、〈歸亡〉、〈庵堂認母〉，《珍珠塔》選回〈妝臺報喜〉、〈方卿羞姑〉等。

總之，在中共建國後的前十七年當中，蘇州彈詞的書目，真是百花齊放。有傳統長篇書及長篇選回的短篇，有新編二類書的長篇與中篇，有新編三類書的長篇、中篇、短篇。

（五）書目的分類

1959年11月底，共產黨及中共國家領導人之一的陳雲，在上海的談話中，提到〈評

---

[86] 關子：指書中矛盾衝突尖銳或情節緊張、生動的部分。噱頭：指演出中的笑料。

彈工作中的幾個問題〉，將當時評彈演出的書目分成三類：

> 一類書，即傳統書，也稱老書。這是長期流傳，經過歷代藝人加工，逐步提高的。在這類書目裡，精華和糟粕並存，有的毒素較多，有的少些。另一方面，評彈的傳統說表藝術比較豐富。
>
> 二類書，這是解放初期部分藝人發起「斬尾巴」以後產生的。這類書目，大抵是根據古典小說和當時流行的傳統戲曲改編的。一般講，反動、迷信、黃色的毒素較少。但是，評彈的傳統說表藝術也運用得較少。
>
> 三類書，指現代題材的新書。這是解放後新編的。這類書目，思想性一般比較強，但藝術上比較粗糙。[87]

「一類書」，指傳統書目，全屬長篇。「二類書」，指新編的非現代題材的書目，有長篇、中篇。二類書的故事，大都是根據戲曲改編。在彈詞中，彈詞腳本提供唱詞和對白，所以唱詞增加而集中，但說表部分不足。此乃因係初創，尚未經過藝人在長期說唱中潤飾、豐富，所以描寫不夠細緻，而且顯示出有戲劇化的傾向。「三類書」，指新編現代題材的書目，也是有長篇、中篇。所謂的現代題材，大致是指民國八年（1919年）五四運動以後的故事。

（六）第二次斬尾巴與一刀切

1964年，再一次「斬尾巴」，停說一切歷史題材的書目，開始「大寫十三年」（中共建國後的十三年），搞「工場式」的方式，集體編寫建國後題材的新長篇。這一批新長篇，全屬急就章，強調階級鬥爭，思想束縛多，藝術層次低，還來不及改編、潤飾，「文革」就來臨了。因此，這批書目幾乎都沒有保存下來。

二、文化大革命時期的摧殘

「文化大革命」時期（1966-1976），在「破四舊」運動下，中國固有的傳統文化都被摧殘殆盡，蘇州彈詞也不例外。

---

[87] 《陳雲同志關於評彈的談話和通信》（增訂本）（北京：中央文獻出版社，1997年6月）頁1。

（一）禁演與下放

「文化大革命」為期十年，被稱為「十年浩劫」。首先是評彈所有的書目，無論是「一類書」、「二類書」及「三類書」，無一倖免，全部被批判，都成為封建主義、資本主義、修正主義的「黑貨」，遭受到禁錮。很多評彈團被砍掉，不少演員在政治上受到迫害，大部分演員被迫轉業，下放農村。

1966年9月，《蘇州工農報》點名批判潘伯英，潘伯英被打成蘇州「三家村」，還開了罪行展覽會，變成反動權威。不久，又被評彈團造反派抄家，在1968年11月初含恨離開人間。同年蔣月泉也被拘禁，八年後才被釋放。1970年蘇州評彈團的曹漢昌、王鷹等演員下放到燈泡廠當工人，直到1977年才回到評彈團。周玉泉在蘇州評彈團被批鬥解散後，因年過七旬，被造反派放還上海家中，其妻子被判勞改。

（二）評歌與評戲

十年內亂，蘇州評彈和整個文藝事業共同經歷了一場浩劫。江青說「越劇和評彈音樂真是有點靡靡之音」、「評彈聽了要死人」。[88]由於江青的批判，蘇州評彈比其他曲藝的曲種，遭受到更為嚴重的災難。「四人幫」的黨羽將革命「樣板戲」的模式搬進蘇州評彈，把評彈糟蹋得面目全非，形成不倫不類的「評歌」與「評戲」。

> 書臺用上布景燈光；藝人要在臺上化妝表演；起角色時正面人物與反面人物的演員要嚴格分開，以示壁壘分明，而且連演員的座位，也要根據書中屬於幾號人物而分層次高低；唱腔已徹底取消了各種流派，一概另譜新曲，大家唱一種不知包羅多少劇種曲調的、非馬非驢的十景調，同時還有大樂隊伴奏等等。[89]

在文革十年中，不但傳統書目不能說唱，新編現代題材的新長篇書目也不能說唱，只能說一點根據樣板作品改編的或仿作的中篇、短篇。傳統單檔、雙檔的演出形式被廢除。評彈的演出形式簡便，此時被稱為「尖兵」、「輕騎兵」，評彈藝人配合政治宣傳，被組織在宣傳小組、宣傳隊，開始集體性的活動。

---

[88] 江青之言見1977年11月《人民日報》。轉引自周良主筆：《蘇州評彈史稿》（蘇州：古吳軒出版社，2002年12月）頁235。

[89] 汪培：〈評彈藝術斷想〉，載《評彈藝術》第四集（北京：中國曲藝出版社，1985年7月）頁19。

三、文化大革命之後的復甦

文化大革命之後（1976年以後），蘇州彈詞處於重新恢復期，逐漸復甦。

（一）傷痕文學的出現

1976年9月初，嚴霜驟停，苦寒終止，「文革」倏然結束，「四人幫」於焉倒台。被禁說長達十年之久的傳統書目，恢復說唱。1977年底，由邱肖鵬、楊玉麟、徐檬丹等人集體創作《白衣血冤》中篇彈詞，內容敘述文革時期，蘇州領導階層製造「反革命抽血集團」冤案，醫生張為民被誣為集團骨幹，家破人亡的事實。此案於1976年「文革」結束後獲得昭雪，實案改編為彈詞，由蘇州市評彈團首演，這是文革後第一部傷痕文學，對文革中的暴行進行控訴。在七個月內，演出一百七十多場，聽眾高達十四萬人次，獲得極大的回應。可惜不久之後，受到極左思想的影響，宣告停演，文革後的傷痕文學就此曇花一現。

（二）傳統書目恢復演出

1977年6月，陳雲邀集上海、蘇州、杭州三方面的文化領導人，在杭州大華飯店召開為期四天的評彈座談會。否定「評歌」、「評戲」的演出方式。決定恢復說長篇書目，藝人放單檔，到農村去說唱評彈，而且要說新書，讓評彈像評彈。

（三）出人、出書、走正路

熱愛並關懷、支持蘇州評彈的中共首長陳雲，在1981年4月5日，對上海評彈團負責人發表「出人、出書、走正路」的談話。他認為保存和發展評彈藝術，首要的工作是出人、出書、走正路，其次才是經費問題。

「走正路」，就是要有正派的評彈藝術，打掉藝術上的歪風邪氣。「出人」，不一定一開始就要出很多人，能先出個三、五人就好，然後再逐步提高、增加。「出書」，可以根據小說、電影、話劇來改編成新彈詞。改編時對原著要進行改組，把關子安排好。編新書，要靠有演出經驗的藝人。[90]

走正路涉及到評彈與聽眾的關係，聽眾付費到書場聽書，要獲得一種精神上的滿足。演員要演好書，在精神上對聽眾有所啟發與鼓舞，不可以不認真說書、胡編亂造，

[90] 見《陳雲同志關於評彈的談話和通信》（增訂本）（北京：中央文獻出版社，1997年6月）頁98。

甚至以「說新聞」、「罵山門」、「發牢騷」、「亂放噱」來吸引聽眾，不是走正路。書情中固然要思想正確，但也要兼顧到藝術性與娛樂性，要做到雅俗共賞，演員的經濟效益與其對社會的責任也可以兼顧。走正路，用另一句話來形容，就是正派說書。

正派說書，牽涉到兩個問題，一個是演員，一個是書目。演員要思想純真、觀念正確、行為規矩、生活正常。一個人生活糜亂、行為放蕩、思想邪惡，觀念偏差，能說出什麼好書來，恐怕只會造成書場內的一股歪風罷。所以演員思想品德的培養是必須而重要的，往昔我們對戲劇、曲藝的從業人員，為什麼有著鄙視不屑的態度，在這一方面應該有所省思。清代女說書的衰亡與「光裕社」不授女徒並禁止女藝人演唱，就是女藝人更容易墮落造成的。在書目方面，老書在過去有許多不良內容，粗俗與淫誨、一夫與多妻、奴婢制度、販賣婦女與兒童、殘虐手段的描繪應改避免。徐雲志與王鷹演出本《三笑》，已經將唐伯虎已有八個妻子，還要去追求秋香娶為九太太的情節，改為唐喪妻後再娶秋香，仍為一夫一妻。這就是走正路，正派說書。五十年代後新編的二類、三類書，都算是正派書，只是內容不夠精細，缺少趣味，不大容易吸引聽眾。

出人、出書和走正路是密切相關的一體，需同時處理，要齊頭並進。

第五節　蘇州彈詞在臺灣的薪傳

臺灣在二十世紀四十年代已有書場，而且還有大陸的彈詞藝人渡海來臺獻藝。王公企著《書壇春秋》，於〈最早到臺灣演出的評彈藝人〉一文中記載，1946年，有位張姓無錫人甚愛評彈，在臺灣溫泉風景區（今臺北市北投區）開設銀都大飯店，內設書場。同年，派人至上海茶會請說書先生，一檔是姚蔭梅的《啼笑因緣》，另一檔是周慧芳和郭稼霖的《雙珠鳳》。這是蘇州彈詞的藝人第一次到臺灣演出。第一場有聽客三百人，門庭若市。因書場位置偏僻，聽客來去路遙，故只演出二十天。剪書日，聽客挽留不成離情依依，盼望藝人能再度來臺。[91]

1949年國民政府自大陸撤退，蘇州評彈藝人無一隨同來臺，誠為一大憾事。評彈藝術與臺灣雖僅一線之隔，卻無以相承。此時一群他鄉遊子，夢斷江南，聚首於臺灣「華報社」，編輯新聞雜誌《華報周刊》，公餘之暇調絲弄弦，同儕間相互切磋，不問其藝事優劣，但藉吳音鄉韻以慰鄉愁。後因彈詞同好者日眾，遂有「華社」與「吳韻集」的成立。

一、吳韻集的成立

（一）華社與吳韻集

1950年，秋季，《華報周刊》創刊週年，假民生電臺舉行特別節目，票友季炳辰與薛宏彬演唱開篇，可謂臺灣有蘇州彈詞之始。

1951年，夏季，《華報周刊》同仁成立「華社票房彈詞組」，隸屬於「華社平劇票房」之下。社員有朱庭筠、薛宏彬、盛盤耕、范塵鶴、蔡善本、程壽昌（藝名程一雷，程松甫的大哥）、程松甫、戎之仁、徐學耕、楊錦池、季炳辰，諸先生各有擅場，在天涯海角，保留吳韻。先後於民生、民本、正聲、中央、中廣、正義之聲、警察電臺長期演唱開篇，從此空中彈詞之聲不絕。

位於臺北市新公園內的奕園茶館，平日提供客人下棋、飲茶，由薛宏彬任經理一

[91] 王公企：《書壇春秋》（青海：人民出版社，2003年2月）頁160-161。
剪書：中止，結束演出。指彈詞長篇或彈詞中篇，最後一場的演出。

職，藉此之便，「華社」社員商借奕園做為練唱彈詞之處。

1955年，「華社」輯印平日所唱開篇，名《吳韻集》，臺北華報初版，由狄膺（本名狄君武）撰〈吳韻序言〉。

1960年，紀念「華社」成立十週年，假臺北記者之家首演。安排曲目，已由昔日單檔彈唱步入雙檔說唱。

1961年，紀念「華社」成立十一週年，《吳韻集》再版，由季炳辰撰序言〈再版吳韻集贅述〉。新進成員日眾，人才極盛，有施毅軒、黃耀璋、徐一發、韓松苞、吳承彪、桑松濤、劉敏、嚴秀韻，乃正式成立票房，定名為「吳韻集業餘彈詞研究社」，舉朱庭筠為社長，施毅軒博士為總幹事，從此領導有人，規模初具，自娛娛人，疏解思鄉情懷。

1963年，年底，「吳韻集」因社員先後成家、出國、遷居，加上在電臺演唱的開篇已經唱絕，故暫停活動。

1969年，蕭湘（本名毛雪琴）自香港返臺定居。在其奔走之下，「吳韻集」恢復每週聚會，並公開演出多次。蕭湘因復會有功，被推舉為社長。

1974年，臺北「吳韻集」與香港「雅韻集」於臺北市實踐堂首次聯合演出，聯演目地是為籌建臺北市蘇州同鄉會。

1975年，臺北「吳韻集」與香港「雅韻集」於臺北市實踐堂二度聯合演出。

1977年，楊錦池、程松甫，至臺灣藝術專科學校國樂科教唱蘇州彈詞。

1979年，楊錦池、程松甫，於臺北市社教館教唱蘇州彈詞。

1980年，「吳韻集」在國父紀念館，參加臺北市文藝季演出。

1981年，「吳韻集」參加高雄市文藝季演出。

1983年，「吳韻集」參加基隆市政府與扶輪社合辦的文藝活動演出。

1984年，「吳韻集」參加王振全主持的民間劇場演出。

1985年，「吳韻集」榮獲教育部頒發首屆團體薪傳獎，楊錦池獲個人薪傳獎。

（見，附圖8：吳韻集演出・臺北市蘇州同鄉會1989年春節團拜）

（二）香港雅韻集與臺北吳韻集

彈詞名票簡介如下：

1. 何國安，香港「雅韻集」社長，九歲即有登臺經驗，畢業於上海國立音專，花費十年研究聲韻學。任上手，能說會道，因為沒人接棒，只好拼老命上臺。

2. 張善琪，香港「雅韻集」社員，家中開設上海滄州書場，自幼喜愛彈詞，也曾廢寢忘食的學。擅唱蔣調，兼任上下手，皆樂在其中。其兄張善琨係上海與香港的著名影業家。

3. 倪美玲，香港「雅韻集」社員，上海人，在香港遇見何國安與張善琪，開始學唱彈詞，嗓音甜潤、唱腔動人，說不來蘇州話，道白較不道地。

4. 盛盤耕，臺北「吳韻集」元老，三弦、琵琶皆能彈奏。能演旦角、老生、老旦，是吳韻集中的彈詞全才。

5. 程壽昌、程松甫兄弟，1952年加入臺北「吳韻集」，哥哥程壽昌臺風穩建，說唱時慢條斯理。弟弟程松甫擅彈三弦、琵琶。程壽昌、程松甫兄弟雙檔或程松甫、盛盤耕雙檔，均甚出色。自盛盤耕去世後，程松甫與楊錦池拼檔。楊錦池擅唱，任上手彈三弦。程松甫擅彈，任下手彈琵琶。二位先生合作無間，長期併檔達十多年之久。

6. 楊錦池，1952年加入臺北「吳韻集」，嗓音宏亮、說唱俱佳，擅唱蔣調。

7. 蕭湘，本名毛雪琴。1961年自大陸轉抵香港，曾是香港邵氏公司的電影明星，亦曾是香港「雅韻集」的社員。1969年返臺定居，加入臺北「吳韻集」。擅彈琵琶，擅唱麗調，音色優美，亦善反串小生。

二十世紀五十年代起，由於先有「華社」後有「吳韻集」的存在，致使蘇州彈詞的江南音韻得以在臺灣綿延繚繞三四十年。相對於大陸地區遭逢劇變的彈詞藝術而言，香港「雅韻集」與臺北「吳韻集」的適時興起，不啻為蘇州彈詞保留住一條珍貴的傳統藝術血脈。

二、教育與傳習

（一）臺灣藝專國樂科

1978年5月2日，臺灣藝術專科學校國樂科在國父紀念館舉辦「中國戲曲音樂演奏會」。科主任董榕森特別聘請楊錦池、程松甫兩位先生教唱彈詞開篇〈新木蘭辭〉，由第二屆聲樂組學生黃介文擔綱演唱。至於筆者個人主修，經國樂團指揮鄭思森老師建議，自1978年2月起，從程松甫老師習唱兩年半蘇州彈詞的開篇與選曲，成為臺灣大專院校第一位正式研修蘇州彈詞學分的學生，由於之後並無其他學生主修蘇州彈詞，筆者成為空前絕後唯一主修者。其後有陳玲玲等二三位習唱學生，因程師已遺忘姓名，故無法記載。週末假日則與程師至楊錦池老師家中另行聚會，二位老師合作教學，楊師教唱，程師伴奏，楊師住宅成為彈詞票友及同好研習砌磋之處。同此時刻，國樂科同窗邵淑芬、李艾華，因興趣使然，亦參與習唱。因緣際會，三人得以在楊老師的帶領之下，於臺北市自由之家和香港「雅韻集」的社員見面。記憶中，張善珙先生俊逸瀟灑、親切風趣，倪美玲小姐豐腴亮麗，具有上海人的都會風采。

程松甫先生，1920年2月9日生，江蘇省蘇州市吳縣人，江蘇省私立安定高中畢業。蘇州彈詞無師自通，琵琶、三弦技藝嫻熟，擅長托腔伴奏，對各家流派唱腔伴奏過門瞭若指掌。筆者於藝專國樂科聲樂組主修蘇州彈詞期間，隨程老師習唱的彈詞開篇有，〈宮怨〉、〈新木蘭辭〉、〈鶯鶯操琴〉、〈紅葉題詩〉、〈黛玉焚稿〉以及選曲《梁山伯與祝英台——送兄》、《秦春蓮——壽堂唱曲》、《王魁負桂英——情探》。然而，筆者自藝專畢業後，因返回南部高雄住家工作之故，自此與蘇州彈詞隔絕二十年，藝專所學，盡付流水。惟於午夜夢迴之際，彈詞深情婉約的字句曲韻仍不時盤桓腦海揮之不去。

（二）臺北市立社教館

自1979年起，楊錦池、程松甫二位先生連袂至臺北市社教館，教唱為期四至五年的蘇州彈詞。由於此段期間筆者已不在臺北，故無法陳述其間的發展與演變。然而，自文字記載的隻字片語之中，似乎又有跡可尋。

1983年6月，朱家炯撰中國文化大學藝術研究所碩士論文《蘇州彈詞音樂研究》。前言云「有幸識得楊錦池、程松甫二位先生，本文唱腔處理、潤飾及伴奏過門的研究，實得力於二位先生之助。」[92]

1985年10月，《國文天地》載蔡孟珍撰〈詩詞吟唱的新趨向：從蘇州彈詞〈木蘭辭〉談起〉一文，內附作者與「吳韻集」在民間劇場演唱彈詞開篇〈新木蘭辭〉的相片。[93]

1986年6月，孫雅慧撰臺灣師範大學音樂研究所碩士論文《蘇州彈詞《珍珠塔》研究》。前言云「本論文的聲音、資料全為楊錦池先生熱忱提供，復蒙詳述彈詞的發展、

---

[92] 朱家炯：《蘇州彈詞音樂研究》臺北：私立中國文化大學藝術研究所碩士論文，1983年6月。

[93] 蔡孟珍：〈詩詞吟唱的新趨向——從蘇州彈詞〈木蘭詞〉談起〉，《國文天地》，1985年10月第5期，頁60-62。

特色及耐心釋疑，衷心銘感。」[94]

1987年11月，李國俊撰〈說彈詞寶卷上〉，1988年1月撰〈說彈詞寶卷下〉記敘：「目前臺灣「吳韻集」彈詞名家楊錦池先生和程松甫先生所指導的學生，仍以女性占多數，較傑出的有蔡孟珍小姐、陸蔚其小姐等人。」[95]

1992年9月，蔡孟珍撰臺灣師範大學國文研究所碩士論文《近代曲學二家研究——吳梅、王季烈》出版成書。指導論文的臺大曾永義教授於序言中云：「她還會彈琵琶唱南詞，將吳儂軟語撥弄於十指繁弦之間。」[96]

我們欣然發現，楊錦池、程松甫二位先生在臺北市立社教館教唱蘇州彈詞的歲月裡，已悄然引發臺灣地區對蘇州彈詞的認知，進而開啟了後續對彈詞進行學術性研究的深遠影響。

---

[94] 孫雅慧：《蘇州彈詞《珍珠塔》研究》臺北：國立臺灣師範大學音樂研究所碩士論文，1986年6月。

[95] 李國俊：〈說寶卷彈詞（上）〉，《民俗曲藝》，1987年11月第50期，頁15-22。
李國俊：〈說寶卷彈詞（下）〉，《民俗曲藝》，1988年1月第51期，頁125-131。

[96] 蔡孟珍：《近代曲學二家研究——吳梅、王季烈》（臺北：臺灣學生書局，1992年9月）。

第三章
蘇州彈詞的彈與唱

蘇州彈詞的「彈」，是以三弦、琵琶為主要樂器，藝人自彈自唱，又相互伴奏、烘托；蘇州彈詞的「唱」，是運用蘇州彈詞各種流派唱腔及曲牌音樂，來演唱唱篇中的唱詞與唱調。「彈」與「唱」二者，以為「唱」主，以「彈」為輔。

第一節　蘇州彈詞的彈

彈，就是伴奏。蘇州彈詞的伴奏，隨著演出形式的不同而異。蘇州彈詞的演出形式，有單檔、雙檔和多檔。單檔就是一個人演出。單檔演出時，自彈自唱，伴奏的樂器都是三弦。雙檔二人演出，分上手、下手。上手坐在書台右側，操三弦，掌控書情結構及節奏；下手坐書台左側，彈琵琶，起女角或配角。演唱時，上手執三弦唱，下手彈琵琶伴奏；下手抱琵琶唱，上手彈三弦襯托。三弦與琵琶不奏相同旋律，伴奏托腔沒有固定曲譜，全憑演員即興發揮。若是三人演出稱為三個檔，由資歷淺者坐中間，或彈琵琶，或彈秦琴、阮咸或拉二胡。

一、彈奏的樂器

蘇州彈詞的伴奏，以三弦和琵琶為主要樂器。三弦亦稱弦子，有大小兩種。北方曲藝中，一般用大三弦，音色渾厚、響亮；彈詞是用小三弦，也稱「書弦」，演奏時與琵琶相配，產生清脆、厚實的音響效果。琵琶，彈詞早期用的是四相十品，現在則用四相十三品的較多。

二、過門

早期的蘇州彈詞，以三弦和琵琶來伴奏，是只彈過門的。各流派唱腔所用的過門，三弦聲部的旋律基本相似，而琵琶聲部的旋律稍有不同。以前的彈詞過門曲調較為簡單，從表現意義來說也沒有多大的情緒變化。但相類似的過門，可以間隔反覆的運用，銜接相當靈活，這也是彈詞音樂的傳統藝術手法之一。

在彈詞的彈唱部分，除了唱腔的旋律外，樂器彈奏的旋律，統稱過門。有前奏、間奏、尾奏過門，以及轉腔、拖腔旋律中墊襯一兩個音的小過門。過門的作用是承前啟後，連貫唱腔，分清句逗起訖，以及烘托氣氛，創造意境。

三、托腔

蘇州彈詞在早期，一向為男單檔表演，由男演員一人在書台上說唱。唱時以三弦伴奏，伴奏時只有過門，不襯托唱腔。後來有了男雙檔，一持三弦一抱琵琶，相互伴奏，仍不托腔。但三弦與琵琶所奏不是同一旋律，形成了簡單的支聲（聲部分支）伴奏方法。這是二十世紀三十年代以前的情形。

1924年，沈儉安與薛筱卿合作，開始於上海四美軒書場演出。薛筱卿以靈活嫻熟的琵琶彈奏，襯托沈儉安之唱腔，採用支聲、複調，乘虛填隙，一改以往僅有過門而無襯托的傳統伴奏法。以後男女雙檔興起，一般為男持三弦，女抱琵琶相互伴奏、烘托。[97]持三弦者為上手，抱琵琶者為下手。演唱時上手執三弦唱，下手彈琵琶伴奏；下手抱琵琶唱，上手彈三弦伴奏。三弦與琵琶不奏同一旋律，伴奏托腔也沒有固定的曲譜，而是隨興彈奏。

四、伴奏的類型

蘇州彈詞流派唱腔有二十幾種，伴奏的類型大致可分三類：

（一）以唱腔旋律為主，伴奏過門作為上下句的銜接。伴奏的作用是給予前奏、間奏和音準。蘇州彈詞單檔演唱者，如「小陽調」的楊筱亭、「夏調」的夏荷生、「嚴調」的嚴雪亭、「姚調」的姚蔭梅，皆是如此的自彈自唱。

此外「楊調」的楊振雄、「麗調」的徐麗仙、「蔣調」的蔣月泉，有時由於演唱者著意要藉唱段中的某一樂句，來發揮良好的嗓音，或使行腔豐富，就刻意停止托腔，形成無伴奏狀態。樂器只在唱腔樂句完成後，加一小過門，保證音準不離調，然後再繼續演唱。

（二）以三弦、琵琶緊密配合烘托唱腔，甚至還有意識的演奏出特殊的器樂效果來渲染氣氛。這種伴奏類型，一般是流派初創者，在拼雙檔時期形成的唱腔。如「沈薛調」的沈儉安與薛筱卿、「琴調」的朱雪琴與郭彬卿、「張調」的張鑒庭與張鑒國，

[97] 朱雪琴與郭彬卿拼檔，朱為上手，持三弦，郭為下手，彈琵琶，是為例外。

「尤調」的尤惠秋與朱雪吟、「祥調」的朱耀祥與趙稼秋、「王月香調」的王月香與徐碧英、「李仲康調」的李仲康與李子紅。

這一類演唱者不滿足三弦、琵琶的間奏，欲充分發揮樂器的作用，對人聲的演唱產生有力的烘托效果。

（三）演奏者具備嫻熟的技巧，形成有鮮明特色的伴奏。如蔣如庭、龐學庭、周雲瑞的三弦伴奏，襯托「俞調」堪稱珠聯璧合；張鑒國為蔣月泉、楊振言的琵琶伴奏，增添了「蔣調」的音樂性。[98]

五、托腔伴奏的形式

傳統蘇州彈詞的表演方式是自彈自唱的。單檔是一人說唱，自彈三弦伴奏過門。雙檔則是上手與下手互唱，又互相以三弦與琵琶為對方托腔兼奏過門。

由於演唱者同時亦為伴奏者，伴奏自然機動靈活、銜接熨貼。琵琶伴奏的旋律與三弦和唱聲構成三和弦的效果，形成支聲複調的織體。

支聲，是聲部分支；複調，是伴奏聲部與唱腔聲部，亦即樂器的曲調和人聲的唱調結合；織體，則指經緯交織，使複調作縱與橫的結合。

傳統蘇州彈詞音樂織體的結構型態與音響特徵可以歸納為，支聲複調織體、對比式複調織體、間隙墊腔自由模仿式複調織體三大類型：

（一）支聲複調織體

1. 加花托腔式支聲複調織體

伴奏聲部以唱腔旋律為基礎，運用加花變奏手法，構成裝飾性的支聲聲部藉以襯托唱腔。琵琶圍繞唱腔旋律加花變奏，或與唱腔的旋律音相匯合或八度重疊，或與唱腔暫時分離，因而構成比唱腔旋律線更為曲折的旋律線條。形成「唱簡伴繁」的對比效果，對唱腔產生潤飾作用，增強了唱腔的表現力。例如蔣月泉於1961年錄音彈唱〈戰長沙〉中的唱段：「老將追，急急奔」伴奏的琵琶加花托腔，採用馬蹄音的節奏，側面塑造出老將軍躍馬揮戈，奔赴沙場的音樂形象。[99]

---

[98] 龔克敏：〈七根弦的和聲——談蘇州彈詞流派唱腔的伴奏音樂〉，載《評彈藝術》第二十四集（南京：江蘇文藝出版社，1999年3月）頁66-68。

[99] 蔣月泉唱：《蘇州彈詞流派唱腔．蔣調（一）》（上海音像公司，YCB-6）。

2. 減花托腔式支聲複調織體

伴奏聲部以唱腔旋律為基礎，運用減花變奏手法構成支聲聲部，以襯托唱腔。單檔表演中，用三弦伴奏，即以此種方式為主。伴奏聲部根據唱腔旋律作減花伴奏，「唱繁伴簡」使唱腔旋律清晰突顯出來。在快速唱段中，減花托腔可避免伴奏步步齊奏，而予人呆板累贅的感覺。尤惠秋演唱《梁祝・送兄》的首句：「我是有興而來敗興回」，後三字「敗興回」的唱腔即是減花伴奏。[100]

3. 加花減花交替托腔式支聲複調織體

此種類型為前兩類型的交替運用。在篇幅較長、情緒變化較大的唱段中，使伴奏聲部的旋律與唱腔旋律之間，「唱簡伴繁」、「唱繁伴簡」兩種形態交替出現。這樣，支聲的效果更為豐富，器樂與人聲音色的對比與變化更為明顯，對唱腔的潤飾更為細膩。例如尤惠秋唱《梁祝・送兄》，伴奏琵琶分別用加花、減花伴奏手法，交替襯托唱腔。成功的烘托出唱腔所表達的人物思想感情。

（二）對比式複調織體

1. 加花減花交織托腔對比式複調織體

傳統蘇州彈詞雙檔表演時，彈與唱之間，伴奏聲部的三弦、琵琶與唱腔，不是形成對比式的三聲部，而是構成對比式二聲部複調。三弦跟腔而奏，或在唱腔旋律基礎上減花，與唱腔合為第一聲部；琵琶聲部以間奏音調或唱腔旋律中的音調為基礎，作加花變奏，構成一支富有對比性的旋律為第二聲部。這兩個伴奏聲部之間，分別運用加花、減花手法構成二部支聲複調，與唱腔旋律形成對比。

例如薛筱卿演唱的中篇彈詞《看燈》中的唱段「有月無燈月暗淡」，三弦以減花方式跟腔伴托；琵琶的旋律從間奏音調中產生，通過加花裝飾，與唱腔旋律及三弦伴托聲部形成鮮明的對比，對表達唱篇中人物的心情，產生重要的烘托作用。[101]

有時，唱奏之間也可構成對比式三聲部的複調織體。兩個伴奏聲部之間分別運用加花、減花手法構成二部支聲複調，與唱腔旋律形成對比；或者一個伴奏聲部和唱腔旋律構成二部支聲複調，另一個伴奏聲部的旋律與這組二部支聲複調形成對比，構成對比式三聲部複調。沈儉安所唱《珍珠塔・打三不孝》中的首句「我是命爾襄陽遠探親」，即

---

[100] 尤惠秋唱：《蘇州彈詞流派唱腔・尤調・祥調》（上海音像公司，YCB-17）。
[101] 薛筱卿唱：《薛調唱腔選》（中國唱片上海公司，HL-854）A面。

是如此。[102]

2. 快彈散唱式對比式複調織體

在彈詞的散板段落中，常見伴奏聲部採用流水板或快板的節奏，構成緊湊快速音型，在節拍上始終保持著均分拍率，形成有規律的強弱交替；而唱腔部分則為自由的散唱，沒有規整的節拍與規律性的強弱交替，只有一種韻律性的節拍。

這兩個聲部縱向結合，兩種不同類型的節拍重合在一起，構成具有特色的複合式節拍，形成變化自由而又豐富多彩的複合節奏，使彈唱產生濃厚的戲劇性效果。

張鑒庭在1965年錄音的彈詞選段《蘆葦青青·望蘆葦》中，後半段的快彈散唱，伴奏聲部與唱腔聲部構成獨特的對比式二聲部複調。將緊、鬆，急、緩，整、散，密、疏，快、慢，動、靜，濃、淡，交織在一起，形成鮮明的對比，產生濃烈的戲劇性效果，有很強的表現力與感染力。[103]

3. 固定音型式對比式複調織體

以若干個音構成固定音型並不斷重複，形成一個固定音型聲部，與另一個或幾個旋律聲部形成對比式複調組合，稱為固定音形式。

這種內部音色結合有兩類：一是三弦與琵琶結合，表現在引奏、句間間奏和唱腔結束後的尾奏中。琵琶演奏固定音型聲部，三弦演奏另一支旋律。琵琶旋律線為小波浪型，三弦旋律線為大波浪型。薛筱卿在演唱《珍珠塔·方卿見娘》「未見娘親已斷腸」唱句的唱前引奏與句間間奏中，即出現此種型式。[104]二是伴奏聲部構成固定音型，與唱腔旋律形成對比式二聲部的複調織體。

薛惠萍與鍾月樵彈唱的〈俞調開篇〉中，「睡倒龍床上」這句唱腔的三弦伴奏，即在過門後從弱拍開始出現固定音型，以三拍為單位循環反復，與唱腔3/4拍子形成複節奏。固定音型的旋律線與唱腔旋律線形成以反向、斜向為主的對比型態。

（三）間隙墊腔自由模仿式複調織體

此外，在「支聲複調織體」與「對比複調織體」外，尚有一種「間隙墊腔自由模仿式複調織體」，其伴奏聲部對唱腔旋律作擴大或縮小的變化模仿，在唱腔的間隙處襯墊唱腔。這種形態的織體，在彈詞的抒情唱段中常見。徐麗仙1955年演唱錄音的《杜

---

[102] 沈儉安唱：《書壇名宿（一）沈儉安、薛筱卿》（中國唱片上海公司，HL-843）B面。

[103] 張鑑庭唱：《蘇州彈詞流派唱腔·張調》（一）（上海音像公司，YCB-10）A面。

[104] 《珍珠塔》第七回〈方卿見娘〉（上海音像出版社，CN-E07-99-0016-0/V.J8.V99022）。

十娘・梳妝》的中板第一、二句中，三弦聲部對唱腔旋律作縮小的變化模仿，在間隙墊腔，與唱腔旋律之間構成自由模仿式二聲部複調，對表現杜十娘極度悲憤、哀怨的心情，產生積極的烘托作用。[105]

傳統蘇州彈詞音樂中，存在著以上幾種型態的織體。其中以支聲複調為主，以對比式複調為輔，模仿式複調則又次之。[106]

---

[105] 徐麗仙唱：《蘇州彈詞流派唱腔・麗調》（一）（上海音像公司，YCB-4）A面。

[106] 本節內容參考，連波：《彈詞音樂初探》（上海：上海文藝出版社，1979年9月）頁163-182。杜達金：〈論傳統蘇州彈詞音樂的織體〉，載《黃岡師專學報（社會科學版）》，1996年11月第16卷第4期，頁45-49。

第二節　蘇州彈詞的唱

初期的蘇州彈詞，可能是以唱為主。在蘇州彈詞正式出現以前，類似的說唱曲藝，如涯詞、陶真、盲詞，都是以唱為主。後來由於受到評話的影響，說的比重加重，逐漸發展到以說為主。彈詞的唱和說一樣，也是以敘事為主，在敘事中抒情、描景、狀物。

蘇州彈詞的唱篇可分成兩個部分：一是書中的「選曲」，二是書前的「開篇」。至於唱篇的唱，應分兩方面來研究：一是唱詞，二是唱調。

蘇州彈詞唱篇的唱詞為七言韻文，必需押韻，是講求平仄的齊言式板腔體。基本上是七個字一句（有時可以加襯字），兩句為一組或一聯，和七言律詩一樣。曲調結構為上下兩句結句式唱腔。上句稱上呼，下句稱下呼。按照七言詩的格律，第一聯下呼的末一個字起韻，以後每一聯下呼的末一字都要押韻，平仄相對。

蘇州彈詞的唱詞基本句式為上、下兩句結構。另外，「鳳點頭」即「鳳凰三點頭」的唱詞寫法，也是蘇州彈詞特有的一種詞格，通常第一句末一字用仄聲，不押韻。第二句、第三句用平聲，押韻。從唱腔結構來看，是由兩個上句和一個下句，組成二上一下的結構形式。

蘇州彈詞唱篇的唱調，在傳統上是一種吟誦體的「書調」。彈詞的唱，很多曲調是以吟誦體為主的，但不是定腔定譜，專曲專用，而是「一曲百唱」。經過藝人們在演唱的過程中不斷改進，吸收民間小調、地方戲曲、京劇、崑曲中的唱腔，再基於個人天賦條件，在師承上加以演變，而形成各種的流派唱腔。這些流派唱腔，在清朝中葉，都是以俞秀山的「俞調」、陳遇乾的「陳調」和馬如飛的「馬調」為基礎，目前已演變出二十餘種的流派唱腔。

一、開篇與選曲

蘇州彈詞的唱篇分為兩類，一為說書前的「開篇」，一為說書中的「選曲」。

「開篇」是正書前加唱的篇子，是蘇州彈詞中的一種文學與演出形式，以七言韻文為主，一韻到底。無論是故事性、說理性或抒情性的作品，均有完整結構，獨立成篇。若加入對白，則稱「對白開篇」。隨著彈詞唱腔的發展，除書前加唱外，也作為獨立演出的節目。「選曲」是說書中加入的唱篇，無論是抒情、寫景都是與書情相關，近來，也常獨立演出，成為彈詞音樂會的演唱曲目。

二、開篇舉隅

蘇州彈詞的唱，原是基本曲調的反覆，旋律變化因詞而異，習慣上採用即興唱法。中共建國後，才有譜曲的新開篇。

傳統彈詞開篇，早期以同治年間馬如飛撰寫的數量最多。馬氏擅於說唱《珍珠塔》，唱詞工整，被譽為「小書之王」，其所編創之彈詞開篇，數以百計。清光緒十二年（1886）刊有《馬如飛先生南詞小引初集》，又名《馬如飛開篇》。全書二卷，上卷收〈岳武穆〉、〈諸葛亮〉、〈陶淵明〉、〈花木蘭〉等開篇四十六首；下卷收〈紅樓夢〉、〈賈寶玉〉、〈林黛玉〉等開篇四十首。民國十二年（1923），吳痾塵編有《馬如飛真本開篇》，1933年由上海新春報館出版，收有馬氏作品六十餘首。1993年，江蘇省曲藝家協會編有《馬如飛開篇集》，共收錄開篇十六類，計三百五十三首。

在傳統開篇中，有許多膾炙人口、文詞雅馴的作品。雖然經常演唱，但多佚去作者姓名。我們試舉幾首加以研究探討：

（一）〈宮怨〉

彈詞開篇〈宮怨〉最早見於清華廣生編輯的《白雪遺音》中。[107]原題〈西宮夜靜〉，述楊貴妃在西宮春夜，久候唐明皇不至的怨尤之情。唱詞起首兩句及結尾都採用唐詩，格律嚴謹，詞藻雅麗，形象鮮明，又通曉易懂，為唐詩開篇的典範。二十世紀中葉以來，朱耀笙、朱介生、朱慧珍，楊振雄等人都有演唱，各具風格。一般情形，演唱者採用「俞調」，表現委婉悱惻的情緒。其唱詞是：

西宮夜靜百花香，欲捲珠簾春恨長。

貴妃獨坐沉香榻，高燒紅燭候明皇。

高力士，啟娘娘，今宵萬歲幸昭陽。

娘娘聞奏添愁悶，懶懶自去卸宮妝。

[107] （清）華廣生編輯：《白雪遺音》。有道光八年（1828）刊本，1959年上海中華書局出版線裝排印本，1987年上海古籍出版社重印。

想正宮有甚花容貌，竟把奴奴撇半旁！

將身靠到龍床上，短嘆長吁淚兩行。

衾兒冷，枕兒涼，一輪明月上宮牆。

勸世人切莫把君王伴，伴駕如同伴虎狼；君王原是個薄情郎。

倒不如嫁一個風流子，好朝歡暮樂度時光；紫薇花對紫薇郎。[108]

（二）〈鶯鶯操琴〉

本篇取材自元雜劇《西廂記》，為馬如飛所撰。唱詞記述崔鶯鶯於夏日操琴抒情。開篇首尾四句，套用描寫夏景的迴文詩。以七言律詩為規格，運用接字，造成修辭學上的「頂針」，形成連環句、迴旋句格。

香蓮碧水動風涼，水動風涼夏日長。

長日夏，碧蓮香，有那鶯鶯小姐喚紅娘。

說：「紅娘呀，悶坐蘭房總嫌寂寞，何不消愁解悶進園坊？」

花街迴廊繞曲折，紗扇輕舉遮太陽。

見九曲橋上紅欄杆，湖心亭旁側綠紗窗。

那小姐是，她身靠欄杆觀水面，見那池中戲水有兩鴛鴦。

紅娘是，推動了綠紗窗，香几擺中央，爐內焚了香，瑤琴脫了囊；

鶯鶯坐下按宮商。

先撫一支〈湘妃怨〉，後彈一曲〈鳳求凰〉，〈思歸引〉彈出倍淒涼。

數曲瑤琴方已畢，見紅日漸漸竟下山崗。

高山流水知音少，抬起身軀意徬徨。

小紅娘，她歷亂忙：

瑤琴上了囊，爐內熄了香，香几擺側旁，閉上綠紗窗；跟隨小姐轉閨房。

這叫長日夏涼風動水，涼風動水碧蓮香；果然夏景不尋常。[109]

---

[108] 唱詞見周清霖編：《蘇州彈詞大觀》（上海：學林出版社，1999年1月）頁126。
唱腔聽朱慧珍唱：《蘇州彈詞流派唱腔．俞調》（上海音像公司，YCB-2）A面第2首。

[109] 唱詞見周清霖編：《蘇州彈詞大觀》（上海：學林出版社，1999年1月）頁141-142。
唱腔聽蔣月泉唱：《蘇州彈詞流派唱腔．蔣調（一）》（上海音像公司，YCB-6）B面第1首。

（三）〈瀟湘夜雨〉

作者不詳，取材於小說《紅樓夢》，述林黛玉病臥瀟湘，夜雨敲窗，引起了萬種情思。上下呼都用三言墊字的疊句，平仄諧和，聲調鏗鏘。一般可用「書調」、「沈薛調」、「小陽調」唱腔演唱。也是「徐調」、「琴調」演唱的代表作品。

雲煙煙，煙雲籠簾房；月朦朦，朦月色昏黃。
陰霾霾，一座瀟湘館；寒淒淒，幾扇碧紗窗。
呼嘯嘯，千個琅玕竹；草青青，數枝瘦海棠。
病懨懨，一位多愁女；冷清清，兩個小梅香。
（只見她）薄罳罳，罳薄羅衫薄；黃瘦瘦，瘦黃花容黃。
眼鬆鬆，鬆眼愁添懷；眉蹙蹙，蹙眉恨滿腔。
靜悄悄，靜坐湘妃榻；軟綿綿，軟靠象牙床。
黯淡淡，一盞垂淚燭；冷冰冰，半杯煎藥湯。
（可憐她是）氣喘喘，心蕩蕩，嗽聲聲，淚汪汪；
血斑斑，濕透了薄羅裳。
情切切，切情情忐忑；嘆連連，連嘆嘆淒涼。
（我是）生離離，離別故土後；孤淒淒，棲跡寄他方。
路迢迢，雲程千里隔；白茫茫，總望不到舊家鄉。
（她是）神惚惚，百般無聊賴；影單單，諸事盡滄桑。
（見那）夜沉沉，夜色多慘淡；聲寂寂，聲息愁更長。
（聽那）風颯颯，颯風風淒淒；雨霏霏，霏雨雨猛猛。
滴鈴鈴，銅壺漏不盡；噠啷啷，鐵馬響叮噹。
篤隆隆，風驚簾鈎動；淅瀝瀝，雨點打寒窗。
叮噹噹，鐘聲敲三下；撲咚咚，譙樓打五更。
（那妃子是）冷颼颼，冷風禁不起；夜漫漫，夜雨愁斷腸；
（從此後）病汪汪，病魔入膏肓。[110]

[110] 唱詞見周清霖編：《蘇州彈詞大觀》（上海：學林出版社，1999年1月）頁162。

這一篇開篇唱詞頗長。大量使用疊字，如「雲煙煙」、「月朦朦」、「陰霾霾」、「寒淒淒」、「呼嘯嘯」、「草青青」、「病懨懨」、「冷清清」等等。而且上下句對仗極工整，「煙雲籠簾房」對「朦月色昏黃」；「一座瀟湘館」對「幾扇碧紗窗」；「千個琅玕竹」對「數枝瘦海棠」。為了演唱的靈活，加了（只見她）、（可憐她是）、（我是）、（她是）、（見那）、（聽那）、（那妃子是）（從此後）幾個襯字，但無礙於詩的格律。除去襯字外，每句都是八個字，分為三五句讀。例如「雲煙煙，煙雲籠簾房；月朦朦，朦月色昏黃。」全篇皆是如此。中間有四個三言句子「氣喘喘，心蕩蕩，嗽聲聲，淚汪汪」的穿插，然後加上「血斑斑，濕透了薄羅裳」九言句，略以調劑全為三五字句的呆板。[111]

（四）〈長亭送別〉

張生與崔鶯鶯的故事，自唐代詩人元稹編寫《會真記》後，歷代傳唱不歇。宋趙德麟《商調蝶戀花》鼓子詞，金董解元《西廂記》諸宮調，元王實甫《西廂記》雜劇，均為其著者。

蘇州彈詞有關《西廂記》題材的開篇不少，如〈借廂〉、〈鶯鶯操琴〉、〈鶯鶯拜月〉、〈鶯鶯燒夜香〉、〈鶯鶯拜香〉、〈請宴〉、〈紅娘問病〉、〈西廂待月〉、〈拷紅〉、〈長亭送別〉等。

董解元《西廂記》中〈長亭送別〉的描述是：

蟾宮客赴帝闕，相送臨郊野。

恰俺與鶯鶯鴛幃暫相守，被功用使人離缺好緣業。

空悒怏頻嗟歎，不忍輕離別。

早是恁悽悽涼涼受煩惱，那堪值暮秋時節。

雨兒乍歇，向晚風如漂洌。

那聞得衰柳蟬鳴悽切。

未知今日別後，何時重見也。

衫袖上盈盈搵淚，不絕幽恨，眉峰暗結，好難割捨。

縱有千種風情，何處說？

---

[111] 「徐調」聽徐雲志唱：《蘇州彈詞流派唱腔・徐調》（上海音像公司，YCB-1）A面第3首。
「小陽調」聽楊仁麟唱：《蘇州彈詞流派唱腔・小陽調》（上海音像公司，YCB-21）A面第2首。

莫道男兒心如鐵，君不見，滿川紅葉，盡是離人眼中血！[112]

王實甫《西廂記》於同樣的場景中，描述的是：

碧雲天，黃花地，西風緊，北雁南飛。

曉來誰染霜林醉？總是離人淚。

恨相見得遲，怨歸去得疾。

柳絲長玉驄難繫，恨不得倩疏林挂住斜暉。

……

淋漓襟袖啼紅淚，比司馬青衫更濕，

伯勞東去燕西飛，未登程先問歸期。

雖然眼底人千里，且盡生前酒一杯。

未飲心先醉，眼中流血，心裡成灰。

……

青山隔送行，疏林不做美，淡煙暮靄相遮蔽。

夕陽古道無人語，禾黍秋風聽馬嘶。

我為甚麼嬾上車兒內，來時甚急，去後何遲？

四圍山色中，一鞭殘照裏。

遍人間煩惱填胸臆，量這些大小車兒如何載得起？[113]

蘇州彈詞開篇的〈長亭〉，以董解元、王實甫二人的《西廂記》為藍本，稍有借句，但無抄襲雷同，純為創作，為馬如飛撰。其全文內容是：

離合悲歡酒一杯，長亭設宴餞秋闈。

（只為）夫人逼試難違命，只得京都走一回。

（但見）天外碧雲離恨影，黃花滿地動愁懷。

哥哥呀！風霜旅店宜珍重，鞍馬長途莫趲催。

---

112 （金）董解元：《古本董解元西廂記》卷6，頁7（臺北：藝文印書館，1973年2月）。

113 （元）王實甫：《西廂記》雜劇第四本第三折（臺北：西南書局，1990年11月）頁112-116。

馬兒慢慢走，車兒緊緊隨，一鞭殘照影相隨。

哥哥啊！

休戀皇都春色麗，三場已畢早回歸。

休述一味纏煩惱，須將薄命掛胸懷。

河魚天雁宜相托，專盼泥金報捷來。

（說不盡）萬千絮語關心話，（怎禁得）撩亂征塵撲面來。

人生最苦生離別，送君千里要分開；但願今宵夢中來。[114]

（五）〈黛玉葬花〉

〈黛玉葬花〉源於《紅樓夢》第二十七回「埋香塚飛燕泣殘紅」中的詩句：

花謝花飛花滿天，紅消香斷有誰憐？

游絲軟繫飄香榭，落絮輕沾撲繡簾。

閨中女兒惜春暮，愁緒滿懷無釋處，

手把花鋤出繡閨，忍踏落花來復去。

……

花開易見落難尋，階前悶殺葬花人，

獨倚花鋤淚暗洒，洒上空枝見血痕。

……天盡頭，何處有香丘？

未若錦囊收豔骨，一抔淨土掩風流。

質本潔來還潔去，強於污淖陷渠溝。

爾今死去儂收葬，未卜儂身何日喪？

儂今葬花人笑痴，他年葬儂知是誰？

試看春殘花漸落，便是紅顏老死時。

一朝春盡紅顏老，花落人亡兩不知！[115]

馬如飛撰寫有關《紅樓夢》的開篇，在周清霖編輯的《蘇州彈詞大觀》中，共載錄

---

[114] 周清霖編：《蘇州彈詞大觀》（上海：學林出版社，1999年1月）頁146-147。

[115] 馮其庸：《紅樓夢校注》（一）第27回（臺北：里仁書局，2000年1月）頁428-429。

四十七首。題為〈黛玉葬花〉的，有六首之多。其第三首〈黛玉葬花〉的唱詞，亦採用疊字，筆法極似前一開篇〈瀟湘夜雨〉。這種疊字唱句，可以快速連唱，正是「馬調」唱腔的風格。以魏鈺卿的「魏調」、薛筱卿的「薛調」、薛小飛的「薛小飛調」來唱都非常適合。唱腔一氣呵成，如江流直瀉，連珠落盤。

名園春色盡收藏，萬紫千紅鬥艷妝。

風光美，美風光，蝶舞蜂飛樂意揚。

（那曉得）一刻千金容易度，留春無策怨東皇。

林黛玉，愁恨長；靜悄悄，悄坐象牙床。

病綿綿，綿病增瘦骨；淚垂垂，垂淚滿腮旁。

（但聽得）雨淋淋，淋雨紗窗濕；風襲襲，襲入繡羅帳。

想奴奴，奴命如花薄；（誰把那）花護護，護花免殘傷？

（想明朝）紅褪褪，褪成胭脂色；落紛紛，紛落在花崗。

夜深深，深夜難安睡；眼巴巴，巴望曉雞唱。

步忙忙，忙步園中去；（不管那）露微微，微露染羅裳。

睹花枝，枝枝都凋落；（再不能）香馥馥，馥郁上林芳。

殘花瓣，瓣瓣埋香土；情黯黯，黯然獨悲傷；想他年何人把奴葬？[116]

近人夏史（本名吳宗錫1925-），撰有新〈黛玉葬花〉開篇，1963年由「麗調」創始人徐麗仙（1928-1984）演唱錄音，其唱詞是：

一片花飛減卻春，風飄萬點正愁人。

瀟湘妃子悲春暮，手把花鋤向園林。

才只是鶯聲細嫩，柳絲成蔭，

早難道紅銷香斷，風絮飄零，轉眼芳華盡。

且把錦囊收艷骨，一抔淨土掩香魂。

埋香冢畔春泥濕，知是淚痕與血痕。

---

[116] 周清霖編：《蘇州彈詞大觀》（上海：學林出版社，1999年1月）頁160。

怪儂底事倍傷神，半為憐春半惱春。

憐春忽至惱忽去，至又無言去不聞。

花魂鳥魂難留住，杜鵑枝上泣芳塵；淚盡空枝不忍聽。

願儂此日生雙翼，隨花同向天涯行。

質本潔來還潔去，免教飄零墮泥塵。

今朝花落儂收葬，他年葬儂知誰人？

痴心總似我，人遠天涯近；

故鄉煙水闊，滿懷愁緒深；

俯仰添惆悵，日落正黃昏。

荷鋤歸去掩重門，寂寞簾櫳瘦竹冷。

青燈照壁影淒清，細雨敲窗被未溫。[117]

（六）〈秋夜相思〉

蘇州彈詞中有崁集唐人詩句聯綴而成的開篇，其中〈秋夜相思〉一首，又名〈秋思〉，最具代表性。今將借用之詩句還原，以見其文學技巧。

此一開篇唱詞，共三十一句，借用杜牧、溫庭筠、李白、韋應物、馬戴、李頻、杜甫、白居易、劉長卿、沈佺期、李商隱等人詩句。其中以杜牧的詩句最多，杜甫的詩句次之。可見此一開篇的作者，必為熟讀唐代詩集之人，具有古典文學的根底。

由於彈詞開篇的演唱不同於吟詩，在曲調上應有其靈活性與旋律化，因此在七字句中常加襯字。襯字一般多為三個字，如（想當初）、（莫非是）等等。今將這些襯字以括號標出，留下的字句與右邊原詩對照，更見清晰。

銀燭秋光冷畫屏，	杜牧：〈秋夕〉 銀燭秋光冷畫屏，輕羅小扇撲流螢。 天階夜色涼如水，坐看牽牛織女星。[118]

[117] 詞曲均見《蘇州彈詞流派唱腔・麗調》（一）（上海音像公司，YCB-2）B面第2首。

[118] 張淑瓊主編：《唐詩新賞12杜牧》（臺北：地球出版社，1989年3月）頁269。

碧天如水夜雲輕。
雁聲遠過瀟湘去，
十二樓中月自明。

溫庭筠：〈瑤瑟怨〉
冰簟銀床夢不成，碧天如水夜雲輕。
雁聲遠過瀟湘去，十二樓中月自明。[119]

（佳人是）獨對寒窗思往事，

杜牧：〈旅宿〉
旅館無良伴，凝情自悄然。
寒燈思舊事，斷雁警愁眠。
遠夢歸侵曉，家書到隔年。
滄江好煙月，門繫釣魚船。[120]

但見淚痕濕衣襟。

李白：〈怨情〉
美人捲珠簾，深坐顰蛾眉。
但見淚痕濕，不知心恨誰。[121]

（想當初）天階夜色涼如水，
杜牧：〈秋夕〉（見前）

（與君家）坐看牽牛織女星。
杜牧：〈秋夕〉（見前）

（曾記得）長亭相對情無限，

韋應物：〈賦得暮雨送李曹〉
楚江微雨裡，建業暮鐘時。
漠漠帆來重，冥冥鳥去遲。
海門深不見，浦樹遠含滋。
相送情無限，沾襟比散絲。[122]

今作寒燈獨夜人。

馬戴：〈灞上秋居〉
灞原風雨定，晚見雁行頻。
落葉他鄉樹，寒燈獨夜人。

[119] 張淑瓊主編：《唐詩新賞13溫庭筠、李頻、馬戴》（臺北：地球出版社，1989年3月）頁71。
[120] 張淑瓊主編：《唐詩新賞12杜牧》（臺北：地球出版社，1989年3月）頁241。
[121] 張淑瓊主編：《唐詩新賞5李白》（下卷）（臺北：地球出版社，1989年3月）頁415。
[122] 張淑瓊主編：《唐詩新賞8韋應物》（臺北：地球出版社，1989年3月）頁253。

空園白露滴，孤壁野僧鄰，
寄臥郊扉久，何年致此身？[123]

（誰知你）一去嶺外音書絕，

李頻：〈渡漢江〉
嶺外音書絕，經冬復立春。
近鄉情更怯，不敢問來人。[124]

（可曉奴）盼君家書抵萬金。

杜甫：〈春望〉
國破山河在，城春草木深。
感時花濺淚，恨別鳥驚心。
烽火連三月，家書抵萬金。
白頭搔更短，渾欲不勝簪。[125]

連連寄書長不達，

杜甫：〈月夜憶舍弟〉
戍鼓斷人行，邊秋一雁聲。
露從今夜白，月是故鄉明。
有弟皆分散，無家問死生。
寄書長不達，況乃未休兵。[126]

（可憐我）相思三更頻夢君。

杜甫：〈夢李白．二首其二〉
浮雲終日行，遊子久不至。
三夜頻夢君，情親見君意。
告歸常局促，苦道來不易。
江湖多風波，舟楫恐失墜。
出門搔白首，若負平生志。
冠蓋滿京華，斯人獨憔悴！

---

[123] 張淑瓊主編：《唐詩新賞13溫庭筠、李頻、馬戴》（臺北：地球出版社，1989年3月）頁185。
[124] 張淑瓊主編：《唐詩新賞13溫庭筠、李頻、馬戴》（臺北：地球出版社，1989年3月）頁145。
[125] 張淑瓊主編：《唐詩新賞6杜甫》（上卷）（臺北：地球出版社，1989年3月）頁85。
[126] 張淑瓊主編：《唐詩新賞6杜甫》（上卷）（臺北：地球出版社，1989年3月）頁203。

孰云網恢恢？將老身反累！
千秋萬歲名，寂寞身後事。[127]

（莫非是）二十四橋明月夜，

杜牧：〈寄揚州韓綽判官〉
青山隱隱水迢迢，秋扇江南草未凋。
二十四橋明月夜，玉人何處教吹簫。[128]

（貪戀那）楚腰纖細掌中輕。

杜牧：〈遣懷〉
落魄江湖載酒行，楚腰纖細掌中輕。
十年一覺揚州夢，贏得青樓薄倖名。[129]

但見新人笑容好，
那聞舊人哭斷魂。

杜甫：〈佳人〉
絕代有佳人，幽居在空谷。
自云良家子，零落依草木。
關中昔喪亂，兄弟遭殺戮。
官高何足論，不得收骨肉。
世情惡衰歇，萬事隨轉燭。
夫婿輕薄兒，新人美如玉。
合昏尚知時，鴛鴦不獨宿。
但見新人笑，那聞舊人哭。
在山泉水清，出山泉水濁。
侍婢賣珠回，牽蘿補茅屋。
摘花不插髮，采柏動盈掬。
天寒翠袖薄，日暮倚修竹。[130]

---

[127] 張淑瓊主編：《唐詩新賞6杜甫》（上卷）（臺北：地球出版社，1989年3月）頁189。
[128] 張淑瓊主編：《唐詩新賞12杜牧》（臺北：地球出版社，1989年3月）頁249。
[129] 張淑瓊主編：《唐詩新賞12杜牧》（臺北：地球出版社，1989年3月）頁263。
[130] 張淑瓊主編：《唐詩新賞6杜甫》（上卷）（臺北：地球出版社，1989年3月）頁185。

（你可曉）十年一覺揚州夢，

杜牧：〈遣懷〉（見前）

（也不過）贏得青樓薄倖名。

杜牧：〈遣懷〉（見前）

（全不想）紅顏未老恩先斷，

白居易：〈後宮詞〉

淚濕羅巾夢不成，夜深前殿按歌聲。

紅顏未老恩先斷，斜倚薰籠坐到明。[131]

（害得奴）深閨寂寞養殘生。

杜甫：〈奉濟驛重送嚴公四韻〉

遠送從此別，青山空復情。

幾時杯重把？昨夜月同行。

列郡謳歌惜，三朝出入榮。

江村獨歸處，寂寞養殘生。[132]

翹首望君煙水闊，

劉長卿：〈餞別王十一南游〉

望君煙水闊，揮手淚沾巾。

飛鳥沒何處，青山空向人。

長江一帆遠，落日五湖春。

誰見汀洲上，想思愁白蘋。[133]

只見浮雲終日行。

杜甫：〈夢李白・二首其二〉（見前）

（但不知）何日歡笑情如舊，

韋應物：〈淮上喜會梁州故人〉

江漢曾為客，相逢每醉還。

浮雲一別後，流水十年間。

[131] 張淑瓊主編：《唐詩新賞11白居易》（臺北：地球出版社，1989年3月）頁93。

[132] 張淑瓊主編：《唐詩新賞7杜甫》（下卷）（臺北：地球出版社，1989年3月）頁299。

[133] 張淑瓊主編：《唐詩新賞3劉長卿》（臺北：地球出版社，1989年3月）頁237。

歡笑情如舊，蕭疏鬢已斑。
何因不歸去？淮上有秋山。[134]

重溫良人昨夜情。

沈佺期：〈雜詩・三首其三〉
聞道黃龍戍，頻年不解兵。
可憐閨裏月，長在漢家營。
少婦今春意，良人昨夜情。
誰能將旗鼓，一為取龍城。[135]

恐怕當年懷歸日，

李白：〈春思〉
燕草如碧絲，秦桑低綠枝。
當君懷歸日，是妾斷腸時。
春風不相識，何事入羅幃？[136]

（我已是）環佩空歸月下魂。

杜甫：〈詠懷古跡・五首其三〉
群山萬壑赴荊門，生長明妃尚有村。
一去紫臺連朔漠，獨留青冢向黃昏。
畫圖省識春風面，環佩空歸月夜魂。
千載琵琶作胡語，分明怨恨曲中論。[137]

捲帷望月空長嘆，

李白：〈長相思・二首其一〉
長相思，在長安。
絡緯秋啼金井闌，微霜淒淒簟色寒。
孤燈不明思欲絕，捲帷望月空長嘆。
美人如花隔雲端。
上有青冥之長天，下有淥水之波瀾。

134 張淑瓊主編：《唐詩新賞8韋應物》（臺北：地球出版社，1989年3月）頁223。
135 張淑瓊主編：《唐詩新賞1沈佺期》（臺北：地球出版社，1989年3月）頁119。
136 張淑瓊主編：《唐詩新賞4李白》（上卷）（臺北：地球出版社，1989年3月）頁135。
137 張淑瓊主編：《唐詩新賞7杜甫》（下卷）（臺北：地球出版社，1989年3月）頁387。

天長路遠魂飛苦，夢魂不到關山難。
長相思，摧心肝。[138]

長河漸落曉星沉；	李商隱：〈嫦娥〉 雲母屏風燭影深，長河漸落曉星沉。 嫦娥應悔偷靈藥，碧海青天夜夜心。[139]
（可憐我）淚盡羅巾夢難成。	白居易：〈後宮詞〉（見前）

1961年由周雲瑞演唱錄音此一開篇，經陳靈犀將唱詞刪節為十七句，更名〈秋思〉。唱詞是：

銀燭秋光冷畫屏，碧天如水夜雲輕。
雁聲遠過瀟湘去，十二樓中月自明。
（佳人是）獨對寒窗思往事，但見淚痕濕衣襟。
（曾記得）長亭相對情無限，今作寒燈獨夜人。
（誰知你）一去嶺外音書絕，（可憐我）相思三更頻夢君。
翹首望君煙水闊，只見浮雲終日行。
（但不知）何日歡笑情如舊，重溫良人昨夜情。
捲帷望月空長嘆，長河漸落曉星沉；（可憐我）淚盡羅巾夢難成。[140]

（七）〈新木蘭辭〉

南北朝時期，約在北魏時代（386-534）產生的〈木蘭詩〉，是北朝的一首長篇民歌。有著粗獷、雄健、直率的北方民歌特色。〈木蘭詩〉又稱〈木蘭辭〉，是北方平民文學的最大傑作。[141]

---

[138] 張淑瓊主編：《唐詩新賞5李白》（下卷）（臺北：地球出版社，1989年3月）頁411。
[139] 張淑瓊主編：《唐詩新賞14李商隱》（臺北：地球出版社，1989年3月）頁237。
[140] 唱詞見：《蘇州彈詞流派唱腔・祁調》（上海音像公司，YCB-16）B面第一首。
[141] 胡適：《白話文學史》（上卷）（臺北：胡適紀念館，1974年4月）頁98。

此一長歌分為六段，分別敘述可汗點兵、代父應徵、沙場百戰、凱旋歸來、返鄉省親、雌雄莫辨等情節。全文分段抄錄於下。

一、唧唧復唧唧，木蘭當戶織。不聞機杼聲，惟聞女嘆息。
問女何所思？問女何所憶？女亦無所思，女亦無所憶。
昨夜見軍帖，可汗大點兵，軍書十二卷，卷卷有爺名。
阿爺無大兒，木蘭無長兄，願為市鞍馬，從此替爺征。
二、東市買駿馬，西市買鞍韉，南市買轡頭，北市買長鞭。
朝辭爺娘去，暮宿黃河邊。不聞爺娘喚女聲，但聞黃河流水鳴濺濺。
旦辭黃河去，暮至黑山頭。不聞爺娘喚女聲，但聞燕山胡騎聲啾啾。
三、萬里赴戎機，關山度若飛。
朔氣傳金柝，寒光照鐵衣。
將軍百戰死，壯士十年歸。
四、歸來見天子，天子坐明堂。策勳十二轉，賞賜百千強。
可汗問所欲，木蘭不用尚書郎，願借明駝千里足，送兒還故鄉。
五、爺娘聞女來，出郭相扶將。
阿姊聞妹來，當戶理紅妝。
小弟聞姊來，磨刀霍霍向豬羊。
開我東閣門，坐我西閣床。脫我戰時袍，著我舊時裳。
當窗理雲鬢，對鏡貼花黃。出門看伙伴，伙伴皆驚惶。
同行十二年，不知木蘭是女郎。
六、雄兔腳撲朔，雌兔眼迷離。兩兔傍地走，安能辨我是雄雌！[142]

在蘇州彈詞傳統題材開篇中，有馬如飛所撰的〈花木蘭〉一首，內容顯受〈木蘭辭〉影響，以說書的腔調唱出：

續斷機聲哭斷腸，佳人愁緒太郎當。
驚聞可汗提兵卒，曾見兵書十數行。

[142] 丁夏選注：《魏晉南北朝詩卷》（浙江：浙江文藝出版社，1996年5月）頁491-493。

一行行上有爹名字，老父何堪征戰場。

儂無兄長爹無子，自恨釵環是女郎。

東市長鞭西市馬，願將裙衫脫卻換戎裝。

登山涉水長途去，代父從軍意氣揚，將軍百戰半身亡。

一去十年才克捷，歸來天子坐明堂。

兵將策勳勞汗馬，木蘭不願尚書郎。

願借明駝千里足，送兒早早返家鄉。

父母倚門姊妹盼，一家喜氣上容龐。

小弟嬉戲狂欲舞，磨刀霍霍向豬羊。

開東閣，坐西床，戰時袍更換舊衣裳。

梳洗出門尋伙伴，誰知伙伴盡驚惶。

同行一十有餘載，誰信將軍是女郎；木蘭孝勇世無雙。[143]

1958年，吳宗錫（1925-）根據〈木蘭辭〉及〈花木蘭〉開篇，改寫成〈新木蘭辭〉。刪除開篇中「斷腸」、「愁緒」等詞句，擷取〈木蘭辭〉原句，並以「誰說女兒不剛強」結句終篇。同時又增補木蘭十年征戰的敘述，加強〈新木蘭辭〉的剛性。〈木蘭辭〉原以五言為主又多次換韻，改編時根據彈詞唱篇一韻到底，並需要平仄協調的特點組織唱句。

〈新木蘭辭〉由「麗調」唱腔創始人徐麗仙（1928-1984）譜曲並演唱，曲調明朗、剛健、流利，成為「麗調」的代表作品之一。其唱詞是：

唧唧機聲日夜忙，（木蘭是）頻頻嘆息愁緒長。

驚聞可汗點兵卒，又見兵書十數行。

卷卷都有爹名字，老父何堪征戰場！

阿爺無大兒，木蘭無兄長；（我）自恨釵鬟是女郎。

東市長鞭西市馬，（願將那）裙衫脫去換戎裝。

登山涉水長途去，代父從軍意氣揚。

143 （清）馬如飛：開篇〈花木蘭〉，載《評彈藝術》第十八集（南京：江蘇文藝出版社，1996年1月）頁234。

朝聽濺濺黃河急，夜渡茫茫黑水長。

鼙鼓隆隆山岳震，朔風獵獵旌旗張。

風馳電掃制強虜，躍馬橫槍戰大荒。

關山萬里如飛渡，鐵衣染血映寒光。

轉戰十年才奏捷，歸來天子坐明堂。

策勳十二轉，賞賜百千鏹；木蘭不願尚書郎。

願借明駝千里足，送兒早早回故鄉。

爺娘聞女來，出郭相扶將。

姊姊聞妹來，當戶理紅妝。

小弟聞姊來，歡呼喜欲狂。

磨刀霍霍向豬羊，一家喜氣上面龐。

開我東閣門，坐我西閣床。

脫我戰時袍，著我舊時裳。

當窗理雲鬢，對鏡貼花黃。

含笑出門尋伙伴，伙伴見她盡驚惶。

同行一十有餘載，不知將軍是女郎；誰說女兒不剛強！[144]

蘇州彈詞開篇中，有傳統的古代題材，有新編的古代題材，也有新編的現代題材。傳統的古代題材唱篇多不知作者姓名，但意境高遠，用詞典雅，有古典文學風味，如〈宮怨〉、〈鶯鶯操琴〉、〈瀟湘夜雨〉等。新編的古代題材，不論編者為文人（如陳靈犀、吳宗錫）為藝人（如楊振雄），其作品較之傳統開篇也不遑多讓，文詞典麗，猶有過之。

中共建國後，評彈藝人要「斬尾巴」，斬掉封建社會意識，即不說傳統書目。改編新書，後來被稱為「二類書」。又大量創造了許多新中篇，新短篇書目。而在開篇的部分，新開篇中也有很好的作品，不失傳統。但也有的是為政治宣傳而作的開篇，如歌頌雷峰的〈永不生鏽的螺絲釘〉，完全顛覆了蘇州彈詞的格律。

[144] 唱詞見周清霖編：《蘇州彈詞大觀》（上海：學林出版社，1999年1月）頁213-214。
唱腔聽徐麗仙唱：《蘇州彈詞流派唱腔．麗調》（一）（上海音像公司，YCB-4）B面第1首。

三、選曲擇萃

在蘇州評彈中，稱為「大書」的評話，在表演方式上是只說不唱的，傳統的書目都是長篇，每天說一場約一小時左右，要連說數個月，甚至從年初說到年尾。稱為「小書」的彈詞，表演上有說有唱，說是主體，唱則穿插在說的書情中，傳統長篇彈詞，也是連續說唱數月之久。

進入現代，一般民眾少有閒暇，加上其他娛樂性節目興起，不太可能每晚定時去書場聽書。所以無論大書小書都採取書中的精華段落，摘要式的演出。在說的方面，叫「選回」，在唱的部分，叫「選曲」。「選回」是大書、小書都有的，「選曲」則只限於小書。

「選曲」是蘇州彈詞中的唱篇，本來是安排在說書當中，適時的唱出一段，唱詞與書情有關。不像「開篇」在開書前演出，內容可以和所說的書情毫不相關。

近世以來，彈詞音樂會盛行。評書藝人因不擅唱，較少出場。彈詞藝人則可以演唱「開篇」或「選曲」。「開篇」詞句富有文學性，「選曲」中也不乏詞句清麗者。茲選出幾首以見其一般：

（一）《三笑・佛樓定情》

《三笑》長篇彈詞中，有唐伯虎與秋香對唱的一段唱篇。唐伯虎在無錫華府為傭，畫好觀音像後送到樓上佛堂供奉，趁機向隨去的秋香求婚，秋香加以婉拒。

秋香：（唱）你得好休便好休，痴心夢想息念頭。

奴非比柳絮隨風舞，我也不是輕薄桃花逐水流。

唐寅：（唱）姐姐呀！我宜室宜家來此地，我堂堂一榜占頭籌。

秋香：（唱）我與你是無干涉，風馬牛，你枉用心機空自謀。

你要效學那自去自來樑上燕，你莫學那相親相近的水中鷗。

唐寅：（唱）姐姐呀！我雖非雅度稱君子，不顧憐聲名把妳淑女求。

秋香：（唱）我非淑女非窈窕，我今生誓不詠〈關鳩〉。

我好比當空皓魄憑君照，又好比仙島蟠桃你無法偷。

我好比鏡中花巧手也難折，又好比海中鰲你無處下金鉤。

唐寅：（唱）我曾向月宮把丹桂折，何嘗皓月懷中留！
　　　　　　我效學當年東方朔，仙島蟠桃也要偷。
　　　　　　鏡中那有鮮花在？分明鮮花在鏡外留。
　　　　　　只要我唐寅獨把鰲頭占，何愁金鰲不上鉤！
　　　　　　既然你芳心如鐵石，不應該三笑把情留。
　　　　　　你如騙我高樓攀，你是拔去樓梯聽自由，分明順水去推舟。
　　　　　　倘然你今朝不還我三生願，我是唯拚一死赴冥幽。[145]

（二）《長生殿‧醉吟》

清初洪昇（1645-1704）依據唐代白居易〈長恨歌〉所撰之《長生殿》傳奇，述唐明皇、楊貴妃故事，共五十齣，為清代兩大雜劇傳奇之一。後經彈詞藝人楊振雄（1920-）改編為長篇彈詞，全書四十二回，可連續單檔表演六十天。其中〈戲梅〉、〈絮閣爭寵〉、〈罵賊〉、〈沈香亭〉、〈醉寫〉等回，常以選回方式演出。〈絮閣〉、〈番書〉、〈醉吟〉、〈遷都〉、〈獻飯〉等選曲，也可以單獨演唱。

〈醉吟〉述唐明皇與楊貴妃在沈香亭觀賞牡丹，召李白來吟詩助興，但當時李白正在長安酒家醉眠未醒。唐明皇與楊貴妃對唱的一大段唱詞：

楊貴妃：（唱）花繁濃艷色色佳，洛陽貢獻牡丹花。
　　　　　　　春風拂拂花枝俏，粉蝶翩翩惹戀花。
　　　　　　　紫燕雙雙春意鬧，鴛鴦對對浴晴沙。
　　　　　　　昨夜雨露灑，今朝更繁華，有香有色實堪誇。
　　　　　　　姹紫嫣紅無限好，淡黃淺綠清且雅，也堪壓倒上陽花。
唐明皇：（唱）一身獨占三千寵，六宮粉黛盡驚訝。
楊貴妃：（唱）多情天子多情話，蜜語甜言無虛假，感蒙君王恩無涯。
唐明皇：（唱）美人名花競艷色，越顯得龐兒風流煞，前生原是月中娃。
　　　　　　　最愛花前態，妃子更風華，含羞不語花朵斜。
　　　　　　　自知花容難比美，妃子的玉顏勝過它，牡丹花怎及你解語花！……

[145] 唱詞見周清霖編：《蘇州彈詞大觀》（上海：學林出版社，1999年1月）頁376。

楊貴妃：（唱）青蓮居士李供奉，醉態依稀入畫中。

他酒未醒醉意濃，半眠半醉半矇矓。

唐明皇：（唱）醉後狂吟詩百篇，酒愈醉、詩愈工，酒興勃勃詩興濃。

咳唾隨風生珠玉，筆花和雨佳句湧，錦心繡口妙無窮。

楊貴妃：（唱）已入醉鄉游仙夢，何來詩篇琅琅誦！[146]

（三）《珍珠塔・方卿唱道情—羞姑》

傳統長篇彈詞《珍珠塔》，寫秀才方卿奉母命往襄陽姑母處借貸，遭受奚落憤而離去，表姐陳翠娥私贈珍珠塔。方卿後來得中狀元，授官後出巡襄陽，改扮成道士再去姑母家，借唱道情諷刺姑母等情節，這一段〈道情〉的唱詞是：

方卿：（唱）為名忙，為利忙，走關山，冒風霜，長亭處處景象荒。

江雲慘淡人惆悵，野鄉迷離路渺茫，

魚書雁字無非妄，生怕聽城笳村梆，一聲聲敲斷人腸。

……

嘆方卿，大明朝，家計貧，年紀小，多才入泮游庠早。

贓官冒比墳糧事，親戚遠投路途遙，園中曾逢姑娘（姑母）好，

到後來揚眉吐氣，方顯得勢利功勞。[147]

（四）《描金鳳・暖鍋為媒》

蘇州彈詞的唱腔，除基本的「書調」外，有各家流派唱腔。在各家流派唱腔中，也分別吸收了一些蘇灘、崑曲、京劇和曲牌音樂。傳統長篇彈詞《描金鳳》中，有一段錢志節唱的曲牌音樂【亂雞啼】，其唱詞是這樣的：

---

[146] 第一段楊貴妃的唱腔聽：「邢晏芝演唱集錦」《姑蘇雅韻》（之二）（上海錄像公司，CN-E03-00-0032-0/V.J8）第5片第4首。

唱詞見周清霖編：《蘇州彈詞大觀》（上海：學林出版社，1999年1月）頁401。

[147] 周清霖編：《蘇州彈詞大觀》（上海：學林出版社，1999年1月）頁530。

錢志節：（唱）吹吹打打花轎來，移花接木巧安排。
白頭白扎，孤孀打扮，嫁到典當，倷要大膽，
衝上喜堂，連哭帶喊，瘋瘋癲癲，頭髮拆散，
就說汪宣，胡作非為，強搶孤孀，彌天大罪，
吵得俚七葷八素口難開。[148]

蘇州彈詞的唱腔曲調，本是屬於板腔體的，是一種七字上下句式齊言的韻文。曲牌唱詞則是長短句式的韻文，穿插在彈詞唱篇中，算是一種例外。上段所引的〈道情〉唱腔，即屬於此類。

（五）《林沖．踏雪》

陳靈犀作品中篇彈詞《林沖》中，有一段選曲〈踏雪〉。前段為表唱，述林沖自酒店出來，衝風踏雪的英雄形象；後段有白有唱，抒述林沖冤仇未報，長恨滿腔的心緒。表唱是演員以第三人身分，作客觀描繪人物、情境的唱。白則是林沖自身說的話。再唱則是演員以第一人稱（林沖）身分的唱，曲牌【海曲】。

林沖：（唱）大雪紛飛滿山峰，衝風踏雪一英雄。
帽上的紅纓沾白雪，身披黑氅兜北風。
槍挑葫蘆邁步走，舉目蒼涼恨滿胸。
這茫茫大地何處去？天寒歲暮路途窮。
林沖：（白）朔風凜凜吹人面，大雪紛紛透骨寒。
英雄驀地遭顛沛，不殺高俅心不甘！
喲！好大的風雪也。
林沖：（唱）恨高俅，心狠毒，定計賣刀；白虎堂，野豬林，陷害英豪。
遭流離，發配到，滄州道上；思故土，歸途遙，千里迢迢。
林沖：（白）噯唉！
林沖：（唱）這血海的冤仇何日報？不由得英雄淚雙拋。[149]

[148] 周清霖編：《蘇州彈詞大觀》（上海：學林出版社，1999年1月）頁582。
[149] 周清霖編：《蘇州彈詞大觀》（上海：學林出版社，1999年1月）頁489。

此段選曲由蔣月泉運用「陳調」設計唱腔，經周雲瑞潤飾、劉天韻演唱。唱詞略改為：

林沖：（唱）大雪紛飛滿天空，衝風踏雪一英雄。
帽上紅纓沾白雪，身披白氅兜北風。
槍挑葫蘆邁步走，舉目蒼涼夜濛濛。
這茫茫大地何處去，天寒歲暮路途窮。
這血海冤仇何日報，頓使英雄恨滿胸。[150]

[150] 劉天韻唱：《劉天韻唱腔專輯》（上海音像公司，YCB-33）A面第1首。

第三節　蘇州彈詞的曲牌唱腔

蘇州彈詞是說唱相間的一種表演藝術。其唱腔分為常用曲牌與流派唱腔兩類。曲牌，又名牌子，在彈詞中，常用為代表某一種身分或人物的唱腔。

早期演唱的曲牌，如【啄木鳥】、【浣溪沙】、【鷓鴣天】、【劈破玉】等，其唱腔早已失傳。至今尚在流行的，有【點絳唇】、【剪剪花】、【鎖南枝】、【銀絞絲】、【費家調】、【亂雞啼】等十數支。這些曲牌大抵來自明、清的俗曲、南北曲、時調及民間小調。

彈詞中，除了各流派唱腔之外，還採用了蘇南一帶的民歌小曲；傳統書目中，也借用了若干崑曲的曲牌。

曲牌音樂一般是作為書中特定物或表現特定場景之用，如【離魂調】用於人物暈厥後甦醒時唱，【亂雞啼】則在表現熱鬧的場景，【費伽調】用於丫環、彩旦一類角色的唱，【山歌調】是書中人物唱山歌、船歌的調子，【剪剪花】用於媒婆，【銀絞絲】用於兒童，【耍孩兒】用於僧道，【點絳唇】用於正角英雄好漢，【湘江浪】則用之於訴說哀怨。

這些曲牌音樂都有著一定的音樂特質，藝人在彈唱傳達情意時，要遵循一定的規律。

一、民間小調

蘇州彈詞借用的民間曲調：

（一）【山歌調】

【山歌調】即「吳歌」。為書中人物唱山歌時所用的歌調。二十八字為一首，分為七言四句。其特色是曲調舒展、流暢，自由歌唱時，可以大量增加襯字，歌尾加「喲嗚欸」三聲助詞拖腔，增加曲調的歌唱性與趣味性。

在《雙珠鳳》中的山歌及《三笑．追舟》中船家所唱的，都是【山歌調】。

（二）【耍孩兒】

【耍孩兒】即「道情」。源自南宋以後的「漁鼓」，本以漁筒、簡板擊節伴唱。現用三弦、琵琶以「摘彈手法」摹擬其擊節聲，用於書中僧道的唱腔。彈詞演唱的【耍孩兒】調為三言四句、七言六句，共十句五十四字的唱腔。在傳統長篇彈詞《珍珠塔》中，方卿喬裝道士所唱的〈道情〉，即用此調。

（三）【亂雞啼】

【亂雞啼】由民間曲調衍化而成。曲調簡練明快，唱念交替靈活自由，全曲七言三句，中間插入三言或四言的韻白疊句。《三笑・祝枝山看燈》，即用此調。

（四）【南無調】

【南無調】源自民間小調，用於書情中僧尼空門自嘆時唱，只七言二句，曲調簡潔，可加襯詞。句之前後，加有「阿彌陀佛」等語助詞。《荊釵記》中女尼用此調。

（五）【海倫調】

吸收自民間小調而融入書調中演唱。七言上下句式，曲多於詞，轉腔頻繁，感情淒愴。《描金鳳》中，汪宣淪落街頭求乞時即唱此調。

（六）【九連環】

【九連環】有【小九連環】與【大九連環】之分。

【小九連環】為流行於江浙一帶的民間小調，以吳語演唱。曲調簡短輕巧。曲末，用口技「花舌」衝出連續不斷的「得兒」聲，描摹小兒女的歡樂心情。

【大九連環】是流行蘇南地區的民歌曲牌聯唱。曲調明快、活躍、富有鄉土味。吸收為女聲獨唱的小曲，如開篇〈蘇州好風光〉。

（七）【滾繡球】

七言兩句為一首。前句的末三字重複疊唱，後句的末一字拖腔。曲調簡短、穩健而爽利。《落金扇》選曲唱篇中有此曲牌。

（八）【端正好】

曲調莊重、肅穆，無語助詞，散唱。是彈詞傳唱的小曲。《雙金錠・攔輿告狀》中韓通所唱的唱腔即是此調。

（九）【銀絞絲】

常用的明、清俗曲之一。全曲八到十句，七言多於五言，末句常重複。曲調流暢，一氣呵成。《羅漢錢》中的賣婆演唱此調。

（十）【金絞絲】

彈詞吸收自蘇灘的【鮮花調】，曲調樸實親切。《描金鳳》中，有船家唱此曲牌。

（十一）【剪剪花】

原名【剪靛花】，清初的俗曲。民間各地均有傳唱，曲調和體裁也有多種演變。彈詞傳唱的詞格為五言、五言、七言、七言，共四句二十四字。曲調簡鍊明快。在前兩句和末一句之前都分別加有「哎唷」、「哎哎唷」語助詞拖腔。《描金鳳》中有此曲調。

（十二）【離魂調】

此調亦吸收自蘇灘。為七言上下句唱腔，真假嗓結合演唱。曲調柔軟而低沈，轉腔不繁，起伏較大，節奏緩慢，一腔一頓挫，顯示出幽蕩或陰森的氣氛。適用於人物昏厥後甦醒或幽魂出現時演唱。《白蛇傳・端陽》中，白蛇現形復甦時即唱此調。

（十三）【費家調】

原亦為蘇灘曲調，詞格為七言上下句，但增一疊句，為兩上一下的三句結構式。一般第一句末一字用仄聲，不押韻。第二、第三句的末一字用平聲，押韻，即所謂「鳳點頭」。句中可加襯詞，句尾末一字後，加「嘿嘿嘿哩」的語助詞拖腔，或用樂器彈奏此一拖腔。用於賣婆、丫頭等腳色。《羅漢錢》中，賣婆做媒，即唱此調。

二、崑曲曲牌

蘇州彈詞中的崑曲曲牌：

（一）【點絳唇】

崑劇中武生腳色常用此調。曲調威武、莊嚴。彈詞《秦香蓮・鍘美》中，包公上場時用此曲牌。

（二）【鎖南枝】

崑曲、蘇灘中均傳唱此調，原屬南曲雙調。字數定格為十句，四十字。曲調緩慢、委婉、典雅、優美。中篇彈詞《晴雯・補裘》中唱此調。

（三）【賞宮花】

原為崑曲曲牌，彈詞吸收後，詞曲有所改變。字格為七、三、六、六、七、四、四字，共七句三十七字。

唱時散起，上板後為中庸速度。悠靜、深沉。《西廂記》中，法聰出場時唱此調。

（四）【海曲】

海曲亦為蘇州彈詞自崑曲中吸收衍化者。全曲均為散唱，曲調遒勁。適用於武生腳色之感慨、憂憤等情緒。《武松》中，武松打虎前即唱此曲。《林沖・踏雪》中，林沖踏雪回山神廟時，亦唱此曲。

（五）【夜深沉】

京劇中演變自崑曲《思凡》曲牌，改名【夜深沉】。為《霸王別姬》擊鼓、舞劍時的伴奏曲。蘇州彈詞藝人，常在開書前靜場時彈奏此曲。

三、寶卷曲調

蘇州彈詞源自寶卷的曲調：

（一）【湘江浪】

清代流行於江南的民間小曲曲調，為寶卷的曲調之一。彈詞吸收為曲牌演唱。詞格為七、七、五、七、五字，共五句，可加襯字。商（Re）調式唱腔，柔美靜逸，抒情性強。《羅漢錢》中有此唱調。

（二）【文書調】

此亦淵源於寶卷的曲調。曲調變化不大，樸實、平穩，旋律動聽。晚近才收入為彈詞曲牌，在中篇彈詞《三約牡丹亭》中，作為大嗄唱篇的曲調。

第四節　蘇州彈詞三大腔系的衍變

蘇州彈詞唱篇的唱調，在傳統上是一種吟誦體的「書調」。在清朝開始形成三大重要腔系，即陳遇乾的「陳調」、俞秀山的「俞調」和馬如飛的「馬調」。

一、陳調腔系

「陳調」為清乾隆年間（1736-1795），蘇州彈詞藝人陳遇乾（生卒不詳）所創。「陳調」的產生雖早於「俞調」及「馬調」，但在後來，對彈詞唱腔的影響最小。「陳調」唱腔頗受崑曲與蘇灘的影響。後經蔣如庭等人加工，提高了「陳調」的唱腔與過門。

「陳調」唱腔特點有：

1. 旋律進行舒緩深沉、樸實蒼涼。
2. 音域不太寬、旋律起伏不大。
3. 運腔介於歌唱性與敘述性之間。
4. 速度中等，適合中老年人演唱。

「陳調」在上下兩句式唱腔中，上句落音常在Sol，下句落音常在Re，這是「陳調」的調式主音。[151]「陳調」常與其他流派唱腔結合運用。蔣月泉（1917-2001）唱《玉蜻蜓・廳堂奪子》，是在其「蔣調」中含有「陳調」。楊振雄（1920年生）唱《武松・打虎》，以本身真假嗓結合「緊彈寬唱」的唱法，又借用「陳調」音調，將節奏拉寬、旋律起伏度擴大，產生雙重風味。

陳遇乾早年曾在蘇州崑曲名班「洪福」、「集秀」學藝，後改業蘇州彈詞。在運用「書調」過門的基礎上，採用彈詞中較少的「商調」（Re）式唱腔。「陳調」的旋律結構嚴謹，咬字、運腔接近蘇灘。陳調以真嗓演唱，音色寬厚，咬字遒勁，上句唱腔頓挫頻繁，下句末一字以大跳落腔為特點而自成一格。曲調較富抒情性，較少用於表唱，基本上，是一種作為老年腳色的唱調。

---

[151] 連波：《彈詞音樂初探》（上海：上海文藝出版社，1979年9月）頁47。

現知有嘉慶十四年（1809）刊本的《義妖傳》、嘉慶十八年（1813）刊本的《雙金錠》、道光十六年（1836）重刊本的《芙蓉洞》，[152]均題為陳遇乾編，可見陳擅長演唱這些書目。

陳遇乾傳藝張兆堂，張兆堂傳藝田錦山，田曾與俞秀山再傳弟子王秋泉拼檔演出，陳、俞兩家書藝匯為一體。田錦山傳至第三代後，再無傳人。「陳調」的嫡系遂絕。

陳調唱腔在近世中，以蔣如庭（1888-1945）最有特色。蔣如庭習《落金扇》，師承自趙湘洲、錢玉卿、金桂庭，也兼說《雙金錠》、《三笑》、《描金鳳》、《玉蜻蜓》，書路甚寬。1923年光裕社出道，其演唱深沉蒼老之「陳調」，韻味醇厚，別具風格，人稱「蔣派陳調」。

晚近在陳調基礎上加以改革發展的，有劉天韻（1907-1965）。

二、俞調腔系

「俞調」的創始者是清朝嘉慶年間（1796-1820）蘇州的彈詞藝人俞秀山。「俞調」的早期唱腔較為簡單，後經蔣如庭（1888-1945）、朱介生（1903-1985）等人的加工發展，並吸收了蘇灘、崑曲及京劇旦角的某些音調唱法，使「俞調」有了進一步的發展。二十世紀三十年代所唱的「俞調」，大部分是根據蔣如庭、朱介生二人的唱腔。

「俞調」唱腔的大致特點有：

1. 旋律進行曲折婉轉，激越多變。

2. 音域寬達兩個八度以上。

3. 腔詞結合時，腔多字少，抒情性強。

4. 速度緩慢，各個腔節旋法大多由高而低，因而有「三回九轉」的說法。[153]「三回九轉」亦稱「九轉三回調」或「扭轉三環調」。是由「俞調」吸收民間小調衍化而成。上下句唱腔旋律固定，轉腔特多。調式主音為Mi，適宜表達悲愴情緒。

從唱腔的腔格來看，「俞調」上句常用二五腔格，下句則四三腔格。

「俞調」是從江南民間小調和崑曲音樂中汲取養料，形成獨特風格的唱腔。早期的「俞調」，真假嗓並用，樸素、爽利，較重語言因素。用長過門，乃是一種宣敘體的曲

---

[152] 《義妖傳》即《白蛇傳》之異名，《芙蓉洞》即《玉蜻蜓》之異名。
[153] 連波：《彈詞音樂初探》（上海：上海文藝出版社，1979年9月）頁7。

調，人稱「老俞調」。「俞調」在傳唱中，經歷代藝人加工創造、不斷發展，有朱介生的「新俞調」。其後朱慧珍（1921-1969）私淑蔣如庭、朱介生，以唱「俞調」為主，是彈詞女藝人中，唱「俞調」的佼佼者。[154]

由「俞調」衍化出來的「祁調」為祁蓮芳（1908-1986）所創，除了與「俞調」相近外，另有獨特風格，旋律進行轉折減少，婉轉中有柔中帶剛的特點，唱腔的結構，也比較清晰。

從低迴婉轉的「俞調」基礎上，又發展衍化出清徹豪放、吐字爽朗、響彈響唱的「夏調」，由夏荷生（1899-1946）所創，經由抒情性唱腔向敘述性說唱邁進。「夏調」行腔旋律起伏度大，真假聲結合演唱，不托伴奏。在「俞調」基礎上吸收了「馬調」唱腔，人稱「俞頭馬尾」。[155]

楊振雄（1920年生）原學「俞調」，後受「夏調」響彈響唱影響，吸收了「夏調」高亢挺拔的特點，又吸收崑曲的某些因素，也形成獨特風格。在唱腔及伴奏上，「緊彈寬唱」，伴奏只用三弦彈奏緊湊的間奏，唱時伴奏停止。唱腔則為起伏跌宕的散唱形式。

周雲瑞（1921-1970）把「俞調」音調發展成散板，伴奏卻緊湊襯拖，構成「緊彈散唱」形式。在情緒表現上，與正宗「俞調」有很大的不同。

「俞調」唱腔也常與其他流派唱腔混合運用。朱慧珍（1921-1969）《林沖．長亭泣別》唱腔，是和「蔣調」因素相結合的。[156]

三、馬調腔系

「馬調」是清咸豐、同治（1851-1874）年間的彈詞藝人馬如飛（1817-1886）所創。「馬調」早期唱腔有如吟誦，人稱「文章調」。從當時文人吟誦詩書的音調，亦即「書調」演變而成。後來吸收灘簧（蘇灘）中的「東鄉調」揉合成質樸爽利、富於敘述性的唱腔風格。早期的「馬調」唱腔，唱時不托伴奏，只在過門時，彈奏三弦。

馬氏唱腔無錄音存留，一般認為魏鈺卿（1879-1946）的「魏調」唱腔是「馬調」正宗。魏是馬如飛再傳弟子，受業於姚文卿，習唱《珍珠塔》，演出時為單檔彈唱，注意

[154] 吳宗錫：《蘇州彈詞流派唱腔．俞調》〈前言〉（上海音像公司，YCB-2）。
[155] 連波：《彈詞音樂初探》（上海：上海文藝出版社，1979年9月）頁13。
[156] 連波：《彈詞音樂初探》（上海：上海文藝出版社，1979年9月）頁15-22。

唱篇的吟誦，唱腔平直質樸，音樂性不強。魏鈺卿則強調了「馬調」的節奏，創造下呼的拖腔、豐富了過門，使唱腔的音樂性有所加強。[157]

「魏調」與「馬調」的特點相似，大抵如下：

1. 旋律進行平穩樸直，起伏度小。

2. 音域不寬，在十度以內。

3. 腔調結合時，字多腔平，敘述性強。

4. 速度中庸，唱腔旋法以同音反復或級進為主，變化較少，但吐字清晰。

5. 常用疊句手法，為以後發展快速唱腔奠定基礎。

6. 運用「鳳點頭」的唱腔形式。[158]

「馬調」對後來彈詞唱腔的發展影響很大，衍變出許多不同風格的流派唱腔。從唱腔的更迭發展來看，可以分為兩大支系：

1. 周玉泉（1897-1974）的「周調」。

2. 沈儉安（1900-1964）與薛筱卿（1901-1980）的「沈薛調」。

「沈薛調」唱腔較為細緻，表現力提高。在沈儉安的三弦之外，加上了薛筱卿的琵琶伴奏，產生「支聲複調」的彈詞音樂織體。[159]「沈薛調」發展了「馬調」爽利的特點，並加強明快的色彩。行腔吐字剛勁清脆，爽朗利落。除「鳳點頭」的格式外，多了「三字垛句」。[160]

在「沈薛調」的基礎上，再衍化出朱雪琴的「琴調」。旋律更為明快流利、起伏度大，唱腔中托奏與過門的伴奏，爽利中帶有輕快的色彩。

「周調」除吸收「馬調」簡樸及富於吟誦的唱腔特點外，又溶入若干「俞調」音調，形成抒情與敘述兩相結合的唱腔風格。蔣月泉的「蔣調」則進一步發展，在「周調」上加了若干裝飾性的花音，使旋律更為悠揚多變，婉轉抒情。同時在唱法上吸收京劇老生（楊寶森）的部分潤腔因素與發音方法，聽來韻味醇厚、遒勁深沈、含蓄細膩、

[157] 吳宗錫：《蘇州彈詞流派唱腔．魏調》〈前言〉（上海音像公司，YCB-15）。

[158] 連波：《彈詞音樂初探》（上海：上海文藝出版社，1979年9月）頁31。

[159] 杜達金：〈論傳統蘇州彈詞的織體〉，載《黃崗師專學報（社會科學版）》，1996年11月第16卷第4期，頁45-49。

[160] 三字垛句是三個字一句連續許多句的句式。比疊句結構小，是節奏緊湊的排比句式，有逐步趨緊的感覺。垛句也有四字或五字的。垛句附在下句之前，使音樂逐步趨緊，造成極不穩定效果。然後下句甩腔，使逐步趨緊的感覺達到穩定。例如「遭家難、赤骨貧，棲遲處、太平村，瘟知縣、昧銀心，去墳糧、革衣巾。」便是三字垛句。

柔暢自然。

張鑒庭（1909-1984）的「張調」，又吸收「蔣調」行腔特點來發展，蒼勁有力，曲調變化不甚複雜，但有濃烈感情，富戲劇性。最後，從「周調」與「蔣調」基礎上，衍化出獨具風格的徐麗仙的（1928-1984）「麗調」唱腔。

「馬調」腔系的唱腔有一個共同的特色，那就是疊句連唱，一氣呵成。蘇州彈詞的疊句，是馬如飛首創的，後經「薛調」演唱，又有所發展，將疊句附加在彈詞上下兩句的下句之前，連接成排比句式，節奏緊湊，落音都在Do音之上，變化較小，有一定的局限。

「馬調」開篇〈寶玉夜探〉中，有一大段連續疊句，唱時要一氣呵成，其唱詞是這樣的：

我勸你一日三餐多飲食，我勸你衣衫宜添要留神。
我勸你養身先養心，何苦自己把煩惱尋。
我勸你姊妹的語言不可聽，她們是似假又似真。
我勸你早早安歇莫夜深，可曉得病中人再不宜磨黃昏。
我勸你把一切心事都丟卻，更不要想起揚州這舊門牆。[161]

所謂「疊句」，即戲曲中的「疊板」，把幾句唱腔緊疊在一起，首尾相接，不用附加過門的演唱。「薛調」疊句的唱法，是採2/4拍，每拍唱一字，有時加小腔，二拍唱一字。疊句唱腔較為平直，節奏的變化不多。疊句的出現，與演員所說的書情有關。《珍珠塔》有一萬五千多句唱句，只能大部分用疊句來演唱。[162]

蔣月泉曾從師鍾笑儂（1891-1981）學唱《珍珠塔》，鍾為馬如飛的三傳弟子，與薛筱卿同門，師事魏鈺卿。所以蔣月泉以「快蔣調」唱《珍珠塔》開篇。〈寶玉夜探〉中的這一大段疊句唱腔，基本上是屬於「馬調」疊句。[163]後來朱雪琴從沈儉安習《珍珠塔》，沈師事朱兼莊，也是馬如飛的三傳弟子。朱雪琴以女聲演唱此段，韻味與「蔣

---

161 周清霖編：《蘇州彈詞大觀》（上海：學林出版社，1999年1月）頁159。
162 蘇人：〈跌宕多姿的「尤調」疊句〉，載，無錫市曲協《尤調藝術論》編委會：《尤調藝術論》（南京：江蘇文藝出版社，1996年4月）頁126。
163 唱腔聽蔣月泉唱：《蘇州彈詞流派唱腔‧蔣調》（二）（上海音像公司，YCB-7）A面第1首。

調」不同。[164]尤惠秋（1930年生）亦曾拜師沈儉安補學《珍珠塔》，以「沈薛調」、「蔣調」為基礎，其疊句連唱也是「馬調」腔系的風格。

[164] 唱腔聽朱雪琴唱：《蘇州彈詞流派唱腔．琴調》（一）（上海音像公司，YCB-8）A面第3首。

第五節　蘇州彈詞各家流派唱腔的特色

蘇州彈詞的歷史，從清初起算，迄今約三百五十年。早期藝人彈唱以「書調」為主，清代中葉發展出陳遇乾的「陳調」、俞秀山的「俞調」、馬如飛的「馬調」三大流派。後來的藝人在此基礎之上，分別再吸取崑曲、蘇灘、京劇的唱腔及吳歌、江南民間小調的旋律，來豐富自己的演唱，從而形成各種流派唱腔。

蘇州彈詞進入上海演唱以後，上海的聽眾多、要求高，加上藝人倍增，競爭激烈，一時流派紛起，傳衍交會。今日統計起來，約有二十餘家。這些流派唱腔習慣以創始人的姓氏來指稱，至今仍然傳唱書壇，膾炙人口。

各家流派唱腔，依創始人的出生年份先後排序如下：

1. 書調——基本調
2. 陳調——陳遇乾　（生卒不詳）
3. 俞調——俞秀山　（1796-1850）
4. 馬調——馬如飛　（1817-1886）
5. 魏調——魏鈺卿　（1879-1946）
6. 小陽調—楊筱亭　（1885-1946）
7. 祥調——朱耀祥　（1893-1975）
8. 周調——周玉泉　（1897-1974）
9. 夏調——夏荷生　（1899-1946）
10. 沈調——沈儉安　（1900-1964）
11. 徐調——徐雲志　（1901-1978）
12. 薛調——薛筱卿　（1901-1980）
13. 姚調——姚蔭梅　（1906-1999）
14. 李仲康調—李仲康（1907-1970）
15. 朱介生調—朱介生（1908-1985）
16. 祁調——祁蓮芳　（1908-1986）
17. 張調——張鑒庭　（1909-1984）
18. 嚴調——嚴雪亭　（1913-1983）

19. 蔣調——蔣月泉　（1917-2001）

20. 楊調——楊振雄　（1920年生）

21. 翔調——徐天翔　（1921-1992）

22. 琴調——朱雪琴　（1923-1994）

23. 侯調——侯莉君　（1925年生）

24. 麗調——徐麗仙　（1928-1984）

25. 尤調——尤惠秋　（1930年生）

26. 王月香調—王月香（1933年生）

27. 薛小飛調—薛小飛（1939年生）

以上各家流派唱腔中的「琴調」、「侯調」、「麗調」、「王月香調」為女聲調，其他為男聲調。女聲全用真嗓（本嗓）演唱，男聲則有以真嗓（本嗓，又稱大嗓）演唱與真、假嗓（又稱小嗓）並用演唱者。

一、書調

蘇州彈詞於長期說唱中，在文章調、詩賦腔的基礎上流傳衍變，不斷吸收民間曲調後，逐漸形成其本身的基本唱調「書調」。這是數百年來在藝人中自然形成與成熟的，也稱為「自由調」。這是其後彈詞各種流派唱調的源頭，而且在各流派唱腔形成後，也還有藝人演唱這種腔調。

蘇州彈詞的唱詞，以七言律詩的格律為基礎，間有墊字與折字，形成十字一句或三、三、四字句。其唱腔的形態，則為「上起下落、句間頓挫、拖六點七、字更腔和。」

1. 上起下落：蘇州彈詞的演唱旋律結構，是由兩句上下句式的基本曲調，在說唱中無限反復演唱的。上句唱腔起唱後，以上行行腔為上起；下句唱腔行腔後，落調起向下旋為下落。

2. 句間頓挫：在上下句七字行腔中，如果是二五句，曲調在第二字上頓挫，接過門後再唱後半句；如果是四三句，曲調在第四字上頓挫，接過門後，再唱後半句。過門是用樂器（小三弦或琵琶）彈一小段旋律。

3. 拖六點七：也稱「六字拖腔」。在蘇州彈詞的基本曲調「書調」下句唱腔中，唱到第六字時，必須腔轉微音頓挫，形成一個下旋的拖腔，彈一小段間奏過門後，再吐出第七字，以突出韻腳。

4. 字更腔和：指唱腔的演變，須遵照唱詞平仄聲調值的變化，而作相應的旋律變化。

這種近似吟誦詩書的唱調，都有韻可循，一韻到底，為了強調韻腳，才形成下句第六字的頓挫，然後才吐出第七字韻腳的特色。這種吟誦體，比較靈活，可塑性較大，能演唱多種內容而不受限制。為了強調曲調的語言因素，吐字力求字音及四聲準確，要腔隨字轉，字領腔律。

這種早期的「書調」唱詞，均以說書人（第三人稱）的口吻吟誦，不重唱腔的旋律，注重吟哦的韻味。書調的彈詞唱腔是以語言因素為主，是一種七言上、下句式的講唱腔調。這就是蘇州彈詞的基本唱調。

「書調」是彈詞音樂的主體，也是後來各種唱腔流派的發展基礎。[165]

二、陳調

「陳調」創始人為陳遇乾（生卒年不詳），蘇州人，演藝活動於清朝的嘉慶、道光年間。為清初四大評彈家之首位。陳氏幼習崑曲，並曾演唱，後才改業彈詞。他從崑曲與亂彈唱腔中衍化出自己的陳派唱腔。

蘇州彈詞在清朝初葉或更早時期，開始發展有代言體。彈詞的前身，不論宋代的陶真、明代的盲詞，都是以唱為主的，僅在唱中夾入少量人物對白及說書人的表白。有了代言體後，原來講唱性的書調不敷應用，彈詞藝人就從當地流行的戲曲、小調中來豐富自己的唱調，如各種牌子曲就陸續被吸收入彈詞的曲調。

陳遇乾因為學與唱過崑曲，他所唱的陳調帶有較多戲曲化的因素。陳調雖然也是七字句的唱詞，但不類於一般吟調體的講唱音樂，其運腔介於歌唱與敘述之間。目前，陳調較少用於表唱，大抵作為代言體的唱調，而且基本上只作為老年的唱腔。

「書調」以Sol、Re、Do作為調式主音，「陳調」以La、Mi、Re為調式主音。上句落調在Sol字上，過門後最後一個音仍回到La上。[166]

---

165 夏史、易辰：〈彈詞曲調試論〉，載《評彈藝術》第五集（北京：中國曲藝出版社，1986年1月）頁74。

166 夏史、易辰：〈彈詞曲調試論〉，載《評彈藝術》第五集（北京：中國曲藝出版社，1986年1月）頁75。

陳遇乾主要演唱的書目有《白蛇傳》（又名《義妖傳》）、《玉蜻蜓》。

近代以來，演唱陳調唱腔的演員與曲目，有：

1. 周玉泉：《文武香球・看病》
2. 嚴雪亭：《蝴蝶夢》
3. 徐雲志：《三笑・五讀伴相》
4. 蔣月泉：《白蛇・王永昌責備許仙》
5. 朱雪琴：《珍珠塔・方太太思兒》
6. 龐學庭：《三笑・篤窮》[167]

三、俞調

「俞調」唱腔始自俞秀山，與陳遇乾的「陳調」，馬如飛的「馬調」為三大流派唱腔，加上基本唱腔的「書調」，是蘇州彈詞中的傳統唱腔。

俞秀山，蘇州人，是清朝嘉慶、道光年間（1796-1850）的蘇州彈詞演員，演唱的書目有《玉蜻蜓》、《白蛇傳》《倭袍》等。

俞調的形成，說法不一。一說俞調源於「虞調」，是流行於常熟（虞山）的女說書人所常唱的民間曲調；一說是俞秀山吸收江南曲調，及受崑曲的影響所創出的腔調；又一說俞調是受其善唱詞曲的胞姐影響。

俞調唱腔真、假嗓結合，音域寬廣，旋律變化豐富，使人有纏綿悱惻，婉約多姿的感覺。

俞調曲調受江南民間小調及崑曲影響較大。真假嗓並用，迴蕩曲折、婉轉幽美、哀怨悱惻。適宜於表現於閨閣女性的深沉、幽怨之情。早期的俞調較為樸素，注重語言因素，以敘述為主，並用長過門，節奏徐緩，現稱「老俞調」。二十世紀以來，經過朱耀庭、朱耀笙及後來蔣如庭、朱介生的發展改進，音樂性加強，更富有表現力。

俞調與陳調融和而有蔣如庭的「蔣俞調」，蔣如庭與朱介生調相容而成「蔣朱調」，或稱「新俞調」。借鑑於俞調或受俞調影響而有所發展的，有徐雲志、祁蓮芳、朱慧珍、楊振雄、楊乃珍，邢晏芝等彈詞藝人。

[167] 陳調唱腔聽：《蘇州彈詞流派唱腔・陳調》（上海音像公司，YCB-20）

最適於以俞調演唱的，有開篇〈梅竹〉、〈宮怨〉、〈岳雲〉、選段《玉蜻蜓・庵堂認母》、《西廂記・怨月》、《白蛇傳・端陽》等。[168]

「俞調」與「馬調」的差異：

1.「俞調」與「馬調」的差異是一在抒情，一在敘事。

2.「俞調」與「馬調」是蘇州彈詞中性格迴異的兩個基本腔調。

3.「俞調」字少腔多，有曲折婉轉，悠揚抒情的特色；「馬調」字多腔平，有單純直樸的特色。

4.「俞調」的特色是音樂性較「馬調」強，唱腔婉轉悅耳動聽，尤其是唱開篇，節奏慢，轉折多，好像京劇的慢三眼，一波三折，令人有迴腸蕩氣的感覺。

19世紀中葉，蘇州彈詞進入上海書場演唱初期，藝人多以俞調演唱開篇。藝人授徒也先以俞調為基本唱功。

學俞調的唱腔，有幾點功用：

1. 可以鍛鍊丹田，俞調中低的唱腔，如果不用足丹田之勁，則末一字便無法使人聽得清楚。

2. 唱腔長，節奏慢，學習俞調可以鍛鍊運氣、換氣的技巧。

3. 音域廣，對高腔或低腔的運用要求多，學好俞調對高、低腔可運用自如。

4. 真、假嗓交相互用，練好俞調，對生角、旦角的嗓音都可以應付。

5. 其唱腔精密度高，唱腔複雜，旋律分明，偶一荒腔走板，便覺生硬刺耳，老師易於指正學生的錯誤。

四、馬調

「馬調」係清咸豐、同治年間藝人馬如飛（1817-1886）所創。馬氏幼習刑名，長充書吏，其父馬春帆以編唱《珍珠塔》得名。父死家貧，馬亦下海，在江浙一帶演唱《珍珠塔》。他根據當時的讀書吟誦聲調，吸收民歌東鄉調音樂，創出節奏明快、樸實流暢的唱調，世稱「馬調」。

「馬調」唱腔在書調基礎上形成，又受「東鄉調」影響，故有「如能唱得真馬調，

---

168 俞調開篇聽：《蘇州彈詞流派唱腔・俞調》（上海音像公司，YCB-2）。

運不來時東鼓腔」之說。馬調以吟誦為主，強調唱詞的語言因素，旋律平直，人謂其「調無餘韻，彷彿說白」。其一字一音，鏗鏘有力，敘述性強，並按七言唱詞格律，在下句第六字上拖腔時，常加頓音以突出韻腳，為其特色。

馬調樸素豪放，往往幾十句一氣連唱，感情充沛，淋漓盡致。在馬調基礎上，發展出的流派唱腔，有魏鈺卿的「魏調」、沈儉安的「沈調」、薛筱卿的「薛調」及近世的朱雪琴的「琴調」。其共同特點是節奏明快，注重氣韻，擅長於長段唱詞與聯韻疊句。

馬如飛除撰寫許多開篇以外，其代表的書目當為《珍珠塔》。《珍珠塔》中許多選曲如〈乾點心〉、〈哭塔〉、〈看燈〉、〈稟三樁〉、〈妝台報喜〉、〈下扶梯〉、〈痛責方卿〉、〈打三不孝〉等，均為「馬調」及「馬調」系統各流派唱腔的著名唱段。

說唱《珍珠塔》者，在馬如飛之後，有楊星槎、楊月槎、魏鈺卿、沈儉安、薛筱卿、魏含英、周雲瑞、陳希安、朱雪琴、郭彬卿、尤惠秋、錢一塵、趙開生、薛小飛、薛惠君等人，這些人都是馬的間接再傳弟子。

馬調的唱腔，現在有陳希安、鄭纓二人演唱錄製的《珍珠塔》可供欣賞。[169]

五、魏調

「魏調」為馬如飛的再傳弟子魏鈺卿（1879-1946）所創。魏長期單檔演唱《珍珠塔》，演唱時較多即興發揮，因無伴奏而顯得自由。魏調唱腔較自由，以致節奏、節拍常不固定。演唱時注重運氣、呼吸，發揮了疊句連唱的特點，往往一瀉而下，句尾六字拖腔時，又用許多連續頓音，以表現激情。魏傳子含英，含英傳女含玉，進一步發揮長段、急口等特色。魏含英（1911-1991）擅說《珍珠塔》。魏含玉（1949年生）則於1969年畢業於蘇州評彈學校。擅唱「馬調」並吸收了徐天翔「翔調」的若干音樂旋律。後拜蔣雲仙為師，習《啼笑因緣》。

魏調的特色是同音持續和同音反覆的出現較多，造成強烈的吟誦效果。其疊句的唱法基本上是連唱，把上下句之間的間奏抽去，下句後面無過門、無間歇，因而句逗不清楚，上下句無嚴格區別，在唱三字句的疊句時，往往不分強弱。形成「有板無眼」的特色。

[169] 陳希安、鄭櫻：《珍珠塔》（上海音像出版社，CN-E07-99-0016-0/V.J8。V90016-V90023）。

魏調的代表唱段頗多，有《珍珠塔》選曲〈痛責〉、〈寫家信〉等，現存錄音中，有魏鈺卿本人於二十世紀四十年代演唱《珍珠塔・方卿二次進花園》的錄音，經上海音像公司翻製為錄音帶，彌足珍貴。在這段唱腔中，可以充分體會到魏調的疊句連唱、連續頓音等特色。[170]

六、小陽調

「小陽調」創自楊筱亭（1885-1946）。蘇州彈詞《白蛇傳》在清乾隆、嘉慶年間，已廣為流行。陳遇乾、俞秀山都說唱此書，兩人也同說《玉蜻蜓》。俞秀山傳錢耀山，錢耀山傳王秋泉，王秋泉傳沈友庭，沈友庭傳楊筱亭。楊筱亭師從沈友庭，習《白蛇傳》與《雙珠球》。

楊的大嗓略沙，小嗓清脆明亮。其唱腔將「俞調」之高腔與「馬調」之基本旋律、節奏結合，形成委婉爽利的特有風格。演唱時，小嗓（假嗓）使用多於大嗓（真嗓），真嗓又稱「陽面」，真嗓使用較少，故其腔調稱「小陽調」。「小陽調」受「快俞調」影響較大，短腔較多，旋律爽利清亮，強調語言因素。

「小陽調」的特點是真假嗓並用，在「俞調」上，加上短腔的成分，上句大多用假嗓演唱，下句轉真嗓時，在六字拖腔上又轉假嗓，由高腔下行再落調。柔中有剛，韻味醇厚，適宜單檔以三弦自彈自唱。其子楊仁麟（1906-1983）幼年隨父習《白蛇傳》，對其父唱腔再加發展，號稱「蛇王」。亦有人稱「小楊調」係完成於楊筱亭之子楊仁麟，故稱「小楊調」。

楊仁麟幼從養父楊筱亭學《白蛇傳》、《雙珠球》，三十歲時成《白蛇傳》名家。天賦嗓音清脆明亮，將「小陽調」融入京劇程硯秋的「程派」唱腔，韻味更足。又以大小嗓轉化唱法演唱「陳調」，取得與眾不同的效果。

吳宗錫於《蘇州彈詞流派唱腔・小陽調》的介紹中說：

> 小陽調的特點是起句多用本嗓，抒情處轉用小嗓，落調時常用高音小腔。曲調清麗，韻味雋永。與俞調相比較，俞調偏於委婉軟和，小陽調偏於勁健剛烈，並多

[170] 魏鈺卿唱：《蘇州彈詞流派唱腔・魏調》（上海音像公司，YCB-15）。

短腔。此係由於刻畫白娘娘的性格，需要柔中有剛之所致。[171]

楊仁麟擅唱之「小陽調」，有開篇《西廂記》的〈請宴〉、〈借廂〉、〈拷紅〉，《紅樓夢》的〈瀟湘夜雨〉。《白蛇傳》選曲的〈捉白〉、〈夢蛟哭塔〉、〈合缽〉、〈下金山〉等。[172]

七、祥調

「祥調」亦稱「朱調」，為朱耀祥（1893-1975）所創。朱係江蘇無錫人，幼年從父學古彩戲法及蘇灘，後拜趙筱卿為師，習《描金鳳》、《大紅袍》。他在「魏調」、「沈調」、「薛調」的基礎上，獨樹一幟。基本上具有「馬調」系統平直流貫的特色，節奏平緩從容，善用短音，字多於腔，明白曉暢。

朱耀祥早年曾習蘇灘，其唱腔有蘇灘的行腔特點，並使之長腔跌宕生姿，別有韻味。在Sol調式唱腔中，以突出上主音La為其特色。他善用「鄉談」（各地方言）來塑造人物。伴奏樂器除三弦、琵琶外，有時自拉二胡，形成獨特風格，是彈詞伴奏樂器中，加用二胡之始。

「祥調」旋律平直簡樸，爽朗豪放。傳人有子朱少祥、朱幼祥，徒程美珍、高美玲、徐似祥等人。

朱耀祥在二十世紀三十年代，曾請朱蘭庵、陸澹庵將張恨水小說《啼笑因緣》改編為長篇彈詞，1935年於上海演唱成功，成為響檔。現存錄音有朱耀祥、趙稼秋二人演唱之開篇〈追韓信〉與程美珍演唱之《啼笑因緣・哭鳳》。[173]

八、周調

周玉泉（1897-1974）蘇州人，創「周調」。他先師從張福田習《文武香球》，1913年在光裕社出道後，即單檔演出。1922年又師從王子和習《玉蜻蜓》，書藝大進，終成

---

[171] 吳宗錫：《蘇州彈詞流派唱腔・小陽調》〈前言〉（上海音像公司，YCB-21）。
[172] 楊仁麟唱：《蘇州彈詞流派唱腔・陽調》（上海音像公司，YCB-21）。
[173] 朱耀祥、趙稼秋、程美珍唱：《蘇州彈詞流派唱腔・祥調》（上海音像公司，YCB-17）B面。

一代名家。

「周調」形成於二十世紀二三十年代，在張鴻濤、張福田、吳升泉等人所唱「書調」基礎上，形成以真嗓演唱的唱腔流派。不同於其師張福田的善用假嗓，而與王子和擅用陰噱的文靜風格相同。說書也以「陰功」著稱，說表平靜恬靜，娓娓而談，語言精練，冷雋詼諧。

「周調」唱腔親切含蓄，溫文舒徐，節奏平穩，富有韻味，與以吟誦為主的「馬調」不同。在傳統彈詞唱腔基礎上，借鑑京劇譚鑫培「譚派」老生和程硯秋「程派」青衣的唱腔，結合自身嗓音條件，形成以本嗓演唱，抒情性強，婉約多姿的流派唱腔。既不入於「馬調」，亦不入於「俞調」。

「周調」音域寬廣，清脫飄逸，旋律舒緩，唱腔親切質樸。唱來平穩飄逸，字正腔圓，韻味醇厚。代表唱段有《玉蜻蜓》選曲〈智貞描容〉、〈雲房產子〉與開篇〈西施〉、〈張飛〉等。傳人有蔣月泉、周伯庵、薛君亞。

周玉泉所留下來的開篇有〈張飛〉、〈西施〉、〈趙子龍〉、〈鶯鶯操琴〉，選曲有《玉蜻蜓》中的〈智貞描容〉、〈庵堂認母〉、〈三娘受屈〉和《文武香球》的〈月臺相會〉。[174]在這些錄音中，可以聽到周氏以本嗓演唱委婉抒情的彈詞唱腔。

九、夏調

夏荷生（1899-1946），浙江嘉善人，創「夏調」，小周玉泉兩歲。幼年因其父於嘉善開設書場，聆聽各家演出，深受薰陶。後從伯父夏吟道學《倭袍》，又師從錢幼卿習《描金鳳》。1924年到上海演出，至三十年代末，風靡書場，人稱「描王」。天賦嗓音嘹亮高亢、剛健有力。

夏荷生擅放單檔，其唱腔脫胎於早期「書調」，真假嗓並用，與說表銜接緊密，響響彈唱，說唱性較強。夏嗓音高亢、音域高，上句都用假嗓，下半句轉用真嗓，轉換自然，對比鮮明。其真嗓力度和音高又與假嗓相近，唱腔更以遒勁挺拔、高亢激越為特點。落調處，底氣充足，餘音不絕。

張鑒庭、楊振雄、淩文君早年單檔演唱時，都唱「夏調」，故「夏調」對以後張鑒

[174] 周玉泉唱：《蘇州彈詞流派唱腔．周調》（上海音像公司，YCB-22）。

庭「張調」、楊振雄「楊調」的形成，有一定的影響。

「夏調」代表曲目有《三笑》選曲〈周文賓上堂樓〉，《描金鳳》選曲〈換監托三椿〉。[175]

十、沈調

「沈調」創自沈儉安（1900-1964）。沈儉安先師從朱兼莊，再拜魏鈺卿為師。朱兼莊與魏鈺卿均為馬如飛的再傳弟子，出於姚文卿門下。沈儉安、魏含英、薛筱卿、鍾笑儂、王語燕均為同門。1924年沈儉安與薛筱卿合作，於上海演出，任上手。

沈儉安對「魏調」的自由唱法作了改進。使節奏、節拍以及唱腔長短、強弱，相對的予以固定化和規範化。沈早期音調高亮，一曲「馬調」似飛泉瀉玉，大受聽眾激賞。沈儉安與薛筱卿拼檔演出後，成為大響檔。由於演唱勞累，聲音漸漸瘖啞，遂將唱腔持平，節奏放慢，借助於薛筱卿的琵琶彈奏襯托，在「馬調」基礎上，創出韻足情濃、委婉流暢、沉鬱柔和的唱腔。「沈調」清雅飄逸，寓蒼勁於柔糯之中。「沈調」與「薛調」常並稱為「沈薛調」。沈儉安在三弦的彈奏上，有獨創的過門，與下手薛筱卿所創支聲複調的琵琶伴托，旋律豐富，悅耳動聽。

「沈調」傳人周雲瑞（1921-1970），1940年左右從沈儉安學《珍珠塔》，後與師弟陳希安拼檔彈唱，有「小沈薛」之譽。

十一、徐調

二十世紀形成於上海的著名蘇州彈詞流派唱腔中，「徐調」與「祁調」，均脫胎或借鑑於「俞調」。

「徐調」創自徐雲志（1901-1978），徐係蘇州人，幼年投師夏蓮生，學習謝品泉的「謝派」《三笑》。1926年光裕社出道。

徐雲志的嗓音好，音域寬，早期演唱「俞調」和「小陽調」，並在其基礎上吸收京劇露蘭春唱腔、民間小調、小販叫賣聲等，發揮自己嗓音清亮高亢的天賦條件而形成獨

---

[175] 夏荷生唱：《蘇州彈詞流派唱腔・夏調》（上海音像公司，YCB-19）。

立的流派唱腔。

「徐調」唱腔真假嗓並用，節奏舒緩，旋律婉轉圓潤，拖腔委婉起伏，音色軟糯柔順，有長短各異的九種基本唱腔，人稱「糯米腔」或「迷魂腔」。「徐調」的定音較高，唱腔用鋼絲弦伴奏。三弦上的第三弦（老弦）使用鋼絲弦，增添了曲調上的蕩音，是其特色之一。

「徐調」兼有「俞調」的清揚徐緩和「馬調」的質樸流暢。演唱的主要曲目有開篇〈瀟湘夜雨〉、〈鶯鶯拜月〉及《三笑》的選曲〈祝枝山看燈〉、〈祝枝山說大話〉等。[176]

十二、薛調

「薛調」源自薛筱卿（1901-1980）。薛幼年受業於魏鈺卿，習《珍珠塔》，後長期與沈儉安拼檔在上海四美軒書場演出。薛的嗓音明亮，在「魏調」的基礎上，配合其嗓音條件，發展出其本身的鮮明風格。「魏調」旋律平直簡樸，唱腔中同音持續與同音反復出現甚多，「薛調」則變為節奏明快流暢，增強了音樂性和節奏的變化。「薛調」與「魏調」相比，顯得有層次，旋律也較為豐富。魏長年單檔說書，不受伴奏的約束，唱來節奏自由；薛則多年與沈儉安拼檔，以琵琶為沈伴奏托腔，特別講求節奏。

「薛調」的特色是節奏明快流暢，咬字清晰鏗鏘、口角爽利，擅於疊句連唱。「魏調」的疊句唱法，基本上是連唱。「薛調」對疊句的處理，是發展為有規律的「多上一下」的唱法。上句多句並用，在徵（Fa）調式的腔句裡，把上一句最後一個音，落在下屬音上，造成一種亟待解決的趨勢。疊句越多，這種趨勢越強，使最後下句的出現顯得十分必要。這規範的疊句處理，更有利於體現詞意和表達感情，是「薛調」的一大成就。《珍珠塔》中的〈哭塔〉，有長達數十句的疊句一氣呵成，以「薛調」唱腔唱出，效果良好。

此外薛筱卿在琵琶彈奏上也有重大貢獻，突破了以往雙檔演唱中，只唱而不伴奏的傳統。他與沈儉安拼檔時，以琵琶彈出與沈的唱腔相互關連的旋律，隨唱腔起伏，形成簡單的支聲伴托唱腔的技法，這種與唱腔若即若離的支聲複調伴托的方法，沿用至今已成為楷模，稱為「薛調琵琶」。薛的琵琶伴奏旋律，輕快跳動，頗見功力，好似珠落玉

[176] 徐雲志唱：《蘇州彈詞流派唱腔・徐調》（上海音像公司，YCB-1）。

盤，增加了「沈薛調」的魅力。「薛調」的傳人有徒龐學卿、郭彬卿與女兒薛惠君。

「薛調」的代表作品有《珍珠塔》選曲〈看燈〉、〈哭塔〉、〈痛責〉，和彈詞開篇〈柳夢梅拾畫〉等。[177]

十三、姚調

姚蔭梅（1906-1999），江蘇吳縣人。父母皆為評話演員，幼時曾從母（藝名也是娥）學評話《金台傳》，並曾演出。後師從唐芝雲習彈詞《描金鳳》。與夏荷生，蔣如庭同門，並隸錢玉卿門下。後為說唱《大紅袍》，又拜朱耀祥為師。1936年，姚將張恨水長篇小說《啼笑因緣》改編為長篇彈詞，精心說表，借用各地方言，以話劇的表現手法，描繪人物性情、籍貫、身分。說表以噱見長，詼諧風趣，轟動書壇。

姚蔭梅的曲調自成一派，脫胎於「書調」，並受「小陽調」一定影響。真嗓之外，偶然也用假嗓。「姚調」語言因素突出，充分發揮彈詞音樂的說唱性。行腔自由靈活，不受七字格律限制，接近白話也能演唱，有如白話吟誦。唱腔中有時夾入念白，通俗曉暢，長於敘事與描摹人物心情。

姚的代表作品有《啼笑因緣・舊貨攤》、《描金鳳・暖鍋為媒》、《雙按院・煉印》、《王孝和・不屈》等選段。[178]

十四、李仲康調

李仲康（1907-1970）浙江海寧人，幼從父習《楊乃武與小白菜》，後演唱於江浙城鄉。天賦的嗓音高亢嘹亮，演唱上獨具一格。唱腔以「魏調」和「沈調」為基礎，輕彈響唱，唱斷彈續。演唱以大嗓為主，間以小嗓，節奏明快，起伏自如，變化頗多。常以拖腔與頓挫跌宕，形成鮮明對比，唱來音高氣足，清晰婉轉。

李仲康的代表作有《楊乃武與小白菜》選曲〈淑英夜思〉、〈大堂翻案〉、〈密室相會〉及開篇〈不怕難〉。[179]

---

[177] 薛筱卿唱：《薛調唱腔選》（中國唱片上海公司，HL-854）。
[178] 姚蔭梅唱：《蘇州彈詞流派唱腔・姚調》（上海音像公司，YCB-18）。
[179] 李仲康唱：《蘇州彈詞流派唱腔・李仲康調》（上海音像公司，YCB-23）。

十五、朱介生調

朱介生（1908-1985），蘇州人，自幼從父朱耀庭、叔朱耀笙學《雙珠鳳》長篇彈詞。耀庭、耀笙兄弟均擅唱「俞調」。

朱介生喜好崑曲、蘇灘，並曾串演崑劇，說表細膩，腳色以正旦見長。在彈詞方面，擅唱「俞調」，功底深厚。1929年起，與蔣如庭拼檔彈唱《落金扇》。蔣如庭唱深沉蒼老之「陳調」韻味醇厚，人稱「蔣派陳調」；唱纏綿悱惻之「俞調」清麗動聽，人稱「蔣俞調」。

朱介生對「俞調」素有研究，在蔣如庭的三弦伴奏下，對「俞調」唱腔及唱法大有發展。蔣如庭、朱介生兩人所唱之「俞調」，合稱「蔣朱調」或「新俞調」。四十年代初，蔣朱拆檔，朱改說《西廂記》任上手，仍繼續發展「俞調」。他認為「俞調」為彈詞的基本曲調之一，音樂性強，唱腔悅耳而動聽，尤其是「俞調」開篇節奏較慢，轉折特多，一波三折，令人蕩氣迴腸。1956年後，他從事評彈教育工作，將「俞調」列入學習蘇州彈詞唱腔的基本課程。[180]

朱介生的唱腔以「俞調」為基礎，但是吸收了崑劇、京劇、蘇劇、大鼓、江南民歌、揚州小調等各種旋律。是與「老俞調」不同的「新俞調」，也稱為「朱介生調」。

十六、祁調

在「俞調」基礎之上，又有「祁調」。「祁調」創自祁蓮芳（1908-1986）。他的外祖父陳子祥，擅說《文武香球》。祁從外祖父學藝，其後即彈唱《文武香球》、《華麗緣》等書。

他在長腔慢唱的「老俞調」基礎上，吸收「陳調」和京劇程硯秋「程派」唱腔的特點，創造出幽雅嫻靜、斷續如游絲的「慢祁調」。表現出舊日婦女哀怨低沈、悱惻、淒切的感情。代表作有《雙珠鳳‧霍定金私吊》、〈宮怨〉等。但其所唱《繡香囊‧夫妻相會》，卻又婉轉明快，稱「快祁調」。

[180] 朱介生：〈「俞調」漫談〉，載《評彈藝術》第二集（北京：中國曲藝出版社，1983年9月）頁103。

祁蓮芳早年喜愛江南絲竹，把其中哀怨的旋律，收入自己的唱腔，曲調與「俞調」有所不同。並另創前奏、間奏及尾奏等過門。在旋律和過門上，均自成一家。

「祁調」在二十世紀三十年代風行上海。人稱「催眠調」，其發聲方法受京劇「程派」唱腔影響，以低抑的假嗓為主。上海音像公司錄製的祁調唱腔中，有開篇〈黛玉焚稿〉、〈劍閣聞鈴〉，係祁蓮芳在二十世紀四十年代及1955年之錄音，可資鑒賞聆聽。[181]

十七、張調

「張調」是一種綜合唱調。早期唱腔近似「馬調」，節奏快捷，後又在「書調」基礎上吸收夏荷生「夏調」，又受蔣如庭「蔣俞調」與沈儉安「沈薛調」唱腔的影響，三者兼採。

「張調」創自張鑒庭（1909-1894），他是江蘇無錫人，幼年隨舅父在家鄉演唱「宣卷」，後又加入紹興大班唱戲，演出紹劇。最後拜彈詞演員朱詠春為師，1928年演出《珍珠塔》、《倭袍》的片斷，後自編自演《十美圖》、《顧鼎臣》。1939年進入上海書場走紅，與二弟張鑒國拼檔。

張早期唱調，節奏快，數十句唱詞一氣呵成，後增加快彈慢唱形式，稱「快張調」。再從「書調」基礎上吸收「夏調」的遒勁和「蔣俞調」的基本旋律，並借鑑於京劇中老旦唱腔的音樂因素，採取紹劇和京劇演唱中的運氣、用嗓和聲調，形成節奏穩健的「慢張調」。

「張調」的特色是剛勁挺拔，火爆中見深沈，韻味深厚。高亢處如裂帛，低沉處如泣訴，極富表現力。其弟張鑒國的琵琶伴奏風格鮮明，襯托默契十足。[182]

張鑒庭創造的「張調」，淵源於「蔣調」，又吸收了「夏調」的成分和「馬調」的疊句唱法，以及京劇中淨角的腦門韻吐字方法，匯成了張調的慢板、中慢板和快板等板式，根據書情和塑造人物形象的需要，有時慢彈慢唱，有時緊彈慢唱，有時又慢彈散唱，渾然一體，形成自己獨特的唱腔風格。[183]

---

[181] 祁蓮芳唱：《蘇州彈詞流派唱腔・祁調》（上海音像公司，YCB-16）A面，第1首、第2首。
[182] 張鑒庭、張鑒國唱：《蘇州彈詞流派唱腔・張調》（上海音像公司，YCB-10）。
[183] 周光敏：〈「尤調」探源〉，載《尤調藝術論》（南京：江蘇文藝出版社，1994年6月）頁136-137。

十八、嚴調

「嚴調」創自嚴雪亭（1913-1983），他曾拜師徐雲志學《三笑》，當時「徐調」已風靡書壇，徐雲志認為嚴雪亭的嗓音不夠高亢嘹亮，不宜唱小嗓（假嗓），不教他唱「俞調」（一般授徒均先教「俞調」，是彈詞界的常規），改教他用真嗓唱「馬調」、「徐調」的唱腔。二十世紀三十年代末，嚴雪亭已成說唱《三笑》的響檔。書藝日趨成熟。為了揚長避短，他彈唱「徐調」少用長腔，多用短腔，在節奏上加快，唱出了自己的特色。

後來因為說唱《三笑》者過多，在四十年代初，他開始說唱《楊乃武》，根據書情，縱向繼承「徐調」，橫向吸收「小陽調」、「沈薛調」的旋律，以表達書情和體現語言為主。運腔樸實、吐字清晰。唱時真假嗓並用，轉化靈活，常用小嗓翻高腔，並以頗具特色的裝飾性小腔，抒發激越情愫，或刻劃女性形象。

有人說嚴調唱腔是「嚴派陳調」，是一種突出語因素，以吟誦、唱性為主的曲調。他長期單檔演出。唱腔根據唱詞的語氣、語調而變化，又與說書時的表白緊湊銜接。[184]

十九、蔣調

蔣月泉（1917-2001）蘇州人。1933年起，先從師鍾笑儂習《珍珠塔》，鍾與沈儉安、薛筱卿同為「魏調」創始人魏鈺卿之徒。後拜張雲亭為師，學《玉蜻蜓》。張雲亭原名王子畦，為王秋泉之子。再拜周玉泉為師，習《文武香球》與《玉蜻蜓》。周玉泉之師為王子和，係張雲亭的兄弟，因此在師承上，周玉泉與蔣月泉為平輩，蔣仍拜之為師以習藝。

蔣原唱「俞調」，奠定堅實的彈唱功底。後因小嗓倒掉，乃在「周調」基礎上發展。吸收京劇中楊寶森及北方曲藝的樂匯及演法，發展成以本嗓演唱的「蔣調」。

「蔣調」的特色是韻味醇厚，旋律優美莊重，行腔深沉渾厚，抒情性強，十分講究潤腔、運氣、咬字、發聲，並注重裝飾音（小腔）的運用。「蔣調」是蘇州彈詞界演唱

---

[184] 參見吳永勝：〈明白曉暢、真切自然——淺談嚴調唱腔的敘事性和抒情性〉，載《評彈藝術》第十五集（南京：江蘇文藝出版社，1994年1月）頁85。

得最為普遍，影響力甚廣的一種流派唱腔。原為中等速度，中共建國後，演唱現代題材的曲目，增加了節奏的變化，發展了快節奏的唱腔，稱「快蔣調」。

蔣調是在「周調」的基礎上形成的，之後又成為張鑑庭「張調」與徐麗仙「麗調」形成的基礎。「蔣調」的代表曲目有開篇〈杜十娘〉、〈寶玉夜探〉、〈梅竹〉、〈鶯鶯操琴〉、〈戰長沙〉、〈刀會〉、〈劍閣聞鈴〉及選曲《玉蜻蜓‧庵堂認母》、《白蛇傳‧賞中秋》等。[185]

二十、楊調

「楊調」與「張調」一樣，也是在「夏調」的基礎上建立起來的。他們二人也同受過夏荷生的指點，但都不是夏的弟子。

楊振雄（1920年生），蘇州人，幼時隨父楊斌奎學《大紅袍》與《描金鳳》。1944年開始於江浙一帶單檔演出所學的兩部戲，同時致力改編《長生殿》長篇彈詞，表演上借重崑劇藝術。1948年進入上海演出《長生殿》。稍後又改編《武松》長篇彈詞，並演出。1953年從黃異庵學長篇彈詞《西廂記》，與黃拼檔演出。後與弟楊振言合演《武松》與《西廂記》。

楊振雄早年彈唱以「俞調」為主，功底深厚，演唱《西廂記》委婉動情，具有個人風格，人稱「楊派俞調」。單檔演唱《長生殿》，又在「夏調」基礎上，吸收崑曲的唱法，發展成自己的「楊調」。

楊調以挺拔剛勁、激越深切為特點，真假嗓並用，但以真嗓演唱為主。為了烘托氣氛，抒發書中人物感情，常用緊彈散唱形式。其散板似的長拖腔，委婉淒切，激情充沛。代表曲目有《長生殿‧埋玉》，開篇〈劍閣聞鈴〉、〈昭君出塞〉、〈宮怨〉、〈紫鵑夜嘆〉等。[186]

二十一、翔調

「翔調」創始於徐天翔（1921-1992）。徐師從夏荷生習《描金鳳》，其唱腔在「夏

---

[185] 蔣月泉唱：《蘇州彈詞流派唱腔‧蔣調》（一）、（二）（上海音像公司，YCB-6、YCB-7）。

[186] 楊振雄唱：《蘇州彈詞流派唱腔‧楊調》（上海音像公司，YCB-12）。

調」基礎上吸收「蔣調」、「薛調」、「張調」及京劇中某些腔調，形成昂揚、明朗，較具時代性的唱腔。擅唱「九轉三環調」。[187]

「翔調」不宗一家，曲調較為明朗，速度較中速偏快，行腔特點是在原調和上五度間作臨時轉換。唱法上較多運用噴口、頓音和控制音，使快慢強弱及遒勁與飄逸等對比明顯。[188]

二十二、琴調

「琴調」創自朱雪琴（1923-1994）。朱雪琴早年為朱雲天下手，說唱《玉蜻蜓》、《白蛇傳》。1938年從沈儉安學《珍珠塔》，1947年翻為上手，與徒朱雪吟拼檔說唱《珍珠塔》、《雙金錠》。1951年以後，與郭彬卿拼檔，說唱《梁祝》、《琵琶記》、《珍珠塔》，成為響檔。「琴調」以「沈調」為基礎，兼收「俞調」、「夏調」各種唱腔，發展個人風格創造出精神飽滿、氣勢豪放、雄健明快的流派唱腔。郭彬卿的琵琶托腔伴奏，一如薛筱卿琵琶伴奏對沈儉安的貢獻，對「琴調」的形成，功不可沒。

朱雪琴嗓音寬亮，富有陽剛之美。「琴調」屬於「馬調」腔系，以吟誦體為主，但因嗓音寬厚，行腔中加大了旋律的縱向起伏，忽而運用京劇散板式高腔把唱腔推向高潮，忽而又盤旋而下，跌宕有致。[189]

「琴調」由於旋律縱向起伏的跨度大，有時突然由低躍高，顯得奔放昂揚，加之常用頓音唱法，在樂觀歡快中顯出激動明朗而富於戲劇性的藝術效果。[190]

現存「琴調」錄音，有開篇〈拷紅〉、〈寶玉夜探〉、〈瀟湘夜雨〉、〈岳母刺字〉、〈柳夢梅拾畫〉，及選曲《珍珠塔‧哭訴》、《琵琶記‧哭墳》、《珍珠塔‧妝台報喜》、《梁祝‧樓台會》等。

吳宗錫在《蘇州彈詞流派唱腔‧琴調》〈前言〉中說：

---

187 「九轉三環調」是由俞調吸收民間小調衍化而成的彈詞曲調。上下句唱腔，旋律固定，轉腔特多故名九轉三回。速度中庸，適於表達悲愴情緒。

188 徐天翔唱：《蘇州彈詞流派唱腔‧徐天翔調》（上海音像公司，YCB-23）。

189 辜彬彬：〈繼承、借鑒與創造〉，載《評彈藝術》第二十三集（南京：江蘇文藝出版社，1998年7月）頁44。

190 連波：《彈詞音樂初探》（上海：上海文藝出版社，1979年9月）頁98。

從《珍珠塔・哭訴》可以看出早期「琴調」與「沈調」的淵源關係。朱雪琴唱的開篇〈瀟湘夜雨〉、〈柳夢梅拾畫〉等，發揮了說唱音樂，敘事與抒情相結合的鮮明特色，唱腔由平穩轉入波瀾起伏，顯示出「琴調」的發展和獨特風格的形成。「琴調」在進一步發展中又增加了節奏、聲腔上的變化，加強了抒情成份及音樂形象的塑造。如〈樓台會〉前段偏重心曲的傾訴，後段又轉入悲忿的宣泄，凌激與委婉形成鮮明的對比。〈拷紅〉與〈岳母刺字〉中借用「陳調」、「俞調」等刻畫了崔夫人、紅娘、岳母等不同人物的不同性格和豐富複雜的感情。上述節目中的一些「琴調」的代表性唱腔，都已膾炙人口。[191]

二十三、侯調

侯莉君，1925年出生於江蘇常熟。幼時家貧，入錢家班學藝並演出，後因受虐而脫離。1950年後，才與徐琴芳拼檔演出《落金扇》。七十年代時，與鍾月樵拼檔，鍾月樵擅唱「俞調」與「蔣調」，音域寬廣，大小嗓俱佳，為使男女同調，侯莉君的唱腔亦在「蔣調」基礎上，上下回旋，因而唱腔得以發展。後又吸收「俞調」及京劇旦角唱腔，並依據自己嗓音條件，創造了「侯調」。

侯調的特點是節奏舒緩，拖腔起伏婉轉，適合表現女性哀怨、淒苦、悲痛、愁思等感情。代表曲目有開篇〈鶯鶯拜月〉、〈英台哭靈〉、〈黛玉焚稿〉、〈林黛玉〉、〈貂蟬〉、〈杜十娘〉等。[192]

二十四、麗調

在蘇州彈詞流派唱腔中，早期完全是男藝人的天下，二十世紀五十年代之後，才出現女藝人創立的「琴調」（朱雪琴）、「麗調」（徐麗仙）、「侯調」（侯莉君）和「王月香調」。

這四個女聲調的流派唱腔中，「琴調」以「沈薛調」為基礎，屬於馬系唱腔。「侯調」依「老俞調」作速度與節奏上的變化。「王月香調」則衍化自「馬調」系統的「魏

[191] 朱雪琴唱：《蘇州彈詞流派唱腔・琴調》〈前言〉（一）、（二）（上海音像公司，YCB-8、9）。
[192] 侯莉君唱：《蘇州彈詞流派唱腔・侯調》（上海音像公司，YCB-14）。

調」和「沈薛調」。「麗調」則在「蔣調」的旋律基礎上，結合自己嗓音的特點，吸收了「徐調」運腔特點和北方曲藝、戲曲的一些音樂或腔調，創造了柔和婉約、清麗深沈的流派唱腔。

徐麗仙（1928-1984）蘇州人。幼年學唱《啼笑因緣》、《雙珠鳳》。1953年演唱中篇彈詞《羅漢錢》時，發展成自己獨特的唱腔，以女聲真嗓演唱，曲調幽美，韻味醇厚。其唱腔早期深沉雋永纏綿淒切、有強烈的抒情性，後期譜唱開篇〈新木蘭詞〉時，展現了節奏明快，昂揚爽利的曲調。[193]

二十五、尤調

尤惠秋（1930年生），浙江嘉善人。1942年從吳筱舫學《白蛇傳》、《玉蜻蜓》。解放後又師從蔣月泉學唱彈詞《林沖》，1957年再從沈儉安學《珍珠塔》。

「尤調」形成於二十世紀五十年代。由於他的嗓音偏低，唱高音不夠明亮，乃充分利用中低音渾厚的特色，在「沈調」、「薛調」的基礎上，吸收了「蔣調」的唱法，揉合京劇鬚生的韻味，創造出以字跟腔、低沈婉轉、韻味醇厚的「尤調」。「尤調」善用小腔，平伏低回，委婉動聽。「尤調」的慢板，脫胎於「蔣調」，但加上了自己的裝飾音。「尤調」的快板則源自周雲瑞的「沈調」快板。

「尤調」有快慢兩種。慢調唱腔是在「蔣調」的基礎上發展而成。因其嗓音寬厚，演唱時常用鼻腔共鳴增加聲音的韻味，以小腔見長。快調唱腔，則源自「沈薛調」，節奏明快，質樸爽朗，唱腔的吟誦風格和敘事功能較強。唱來跌宕有致、剛柔並濟，又吐字清晰、換氣自如。尤其擅長大段疊句連唱，酣暢淋漓，一氣呵成。

「尤調」的代表作品有開篇〈諸葛亮〉，選曲《梁祝・送兄》、《荊釵記・撕報單》等。其下手朱雪吟琵琶的緊密襯托，使「尤調」更為完美。他也擅說長篇彈詞《珍珠塔》。[194]

---

[193] 徐麗仙唱：《蘇州彈詞流派唱腔・麗調》（上海音像公司，YCB-4）。
[194] 尤惠秋唱：《蘇州彈詞流派唱腔・尤調》（上海音像公司，YCB-17）。

二十六、王月香調

「王月香調」，衍化自「馬調」系統的「魏調」及「沈薛調」。

王月香，1933年生，蘇州人。幼年從父王如泉學《雙珠鳳》。八歲即與姐拼檔演出，十四歲起放單檔。其彈唱時，深入腳色，感情飽滿。尤以緊彈快唱、疊句連唱形成鮮明風格。擅唱大段疊句，一瀉千里，酣暢淋漓。五十年代中期加入蘇州人民評彈團，與徐碧英拼檔說《梁祝》，逐步形成高彈響唱、節奏明快，感情熾烈奔放，別具一格的腔調。她自彈琵琶，在疊句連唱中，以小過門墊襯換氣，彈奏動作亦與書中人物感情配合。其演唱悲哀、淒切的書情時，注重表達人物感情，動情之處，聲淚俱下，更有時悲不自勝，夾帶哭音。代表性曲目有《梁祝》的〈英台哭靈〉，風靡書壇。[195]

二十七、薛小飛調

薛小飛，1939年生，常熟人。先後師事朱霞飛與魏含英學《珍珠塔》。薛小飛以「魏調」唱腔為基礎，具有節奏明快，行腔流暢、數十句唱詞疊句能委婉相連，一氣呵成的特點。後又在「魏調」、「沈調」基礎上，吸收「蔣調」的某些成分、經過變化發展，自成一格。薛的唱腔在句與句之間，銜接自如，樸實流暢，既有「魏調」的爽朗明快，又有「蔣調」的醇厚韻味。代表作有《珍珠塔》選曲〈哭訴〉、〈見娘〉、〈打三不笑〉等。

1998年發行的「蘇州彈詞流派唱腔演唱會」的影碟片中，有潘益麟演唱的《珍珠塔・訴恩人》一首，對「薛小飛調」的行腔韻味，可以充分體會。[196]

蘇州彈詞的流派唱腔屢有創新，一代代的藝人嘔心瀝血，孜孜以求，自創新腔，如此豐富多彩的音樂風貌，使彈詞藝術擁有常青的魅力。它們都是典型的江南水鄉音樂，優雅、沉靜、細緻、委婉，像江南曲水輕游慢轉、餘韻悠長，它那獨具一格的敘述音樂聲腔體系，在中國的音樂系統中顯示出獨特的音樂地位。

---

[195] 王月香唱：《蘇州彈詞流派唱腔・王月香調》（上海音像公司，YCB-24）。

[196] 《蘇州彈詞流派唱腔演唱會（三）》（上海錄像公司，CN-E03-98-0020-0/V.J6）第6首。

相關附圖：

（見，附圖9：彈詞單檔：徐麗仙）

（見，附圖10：彈詞雙檔：劉天韻、蔣月泉）

（見，附圖11：彈詞三個檔：徐麗仙、程麗秋、孫淑英）

（見，附圖12：彈詞四個檔：劉天韻、朱雪琴、薛惠君、嚴雪亭）

第四章
蘇州彈詞的說與噱

蘇州彈詞的「說」，是運用表與白兩種語言形式，來敘述評議故事和刻劃書中人物腳色；蘇州彈詞的「噱」，是運用風趣幽默的語言、表情和動作，製造笑料及產生喜劇效果。「說」與「噱」二者，以「說」為主，以「噱」為輔。

第一節　蘇州彈詞的說

蘇州評話與蘇州彈詞統稱「說書」，從這個名稱上可以看出評話與彈詞藝術中說的重要性。聽蘇州彈詞也叫「聽書」，與蘇州評話不同的是，彈詞是「說小書」，評話是「說大書」。小書的內容是家庭倫理、兒女情長的軟性故事。大書的內容是開邦定國、英雄豪傑的剛性故事。

彈詞有說有唱，說中輔之以噱，唱中伴之以彈。蘇州彈詞的祖源，淘真、盲詞、門詞，純是用唱的，後來在評話的啟發和影響下，加強說的部分，逐漸地改成以說為主，說多於唱。蘇州彈詞的藝術形式中，說最重要。如果唱的比重過大，那就失去說書的本色了。蘇州彈詞名家都是擅長於說或說唱兼優的。

一、說的技巧

清咸豐、同治年間（1851-1874）蘇州彈詞後四家之一的馬如飛，曾在其《吉卿馬如飛集》的〈雜錄〉中，提到陸瑞廷的「說書五訣」：

> 陸瑞廷云，畫石五訣：瘦、皺、漏、透、醜也。不知大小書中亦有五訣：理、味、趣、細、技耳。理者，貫通也；味者，耐思也；趣者，解頤也；細者，典雅也；技者，功夫也。及其所長，人不可及矣。[197]

這五訣用現代的話來解釋，應該是合乎情理；富有韻味、好聽耐聽；風趣諧謔；縝密細緻；說表俱佳。

五訣均能掌握，說書的說功，就無人能及了。這就是成為彈詞名家或響檔的五個要訣。

五訣中的「理、味、趣、細、技」，各有其獨特作用，且又相互關聯：一、理：首先，說的書情要合理，故事的發展要有其必然性，所謂說書是假，理性是真。事件不

[197] （清）馬如飛：《南詞必覽》〈雜錄十〉，載《評彈藝術》第十三集（北京：新華出版社，1991年12月）頁175。

能憑空而降，一個關子的到來，事先必經舖排，不然關子就沒有懸念。二、味：味和理緊密相連，書情不合理，就沒有興味可言。味是深長雋永的意味和醇厚風雅的韻味，表現在書臺上，使聽眾聽時津津有味，聽後又回味無窮，這就是耐思。三、趣：趣是書情有趣，聽來引人入勝。大小關子環環相扣，逐日聽書欲罷不能，因為書情合理，富有韻味，才能妙趣橫生。四、細：細者，典雅。說書要有典據而語言雅馴，不可有粗野庸俗語言，而且內容情節要細膩，不能粗糙簡略。五、技：技，是指說、表的技巧。唱腔語調、臺風手面均要講究。

歷來說書的書目都是傳奇。許多傳統書目，盡為歷史故事、民間傳說。後來創作、改編的一些書目也無不出自演義、小說、傳記，其內容也都是傳述奇人奇遇或奇事。但傳奇僅是文字腳本，不能與聽眾直接見面，須由藝人加以說唱演繹。在藝人長期的說唱演出中，也不斷的增刪書目的內容，使所說的書有所變化與演進。怎麼說和說什麼，兩者息息相關，說的技巧與說的內容是相互依附的。[198]

二、說的內容

蘇州彈詞又稱為「說書（小書）」，「書」便是故事的情節。沒有故事情節，書便沒有內容。「書情」，是說書演出的內容。「書目」，是彈詞腳本的題目，亦指稱彈詞演出的內容。按腳本回目的多寡，分為長篇書目、中篇書目、短篇書目。

（一）蘇州彈詞的書目分類

蘇州彈詞的書目，在1959年時被分為三類：

1. 一類書：是中共建國前的傳統長篇書目，亦稱老書。

2. 二類書：是中共建國後，評彈藝人在1950年開始「斬尾巴」運動後改編的新長篇書目，根據古典小說和傳統戲曲改編的。

3. 三類書：是現代題材的新編書目，有長篇書目、中篇書目和短篇書目。[199]

中共建國後，不說一類書，改說二類書，文化大革命期間，一類書、二類書都停說，只說三類書，而且以中篇、短篇為主。文革結束後，恢復說一、二類書，三類書反

---

198 參見蔣開華：〈「說」在評彈中的主要作用〉，載《評彈藝術》第二十一集（南京：江蘇文藝出版社，1997年7月）頁106-109。

199 陳雲：〈評彈工作中的幾個問題〉，載《陳雲同志關於評彈的談話和通信》（增訂本）（北京：中央文獻出版社，1997年6月）頁1-2。

而漸漸消失了。因此，蘇州彈詞的主流，還是長篇書目。

長篇書目是評彈的生命線，是評彈藝術發展的必經之路，是藝人求生存的保障，也是評彈聽眾的需求。中篇、短篇不能代替長篇，不能居於主導地位。長篇書目仍然是書場演出的支柱。

彈詞歷來都是說長篇的，自彈詞誕生迄今的三、四百年間，先後有數百部長篇書目在書場傳唱。演員長年說的是長篇，書場賴以生存的是長篇，聽眾習慣的聽書方式也是長篇。

今天，蘇州彈詞長篇書目中，二類書演出的期間尚短，還未能像傳統長篇那樣，經過長時間眾多藝人的演出潤飾、增補修刪，還多不成熟。所以我們研討蘇州彈詞，仍以傳統長篇書目為對象。

（二）傳統長篇書目的時代背景

1. 宋代故事

（1）南宋高宗（1127-1161）、孝宗（1161-1189）時期的《白蛇傳》

2. 元代故事

（1）成宗時期（1295-1307）的《再生緣》

（2）順帝時期（1333-1367）的《文武香球》

3. 明代故事

（1）洪武年間（1368-1398）的《珍珠塔》

（2）永樂年間（1403-1424）的《繡香囊》

（3）成化年間（1465-1486）的《九美圖》

（4）弘治年間（1488-1505）的《三笑》

（5）正德年間（1506-1521）的《落金扇》、《倭袍》

（6）嘉靖年間（1522-1565）的《雙金錠》、《大紅袍》、《十美圖》

（7）萬曆年間（1573-1619）的《天雨花》、《玉蜻蜓》、《描金鳳》

蘇州彈詞形成於明末清初，著名傳統長篇書目故事發生的時代背景與書目產生的年代無關。

（三）傳統長篇書目及說唱藝人

中共建國前曾經演出的傳統長篇書目，由於其中部分已遭淘汰，現知者僅有評話六十一部，彈詞七十七部，共一百三十八部。絕大多數的傳統書目，無法知道其形成時期、故事來源與最初的編演人。蘇州市評彈研究室曾對傳統書目源流做過考證，但也不很完全。據現有資料，只能了解早期的說唱書目及最早的說唱藝人，茲就蘇州彈詞部分，摘要如下：

1. 清乾隆、嘉慶年間（1736-1820）

（1）《游龍傳》：王周士。

（2）《白蛇傳》：陳遇乾、俞秀山。

（3）《玉蜻蜓》：陳遇乾、俞秀山、陳士奇。

2. 清嘉慶、道光年間（1796-1850）

（1）《三笑》：吳毓昌。

（2）《雙珠球》：顏春泉。

（3）《文武香球》：張鴻濤。

（4）《珍珠塔》：馬春帆。

3. 清咸豐、同治年間（1851-1874）

（1）《九絲條》：朱靜軒。

（2）《大紅袍》：趙湘洲。

（3）《描金鳳》：趙湘洲。

（4）《雙珠鳳》：陳碧仙。

（5）《倭袍》：王石泉。

4. 清光緒年間（1875-1908）

（1）《七美緣》：葉湧泉。

（2）《西廂記》：朱寄庵。彈詞演員朱寄庵據元代王實甫《西廂記》雜劇，於光緒三年（1877）自編自演。

5. 民國年間（1911-1949）

（1）《楊乃武與小白菜》：民初李文斌根據清代同治年間的刑事實案編演。

（2）《啼笑因緣》：為朱蘭庵、陸澹庵根據1929年張恨水同名長篇小說於1935年改編者，先後有朱耀群、趙稼秋；沈儉安、薛筱卿；姚蔭梅三檔藝人演出，以姚蔭梅最為成功。

（3）《秋海棠》：為陸澹庵、王宏蓀根據1942年秦瘦鷗同名長篇小說改編者，由范雪君、王宏蓀等人演唱。

（4）《長生殿》：為彈詞演員楊振雄在1945年前後，參照清初洪昇《長生殿》傳奇劇本加以改編而成，於1948年在上海演出成名。

三、蘇州彈詞傳統長篇書目與書藝傳承

蘇州彈詞的書目與說唱技藝，都是師徒相承的口傳心授。由於沒有系統的教學方法與固定的教材，徒弟學滿出師後，還要研究、補充、修訂，然後才能登台說書。因此師承甚為重要，出師後對書情的再創性也甚高。蘇州彈詞就在這種情形下，發展成長。

依據《光裕社出道錄》所載，佐以其他資料，彙集一表、可以看出蘇州彈詞傳統長篇書目演唱與書藝傳承情形。[200]

表3：蘇州彈詞傳統長篇書目與書藝傳承表

時代		姓名	出生地	演唱書目	師承	光裕社出道	附註
清代	乾隆	王周士	蘇州	《游龍傳》 《白蛇傳》			曾御前彈唱
	嘉慶、道光年間	陸士珍		《白蛇傳》 《玉蜻蜓》 《繡香囊》			
		陳遇乾		《義妖傳》 《雙金錠》 《芙蓉洞》			創「陳調」
		毛菖佩	寶山	《白蛇傳》 《玉蜻蜓》	陳遇乾		
		陳士奇	蘇州	《白蛇傳》 《玉蜻蜓》			
		俞秀山	蘇州	《白蛇傳》 《玉蜻蜓》 《倭袍》			創「俞調」
		馬春帆	丹陽	《珍珠塔》			
	咸豐、同治年間	馬如飛	蘇州	《珍珠塔》	表兄桂秋榮		創「馬調」
		張鴻濤	嘉興	《繡香囊》 《文武香球》			
		趙湘洲	蘇州	《玉夔龍》 《描金鳳》			

---

200 《光裕社出道錄》，蘇州市戲曲研究所供稿，載《評彈藝術》第八集（北京：中國曲藝出版社，1987年8月）頁185-212。

時代		姓名	出生地	演唱書目	師承	光裕社出道	附註
	同治、光緒年間	顧雅庭	蘇州	《三笑》	父顧文標	同治六年 1867	
		趙鶴卿	蘇州	《玉蜒龍》 《描金鳳》	父趙湘洲	同治八年 1869	
		錢玉卿	蘇州	《描金鳳》 《雙金錠》	趙湘洲	同治八年 1869	
		王石泉	蘇州	《珍珠塔》 《倭袍》	馬如飛	同治九年 1870	
		王秋泉	蘇州	《白蛇傳》 《玉蜻蜓》 《雙珠球》	錢耀山 顏春泉	同治十年 1871	
		楊鶴亭 1857-1900	常熟	《珍珠塔》	馬如飛		
		沈友庭 ?-1909	蘇州	《白蛇傳》 《雙珠球》	王秋泉		
	光緒年間	金桂庭 1861-1922	蘇州	《描金鳳》	錢玉卿	光緒十六年 1890	
		吳西庚	蘇州	《白蛇傳》 《玉蜻蜓》 《描金鳳》	王秋泉 錢玉卿	光緒十七年 1891	
		謝品泉 1860-1927	蘇州	《三笑》		光緒十八年 1892	兼唱《落金扇》、《玉蜻蜓》
		張步雲 1871-?	蘇州	《描金鳳》 《大紅袍》 《雙金錠》	錢玉卿 趙鶴卿 王秋泉	光緒十九年 1893	
		朱寄庵	常熟	《三笑》 《雙金錠》 《西廂記》		光緒十九年 王秋泉帶入	無師承 自編《西廂記》
		何蓮洲	蘇州	《珍珠塔》	馬如飛		
		吳陞泉 1873-1929	蘇州	《白蛇傳》 《玉蜻蜓》	王秋泉	光緒二十一年 1895	
		王少泉 1878-1934	蘇州	《描金鳳》 《雙金錠》 《三笑》	錢玉卿 王伯泉	光緒二十一年 1895	
		趙筱卿 1880-1920	蘇州	《描金鳳》 《玉蜒龍》	父趙鶴卿	光緒二十一年 1895	
		謝少泉 1868-1916	蘇州	《三笑》 《玉蜻蜓》 《落金扇》	謝品泉	光緒二十二年 1896	
		張福田	嘉興	《文武香球》 《繡香囊》	陳子祥	光緒二十二年 1896	
		王綬卿	蘇州	《倭袍》 《珍珠塔》	父王石泉 外公馬如飛	光緒二十二年 1896	

時代		姓名	出生地	演唱書目	師承	光裕社出道	附註
		錢幼卿	蘇州	《描金鳳》 《三笑》	錢玉卿 謝品泉	光緒二十三年 1897	
		朱耀庭 1866-1948	蘇州	《雙珠鳳》 《落金扇》	朱蘊泉 朱幼軒	光緒二十五年 1899	
		王子和	蘇州	《白蛇傳》 《玉蜻蜓》	父王秋泉	光緒二十六年 1900	
		楊月槎 1875-1954	常熟	《珍珠塔》	父楊鶴亭	光緒二十八年 1902	
		朱耀笙 1883-1950	蘇州	《雙珠鳳》	兄朱耀庭	光緒三十二年 1907	
		魏鈺卿 1879-1946	蘇州	《珍珠塔》	姚文卿	光緒三十二年 1907	
		楊星槎 1885-1960	常熟	《珍珠塔》	父楊鶴亭	光緒三十三年 1908	
		吳玉蓀 1890-1958	蘇州	《白蛇傳》 《玉蜻蜓》 《描金鳳》	父吳西庚	光緒三十三年 1908	
	宣統 年間	夏蓮生 1880-？	蘇州	《三笑》	謝少泉	宣統二年 1910	
		朱蘭庵 1889-1939	常熟	《西廂記》	父朱寄庵	宣統二年 1910	本名姚民哀 作家
民國 時期 1911.10.10		楊筱亭 1885-1946	蘇州	《白蛇傳》 《雙珠球》	沈友庭	民國一年 1912	創「小陽調」
		鍾笑儂 1891-1981	蘇州	《珍珠塔》 《十五貫》	魏鈺卿 王綬卿	民國三年 1914	
		王亦泉 1893-1940	蘇州	《三笑》	謝少泉	民國七年 1918	
		吳小松 1892-1971	蘇州	《白蛇傳》 《描金鳳》 《玉蜻蜓》	父吳西庚	民國八年 1919	
		朱耀祥 1894-1969	無錫	《描金鳳》 《大紅袍》	趙筱卿		創「祥調」
		沈儉安 1900-1964	蘇州	《珍珠塔》	朱兼莊	民國十年 1921	創「沈調」
		楊斌奎 1897-1972	蘇州	《描金鳳》 《玉夔龍》	趙筱卿	民國十年 1921	
		陳瑞麟 1905-1986	蘇州	《倭袍》 《落金扇》	父陳士秋 金耀蓀	民國十二年 1923	
		祁蓮芳 1908-1986	蘇州	《雙珠鳳》 《文武香球》	外公陳子祥	民國十二年 1923	創「祁調」
		張鑒庭 1909-1984	無錫	《珍珠塔》 《倭袍》	朱詠春		編《十美圖》 創「張調」

時代	姓名	出生地	演唱書目	師承	光裕社出道	附註
	王畹香 1899-1990	蘇州	《三笑》	父王少泉	民國十五年 1926	
	徐雲志 1901-1978	蘇州	《三笑》	夏蓮生	民國十五年 1926	兼說《玉蜻蜓》 創「徐調」
	楊仁麟 1906-1983	蘇州	《白蛇傳》 《雙珠球》	楊筱亭	民國十五年 1926	人稱「蛇王」
	周玉泉 1897-1974	蘇州	《文武香球》 《玉蜻蜓》	張福田 王子和		以《玉蜻蜓》為主 創「周調」
	夏荷生 1899-1946	嘉善	《倭袍》 《描金鳳》	夏吟道 錢幼卿	入上海 「潤餘社」	人稱「描王」 創「夏調」
	姚蔭梅 1906-2000	吳縣	《描金鳳》	唐芝雲	民國十七年 1928	編唱《啼笑因緣》享名 創「姚調」
	俞筱雲 1900-1985	吳縣	《白蛇傳》 《玉蜻蜓》	王子和 張雲亭		
	薛筱卿 1901-1980	蘇州	《珍珠塔》	魏鈺卿	民國二十一年 1932	創「薛調」
	王燕語 1902-1992	蘇州	《珍珠塔》	魏鈺卿	入上海 「普餘社」	
	朱介生 1903-1985	蘇州	《雙珠鳳》	父朱耀庭	民國二十三年 1934	
	魏含英 1911-1991	蘇州	《珍珠塔》	魏鈺卿	民國二十五年 1936	
	倪萍倩 1915-	蘇州	《珍珠塔》	鍾笑儂	民國二十五年 1936	
	嚴雪亭 1913-1983	蘇州	《三笑》	徐雲志	民國二十九年 1940	
	蔣月泉 1917-2001	蘇州	《三笑》 《玉蜻蜓》 《文武香球》	鍾笑儂 周玉泉	民國二十九年 1940	創「蔣調」
	黃異庵 1913-	太倉	《三笑》	王耕香	入上海 「潤餘社」	編《西廂記》彈詞
	凌文君 1915-1974	蘇州	《描金鳳》 《雙金錠》	朱琴香	民國三十年 1941	
	劉天韻 1907-1965	吳江	《三笑》	夏蓮生	民國三十三年 1944	
	楊振雄 1920-	蘇州	《大紅袍》 《描金鳳》	父楊斌奎	民國三十三年 1944	根據雜劇改編長篇彈詞《長生殿》
	秦紀文 1910-	平湖	《文武香球》	李伯泉	民國三十六年 1947	上海「光裕社」出道
	薛惠萍 1916-1948	吳縣	《玉蜻蜓》 《白蛇傳》	俞筱雲	民國三十六年 1947	

時代	姓名	出生地	演唱書目	師承	光裕社出道	附註
	曹嘯君 1916-	蘇州	《玉蜻蜓》 《白蛇傳》 《描金鳳》 《雙金錠》	曹嘯英 朱琴香	民國三十六年 1947	
	曹彬卿 1920-1968	吳縣	《三笑》 《珍珠塔》	丁韻泉 魏筱卿		
	朱慧珍 1921-1969	蘇州	《白蛇傳》 《玉蜻蜓》			私淑蔣如庭、朱介生
	徐天翔 1921-1992	上海	《描金鳳》	夏荷生		創「翔調」
	周雲瑞 1921-1970	蘇州	《三笑》 《珍珠塔》	王似泉 沈儉安		
	楊振言 1921-	蘇州	《描金鳳》 《大紅袍》	父楊斌奎		
	朱雪琴 1923-1994	嘉興	《玉蜻蜓》 《白蛇傳》 《雙金錠》 《珍珠塔》	朱蓉舫		創「琴調」
	侯麗君 1925-	常熟	《落金扇》			創「侯調」
	徐麗仙 1928-1984	蘇州	《倭袍》 《啼笑因緣》			創「麗調」
	陳希安 1929-	常熟	《珍珠塔》	沈儉安		
	尤惠秋 1930-	嘉善	《白蛇傳》 《玉蜻蜓》	吳筱舫		拜沈儉安補學《珍珠塔》 創「尤調」
	華佩亭 1931-1957	常熟	《三笑》	徐雲志		
	朱雪玲 1932-	蘇州	《珍珠塔》	沈儉安		
	余瑞君 1933-	蘇州	《描金鳳》	凌文君		
	蔣雲仙 1933-	常熟	《啼笑因緣》	姚蔭梅		
	王月香 1933-	蘇州	《雙珠鳳》	父王如泉		創「王月香調」
	饒一塵 1935-		《珍珠塔》	魏含英		
	王鷹 1937-	蘇州	《落金扇》 《白蛇傳》 《雙珠球》	父王筱春		與徐雲志拼檔說《三笑》

時代	姓名	出生地	演唱書目	師承	光裕社出道	附註
	楊乃珍 1937-	蘇州	《白蛇傳》 《玉蜻蜓》	俞筱霞		
	薛小飛 1939-	常熟	《珍珠塔》	朱霞飛		創「小飛調」
	邵小華 1939-	常熟	《玉蜻蜓》 《珍珠塔》	凌文君		
	程也秋 1840-1969	常熟	《三笑》	徐麗仙		
	蔡惠華 1948-	蘇州	《白蛇傳》 《玉蜻蜓》	鍾月樵		
	邢晏芝	蘇州	《三笑》	父邢瑞庭		1961任蘇州評彈學校副校長 國家一級演員

在這個表列之中，我們可以看到，藝人演唱最多的彈詞傳統長篇書目是《白蛇傳》又名《義妖傳》、《玉蜻蜓》又名《芙蓉洞》、《珍珠塔》、《三笑》。演唱較多的書目，是《描金鳳》、《倭袍》、《繡香囊》、《雙珠鳳》、《雙金錠》、《落金扇》、《文武香球》等。本文限於篇幅僅就最具代表性的《珍珠塔》、《玉蜻蜓》、《三笑》、《白蛇傳》，四部傳統長篇書目加以探討。

第二節　長篇蘇州彈詞《珍珠塔》

一、《珍珠塔》的故事實有所本

長篇彈詞《珍珠塔》，是蘇州彈詞史上著名的書目。此一故事在明代已有唱本或宣卷本，清初又有傳奇戲本。演唱《珍珠塔》故事的劇種和曲種很多，故事大體相同，但繁簡不一。

《珍珠塔》的故事是實有的。道光二十七年恆德堂本《珍珠塔》周殊士序中說：

> 《珍珠塔》傳奇一部，彈唱久矣。第舊刻噴飯有餘，勸世不足，詞句多俚，音節不諧，則傳之非其真也。余游楚十二年，至襄陽者再，遇方秀才實書，曾言其遠祖明少保公，以避中州水患，移家於襄。而少保未遇時，訪親不合，流落南昌，其後登科甲，官至尚書，先後為陳、畢兩家之婿。則知舊刻所云，事本有據。乃俗本為之，遂鄙不可醫。[201]

由此可見原作確有所本，《珍珠塔》的故事不盡為虛構。

《珍珠塔》的原作者，無從考證，大概說唱的彈詞大都是說書人自己編的腳本，不署作者姓名。因為這種唱本乃是藝人演唱的底本，為謀生之所需，是秘不示人的。

二、《珍珠塔》的刊本

（一）《改定新本孝義真跡珍珠塔全傳》

現知最早的刊本，當為乾隆四十六年（1781）刊行的《改定新本孝義真跡珍珠塔全傳》，是阿英的藏本，趙景深認為是現在通行本的祖本。全書六卷六冊，與光緒本沒有多大的不同。[202]既然乾隆本為「改定新本」，可見在此之前仍有古本，但惜不得見。

---

[201] 譚正璧、譚尋：《評彈通考》（北京：中國曲藝出版社，1985年7月）頁278。
[202] 趙景深：《彈詞考證》（臺北：臺灣商務印書館，1971年9月）頁70。

（二）吟餘閣刊本

現可見到最早的《珍珠塔》刊本，為嘉慶十四年（1809）俞正峰編次，吟餘閣刊本。全書二十回，每回兩目。有嘉慶元年（1796）玉泉老人的跋，內中云：「姑蘇俞正峰語妙天下，而文筆更活躍，近編《碧玉環》、《鴛鴦譜》、《絞綃帕》、《珍珠塔》等南詞四本，而《珍珠塔》尤其中珠玉也。」趙景深認為嘉慶本極少見，內容沒有邱六橋盜塔情節，事跡尚少曲折，當在現在通行本之前。

（三）經義堂刊本

道光二年（1822）蘇州經義堂刊本，周士殊、陸士珍編評，全書四卷、每卷十四目。有嘉慶甲戌（1814）鴛水主人序。胡士瑩在《彈詞寶卷書目》中認為：

> 《珍珠塔》不詳誰氏作，今所見某某編次，均係托名，不可信。刊本甚多，主要者約有三種：一為乾隆本，即周殊士增補本所從出；一為俞正峰編二十回本；一為周士殊、陸士珍編評本。三本情節不同，回目各異，皆極罕見。通行者今唯周氏二十四回本（恆德堂刊本）而已。[203]

（四）恆德堂刊本

道光二十七年（1847）恆德堂刊本《珍珠塔》，著者佚名，周殊士識，[204]共二十四回，已有〈大盜無心當劫珍〉回目，這就是周殊士補綴的現在通行本。周殊士云：「雲間方茂才元音先得我心，於俗本悉為改正，惜未成書而歿，余所見僅十八回，間亦多掛漏之處，九仞方虧，合塵不易，余因為之完好，凡掛漏處補綴靡遺。又增至廿四回。」觀此則二十四回本的前十八回為方元音改編，後六回為周殊士所續。但凌景埏在其〈珍珠塔各本異同考〉中，認為這是不可徵信的。趙景深認為周殊士所增的是第五回〈遭強跌雪〉、第六回〈逢救登舟〉的末段，第十回〈大盜無心當劫珍〉、第十一回〈憶夫君多情哭塔〉、第十二回〈托婢女久病離魂〉，以及第十五回〈庵堂真巧合〉的一小部分。這六回包括了「劫塔、追塔、當塔、認塔、哭塔及造塔為止」的邱六橋插曲。[205]周本一出，《珍珠塔》遂成定本。

---

[203] 胡士瑩：《彈詞寶卷書目》（上海：上海古籍出版社，1984年6月）頁46-47。
[204] 現有中州古籍社1987年標點本。
[205] 趙景深：《彈詞考證》（臺北：臺灣商務印書館，1971年9月）頁70。

（五）光緒石印本

《珍珠塔》的刊本極多，據胡士瑩的整理，乾隆年間有一種、嘉慶年間有一種、道光年間有三種、咸豐年間有兩種、同治年間有兩種、光緒年間有十一種。

光緒十七年（1891）、二十年（1894）、二十八年（1902）上海書局連續三次石印馬調《珍珠塔》，均為四冊。十七年本與乾隆、嘉慶、道光、咸豐與前此的光緒本均相同，不附開篇。光緒二十年本附有馬如飛開篇四十七種冠於第一冊正文之前，與正文截然分為兩部，每冊首又各附開篇一種。二十八年本將開端的四十七種開篇刪去，只剩每冊前開篇一首。[206]

光緒二十年（1894）《繪圖馬調珍珠塔》，上海書局石印本，二十四回，署長州滄浪釣徒馬如飛吉卿著，附有馬著開篇。馬調《珍珠塔》故事比較簡略，描寫不如後來細緻，尚無〈七十二他〉、〈下扶梯〉等情節。[207]

（六）《珍珠塔》魏含英演出本

魏含英（1911-1991）係馬如飛再傳弟子，係說唱《珍珠塔》一代名家「魏調」創始人魏鈺卿之養子。1936年光裕社出道，自幼從父學藝，為二十世紀三十至五十年代單檔演出《珍珠塔》之響檔。魏含英《珍珠塔》演出本，經整理為八十回，由周良評注，1998年由上海文藝出版社出版，分上下兩冊。周良於〈寫在卷首〉中說，魏氏說唱此書五十年，在說唱過程中，比較赤裸的封建說教和過於繁瑣重複的部分已經刪減，在表述中增添了今人易於接受的觀點和語言。[208]

三、《珍珠塔》的本事

珍珠塔的刊本雖多，但其故事內容大致可分為兩種，一種是較早的故事，沒有邱六橋劫塔、當塔的情節；一種是後來敷衍的，多出了劫塔、追塔、當塔、認塔、哭塔等等枝節。

（一）古本珍珠塔

趙景深認為有一種古本，其中無邱六橋劫塔等事，而有畢僕嫖院情節，此本當刊於

---

[206] 趙景深：《彈詞考證》（臺北：臺灣商務印書館，1971年9月）頁72。
[207] 周良：《彈詞經眼錄》（南京：江蘇文藝出版社，1996年4月）頁113。
[208] 周良：《彈詞經眼錄》（南京：江蘇文藝出版社，1996年4月）頁114。

乾隆四十六年以前，嘉慶俞正峰本即從此本出，相差無幾。道光周、陸編評本，則用俞本的輪廓。[209]

今據譚正壁、譚尋合著之《彈詞敘錄》中《珍珠塔》故事，引述如下：

明河南開封府祥符縣太平村有秀才方卿，字元音，父為奸臣害死。方卿與母楊氏同居墳堂，生活艱苦，奉母命往襄陽向姑母借貸。

左都察院陳璉，襄陽人，妻方氏，即方卿姑母，生一女名翠娥。陳璉生日，親友大集，適方卿來到。陳璉見方衣著襤褸，恐為親友所輕，命老僕陳宣自後園送見姑母，與更換衣巾，再至前廳相見。誰知姑母勢利，怪方玷辱門面，不認親情，逐之出門。方卿不屈，一怒而去，為表姐翠娥所知，命婢采萍留住，代母謝罪，且贈以銀，方卿不受。翠娥乃暗以珍珠寶塔置點心中，托方帶送舅母，方卿始不能辭，受之而去。陳璉聞之，與陳宣追至九松亭，堅留不住，以女許婚而別。

方卿夜宿，發現珍珠寶塔，頗感表姊深情。次日上路，遇大風雪，飢寒交迫，昏倒雪中。江西巡撫畢雲顯為方卿同學，適上任路過遇見，救之同行，畢母愛方卿秀美，將女賽金許為次室。方卿即以珍珠塔作聘。

方母因子去不歸，求乞至襄陽，在積福堂尼庵為佛婆。翠娥懷念方卿成病，癒後往庵還願，遇舅母，命庵主優禮相待。歸家後即告父，命采萍常去探望，予以生活照顧。

方卿改名方定，應試中狀元，為七省代天御史。至襄陽，喬裝道人，進陳府後園，遇陳宣，為姑丈請入內堂，命唱道情。方即借欺貧重富之故事以譏姑母。方氏盛怒，逼丈夫退婚。方卿亦請翠娥退婚，以試其心意。翠娥怒其無情，上樓自縊，為采萍救下。畢雲顯本陳璉門生，送妹來此完婚。眾方知方卿已貴顯。

方卿往庵中接母至陳府。方母見姑娘，不禁痛責。因方氏自五歲起即由嫂撫養成人，何致竟驅走侄兒，使兒幾致於死，實太無情。但念姑丈、外甥女情誼，始不予深究。於是，方卿與翠娥、賽金成婚，又以采萍為妾。全家歸鄉，重整門庭。後方卿官至吏部天官，共生三子。[210]

---

[209] 趙景深：《彈詞考證》（臺北：臺灣商務印書館，1971年9月）頁74。
[210] 譚正壁、譚尋：《彈詞敘錄》（上海：上海古籍出版社，1981年7月）頁234-235。

（二）今本珍珠塔

今本稱《秘本九松亭》，又名《繡像珍珠塔》，光緒十八年（1892）上海書局據友樂軒本石印，十二卷二十四回，雲間方元音原稿，山陰周殊士續完，有周殊士序。乾隆四十六年本的改定新本《孝義真跡珍珠塔全傳》，就是這個周殊士的改本。阿英在《彈詞小話引》中說，《珍珠塔》的本子，自乾隆以後，都是翻刻周殊士改本，後來所稱馬如飛的《珍珠塔》，完全是書賈騙人，馬氏真本始終未曾問世。

《九松亭》的故事，《彈詞敘錄》中的記敘是：

明河南祥符縣有秀才方卿，字子文，父為奸臣所害，家遭火焚，方卿奉母楊氏在墳堂居住。一日，方奉母命到襄陽探望姑母，恰遇姑父陳培德壽辰，賓客雲集。姑母見其衣著襤褸，有失娘家體面，因此對方卿百端奚落，逼使出門。但表姐翠娥不滿母親所為，遣婢采萍請方至後花園相會，代母賠罪，並贈銀方卿，方不受。翠娥乃以珍珠塔暗藏於乾點心中，托獻舅母，方不知就裡，乃受。

方卿行至九松亭，陳培德聞訊追至，欲請同回。方卿堅持不肯。陳即指亭為媒，將翠娥許之。

方卿途中遇強盜邱元橋，奪去包裹，致凍斃雪中，恰湖廣提督軍門畢雲顯路過，救活之，攜至南昌。畢母又以女繡金許之為妻。

方母不見子歸，求乞至襄陽，聞兒遭劫被害，悲痛投河。白雲庵尼靜芳救之，留居庵中。

邱六橋得珠塔，至陳家當舖質當，培德見塔，歸而問女，翠娥憂念方卿成病。培德差人往河南探詢，母子均無下落，乃造假信以慰女。

翠娥至白雲庵燒香，遇舅母楊氏，遂命采萍常去庵中照顧，負責一切日用。後畢繡金路過，亦入庵燒香，祝婆母平安。楊氏始知方卿無恙，婆媳相會。

方卿赴考中狀元，官七省查盤監察御史，給假完婚。至襄陽，化裝道士，往見姑母，以唱道情羞其欺貧愛富，然後入庵迎母，並與陳翠娥、畢繡金、采萍成婚，一家歡樂團聚。[211]

[211] 譚正璧、譚尋：《彈詞敘錄》（上海：上海古籍出版社，1981年7月）頁15-16。

四、《珍珠塔》的書藝承傳

蘇州彈詞《珍珠塔》現知最早說唱之藝人，當推嘉慶、道光年間之馬春帆。

馬春帆，江蘇丹陽人，後遷居蘇州。原為秀才，業餘編寫彈詞。其《珍珠塔》一書，係根據江南各地的曲藝「說因果」改編的。《珍珠塔》故事的劇種和曲種很多，如錫劇、蘇劇、揚州彈詞、杭灘、寶卷等，故事大體相同，繁簡不一。在彈詞的腳本中，最有價值的是馬春帆之子馬如飛改編的《珍珠塔》，後傳有馬如飛徒姚文卿與子馬一飛的手抄本，至今尚在。[212]至於馬如飛的原本，據彈詞藝人陳瑞麟（1905-1986）說，早被其外孫王綬卿（1874-1924）遺失。[213]

原本馬春帆只傳藝於其弟馬春林、馬春山、子馬如龍、姪桂秋榮，卻未傳子馬如飛，是要馬如飛參加科舉，謀取功名。不料馬如飛科場失意，僅在縣衙充任書吏。馬春帆死後，家貧，生計艱難，馬如飛遂從表兄桂秋榮習《珍珠塔》，然後演出於江浙一帶。馬本人頗有文才，又得其他文人之助，修改《珍珠塔》腳本。並編創彈詞開篇數百篇，文詞優美，又根據當時說書的吟誦聲調，吸收民間【東鄉調】音樂，創造出節奏明快、樸實流暢的唱調，世稱「馬調」。

後世演唱《珍珠塔》者，皆出於馬如飛門下。其第一代傳人有姚文卿、楊鶴亭等十二門徒。姚文卿傳魏鈺卿（1879-1946）、朱兼莊；楊鶴亭傳楊月槎、楊星槎（1885-1960）。魏鈺卿、朱兼莊、楊月槎、楊星槎為馬如飛第二代傳人。

魏鈺卿是馬如飛再傳弟子中，授徒最多的，也是二十世紀二十年代演唱《珍珠塔》的名家，魏鈺卿的弟子中有魏含英、薛筱卿、鍾笑儂等響檔。朱兼莊的弟子中有沈儉安為大響檔。沈儉安的弟子郭彬卿、朱雪琴、周雲瑞、陳希安、尤惠秋，都是說唱《珍珠塔》的響檔。

（見，附表1：《珍珠塔》書藝傳承表）

---

[212] 尤光旦：〈《珍珠塔》彈詞的善本〉，載《上海書壇》第164期。轉引自譚正璧、譚尋：《評彈通考》（北京：中國曲藝出版社，1985年7月）頁279。

[213] 聞炎（本名夏玉才）：〈《珍珠塔》的矛盾及矛盾的現象——再談《珍珠塔》與馬如飛〉，載《評彈藝術》第七集（北京：中國曲藝出版社，1987年1月）頁61。

五、《珍珠塔》的評析

趙景深教授說：

> 《珍珠塔》彈詞是「小書」中最好的一部，無論在文辭和彈唱上，都占第一位。[214]

（一）《珍珠塔》的唱詞

《珍珠塔》以唱篇特多為特色，有「唱煞珍珠塔」之說。有表唱也有人物唱，這些唱腔主要的都是馬如飛所創的「馬調」。「馬調」質樸流暢、容易聽懂唱詞，節奏較快，適合唱篇多的書目。《珍珠塔》的唱詞，也寫得比較通順、精細，有相當的文學價值，又重視平仄、押韻，善於重復與重疊的技巧。

例如〈妝臺報喜〉中一段唱詞，共二十四句，採「佳麻」韻，唱來一氣呵成，流暢至極，這正是「馬調」唱腔的特色。

> 采萍：（唱）兜曲徑，繞花街，園中捷徑一條斜。急煎煎低拽湘裙子，笑盈盈高執牡丹花。閑思想，暗嗟呀，無意之中相見他。園亭一別三年久，南北東西無處查。老爺是日日思量賢女婿，年年差遣老人家，不辭海角與天涯，人又難尋信又賒。荒唐人傳說荒唐話，許重逢開放碧桃花。河南襄楚無消息，今日裡何等好風吹得到我家。才到此，便見咱，不像儒家像道家，漁筒簡板手中拿。不問堂前陳御史，但知樓上女嬌娃。[215]

在〈方卿看燈〉回目中，馬氏又展現了他在「開篇」中擅用的疊句：

> 方卿：（唱）燈映月、月映燈，今宵燈月倍分明。
> 團團月下燈千盞，盞盞燈中（有）月一輪。
> 月下觀燈燈富貴，燈前玩月月精神。

[214] 趙景深：《彈詞考證》（臺北：臺灣商務印書館，1971年9月）頁66。
[215] 周良主編：《蘇州評彈書目選》第一集（下）（南京：江蘇文藝出版社，1997年7月）頁89。

月借燈光光閃閃，燈乘月色色沈沈。
有燈無月燈黯淡，有月無燈月淒清。
今宵燈光月夜裡，無非賞月賞燈人。[216]

在〈妝臺報喜〉回目中，丫頭采萍看到方卿來到陳府，特地去通知小姐陳翠娥，卻故意不提方卿的名字，以「他」字代替，與小姐打啞謎。這就是《珍珠塔》著名的選曲〈七十二他〉：

采萍：（唱）趁良辰恭喜女嬌娃，快快園中見見他，速速到堂前會會他，你去問問他，會會他，看看他，見見他，為甚面目形容不像他，好好前去相見他，你日日夜夜想念他，刻刻時時恨著他，不要相逢埋怨他，倘然你言語之中得罪他，五遁俱全不見他，你從此萬難尋覓他。

翠娥：（唱）小姐聽，不懂他，甚麼園中他不他，一疊連聲都是他，無名無姓誰是他？還是你的他來我的他？罵一聲作怪的痴婢子，你是近來學得嘴喳喳，胡說園中他不他，一味無非賣奢遮，你因何唐突我女東家？你若再輕浮免不得打，眾丫頭誰似你喧嘩，無事無端來戲弄咱。

采萍：（唱）采姑娘，愈氣加，她是手中擲掉兩朵牡丹花，斜飄鳳目看嬌娃，我樂得今朝來耍一耍她。我是特地妝臺來報喜，怎麼你是反將喜鵲當烏鴉，汗馬功勞賞不加，無是無非來埋怨咱。賞罰不明何意思，不公不法主人家，反把恩情當作差。……千分驚險千分喜，好比浪裡扁舟傍水涯；千分辛苦千分喜，好比萬里行商已到家；千分奇怪千分喜，好似水面浮萍結了瓜；千分著急千分喜，好似斷線風箏有處拿；千分苦楚千分喜，好似窮秀才連捷戴烏紗；千分愁緒千分喜，好似失去了奇珍容易查；千分難得千分喜，好似鐵樹逢春也開花；花花世界盡寬大，宛如恒河萬里沙。海底撈針隨手得，水中捉月稱心拿。九州萬國都尋遍，咫尺之間便是家，你不消訪問不消查。……閨中無事到園中去，採得牡丹兩朵花，在花間無意遇「仙家」。向我采萍含笑深深

---

[216] 周清霖編：《蘇州彈詞大觀》（上海：學林出版社，1999年1月）頁513。

揖，說道蓬萊仙島駕雲霞，特地紅塵望望咱，陰陽算準不曾差，按落雲頭到我家，適逢我採還牡丹花。他意中欲見閨中秀，意思殷勤無以加，始而相見我難相識，面目形容認一認他，口氣語音聽一聽他，去跡來蹤問一問他，說破方知真是他。故而我請東人快快去相見他，緩款溫柔去相勸他。他或是真，或是假，不到園中不見他，不問根由不懂他。……瘟知縣，褫革他，狗強徒，打劫他，家丁輩，欺負他，丫鬟們，輕薄他，夫人鄙賤他，老爺愛惜他，太太庵堂等待他，王本天涯尋訪他，小姐樓頭想念他，便是我采萍會見他。他是河南才子襄陽實，難道你小姐聰明還猜不出他？

翠娥：（唱）小姐是始而聽，不懂他，繼而聽，有些糊塗他，終而聽，方始明白他。聽她說河南才子襄陽實，一定無疑就是他，不問可知總是他，此乃是我的他。不是你的他；小姐是一些些的聲音也要「他」一「他」。[217]

這樣長段的唱詞，是其他蘇州彈詞中所「絕無」而唯《珍珠塔》所「獨有」，這是《珍珠塔》的一大特色。這樣長段的唱，也唯有採用「馬調」，如果採用「俞調」唱腔，恐怕演員真要「唱煞」了。

《珍珠塔》中的唱詞，不僅是既多且長而又適合書中人物的身份。蘇州彈詞的說和唱，都可分為「代言」和「敘事」兩個部分。「代言」是書中角色的語言，「敘事」乃說書人交待情節或加以評述的語言。《珍珠塔》在代言的選曲中，十分講究區分角色。遣字、用句都能符合書中人物的身分、性格。畢雲顯是一位兵部尚書，他的唱詞就儒雅敦厚，有書卷氣。例如他對陳廉的唱詞，是「自違絳帳七年多，兩地遙遙信息疏，也知福比梅花薄，欲坐春花片刻無。」切合他的身分。

小丫頭采萍得知方卿做了官，急忙到西樓向小姐報信的唱詞則是：

采萍：（唱）千分驚險千分喜，浪裡扁舟傍水涯。
千分辛苦千分喜，萬里行商已到家。
千分奇怪千分喜，水面浮萍結了瓜。

---

[217] 周清霖編：《蘇州彈詞大觀》（上海：學林出版社，1999年1月）頁521-522。

千分著急千分喜，斷線風箏有處拿。

千分辛苦千分喜，窮秀才連捷戴烏紗。[218]

這也是切合不失聰明，卻又伶牙利齒的小丫頭的身分性格的。

（二）《珍珠塔》的主題

《珍珠塔》的中心思想在「反勢利」。貫串全書的主要矛盾，是陳方氏嫌貧愛富的勢利心態和方卿的反抗。然後又轉化為方卿任官以後，對姑母的報復。在整個故事中，方卿的心胸狹窄，不是一個寬厚磊落的人，並不可愛。他在初見姑母受到羞辱後，有一段怨恨姑母的唱詞，將姑母比做蘇秦之嫂，自比為蘇秦：

方卿：（唱）出門不識東西路，受盡風霜吃盡虧。未必姑娘（姑母）無勢利，至親千里隔天涯，河魚天雁信音乖。果然不出我所料，勢利場中盡露乖，徒將羞口向人開。一層層記不起無情話，令婢女欺瞞更不該。姑娘（姑母）是願作蘇秦勢利嫂，說我終生未必起春雷。想那蘇秦是黑貂裘敝黃金盡，游說秦廷不第歸。嫂不禮，妻不炊，羞慚面目窘形骸。到後來抵掌而談天下事，趙王寵任稱心裁。腰懸六國黃金印，方顯生平將相才。他嫂嫂是俯伏長亭迎十里，殷勤美酒敬三杯。天地間不少蘇秦嫂，努力功名盡可為。要效學那磨鐵硯桑維翰，名不驚人心不甘。小人勢利真堪恨，小覷區區方秀才。[219]

《珍珠塔・認娘》中，方卿對姑母的怨恨就更為露骨。他的唱詞是這樣的：

方卿：（唱）不是姑娘忘骨肉，何致於火速登門火速行，何致於風寒感冒病郎當。不是姑娘忘骨肉，何致於遭遇強徒在南陽，何致於萍蹤浪跡進京幫。不是姑娘忘骨肉，何致於三年不返太平莊，何致於晨昏辜負白頭娘。……[220]。

[218] 周良主編：《蘇州評彈書目選》第一集（下）（南京：江蘇文藝出版社，1997年7月）頁96。

[219] 周清霖編：《蘇州彈詞大觀》（上海：學林出版社，1999年1月）頁508-509。

[220] 聞炎（本名夏玉才）：〈《珍珠塔》的矛盾及矛盾的現象——再談《珍珠塔》與馬如飛〉，載《評彈藝術》第七集（北京：中國曲藝出版社，1987年1月）頁61。

這把一切不幸的遭遇與困阨都歸罪於姑娘（即姑母）的不念骨肉之情，對於表姐陳翠娥的贈送珍珠塔，姑丈陳培德在九龍亭許婚，將翠娥許配於他的事件，卻不加表恩，這個方卿的性情是澆薄的，所以書的尾篇才有一段〈羞姑〉的情節，來凸顯姑母嫌貧愛富的心態。但這一段書，卻是《珍珠塔》中最大的一個關子（高潮）。從方卿進入陳家開始，基本上只是一天之內的事情，卻占了全書一半的篇幅。《珍珠塔》在強調什麼？讀書人中了狀元，當了高官，要對往日不敬的親友展開報復與嘲弄麼？

《珍珠塔》的主要意義，是以方卿的「勢利」來批判姑母陳氏的「勢利」。在〈羞姑〉這一回書中，方卿戲弄姑母，忽而說自己得官，忽而又說被免官，以致於姑母的態度反覆不定。

> 作者對陳方氏的揭露，是頗為淋漓盡致的：她可以忽而冷忽而熱，剛剛在笑，又立刻發怒；一刻兒吩附備酒，一刻兒關照作罷。她只重衣衫不識人，只顧自己的顏面和利害，絲毫不顧憐遠道而來的親生侄兒，凳子也未坐熱，就把方卿轟走。這個勢利小人陳方氏，為廣大聽眾所唾棄，而方卿卻贏得了不少人的同情。……
>
> 方卿和陳方氏一樣，是一個封建權勢、功名利祿的追求者。所不同的，此時此地和彼時彼地，他們的環境不同。封建社會中，……有權有勢，就能有名有利，功名富貴是一致的。陳（培德）家，畢（雲顯）家，都有財、有權、有勢；而方家，失去政治權位，經濟上也窮困了。方卿得中功名，做了欽差大臣，就重新有勢有財。方卿能夠羞姑，就是依靠他的功名、他的權勢實現的。方卿的有無功名權勢，決定了陳方氏對方卿的態度。[221]

重富欺貧、以貴賤輕的勢利觀念，是古今中外皆然的人情之常。在真實的人生與虛構的戲劇中，比比皆是。《珍珠塔》以這樣的主題貫穿故事情節，足可以引起聽眾的共鳴。勢利是令人憎惡的，而反勢利更是大快人心，這即是《珍珠塔》久盛不衰、長踞書壇的主要原因。

（三）《珍珠塔》的人物性格

《珍珠塔》有兩個中心人物，一個是方卿方子文、一個是表姐陳翠娥。

---

[221] 周良：〈試論彈詞《珍珠塔》〉，載《評彈藝術》第三集（北京：中國曲藝出版社，1984年7月）頁164-165。

方卿是個功名心非常重的人。他的家世本來十分顯赫，父祖都是高官。後來獲罪，家產被抄沒，便立志求取功名，到姑母家尋求資助。姑母的勢利，加上奚落，對他的自尊與自負，造成極大傷害。「小人勢力真堪恨，小覷區區方秀才」，於是負氣出走，不接受姑父、表姐等人的挽留，可謂「人窮志大」。出走後，飢寒交迫，「空空囊橐迢迢路，此日方知行路難」，發出「人情到處秋雲薄，世途從來蜀道難」、「涸轍之魚求勺水，求人更比登天難」的感嘆。在這個情景上，方卿是能夠博得人們的同情。可是得到功名之後，方卿的表現卻是偏狹的，違反倫常的。不先去迎接母親，反亟亟於報復姑母，產生〈二進花園〉、〈羞姑〉等回目，形成全書的大「關子」。

表姐陳翠娥是充滿功名觀念的女性，這也是一種「勢利」，方卿〈二進花園〉後，陳翠娥問他得了功名沒有？方卿雖已得了功名，卻故意說「功名最是無情物，有了功名絆了身，有的是到老功名無指望，有的是功名如意命歸陰，功名中人物知多少，淒淒荒草尋功名。」陳翠娥接著加以駁斥，唱道：

翠娥：（唱）念書人不問功名事，欲問功名問何人？
想不是功名兩個字，哪能夠榮宗耀祖振家聲。
不是功名兩個字，哪能夠顯揚父母蔭兒孫。
不是功名兩個字，哪能夠凌煙高閣畫圖形。
不是功名兩個字，哪能夠致身富貴列朝廷。
你不成功、不成名，當初何必讀經綸，遨游庠序列儒林。[222]

（四）《珍珠塔》的封建意識

《珍珠塔》故事中出現好幾件的「托三樁」，托三樁，就是托付三件事情的意思，內容充分表達出作者封建意識下的倫理道德觀念。以今日標準衡量，是十分陳腐的。

方卿忿怒下離開陳家，姑丈陳培德偕僕人追至九松亭挽留不成，把女兒陳翠娥許配給方卿。方卿接受婚約之後返家，途中生病，遇盜，表姐陳翠娥暗中贈送的珍珠塔被劫。昏倒於雪地中，被畢雲顯所救，在畢家勤奮攻讀，準備科舉考試，又和畢家女兒訂婚。編書人根據封建的倫理思想認為「大丈夫三妻四妾何足為奇」，方卿接受之後，提出三樁條

---

[222] 周良主編：《蘇州評彈書目選》第一集（下）（南京：江蘇文藝出版社，1997年7月）頁113-114。

件：第一要金榜題名，第二要母子團聚之後完婚，第三是先與陳翠娥在襄陽完婚然後再到畢府完婚。畢雲顯居然認為這是方卿的義氣，所以一口答應。這是第一個「托三樁」。

珍珠塔被劫後，輾轉歸還陳家，陳翠娥掛念方卿的安危而生病，病危之日，向婢女采萍和父親囑托後事，也提出了「托三樁」。陳翠娥對采萍托付的三件大事是：一、把五百蒜條金送給方卿的母親，以度晚年。二、死後要與方卿同墳，三、要求采萍過繼給自己的父母，替她孝順雙親，嫁與方卿，姊妹同歸一夫。接下來，又對父親「托三樁」：一、希望父母不要口角相爭，二、認采萍為繼女，三、采萍招贅方卿，生了子孫可以延續陳家香火。

這兩件「托三樁」，只有一個主題，那就是「兩家香火仗方卿」。這一段唱詞甚長，不錄。[223]病危托付，只有延續香火，全不關心方卿本人，真是奇特的感情流露。

六、《珍珠塔》的探討與改進意見

1986年7月，蘇州評彈研究會與蘇州市曲藝協會召開了《珍珠塔》整舊座談會，參加座談的有尚在說唱此書的演員、曾參加過整理工作的老藝人與從事研究傳統書目的理論工作者十餘人。

匯綜各項討論與意見，可以歸納為五項：

（一）《珍珠塔》的特質

1. 是蘇州彈詞傳統書目中的骨子書，已有二百多年歷史，風行很長時期。

2. 過去的老聽眾公認是獨一無二的好書，為「小書之王」、「小書狀元」。

3. 唱篇之多為彈詞之首。

4. 書中遊戲文章多、繁複說理多、重要過場唱詞多；而性格化語言少、動情之處少、人物活動少。

5. 故事的內容思想以反勢利為主。

（二）《珍珠塔》的優點

1. 故事集中、結構嚴謹、情節合理，主要人物性格突出，唱詞、官白流暢，具有文學性。

[223] 周清霖編：《蘇州彈詞大觀》（上海：學林出版社，1999年1月）頁516-518。

2. 人物個性鮮明、描寫刻劃細膩，語言通俗諧趣，唱詞順口流暢，有一定文學價值。

3. 經過長期眾多藝人說唱，1920年代到1940年代產生了許多響檔與著名的唱腔流派，如馬如飛「馬調」、魏鈺卿「魏調」、沈儉安「沈調」、薛筱卿「薛調」、朱雪琴「琴調」、尤惠秋「尤調」與薛小飛的「薛小飛調」。

（三）《珍珠塔》的缺點

1. 情節抒展緩慢、語言唱詞重複，演出日期過長，拖沓累贅的內容不少。

2. 封建思想、道德教條多於其他彈詞書目。

3. 說唱重複，使人感到煩膩。如方卿遭受姑母的冷落勢利之後，在表姐挽留時把遭遇說了一遍，姑父陳璉追到九松亭時他再說一遍，而僕人王本、丫頭采萍在稟告主人時又各說了一遍，這種說了又唱，唱了又說，原地打轉，情節很少推進的情形，讓人不耐。

4. 人物性格在書中前後不能統一，不可愛。如前段方卿有志氣，老老實實，有抱負；後段一味說鬼話、尋開心，油腔滑調。前段陳翠娥懂是非，有度量，深明大義；後段成缺少感情、只知功名利祿的女道學。丫嬛采萍原是同情方卿被冷落，後來卻教唆小姐在方母面前說方卿的錯處，挑起方母對方卿的「打三不孝」。方母本來是要找小姑責備其勢利方卿，結果卻對方卿「打三不孝」，調和方陳兩家的矛盾。

（四）演出的近況

1. 過去學說《珍珠塔》的人很多，二十世紀八十年代時一落千丈，演員不願說，場方不敢請，學員不想學，聽眾不愛聽。

2. 此書最興盛時，有九十檔藝人同時演唱，目前堅持演唱的，只有饒一塵（1935-）、趙開生（1936-）一檔。

3. 過去一部書可連續演出二、三月，使書場周轉留有餘地，如今一般為十幾天，甚至五、六天，演出周期短，上演書目短期內多次重複，令聽眾厭煩。

（五）改進的意見

1. 《珍珠塔》主要思想在反對社會上的勢利觀念，此種思想在今日社會仍然存在，且容易引起聽眾的共鳴，痛斥權勢思想可以大快人心，故《珍珠塔》仍有存在價值。

2. 方卿在畢雲顯家的部分，是一種穿插，可以刪去，避免一個男子必須有多房妻室的俗套。

3. 減少書中許多道德說教與訓斥。

4. 對書中人物性格前後的不調和，加以改正。

5. 加快節奏、刪除重複詞句，力求精練、簡潔。

6. 可以加強勢利與反勢利的衝突，內容要激烈，演唱要動情，表現要真切。[224]

[224] 摘錄自《珍珠塔》整舊座談會中與會人士的意見，載《評彈藝術》第七集（北京：中國曲藝出版社，1987年1月）頁87-107。

第三節　長篇蘇州彈詞《玉蜻蜓》

一、故事的來源

傳統長篇彈詞《玉蜻蜓》，是依據蘇州地區的民間傳說，經過幾代說書藝人的敷衍、加工而成的。

清人徐承烈（號清涼道人），於乾隆五十六年（1791）撰《聽雨軒筆記》四卷，分雜記、續記、餘志、贅記四篇。於卷四贅記中，載有〈漓渚朱生〉故事一則，敘述紹興城中東武山下朱生綺園與南門外漓渚地方隔塵尼庵女尼慧音私戀情事。朱生乃明宰相文懿公朱賡之後裔，事件始末甚詳，錄之如下：

紹興南門外漓渚地方，有尼庵曰隔塵。崇岡古木，竹徑小橋，頗饒幽趣。尼眾五、六人，不藉檀施，耕桑自食。老尼姑若木，持戒律甚嚴，眾咸遵其準繩，不敢肆。其徒孫名慧音，年十六七矣，姿容極麗，且能識字讀書，經典詩詞，無弗諳者。若木恐其誨淫，不令出門，惟事焚修親翰墨而已。

城中東武山下朱生綺園者，明宰相文懿公賡雲礽也，父靜山，由部曹出為四川郡守。生未冠遊庠，有別業在漓渚，因讀書其中。臨行時，見其妻有玉琢雙魚，鏤刻極工，遂乞而貯於冰絲小囊中，佩之以往，老僕小童二人侍。

別業與尼庵相隔僅百步，生暇時往遊，若木以其為貴公子也，不敢拒，來往既頻，漸與慧音浹洽，慧音常出詩稿就正之，生為之評點，彼此倡和，遂訂同心。生贈以玉魚，欲相親而未有間也。

一日，若木省老母病，相距五六十里，約明日始回庵，慧音遂於日間潛赴生所，諧夙願焉。詎若木母病已危，數日下世，比送殮出殯而返，則已半月餘矣。慧音不敢復至生齋，相約夜赴尼庵，踰牆以入，事極縝密，惟小童深知其詳，醉後洩之老僕，老僕向生苦諫，不聽，入城告之主母，促其歸，又不從，如是者半年。

一夕生出，及晨至午猶未返，老僕以其夜臥失曉而不敢出也，恐致事端，潛往察之。見若木怒氣未平，眾尼紛紜慌急，僕疑事已敗露，因偽為不知也者而問之，若木告以今日門鑰未開，而慧音不知所往，惟見後園牆瓦損落，想已遠颺，若往其母家，覓而不得，當告官緝之耳。

僕疑慧音匿生室未起，急返而窺之，床第闃然，又疑二人偕逃，飛馳而回，告諸主母。遍索親戚及莊舍之所，杳無其蹤，復走四川任所詢之、亦未曾往。日久事冷，祇布告親友，懇其留意往求而已。

十餘年後，若木化去，庵中嘗出鬼魅，晝夜不寧，眾尼或死或去，庵遂以廢。生父自蜀守陞滇南觀察，以年老致仕歸。暇日至漓渚別業，顧而樂之，遂久留焉。生之小童年長矣，適在隨行之列，公問生往事，童具以告，公因步至隔塵庵，則屋宇頹敗，寂無一人，而風景絕佳，公又顧而樂之。詢諸土人，尋求庵尼之在他所者，與之立券買之，圍以長垣，合別業而為一，頹敗之所，俱煥然一新。

庵之後園，向有牡丹數本，石台護之，數年來牡丹已枯，而石尚在，公以其位置不當，撤而去之。拆石將盡，工人忽相顧錯愕，面無人色，公異而臨視，則內中埋藏二屍焉，衣服雖壞，面尚如生，細審之，其一即生，其一為尼，童指而謂公曰：「此慧音也」，腕上小囊貯玉魚尚存，蓋以冰絲未化故。

公疑為眾尼謀死，遂密喚向日賣庵者，嚴詰之，尼始而諱，公厲色脅以謀命，因言：「公子與慧音通，人初不知，一日眾人皆起，而慧音不出，撬門視之，見二人裸身相抱，死於床，精血流溢。若木恐尊府督責，因潛埋於牡丹台內，而以慧音逃去掩飾之。自若木亡後，每當冷月凄風之候，常見兩人攜手出遊，遇之者，非病即死，故眾人不敢居此而去，實非謀命也」。

公細驗生身體無傷而面有笑容，陽尚挺直不痿，始知為陰陽俱脫所致，遂釋尼，備棺葬生於故所，並以慧音附其側，殉以玉魚。

生向有一子，已登賢書，其處龍穴砂水皆合法，故公不欲另為覓地也。其子後舉進士，入詞林，蒞歷大位，聲稱滿當世云。

予於乙酉春間客紹興，與沈師禹、何南明同遊漓渚，過朱公別業，以門扃不得入，兩人為予述之。今吳中玉蜻蜓彈詞，移其事於申文定時行之父，其實則本於此。[225]

[225] 《筆記小說大觀》（正編．八）（臺北：新興書局，1973年4月版）頁4789。

基於本文所述，可知朱生與慧音相戀故事，為作者於乾隆乙酉（三十年，1765）年，由友人處得知者；於乾隆五十六年（1791）撰寫此文時，《玉蜻蜓》彈詞已流行於民間；而藝人卻將原故事轉移為宰相申時行之父申貴升與法華庵尼姑智貞之相戀。以致後來，申家後裔不斷向蘇州官府抗議《玉蜻蜓》之演出，而有數度禁唱之事發生。

《玉蜻蜓》故事，來源自〈漓渚朱生〉，但最初的彈唱則來自「寶卷」。「寶卷」本來是佛教中的勸善書，說些因緣果報的故事。是由唐代變文與宋代僧侶說經所演變而來的一種講唱文學，後來竟成為民間說唱彈詞的祖源。佛家宣講寶卷稱為「宣卷」，宣卷發展的結果，成為一種曲藝。

現藏於蘇州市戲曲研究室的《玉蜻蜓》寶卷，有1931年陳栽元與1939年徐夢龍的兩種抄本。故事內容和蘇州彈詞《玉蜻蜓》的框架相同，但較為粗疏。有情節，少人物刻劃；有骨架，無血肉內容。只是勸善懲惡，說明一切皆為命定。

蘇州彈詞《玉蜻蜓》，很明顯的是由寶卷《玉蜻蜓》發展而來的。寶卷中沒有「沈家書」，這一段書是彈詞為了拉長說書篇幅而加入的，〈庵堂認母〉的情節，寶卷中也沒有。寶卷中只簡單敘述了申貴升與尼姑智貞相狎，貴升病死，智貞產子，棄嬰為徐上珍撫養取名徐元宰，長大後又為貴升原配張氏收為寄子，後來元宰考中狀元。寶卷不是娛樂的戲曲，而是勸善的佛書。

二、申時行與《玉蜻蜓》

申時行，生於明世宗嘉靖十四年（1535），歿於明神宗萬曆四十二年（1614）。字汝默，號瑤泉，晚號休休居士，長洲（江蘇蘇州）人，嘉靖四十一年（1562）進士第一（即狀元）。申時行小時曾過繼給舅父，狀元榜上名為徐時行，通籍後才歸宗恢復申姓。狀元及第後授翰林院修撰，歷經左庶子、掌翰林院事等職務，於萬歷五年（1577）由禮部右侍郎改任吏部左侍郎，不久即入內閣為大學士，佐首輔張居正，參與機務。後遷陞禮部尚書，兼文淵閣大學士，張居正死後，申氏與張四維共執國柄，推行寬大政務，一改張氏為相時的嚴苛。申時行自萬曆六年（1578）入閣，至萬曆十九年（1591）九月離任，為相十三年，是明朝宰相在位較長中的一位。申氏在位時，國家安定，朝政平靜，故有「太平宰相」之譽。

申氏五十七歲罷相，返歸故里蘇州，至八十歲過世，共有二十三年時光。錢謙益

《列朝詩集小傳》中記載申氏在蘇州「時時與故人遺老修綠野、香山故事，賦落花及詠物詩，丹鉛筆墨，與少年詞人爭強角勝。每歲除夕、元旦，與王伯穀倡酬賦詩，二十餘年不闕。吳趨委巷、歌樓僧舍，詞翰流傳，互相矜重。[226]」

申氏著述甚多，有《賜閑堂集》、《外集》、《書經講義會編》、《群書纂粹》、《明世宗實錄》、《穆宗實錄》、《召對錄》、《綸扉奏草》、《綸扉笥草》、《綸扉牘草》。逝世後，加少師兼太子太師、中極殿大學士，謚文定。清代，列為歷代名臣之一。

申氏事蹟，《明史》卷一二八有傳。黃仁宇《萬曆十五年》之第二章〈首輔申時行〉中亦有介紹。申時行之墓在蘇州西山石湖邊，吳山東麓的橫塘鄉同家橋村西，墓地廣闊，文革期間雖受破壞，但墓門、神道碑、享堂、照地、墓冢尚在，其神道碑高近五公尺，上書「明太師申文定公神道」，現均列為江蘇省重點保護的文物。[227]

萬曆三十八年（1610）錢謙益中進士一甲第三名（探花），以詞林晚輩身分，拜謁申時行，詢以為官從政之道，申氏告以「禁近之臣，職在密勿論思，委曲調劑，非可以悻悻建白，取高名而已」。後人對申氏的「未壯而仕、未艾而相、未耆而歸，勇退於急流，大隱於闤市」欽佩仰慕不已。[228]這樣的一位委曲調劑、施政寬和的太平宰相，死後卻被附會為彈詞《玉蜻蜓》中的主角徐元宰，也難怪其後人會憤憤不平了。

徐承烈《聽雨軒筆記》引述紹興漓渚隔塵庵女尼慧音與朱綺園戀愛故事後，曾云：「今吳中《玉蜻蜓》彈詞移其事於申文定公時行之父，其實則本於此」。

浙江紹興府朱綺園故事，何以移植為江蘇蘇州府申家之事？傳係萬曆年間申時行與太倉王錫爵兩家結有私怨，王家門客撰《玉蜻蜓》詆毀申家；申家門客作《紅梨記》詆毀王家。雖為門客的行為，主人諒亦知情。申時行與王錫爵二人如何結怨，則無從得悉。

三、《玉蜻蜓》的本事

《玉蜻蜓》的故事假托為明朝中葉嘉靖年間之事，在清初成書。蘇州彈詞《玉蜻蜓》在清初乾隆、嘉慶年間已廣為流行，清初評彈前四家中的陳遇乾、俞秀山都說唱此書。

---

[226] （清）錢謙益：《列朝詩集小傳》丁集（上海：上海古籍出版社，1983年10月）。轉引自李嘉球：《蘇州狀元》（蘇州：蘇州大學出版社，1999年8月）頁158-159。

[227] 擇自李嘉球：《蘇州狀元》（蘇州：蘇州大學出版社，1999年8月）頁228-229。

[228] （清）金植：《不下帶編》卷2，轉引自李嘉球：《蘇州狀元》（蘇州：蘇州大學出版社，1999年8月）頁160。

嘉慶己巳年（1809）《玉蜻蜓》一度被官署禁唱，道光丙申年（1836）重刊時改名《芙蓉洞全傳》，將申貴升改名金貴升，並加入沈君卿遊烏龍山發現芙蓉洞內藏金銀的一段。咸豐二年（1852）《芙蓉洞》再改名《節義錄》重新刊行。

《玉蜻蜓》雖然二易其名，但彈詞藝人說唱時，仍以原名演出，聽眾也知道金貴升即是申貴升，明代大學士申時行之父。所以申氏後人，不斷抗議而投官告訴，《玉蜻蜓》也一再遭到禁唱。

（一）《古本玉蜻蜓傳》

明蘇州南濠街申家四代總管王定，號靜安，第三代主人去世時，遺公子貴升僅三歲，明年夫人亦故，由王定扶養成人。十三歲入學，十四歲應舉，十五歲由胡監生為媒，聘閶門外張吏部女，張女與貴升同年。

王定此時已有三子，長天祿，在閶門外設典當，次天福，在都堂為書吏；三天紀，為府學生員。王定見貴升怠學好游，急為完婚，初夫妻甚恩愛。貴升有結義兄弟沈君欽，自幼與貴升同窗，見其婚後半月未出門，乃約游妓院。張氏勸諫，觸怒貴升，夫妻從此不和。

一日，君欽又邀貴升至山塘看玉錢班演戲。有法華庵尼普傳攜徒四人及志貞，亦在王鄉紳家樓上觀看。貴升見志貞，頗為迷戀。不久即私往庵中，通過普傳，移居志貞處不歸。

張氏候夫不歸，追問書僮文旦。文旦不得已，逃往外地尋主人。君欽為義嫂所逼，出門尋貴升。君欽仲兄夫婦欲害君欽，與以假銀，命經商。君欽舟出長江，為烏龍山盜呂胡所擄。書僮沈方逃歸，以為小主人已遇盜喪命。

時貴升已病死庵中，志貞遺腹生一子，附以貴升所遺玉蜻蜓並血衣、血書，命老佛婆送往申家大門外。小兒中途啼哭，為佛婆棄於豆腐店外，由青州人徐太尊路過拾去。徐太尊以無子，認之為義子，取名元宰，雇朱二姐為乳母。

君欽仲兄夫婦欲吞欽名下家產，謀害弟婦陳氏，誣其與沈方主僕通奸。沈兵科夫人信之，嚴責陳氏與沈方。陳氏為君欽長嫂救至寡婦盧家暫居，產一子。沈方逃出，流落在外，以打更為生。陳氏在法華庵為丈夫超薦。張氏往祭，遇志貞，甚相得，二人結為姊妹。

烏龍山盜首呂胡，與君欽有一飯之德，留之居山。鄉試期屆，君欽赴試，中第三。入京又中六十三名進士。後君欽選赴浙江嚴州府刑廳任，經無錫，遇沈方，與之同歸蘇。知貴升仍未歸，乃以己子過繼張氏，取名上達，延而教讀。

文旦銀盡歸蘇，張氏見其行李中有招尋主人揭帖，恕之，並以貼身婢方蘭相配，命繼王定為總管。

時徐太尊已歸青州，為欽差查出虧欠錢糧，傳至蘇州待訊。乳母朱二姐已失明，學唱彈詞為生，聞徐重來，遂往候。元宰以舊血衣並玉蜻蜓相贈。君欽已升巡按，徐太尊往拜，請君欽許元宰與上達同讀。申家見其貌似貴升，頗以為異。

後張氏生日，命朱二姐唱彈詞，發現扇墜玉蜻蜓，由此查出血衣、血書，乃知元宰實為貴升嫡子，母為志貞。元宰親至法華庵迎母歸府。時元宰已狀元及第，遂復姓歸宗。此時，呂胡亦受招安，封藩禦倭。[229]

此一《古本玉蜻蜓傳》一名《新刻時調玉蜻蜓》，又名《唱口秘本玉蜻蜓》，十集，二十卷。不署撰人。

（二）《玉蜻蜓前後傳》

此書與《古本玉蜻蜓》字句完全不同，事跡亦頗有殊異。其本事如下：

明嘉靖間，有庠生申璉，字貴升，蘇州人。家富，父母早亡，賴老僕王定撫養成人，為娶吏部天官張國勛女雅雲為妻。雅雲性嚴，貴升殊感束縛。時逢春日，貴升與同窗好友沈君卿宿妓，為浮頭敲榨，得呂岡為之解圍。呂岡字鵬飛，人號「金鉤呂鬍」，在烏龍山為王。三人結為兄弟。

貴升見雅雲有玉蜻蜓一對，索其一，懸之於身。雅雲勸之勤讀，言語不合，夫妻爭吵。貴升不歡下樓，又與沈君卿游法華庵，遇尼志貞，兩人一見鍾情。志貞約其晚上來庵，為庵主普禪撞見，因與群尼相狎，志貞勸歸，不從。

雅雲見貴升久不回，派人四出尋訪，從沈君卿處知其曾去法華庵，即托辭燒香，至庵暗搜，為庵尼藏過，失望回家。三月後，貴升得病而死，時志貞已懷孕，貴升臨死以玉蜻蜓與之為記。後志貞生一子，以玉蜻蜓與血書藏兒身上，托佛婆送往申家門口。佛婆半途遇人，棄兒逃走，為蘇州知府徐坤所所得，以為子，取名元宰。

---

229 譚正璧、譚尋：《彈詞敘錄》（上海：上海古籍出版社，1981年7月）頁137-139。

雅雲自丈夫失蹤已四年。一日，往法華庵齋尼，遇志貞，結為姐妹。又遇徐坤夫人攜子至庵還願，見元宰貌似丈夫，愛不忍捨，得徐夫人允，認元宰為繼子。

十年後，元宰中解元。徐坤因虧缺庫銀而下獄，元宰往蘇州繼母處借銀抵償虧缺庫銀，雅雲見其懸玉蜻蜓於衣襟，怪而問之，並勸其去法華庵探問。元宰以游庵為名，闖入志貞雲房，見志貞所描申貴升像，追問原委，母子相認。元宰回家，思親啼哭，雅雲追問，元宰告以認母情況。雅雲大怒，欲毆志貞，並欲毀庵，經元宰求外祖張國勛勸止未行。

沈君卿有兩兄，次兄君助謀奪其產，命君卿往襄陽為商，予以假銀，欲陷之入官。君卿被判死罪，為仙人救至烏龍山呂鵬飛處。時君卿妻陳彩雲有孕，因不堪嫂虐待，逃亡在外，生一兒，名上達。十五年後，上達上京應考，旅途遇君卿，父子相認，遂同赴京。元宰亦來京應試。結果元宰中狀元，上達探花，君卿傳臚。君卿得封文淵閣大學士。上達被招為南陽公主駙馬。元宰先官翰林侍講，後遷左都御史，並復原姓。

不久，吐蕃國進犯潼關，總兵求救。沈君卿荐舉呂鵬飛掛帥出征，君卿為參謀。呂出戰，被番將法術所擒，君卿告急。京中出榜招將，呂鵬飛妻陳賽花比武得勝，封掃寇大元帥，破番將法術。呂鵬飛伺機夾攻，大敗番兵。蕃國降，陳賽花等班師回京。論功行賞，呂封天下都元帥，賽花一品夫人。沈君卿加封軍機大臣。

申元宰回鄉，得徐夫人相勸，雅雲允接志貞來家。元宰亦與舅女張瑞珠成婚，一家團聚。[230]

（三）《芙蓉洞》

明姑蘇南濠有秀才金連，字貴升，幼喪父母，賴老僕王定撫養成人。貴升家富有而好游，與表叔沈兵科之三子君卿友好。十五歲，娶張吏部女秀英為妻。秀英勸其勤讀，貴升不從，夫婦常反目。

某日，貴升出遊半塘，遇法華庵主普燃尼。明日，獨往探庵，為普燃尼所留，不返。書童文宣尋主不見，因不堪主母責打，得王定資助逃往外鄉。

張吏部聞女婿失蹤，接歸秀英，百端勸慰。及晚，秀英酒醉辭歸，路經北濠沈

[230] 譚正壁、譚尋：《彈詞敘錄》（上海：上海古籍出版社，1981年7月）頁140-141。

兵科府前巷門，時巷門已閉，看巷人不放通行，且出言不遜。秀英怒，命人打開巷門，大鬧沈府。沈兵科請張吏部前來解圍，其事始寢。

普燃尼第三徒志貞，俗姓王，自幼因喪父母而出家，對貴升初拒後從，因而懷孕。貴升淫欲無度，患病不起。臨終，囑志貞生子後，以妻製汗衫並祖傳玉蜻蜓為信，送往自己家中。

沈君卿奉父命理家，其兄君賢、君德妒之，騙其往襄陽尋貴升，以灌鉛銀托買珠寶，欲陷之於罪。君卿船經二龍山，遇大王呂東湖。東湖號「金鉤呂鬍」，昔年曾得君卿助，因留君卿在山，結為第兄。呂妻慕君卿少年英俊，乘呂外出；欲與通，君卿拒之。一日，君卿獨游後山，發現芙蓉洞藏銀，有財童看守，蓋天帝因君卿見色不亂，有以賜之。君卿乃以其妻所贈金鳳釵與財童，囑代運藏銀至已家後園，置釵於旁為記。

君卿書童沈芳在後園拾得財童攜來之金鳳釵，為君德妻蔣氏所見，向公婆誣告君卿妻羅氏與沈芳私通，欲處死二人，幸秀英曾與羅氏結義，因從婢芳蘭計，接羅氏母子至家。沈芳得君賢妻陳氏放逃，流落常州為更夫。後君卿中試，為浙江巡按，道經常州，遇沈芳，乃攜之回家，並自後園掘出藏銀，接回妻兒，並辨明妻冤。

志貞在庵生一子，托老佛婆乘夜送往金家。老佛婆途中遇行人，棄兒而逃。兒為賣豆腐之朱小溪拾去為子。後小溪遭火成瘋。此子為其妻賣與知府徐上珍。上珍名景，夫婦年老無子女，即以為子，取名元宰。及任滿，即攜元宰歸山東登州家鄉。

文宣流落至京，得兵部王尚書收留，習武立功，授金山衛參將，得假來見舊主。芳蘭本與有婚約，王定受主母命，使二人成婚。

徐上珍再任蘇州府，因開倉救荒，虧空庫銀，向金家借貸。秀英見元宰貌似丈夫，認為義子。君卿子上達，亦為秀英螟蛉。後元宰與上達同往南京赴考，元宰中解元，上達經魁。

先是秀英曾在法華庵借設道場，得與志貞相識，兩人結為姐妹。後秀英於端午觀龍舟，見朱小溪妹所攜扇墜為玉蜻蜓，問明來歷，又得血詩汗衫，乃俟元宰至，命詳參衫上血詩。

元宰細詳血詩，知與已出生有關，獨往法華庵查訪。適志貞在雲房對貴升像悲嘆，為元宰撞見，問出來歷，母子相認。秀英因元宰苦求，允接志貞回家同住。

徐上珍夫婦聞元宰歸宗，大慟。後元宰娶君卿女為室，生子分繼金、張、徐三姓之後。元宰後來官至三公，二母均受封贈。[231]

（四）現行彈詞本《玉蜻蜓》與《金釵記》

現今蘇州彈詞藝人說唱《玉蜻蜓》，係以《芙蓉洞》故事為藍本。《芙蓉洞》的故事，實為兩個部分，以金貴升、金張氏、徐之宰為主角的部分，稱「金家書」；以沈君卿、沈方、沈妻羅氏為主角的部分，稱「沈家書」。「金家書」為整個故事的主線，「沈家書」為整個故事的支線，但主線與支線是交織而成的，所以說唱《玉蜻蜓》，多係「金家書」與「沈家書」合說，但刪去沈君卿於二龍山芙蓉洞得寶，命財童攝去蘇州北濠自家庭院中的一段，以其事涉神怪迷信，不適合於現代聽眾。

近幾十年中，說唱的傳統書普遍縮短，「金家書」說的多，「沈家書」說的少。但有人專說「沈家書」部分，改名《金釵記》。彈詞藝人楊乃珍（1937-）師從俞筱雲、俞筱霞學《玉蜻蜓》，並與師合為三人檔演出。於1996年整理出《玉蜻蜓・沈家書》的演出本，名《金釵記》，由江蘇文藝出版社出版。全書十二回，前八回全為沈方拾獲金釵，為沈家二房窺見，誣沈方與沈君卿妻有姦。沈老太太相信，沈方逃亡，沈妻羅氏被冤尋死，為金張氏救走的情節。直到第九回沈君卿方才出現，原來長江遇盜未死，反而在山寨苦讀半年，下山至順天府應試科舉中試後，再於次年三月到北京殿試，得中一甲第二名（榜眼）。由皇帝欽命代天巡按，並給假一月，返鄉省親。其後的三回，則是敘述沈君卿返鄉，為其妻羅氏平反冤情的經過。在《金釵記》裡，對金貴升與徐元宰隻字不提，只有金張氏出現。[232]

四、《玉蜻蜓》的禁演經過

（一）清嘉慶十四年（1809），蘇州大地主申啟以《玉蜻蜓》誹謗申家先祖申文定公時行為名，訴官要求禁演，蘇州府於是出示告眾：

為崇敬先賢，禁止彈唱《玉蜻蜓》事，……郡屬先賢申文定公，身掇巍科，望

---

[231] 譚正璧、譚尋：《彈詞敘錄》（上海：上海古籍出版社，1981年7月）頁192-194。

[232] 楊乃珍：《金釵記》演出本（南京：江蘇文藝出版社，1996年4月）。

隆鼎鉉，文章相業，一代名臣。崇祀名宦，府志昭然，敬埣恭桑，即在屬細民所當凜。外間向有《玉蜻蜓》小說流傳，毋論「法華」穢跡，誣蔑清名，即彈詞淫句，亦關風化。現據申啟等呈稱，街坊近有彈唱人等，殊屬不敬。本府嚴行查逐外，合併通曉各書鋪，務銷毀舊版，彈唱家亦不許更唱《玉蜻蜓》故事。如有違抗，一經查察，一併重處不貸！[233]

禁令一下，《玉蜻蜓》的彈唱即告中止，延至二十三年之後，才在道光十六年（1836），重新刊行《芙蓉洞全傳》。咸豐二年（1852）又刊行《節義緣》，內容與《芙蓉洞》相同。藝人演唱時，仍用《玉蜻蜓》原名。

（二）同治七年（1868）年，江蘇巡撫丁日昌兩度下令禁止演唱淫詞小說，《玉蜻蜓》亦在禁唱之列，惟馬如飛之《珍珠塔》不禁。

（三）民國九年（1920），蘇州富紳申振綱再度藉口《玉蜻蜓》侮辱祖先、侮辱名賢，告官禁唱。官府因此行文公告，蘇州城內禁唱《玉蜻蜓》，離城十里，更姓彈唱。因此，申貴升不再出現，金貴升仍可在蘇州城十里（五公里）以外的鄉鎮，被藝人演唱。

（四）民國十七年（1928）彈詞藝人吳陞泉（1873-1929）在蘇州彈唱《玉蜻蜓》，受申姓後裔指控，被羈押數日，獲釋後不久，鬱抑而亡，得年五十七歲，此為彈唱《玉蜻蜓》之直接受害者，亦屬奇聞。

（五）民國二十年（1931）吳縣警察局布告不准說唱《玉蜻蜓》，原因不詳。

（六）1949年中共國建，翌年評彈藝人為迎接社會主義新時代，進行「斬尾巴」運動，停說一切傳統書目，《玉蜻蜓》與其他長篇彈詞一併打入冷宮。一部曲藝中的說唱書目竟然遭遇如此挫折，也真可謂是十分罕見了。

五、《玉蜻蜓》的書藝傳承

蘇州彈詞《玉蜻蜓》，在清初乾隆年間已經流行於民間，觀徐承烈《德雨軒筆記》卷四〈漓渚朱生〉故事可知。

現在所知最早演唱彈詞《玉蜻蜓》者，為陳遇乾與俞秀山。陳、俞二人係嘉慶、道

[233] 路工：〈彈詞言情的代表作——《玉蜻蜓》〉，載《評彈藝術》第十集（北京：中國曲藝出社，1989年5月）頁5。

光時期藝人，二人亦同說《白蛇傳》。但其後的書藝傳承，皆以俞秀山一派為主，枝葉繁茂，陳遇乾的書藝，不久即告斷絕。

俞秀山《玉蜻蜓》第一代傳人為錢耀山，錢耀山傳王秋泉，王於同治十年（1871）光裕公所出道，為當代響檔。王之傳人甚多，有子王子和、張雲亭（原名王子哇，過繼於人）、徒吳西庚、吳陞泉，皆為俞秀山之第三代傳人。其第四代傳人中以張雲亭之徒蔣月泉、鍾月樵，王子和之徒周玉泉、俞筱雲、曹嘯英及吳西庚之子吳小松、吳小石等人享譽書壇。今將其中之為響檔或名家者，簡列為表，以見其概。

（見，附表2：《玉蜻蜓》書藝傳承表）

六、《玉蜻蜓》的刊本

（一）《古本玉蜻蜓傳》，一名《新刻時調玉蜻蜓》，又名《唱口秘本玉蜻蜓》，十集二十卷。不署撰人，琴天閣梓行（四本），無刊印年代。

（二）《新刻玉蜻蜓全本》八卷三十四目，無回次，不署撰人。鄧氏開益堂刊本，扉頁題姑蘇原本（八本）。無刊印年代。

以上兩書，內容完全相同。譚正璧、譚尋編輯的《彈詞敘錄》中有介紹。

（三）《繡像芙蓉洞全傳》，十卷四十回，二言目。扉頁題陳遇乾原稿，陳士奇評論，俞秀山校閱。有惜陰居士序，道光十六年（丙申1836）重刊本（十本）。此書故事與現今說唱本大同小異，申貴升已改為金貴升。內容分「金家書」與「沈家書」兩部分。

（四）《繡像節義緣全傳》，前卷二十八回，後傳三十二回，不署撰人。咸豐二年（1852）雙桂主人序，舊抄本（十二本）。《節義緣》為《玉蜻蜓》之改名，但字句不同，事跡有殊異。

（五）《玉蜻蜓》，八卷三十回，同治十二年（癸酉，1873）刻本。有白、有唱，有蘇州話，蘇州市圖書館藏。

（六）《新增全圖蜻蜓奇緣》十卷四十回，陳遇乾原稿，指迷道人序（與惜陰居士序字句相同）。光緒二十五年（己亥1899）上海書局石印（四本）。又有六卷四十回本，光緒三十一年（乙巳1905）上海紫來閣節記書莊石印（四本）。兩者完全相同。

（七）《玉蜻蜓前後傳》，前傳六卷二十八回，後傳六卷三十二回，不署撰人。清宣統二年（1910）古鹽補留生題序，同年上海書局石印（六本）。

（八）《繡像前後玉蜻蜓》，前卷六卷二十八回，後傳六卷三十二回，無序、無出版年月，天成書局印行。為早期的唱本，申貴升妻名張雅雲，與《玉蜻前後傳》相同。內容有蘇州話，唱詞為七字句，採用不少民歌、曲牌，如【揚州寄生草】、【滿江紅】、【西江月】、【油葫蘆】、【滾江龍】、【梆子腔】、【黃鶯兒】、【十字令】、【耍孩兒】、【寄生草】等等。

（九）清華廣生編俗曲總集《白雪遺音》卷四中有南詞《玉蜻蜓》九首。故事內容和後來的彈詞大體相同。《白雪遺音》刊於道光八年（戊子1828），較現有之《芙蓉洞》、《節義緣》均早。文體為散韻結合，韻文為七言句，有襯字，標有曲牌名；散文為白話，用蘇白，表甚少。其回目有〈戲芳〉、〈遊廣〉、〈顯魂〉、〈問卜〉、〈追訴〉、〈訪探〉、〈露像〉、〈詰真〉、〈認母〉，全屬「金家書」，書中主角為申貴生。《白雪遺音》前有嘉慶四年（1799）高文德、常琴泉、陳燕等人序，又有嘉慶九年（1704）華廣生序，其成書當在嘉慶十四年（1809）蘇州府查禁《玉蜻蜓》之前，且蘇州府之查禁令亦不能延伸於蘇州府轄地區以外。

（十）《玉蜻蜓》周玉泉口述本，1985年，江蘇文藝出版社出版。書以小說手法敘述故事，沒有周玉泉雋永的語言，看不到周玉泉說表風趣，刪掉很多不該刪的唱詞，撤掉「沈家書」的情節，不見傳統書中蘇州地區舊時代的許多風土人情和民俗習慣。[234]

七、《玉蜻蜓》的評析

（一）《玉蜻蜓》的風格

彈詞藝人蔣月泉，先師從鍾笑儂學《珍珠塔》，後再向張雲亭、周玉泉學《玉蜻蜓》，他認為：

> 《玉蜻蜓》創造了許多栩栩如生的人物，創造了許許多多發噱的情節、細節和

[234] 思緘（本名楊作銘）：〈評江蘇版本《玉蜻蜓》〉，載《評彈藝術》第十集（北京：中國曲藝出版社，1989年5月）頁81-88。

插曲、許多有趣的語言，充分利用「六白」的功能，發揮評彈的長處，吸收住眾多的聽眾。……

張雲亭和周玉泉兩位先生的說書風格，形成一種說《玉蜻蜓》的藝人所獨有的細膩、幽默、含蓄、講究語言藝術的書風。我不學《珍珠塔》而改學《玉蜻蜓》，就是因為喜歡這種書風。[235]

（二）語言上的趣味

趙景深說：「《玉蜻蜓》在說唱「小書」中，是比較別開生面的。……此書的結構和技巧，當在《雙珠鳳》之上，《描金鳳》望塵莫及，更不用說是《文武香球》了。此書優點在於對話，針峰相對，雙關成趣。」[236]趙氏指出，此一故事的情節很是簡單，只是申貴生在尼庵中與智貞暱，以怯症死，生下兒子元宰，為徐姓拾去，後來中了狀元。維繫讀者與味線的，是前卷中的〈遊庵〉和後傳中的〈認母〉。

《玉蜻蜓》〈遊庵〉中，有一段金貴升與法華庵主持普禪的對話，趙氏認為針峰相對，雙關成趣，實則語近輕佻，必為佛界人士不取。

貴升：普傳莫非就是普濟之普，傳乃傳宗接代之傳？

普禪：非也，普乃普賢之普，禪乃禪機之禪。

貴升：呀！三師太，為何叫做便術？

三太：我們出家人，以方便為本，故而便字打頭。

貴升：呀！呀！呀！若能三太行方便，小生就死也甘心。

　　　三太，這一尊是甚麼菩薩？

三太：大爺，這是彌勒佛呀！

貴升：三太，這是迷人之迷，還是迷戀之迷，還是三太之迷？[237]

（三）情節中的趣味

在故事的情節中，金張氏始終懷疑丈夫躲在法華庵內，而有三次〈搜庵〉的舉動，

---

[235] 蔣月泉：〈《玉蜻蜓》與我〉，載《評彈藝術》第十集（北京：中國曲藝出版社，1989年5月）頁95。

[236] 趙景深：《彈詞考證》（臺北：臺灣商務印書館，1971年9月）頁88。

[237] 趙景深：《彈詞考證》（臺北：臺灣商務印書館，1971年9月）頁88-89。

第一次貴升裝作泥菩薩未被認出，第二次藏在鼓裡，第三次藏在層樑上，都未被發現。尤其第三次在樑上聽見妻子張氏哭泣，不禁也落下淚來，滴在丫頭手掌上，尼姑詭說是鼠尿，貴升之妻便命從人把天花板拆下，說到此處，聽眾想貴升一定要被搜出了，不料果然聽到鼠鬧聲，天花板便不拆了，這也是趣味的所在。

（四）盆景書與接榫書

《玉蜻蜓》的故事有兩條書線，一個是專說金貴升、徐元宰故事的「金家書」，一個是專說沈君卿故事的「沈家書」，有的藝人把「沈家書」撤掉，專說「金家書」，使故事的脈絡更為明晰，但書情卻變得貧乏了。

在「金家書」中，故事又分前後二段，前段說金貴升遊法華庵與尼姑智貞相戀，智貞懷孕，貴升病死，遺腹子為徐知府收養；後段說元宰憑身上所掛玉蜻蜓去庵堂認母，返家後被陳氏發現實情，經其父勸說，使元宰認祖歸宗，後元宰考中狀元，接親生母智貞四金家相聚。這樣的情節安排稍嫌單薄，而且首尾相隔十六年，書情連接不易。

擅說《玉蜻蜓》的一代彈詞名家蔣月泉說：「《玉蜻蜓》的書中主人翁（即金貴升）開書不久便病死庵堂，真正上路、上關子的書，就是內外行所稱的後《玉蜻蜓》。」彈詞界流行一句「蜻蜓尾巴，白蛇頭」的話，就是說《玉蜻蜓》的後段書較前段書好聽；《白蛇傳》的前段書較後段書好聽。所以在說前段《玉蜻蜓》時，如何來抓主聽眾，不致「漂檔」（提前結束說書），就是一件重要的事了。蔣月泉說：

> 藝人在前《玉蜻蜓》書上花很大的工夫，使每一個回目都成為獨立的書目。如〈問卜〉塑造了一個何瞎子。再如周青、周陸氏、看巷門馮德、歸亡婆、蘇老太、老佛婆、朱小溪、朱妻、朱三姐、文宣、沈方、陸洪奇、馬公、碧桃，「破夜壺」、紅雲等等人物，這些人物俱非書中主角，但因為書須延到十六年，所以藝人在這些人物塑造上花了極大的工夫。在那些東跳西跳，忽而金家，忽而沈家，忽而庵堂的書，都加工成為可以獨立欣賞，不靠關子，不靠連續的關係，能吸引聽客、漸漸地加工成短小精悍，風格特強的「盆景書」，它的人物特別生動，情節、細節吸引人，語言幽默、生活氣息濃。[238]

---

[238] 〈蔣月泉1988年8月1日給吳宗錫的信〉，載《評彈藝術》第十七集（南京：江蘇文藝出版社，1995年3月）頁43-60。

《玉蜻蜓》前傳中的「盆景書」有〈問卜〉、〈歸亡〉、〈文宣榮歸〉、〈打巷門〉、〈搶三娘〉、〈打紅雲〉、〈恩結父子〉、〈沈方哭更〉、〈父女相爭〉、〈騙上轅門〉等回目。「盆景書」，是長篇彈詞的一種結構風格，由許多自成段落，細膩生動的小關目，堆砌而成的。

《玉蜻蜓》後傳中徐元宰已經長大，既以徐上珍為養父，又認金張氏為義母，自從出生就離開了的生母，又如何與之相認，將《玉蜻蜓》的前傳與後傳相連接？於是有〈看龍船〉這一回的「接榫書」。「接榫書」，是彈詞書目中，使上下段故事情節得以銜接、過渡的書回。

在〈看龍船〉這一回書裡，上距〈貴升臨終〉已經十六年。書中久未提到的「玉蜻蜓」現在又告出現，如果用刑案的術語來說，「玉蜻蜓」正是破案的關鍵。在茫茫人海中，小小的一件玉飾如何自然的顯現出來，說書人在這一回書中，有極妙巧的安排。這回書中，沒有太大的戲劇性矛盾衝突，故事情節也不見過分曲折離奇，有的只是一分偶然，和刻劃了一個憨態可掬的小人物朱三姐。由於對人物刻劃的生動，細節又描寫的很細膩，使全書故事由這個轉折點而展開後面〈庵堂認母〉、〈廳堂奪升〉等大關子。

由於一部長篇彈詞，說書人每日說一個小時，要說四、五個月，全書可達數十萬字，引用原文詞句，所占篇幅過長，非一篇論文所能容納。只有摘句跳接，以窺其概要。

《玉蜻蜓》選回〈看龍船〉

（表）今天是端陽節，要賽龍船。蘇州的賽龍船是非常好看的，尤其在山塘一帶，更為熱鬧。王定請娘娘看龍船。金張氏想，丈夫金貴升已出去了十六年，還有什麼興致看龍船！所以回說不要看。旁邊文夫人芳蘭勸娘娘說，譬如去散散心，況且你看龍船不需要走動，只要把水墻門樓打掃清爽，你在水墻門樓上看，龍船會送到你面前來的。金張氏想，的確，常在家裡是悶極了。就對王定說，好吧，你就命人去打掃吧。

這座水墻門並不太高，一面沿河，一面就是南濠街上。娘娘聽聽街上聲音也很嘈雜，走過來對下面一望，唷，只見人山人海，擁擠非凡，真所謂推背而行。

其中有一個人也在裡頭看。啥人？就是桐橋堍豆腐店老板朱小溪的妹子朱三姐。她身上換了一套新的青布短衫褲，腳上著一雙新的布鞋子，頭梳得煞光，還插了一朵石榴花；在桐橋堍，花十三個銅鈿買了一把折扇，手巾包裡再放了廿幾個銅鈿。她見別人的扇子上都有只扇墜，就想起自己竹箱裡面也有一只，已經藏了十多年了，今朝存心出風頭（鋒頭），也拿來結在扇子上。這扇墜就是金家祖傳之寶玉蜻蜓。

龍船都往胥江渡口去，閒船也跟著都去了。金張氏要下樓歸家，她走到窗口，對下面一看，看到朱三姐。眼睛獨對河裡在望，看是否有便船。太陽很旺，就把扇子拿來遮遮；天實在熱，就用扇子扇扇。這一扇，扇墜玉蜻蜓便在揮了。太陽光照到扇墜上，有閃閃回光——咄！扇扇停停，停停扇扇。金張氏再看到她的扇墜，光頭這樣好，不用說，一定是很值錢的。金張氏打足精神一看，啊！這是玉蜻蜓！想玉蜻蜓是在十六年前丈夫金貴升出門時帶出的。這樣，來叫芳蘭看看清楚。

金張氏：（白）芳蘭。

芳　蘭：主母。

金張氏：你看這婦人的扇墜是什麼呀？

芳　蘭：待我看來。

（表）芳蘭的眼睛多尖！對扇墜一看，啊呀！是玉蜻蜓！那看來大爺已經死了——芳蘭厲害，看見玉蜻蜓在這婦人扇子上，就知道大爺死了。因為她知道玉蜻蜓是金家祖傳之寶，大爺時常帶在身旁，真叫人不離扇，扇不離人。大爺人在哪裡，玉蜻蜓一定在哪裡。玉蜻蜓在哪裡，大爺一定也在哪裡。現在玉蜻蜓在這婦人的扇子上，那大爺定是不測的了。

（白）主母，想這扇墜，乃是玉蜻蜓呀！

金張氏：（表）金張氏聽見確是玉蜻蜓，想，完了，看來我官人靠不住了。她想起貴升，眼淚怎留得住呢！腳在樓板上「跳跳」。

（白）啊呀，官人呀！

（唱）一見蜻蜓雙足跳，憶夫君血淚湧如潮。

蜻蜓啊，跟隨夫君何方去，緣何今朝獨自轉南濠。

蜻蜓今在婦人手……

芳　蘭：（咕白）勸娘娘不要哭，哭有什麼用呢？好比十六年放鷂子，忽然斷線，這只鷂子不知去向。想不到今朝看龍船，無意中發現玉蜻蜓，宛似找到了鷂子的線頭，那只要把線收轉，這鷂子定有著落的。現在只要問這女人，你這玉蜻蜓哪裡來的，盤問到最後，大爺定有消息的。

（白）主母，你道可是麼？

金張氏：（表）金張氏想，對。到是現在我心中亂了。

（白）芳蘭，由你作主便了。

芳　蘭：（表）芳蘭就命丫頭把周陸氏喊上樓來，並指給她看，說，娘娘要派這個婦人用場，你把她騙到裡邊，當心！莫被她走掉，而且身上不能少掉一樣東西，可能金家的一家人家全在她身上。

（白）事成之後，重重有賞。

（周陸氏帶朱三姐到金張氏府中）

金張氏：大娘，你這扇墜哪裡來的？

朱三姐：（表）朱三姐想，這有什麼多講的，讓我推說一聲，早些回家燒飯去吧。

（白）可是這扇墜啊？

金張氏：是啊！

朱三姐：是在舊貨攤上掏得來的。

金張氏：（表）什麼？這樣的寶貝，舊貨攤上掏得著的麼？你倒再去掏一隻看！看來不給她吃些嚇頭，她是不肯老實講的。所以頓時面孔一板。金張氏是枇杷葉面孔，一面光，一面毛的。眉毛豎，眼睛彈。

（白）大娘，想這扇墜，乃是我們金家的祖傳之寶，漢玉蜻蜓，已經不見一十六年了，如今怎說在你那理？你與我快講，如若不然，定將你送官究辦！

朱三姐：我就老實講。這只扇墜玉……叫玉什麼呀？

丫　頭：玉蜻蜓。

朱三姐：喔！叫玉蜻蜓！劃一，這只玉蜻蜓到我手中已經要……十幾年了。

金張氏：（表）金張氏想，她老實話來了。因為貴升將玉蜻蜓帶出去是有十幾年了。

（白）大娘，你快講呀！

朱三姐：那你們都聽好吧！

（白）我的哥哥叫朱小溪，在桐橋頭開豆腐站的。我的嫂嫂自進門之後，從沒有養過孩子，我哥哥年齡大了，想小輩。開頭與嫂嫂商量，預備到育嬰堂去抱一個男孩子回來，那一天巧了，我哥哥到會館裡去看夜戲，回家時走到桐橋塊看見一個小孩在哭，我哥哥想，這孩子一定是別人家養的私囡（私生子），仔細一摸，倒是一個男寶寶。這只玉蜻蜓就結在小孩的身上，而且小孩身上還包著一件大人的衣裳，衣裳上「十畫抹塌」（亂七八糟）寫著很多字，外加還有血呢！

金張氏：喔！

朱三姐：我哥哥是不識字的。把小孩抱回家來，嫂嫂很快活。哪知小孩要吃奶了，我嫂嫂沒有養，哪來奶水？我哥哥就想著我了。因為我前三四天死掉一個黃毛丫頭，哥哥來叫我去餵奶了。那我去開奶和餵奶了。蘇州人有規距，開奶要有開奶錢的。我哥哥是省吃儉用的人，他說，妹子啊！開奶錢自己人不客氣了，伙倉不要開，就一起吃了吧！想幫店裡做些零活，一只玉蜻蜓，還有一件大人的短衫送給你就算作開奶錢吧！我又不偷又不搶，是哥哥給我的開奶錢呀！

金張氏：喔！

朱三姐：既然你們說這玉蜻蜓是你家的東西，那就還了你們；我剛才打碎一只茶杯，我也不賠了，大家兩勿來去。

金張氏：（表）金張氏一聽，原來玉蜻蜓結在小孩的身上，那不用說，這小孩定是我丈夫在外與別的女人養的！那怎麼會拋在桐橋堍的呢？看來貴升是不測的了。不過再一想還好，這小孩在豆腐店中；我丈夫沒有希望，那只有巴望那孩子了，到底是我丈夫的親骨血。好在我家財大，哪怕與她哥哥各一半，我也要把這孩子領回家來，將來就好接續金門香煙。

（白）大娘，這小孩童現在哪裡？

朱三姐：（白）我兄嫂太喜歡孩子了，連做生意全不在心上。有一天，嫂嫂燒飯，一個不小心，豆腐店燒光，哥哥又發了痴，日子實在過不去，門前來了個蠶綢客，一百五十兩銀子，小孩被我們賣掉的了。

（金張氏大哭，走進裡邊去了）

丫　頭：我家娘娘聽你說，在小孩身上還包有一件大人的衣裳，還有許多字跡，現在想拿來看看。

朱三姐：我拿給你們就是了。在我的竹箱底裡。

丫　頭：我們不要白拿別人東西。這件衣裳和你換一件，拿去吧！

（表）朱三姐回家，將一件金貴生的衣裳交給了她們。金張氏就叫徐元宰來詳詩。待等詳明詩句，要庵堂認母。[239]

---

[239] 擇自《看龍船》上海評彈團演出本，載《評彈藝術》第六集（北京：中國曲藝出版社，1986年6月）頁120-149。

（五）在悲情中放噱

蘇州彈詞《玉蜻蜓》是一齣悲劇，但一部長篇書，連日逐說，長達數月。若悲情充溢，聽眾日日沉鬱，恐怕維持不久。所以蘇州彈詞就發揮其特色，在悲情中穿插了喜鬧的噱頭。像〈問卜〉與〈騙上轅門〉就是很好的兩篇「噱書」。蔣月泉說〈問卜〉是回極好的噱書，〈恩結父子〉、〈沈方哭更〉、〈騙上轅門〉、〈文宣榮歸〉等也屬於「噱書」之列。

〈問卜〉又名〈何瞎子算命〉，寫金貴升久出不歸，其妻張氏在家思念夫君作一惡夢，請何瞎子來家評夢的經過。其中起何瞎子腳色，為名家王子和、周玉泉師徒的拿手絕活。

今依俞筱霞、俞筱雲的演出本，選出何瞎子吃肉圓的一段書，來看看書中放的噱頭：

荷花把茶盆收掉送到裡邊，拿一雙筷子，一只盆子裡放著四只肉團子端了出來。金家是大戶人家，怎麼會只吃剩四只團子？其實這肉團子是幾個丫頭為了換換口味，自己掏錢買肉做的，剩下四只，大家吃不下，放在飯鍋蒸籠上，荷花拿了出來做做現成人情。「何先生用吧！」

「你真的拿了出來？倒不好意思。其實，我也吃不下多少，不過，總要領領情，不然你要不快活的。」

「吃不下就不要吃，不要吃壞了怪三怪四，還是拿進去吧！」

「吃得下，吃得下，不要拿進去。」何瞎子想，好容易拿出來，再拿進去，我肚皮不合算。他伸手摸到盆子裡，一摸團子還是熱的。「冷的我不吃，熱的一定要嘗嘗。」

「何先生快吃吧！」

瞎先生拿起竹筷夾了一只團子……

這辰光荷花突然開口了：「何先生，你住在啥地方？」

何瞎子要回話，倒不好把團子放到嘴裡。「離南濠金府上不遠。」

「哦，還算遠鄉鄰呢！」

何瞎子把團子送到嘴邊，荷花又開口了：「你可碰到過我爺？」

瞎子想，認也不認識，怎麼碰得著。「沒碰到過。」

「唉，跟他好久沒見面了。」

何瞎子搖搖頭，要緊吃團子，剛剛碰到嘴唇，荷花又開口了：「倘然碰到了，請你問一聲，我阿哥在啥地方做生意，告訴爺，我的日腳過得蠻舒服。」

瞎子想，你舒服，我夾起的團子不能吃，不舒服哉。不知丫頭還要問什麼，團子倒不敢往嘴裡送了。

「何先生你吃呀！」

「不要吃哉。」

「我一本正經拿出來，你作啥不要吃？」

「我吃是要吃的，等妳把話問完再吃。」

「我沒啥問哉，你吃吧！」

瞎子先生聽丫頭說沒啥問了，想趕快吃吧。忙對團子咬一口，團子咬破了，裡面的肉湯流了出來，滴到臂膀上，瞎子不捨得，頭低了下去舔臂膀上的肉湯。不曉得團子裡的肉心掉了出來，落到頭頸裡。他急忙把左手伸過去，到頭頸裡搶這只肉圓子。

荷花看瞎先生這副腔調，好像在擺槍使棒，笑得彎了下去。

瞎子先生心裡氣啊，想我人窮了點，你肉團子都要欺侮我。第一只肉團子好不容易吃了下去。他想對第二只團子要改變方針。好在團子不大，囫圇一只送到嘴裡，倘然咬下去肉湯往外面滮，用嘴唇吻吻；倘若往橫裡去，仍在嘴裡；如果往喉嚨裡去，更是來得正好。瞎子對一只團子可以說做到精打細算，面面俱到。他沒有想到這團子手摸摸好像不大，送到嘴裡可不小，所以，到了嘴裡不能用牙齒咬，只能用上下顎來壓。團子的皮子有厚有薄，被你用顎一壓，薄的地方先破掉，裡面的肉湯不是向外面，也不是向橫裡，恰巧對準喉嚨，團子是放在鍋子蒸籠上保溫的，外面皮子溫炯炯，裡面這包肉湯卻沸沸燙。這包湯對準喉嚨頭滮了進去。瞎先生「阿一哇」都喊不出來，只是用手不斷拍胸膊，好容易硬把這只團子咽下去。「喔唷！荷花，不是我吃團子，倒是團子吃我哉！」[240]

（六）相處以情、相待以誠

在明代的說部中，頗多少男與尼姑相戀的故事。不僅是清代徐承烈《聽雨軒筆記》

---

[240] 周良主編：《蘇州評彈書目選》第一集（中）（南京：江蘇文藝出版社，1997年7月）頁215-216。

中的朱綺園與慧音，明代馮夢龍《醒世恆言》第十五卷〈赫大卿遺恨鴛鴦〉中也有赫大卿與非空庵尼姑空照的故事。不過朱生與慧音是兩情相悅，生死相偕。赫大卿在非空庵卻與女尼非空、靜真及另外兩個女童，共同行歡取樂，結果病死庵內，埋在後園，引出一樁刑案。[241]這是縱欲淫亂的後果，與情愛無涉。《玉蜻蜓》中貴升與智貞，倒是以情相待，以誠相愛，頗可感人的。在〈貴升臨終〉這一回書中，貴升與智貞對唱的唱詞裡，可以看到兩人的深情濃愛與相互關懷。

《玉蜻蜓》選回〈貴升臨終〉

金貴升：（唱）我是三月春風到法華，有緣相見你女嬌娃。多蒙三太垂青眼，我們一見傾心開了並蒂花。實指望你蓄養青絲髮，脫去舊袈裟，我與你雙雙轉回家。哪知我一病染身終難望好，到如今好比油已盡，日已斜，諒來我命要赴黃沙，故而我再三思量要離法華。或者是末轎兒抬，或者是末船兒划，我歸心似箭又如麻，還望貞姑你依了咱。我要扶著青竹竿兒走，不管它，搖搖晃晃步兒歪，不管那，跌跌撞撞身兒斜，我停一停來爬一爬，我停停爬爬，爬到南濠我也要爬回家。小生為了貞姑你，故而把主見拿，我斬釘截鐵要轉回家。我要拚將一口氣，去見這「母夜叉」，哪怕請求公斷到官衙。把你貞姑諸事安排畢，我迎接貞姑轉回家。否則是，綿綿長恨難瞑目，我縱死黃泉也要淚如麻。……我是病入膏肓藥石已無靈，眼見得旦夕之間要一命傾。縱死黃泉難瞑目，只為撇不下你孤苦伶仃一智貞。我是早知今日難如願，我不該把你出家人當作有情人，害得你亂了禪心動凡心。到如今說你出家人，你已身有孕；當你金家人，你還在庵門；俗不俗來僧不僧，害得你誤了終身難做人。我只有把你貞姑托付老王定，他是金家三代的老家人，古道熱腸更忠心。

智　貞：（唱）見他「金璉絕筆」幾個字，筆筆如同刀刺心。你為我耽擱雲房拋家室，你為我招來氣惱病染身。我心緒亂，罪孽深，薄命人何以對郎君，休要為了貧尼再操心。但願君家多保重，吉人天相早康寧。倘然不測君先死，貧尼是決不偷生再戀紅塵。

[241] 故事見（明）馮夢龍：《醒世恆言》（上）（臺北：里仁書局，1991年5月）頁278-305。

金貴升：（唱）他是強開口，喚智貞，三太啊，你千千萬萬莫輕生。想你腹內嬰兒是我親骨肉，你未保重身體要當心。到那來年生下男或女，要你送往南濠金氏門。三太啊！你為金家留一脈，金家的祖宗三代也要感宏恩。你須看孩兒面，要時念骨肉情，熬得風霜苦，長留松柏青，到將來孩兒身長大，庵堂認娘親，那時節，你苦盡甘來好樂天倫。[242]

[242] 周清霖編：《蘇州彈詞大觀》（上海：學林出版社，1999年1月）頁422-423。

第四節　長篇蘇州彈詞《三笑姻緣》

一、唐寅與秋香故事的來源

（一）《金錢記》

《唐伯虎點秋香》初名《一笑姻緣》後增為《三笑姻緣》。按《三笑姻緣》的故事遠祖應是元曲中的喬吉《李太白匹配金錢記》。喬吉（約1280-1345）又名吉甫，字夢符，號笠鶴翁、惺惺道人。太原人，著雜劇十一種，今僅存《楊州夢》、《兩世姻緣》、《金錢記》三齣。喬氏行走江湖間四十年，欲刊行所作，竟無成事者。至正五年（1345）病卒於家。

《金錢記》的故事大意是三月初三日王府尹（輔）的女兒柳眉兒去觀一捻紅，湊巧韓翃從此經過，柳眉兒和他眉來眼去，愛上了他，便將祖傳之寶的金錢，丟向韓翃。韓接了金錢，便闖入柳眉兒家的後花園。韓的朋友賀知章恐他闖禍，便追蹤而來。偏偏韓翃運氣不好，撞見王府尹，便被吊了起來，後來幸虧賀知章說項，方能獲釋。王府尹因劣子王正無人管教，乃請韓翃為門館先生教導王正。韓翃本為狀元，但為多與柳眉兒親近，居然答應，令賀知章深為詫異。後來，由於李太白說合，韓翃奉旨與柳眉兒完姻。

這齣雜劇說的是唐朝詩人韓翃的故事，韓翃字君平，南陽（河南）人，天寶十三年（754）進士，正是安祿山造反的前一年，接著就是長達八年的「安史之亂」（755-763），在這個時候玄宗、肅宗都在憂患之中，如何會降旨令韓翃與柳眉兒完婚？

喬吉的《金錢記》中，韓翃、賀知章、李白都實有其人，但柳眉兒的故事，應屬虛擬。且韓翃中進士之年，賀知章（659-744）已死十年，何來為之說項之舉？編劇者不夠小心，故有此破綻。[243]

（二）《碧蓮繡符》

明雜劇中葉祖憲的《碧蓮繡符》，也有類似的故事。葉祖憲（1566-1641）字美度，一字相攸，號桐柏。又號槲園居士。浙江餘姚人，萬曆二十二年（1594）中舉人，四十

[243] 《金錢記》的故事概略，引自趙景深：《彈詞考證》（臺北：臺灣商務印書館，1971年9月）頁45-46。

七年（1619）進士及第，崇楨三年（1630）補為南京刑部主事，改任廣西按察使，後歸鄉，家居五年，卒於崇楨十四年（1641）。時李自成已陷河南，距明亡，只差三年。

葉氏生平好度曲，又歸依佛法，所著傳奇有《金鎖記》等五種；雜劇有《碧蓮繡符》等七種。

《碧蓮繡符》的故事情節是：

> 章斌，越郡人也。落第歸鄉，路過揚州，適值端午節，與舊友至江邊，觀競渡之戲。雜沓中與友相失，獨自閑步，偶過一豪家樓，有美女，偷窺之，其女避入內。斯時樓上墜下一繡符，章生拾之，正尋思如何可得此美女時，遇其家僮僕歸來，探詢之，則此為秦侍中邸。侍中死後，夫人與公子居焉。美女則為故侍中嬖妾陳碧蓮云。
>
> 章生托其僮僕，入邸為書記，得公子寵，居二年，嘗為公子頂替鄉試，益得其信用。然後託邸中一老嫗，以繡符返還碧蓮以致其意。碧蓮亦以其為一見即不能忘懷之男子，欲嫁之。章生又欲打動公子，故意請辭歸。公子忖度彼得良配必可留，乃說其母，終以碧蓮與章生。[244]

（三）《露書》

在元、明兩代的雜劇之外，文人的筆記中也有類似的故事。姚旅《露書》為清王士楨（1634-1711）《于亭雜錄》所稱引，述吉之任故事：

> 吉道人，父秉中，以給諫論嚴分宜，廷杖死。道人七歲為任子。十七，與客登虎丘，適上海有宦家夫人，擁諸婢來遊。一婢秋香，姣好。道人有姐之喪，外衣白衫，裏服紫襖絳禪、風動裙開，秋香見而含笑去。
>
> 道人以為悅己，物色之。乃易姓名葉昂，改衣裝作窶人，往賄宦家縫人，鬻身為奴。宦家見其閑雅，令侍二子讀書，二子愛暱焉。
>
> 一日，求歸娶，二子曰：「女無歸，我言之大人，為女娶。」道人曰：「必為我娶也，願得夫人婢秋香，他非願也。」二子為力請，予之。定情之夕，解衣，依

[244] 青木正兒：《中國近世戲曲史》（上冊）（臺北：臺灣商務印書館，1996年12）頁224。

然紫襖絳褌也。秋香凝睇良久曰：「君非虎丘少年耶？君貴介，奚為人奴？」道人曰：「吾為子含笑目我故耳。」

會勾吳學博遷上海令，道人嘗師事者。下車，道人隨主人謁焉。既出，竊假主人衣冠入見，令報謁主人，並謁道人。旋道人從兄東游，其僕偶見道人，急持以歸，宦家始悉其顛末，具數百金裝，送秋香歸之。道人名之任，字應生，為母舅趙子，本姓華氏。[245]

（四）《耳談》

其次，另一個筆記中記載的類似故事，則為王同軌《耳談》中陳元超與秋香之事。清俞樾（1821-1906）《茶香室叢鈔》卷十七〈秋香〉條，稱引此事，原文如下：

國朝董栒《宮閨聯名譜》引王引甫《耳談》云：「陳元超，吳人。父以疏論嚴氏，謫死。元超少年，倜儻不拘。嘗與客登虎邱，見宦家從婢佼好，笑而顧己，悅之，跡至其家，求傭書焉。留侍二子。文日奇，父師大駭。已而以娶求歸，二子不從。曰：「室中惟汝所擇。」曰：「必不得已，秋香可。」，即前遇婢也。二子白父母嫁之。元既娶，婢曰：「君非虎丘遇者乎？」，曰：「然」，曰：「君既貴公子，何自賤若此！」，曰：「汝昔笑顧我，不能忘情耳。」，曰：「妾昔見君服喪，表素而華其裏，少年佻達可笑，非有他也。」會有貴客過，因假衣冠辦客，言及白吏部，蓋其外父，正柄國尊顯，主人聞，大駭，亟治百金裝，並婢贈之。按：世傳唐解元事，即此。[246]

按《茶香室叢鈔》俞曲園序於光緒九年（癸未1833）端午日。其時唐解元韻事，早已盛傳於各種雜劇、筆記、小說之中了。

（五）《蕉窗雜錄》

項元汴（1525-1590）係明嘉靖五年至萬曆十八年時人。其《蕉窗雜錄》〈記唐六如軼事〉條載：

---

245 趙景深：《彈詞考證》（臺北：臺灣商務印書館，1971年9月）頁48-49。

246 （清）俞樾：《茶香室叢鈔》卷17，頁8。載《筆記小說大觀》（正編．九）（臺北：新興書局，1973年4月）頁5571。

> 唐子畏被放後，於金閶見一畫舫，珠翠盈座，內一女郎，姣好姿媚，笑而顧己。乃易微服買小艇尾之。抵吳興，知為某仕宦家。日過其門，作落魄狀，求傭書者。主人留為二子傭，事無不先意承旨，主人愛之，二子文日益奇。父師不知出自子畏也。已而以娶求歸，二子不從，曰：「室中婢惟汝為欲。」遍擇之，得秋香者，即金閶所見也，二子白父母而妻之。……[247]

已直陳唐寅追求秋香之事，項為嘉興人，此書成於項三十歲以後，距唐之死，不過三十年，就已經有了此種傳說。項小於唐五十五歲，在唐逝世後二年出生，其說法似為親自所見，但其實全為臆造。

（六）《桐下聽然》

與此同時，又有朱季美的《桐下聽然》：

> 華學士鴻山（察）艤舟吳門，見鄰舟一人，獨設酒一壺，斟以巨觥，科頭向之極罵。既而奮袂舉觥，作欲吸之狀，輒攢眉置之，狂叫拍案，因中酒，欲飲不能故也。
>
> 鴻山注目良久曰，此定名士，詢之乃唐解元子畏，喜甚，肅衣冠過謁。子畏科頭相對，談讌方洽，學士浮白屬之，不覺盡觴，因大笑極歡，日暮復大醉矣。
>
> 當談笑之際，華家小姬，隔簾窺之而笑。子畏作《嬌女篇》貽鴻山，鴻山作《中酒歌》答之。

此文稱引於清褚人獲（字稼軒）《堅瓠集》四集卷四。褚氏評曰：「後人傭書獲配秋香之誣。袁中郎為之記，小說傳奇，遂成佳話。」[248]之後，又出了馮夢龍《警世恆言》卷二十六的〈唐解元一笑姻緣〉的故事。

---

[247] 趙景深：《彈詞考證》（臺北：臺灣商務印書館，1971年9月）頁52。

[248] 清、褚人獲，字稼軒，著《堅瓠集》66卷。分十集，每集4卷。又有續集、廣集、補集、秘集、餘集。《堅瓠集》之首集有康熙二十九年（1690）自序。第四集之卷4有〈唐六如〉條，引朱季美的《桐下聽然》。見《筆記小說大觀》（續編．六）（臺北：新興書局，1973年7月）頁3463。

（七）《唐解元一笑姻緣》

馮夢龍（1574-1646）字猶龍、子猶，別署龍子猶，墨憨軒主人，詹詹外史。長洲（蘇州）人。生於明萬曆二年，歿於清順治三年，稍晚於葉祖憲。著述甚多，以《三言》，即《喻世明言》、《警世通言》、《醒世恆言》最為有名，匯集修訂宋、明以來小說一二〇部。

《警世通言》（出版於明代天啟四年，1624）卷二十六〈唐解元一笑姻緣〉的故事梗概是：

吳中才子唐伯虎（唐寅），生於蘇郡，家住吳趨，為人放浪不羈，輕世傲物。曾為秀才，解試為南京解元。入京會試涉及弊案，還鄉後遂絕意功名，放浪詩酒，人稱「唐解元」。

當時蘇州城有六個城門，葑門、盤門、胥門、閶門、婁門、齊門，以閶門最盛，為舟車輻輳之所。一日唐解元在閶門遊船之上，倚窗獨酌，忽見畫舫從旁搖過，內有一青衣小鬟，眉目秀艷，體態綽約，舒頭船外，注視解元，掩口而笑。

須臾船過，解元神蕩魂搖。於是僱舟追行，次日到了無錫。唐解元在大街上，見一乘煖轎自東而來，女從如雲，閶門所見青衣小鬟正在其內，遂遠遠相隨、直至華學士府。

唐伯虎換上舊衣破帽，更名康宣，走至華府典當舖內謀一書辦之役。因受僱用為華公子伴讀，改名華安。從此削改公子課業，後為華學士所悉，乃留華安於內書房掌書記，寵信日深。華安僭訪前所見青衣小鬟，知其名秋香，惟無由相見。

華學士欲用華安為主管，呼媒婆為之娶婦，以便於羈留。華安願於華府內丫鬟中自擇，遂點中秋香。成婚後乃實告秋香已乃蘇州唐解元，二人連夜返回蘇州。

年餘之後，華學士至蘇州拜客，路經閶門，見一秀才貌似華安，派人查訪，云是唐解元伯虎。次日華學士到吳趨坊拜訪解元，遂知華安實即唐伯虎，解元亦令秋香出來拜見。日後，華府厚贈裝奩，兩家親戚往來。[249]

按《警世通言》所記，未云唐寅已有妻室，且秋香只有一笑，亦未留情於唐寅，唐寅化名康宣進入華府後，亦不曾與秋香約會。唐寅雖中解元。並無功名，以一介書生出此行徑，尚不悖禮法。

---

[249] 摘錄（明）馮夢龍：《警世通言》（下）（臺北：里仁書局，1991年5月）頁400-409。

〈唐解元一笑姻緣〉故事與《耳談》所云陳元超事，有三點不同：

第一、唐解元未提及有否妻室；陳元超之岳父為白吏部。

第二、唐解元於蘇州閶門舟上見秋香，追舟至龍亭（無錫），船行一日之久；陳元超在虎丘見秋香，尾隨至其主人之家，似仍在蘇州境內。

第三、唐解元娶秋香後返蘇州，仍一介書生，不改本色，華學士慕其文才，厚贈裝奩以通好；陳元超未言及中試與否，與秋香婚後仍居其主人之家。適客來與之談及白吏部，為主人所聞乃大駭，治百金並婢贈之，是陳徒有權勢未見文才。至於秋香之笑，並非有情，則並無二致。或云佼好或曰眉目秀艷、體態綽約，秋香為一美少女則無疑問。

二、唐寅與《三笑姻緣》

唐寅，字伯虎，一字子畏，號六如居士、桃花庵主、逃禪仙吏等。明憲宗成化六年（1470）生，世宗嘉靖二年（1523）歿，享年僅五十四歲。江蘇吳縣（蘇州）人。少與同里狂生張靈友善，不事諸生業，學畫於周臣，後結交沈周、文徵明、祝允明、徐禎卿等，切磋文藝。唐、徐、文、祝號「吳中四才子」。唐寅二十九歲（孝宗弘治十一年1498）鄉試第一，為南京（應天府）解元。後入京（北京）會試時，受科場舞弊案牽連下獄，革去功名。歸鄉後絕意仕進，遊名山大川、致力繪畫，以賣畫維生。性不羈，自署印「江南第一風流才子」，於畫上鈐印「南京解元」，書畫俱佳，善詩文，與沈周、文徵明，仇英合稱「明四家」。其畫風被人譽為「吳派」或「蘇州派」。唐寅有詩文集《六如居士全集》，其身世《明史》卷二六八有傳。

小於唐寅一〇四歲的馮夢龍，在其以詹詹外史署名的《情史》卷四中稱唐寅為「才高氣雄、藐視一世，而落拓不羈，弗修邊幅，每遇花酒會心處，遂忘形骸。」

雖然如此，唐寅卻實無追求秋香之事。據唐之好友祝允明（枝山）所書《唐子畏墓志並銘》中說，唐寅「配徐繼沈」，即唐寅元配徐氏，續絃沈氏，並無唐寅與秋香婚配之事。何況另一有力的證明是唐寅死於嘉靖二年（1523）。華鴻山（察）於嘉靖五年（1526）為庶吉士時，唐寅已死。無論華鴻山為學士為太師，均應為此後之若干年，唐之墓木已拱，絕無至其家求傭之可能矣。華察有子名叔陽、少年及第，亦非《三笑》故事中「大踱」、「二刁」（華文、華武）式人物。《三笑》一書不僅厚誣唐氏，亦厚誣華府矣。一如蘇州申姓後裔訴官禁唱《玉蜻蜓》，抗戰期間無錫蕩口鎮書場一度禁說

《三笑》，因當地居民皆姓華，據說為華太師後裔。《三笑》書中起「大踱」、「二刁」腳色，過於丑化二人。據云今無錫蕩口鎮鵝真蕩畔尚有華太師之墓在。[250]

活躍於清咸豐、同治年間的蘇州彈詞名家馬如飛，曾撰有開篇〈唐伯虎〉兩首，內中力辯唐氏點秋香之子虛烏有：

〈唐伯虎〉（一）

絕代風流唐解元，才華如海筆如椽。

少年流拓尋常慣，不煉金丹不坐禪。

造孽銀錢終不使，丹青妙技出天然。

交游文祝諸君子，不慕公卿極品官。

塢內桃花三百樹，不去遨游不盡歡。

晚年曾受寧王聘，叛逆行為早看穿。

詐作顛瘋無藥效，脫然無累返家園。

華府追舟無此事，何嘗三笑訂姻緣。

附會名賢不亦寬，蘇州曾降乩壇判。

造孽盲詞到處傳，阿鼻地獄罪難寬。

況且終身無二色，謬言九美敘團圓。

滄浪亭五百名賢像，蹤跡而今尚可觀，

古心古貌古衣冠。

〈唐伯虎〉（二）

瀟灑風流唐解元，形容骨骼古衣冠。

交游文祝諸君子，飲酒千杯棋一盤。

醉倒虎丘山下路，傾囊不惜把人援。

塢內桃花三百樹，閒居坐臥盡盤桓。

造孽銀錢終不取，家貧度日亦安然。

無聊寫幅丹青畫，花鳥禽魚事事專。

[250] 蔣大鑫：〈蕩口說書忌《三笑》〉，載《評彈藝術》第三十一集（蘇州：古吳軒出版社，2002年12月）頁227。

晚年曾卻寧王聘，叛逆行為早看穿。

居然假作瘋顛病，風波得避返家園。

從無華府追舟事，樓閣空中三笑緣，

至今泉下尚含冤。

儒雅風流高隱士，山林嘯傲不求官。

五百名賢留古跡，滄浪姓字盡人觀，

筆墨文章千古傳。[251]

三、《三笑姻緣》的本事

現行蘇州長篇彈詞的書目，可以大概分為三類：一是封建的家庭故事，二是男女的愛情故事，三是平反冤獄的故事。前兩節中所介紹過的《珍珠塔》與《玉蜻蜓》都屬於第一類，本文《三笑》的故事，則屬於第二類。

《珍珠塔》的中心思想是反勢利與尊重倫理道德。故事中的主角方卿在貧困中初見姑母求貸時，遭受到姑母的勢利眼，後來中舉任官之後二見姑母，對姑母加以嘲弄，本身也變成了勢利之人，然後有表姐陳翠娥的責備與方母對方卿的打三不孝，宣揚了傳統的倫理道德觀念。

《三笑》假托為唐伯虎的風流韻事，亦屬不經。一介南京解元竟然降身奴僕，在八房妻妾之外，去追求一相府丫頭秋香，可謂荒唐之至。雖然論者有謂此係唐伯虎之平民思想，愛情至上而泯除士大夫的階級觀念。但依書中內容來看，秋香之笑，並非對唐伯虎有所愛戀，乃係笑其癡態。很難說是真正的愛情故事。《三笑》所以流行，因其書中噱頭甚多，稱為「長腳笑話」，茶餘飯後可博販夫走卒之一笑，有消痰化氣之效。

長篇蘇州彈詞《三笑》，有兩種說法，一為只說唐寅在蘇州驚艷於秋香後，追至無錫華府為傭，終於娶得秋香，返回蘇州的「龍亭書」，此當為早期的說唱情節；一為唐寅於華府為傭後，好友祝枝山尋唐至杭州周文賓處，衍發一連串事故的「杭州書」。一如《玉蜻蜓》中之「金家書」與「沈家書」，兩者可以合演，也可以各自獨立演出。《三笑》彈詞，以「龍亭書」為主幹，「杭州書」為支系。

[251] （清）馬如飛：《馬如飛開篇》第318首、第319首，載《評彈藝術》第十八集（南京：江蘇文藝出版社，1996年1月），頁243-244。

如易名〈唐伯虎點秋香〉，當是「龍亭書」，「杭州書」中亦有一主戲，名〈王老虎搶親〉。

（一）《三笑姻緣》「龍亭書」

明江南蘇州府桃花河（塢），有解元唐寅，字伯虎，才高八斗，而功名蹭蹬，常以詩酒自遣。一日，游虎丘，見四鬟擁一轎，至觀音殿。內中一鬟，尤為美麗，不覺隨之而行。轎中貴夫人燒香畢，四鬟擁之下船。伯虎仍站立岸上凝視。船中美鬟向之招手而笑。

原來船中係無錫華太師夫人率春喜、夏蓮、秋香、冬梅四婢來蘇進香。秋香見伯虎追隨不已，斥之不退，下船後故意招手逗引，以為玩笑。伯虎誤以為有意，雇船追蹤，直至無錫，賣身入華府為書童，改名華安。希能會見秋香，一諧私願。

華太師有二子，延師教讀，命華安侍奉，遞送飯食。一日，華安從櫥房取飯出，忽遇秋香，向之訴情。秋香故意命華隨之入內，忽匿身不見，而飯置地上，為犬所食。華安無奈，出銀三錢命櫥下重備飯菜，送入書房。二公子又責其遲緩，唐怨恨秋香不已。後遇秋香，秋香反責其當日何以不至，華安不能辯，擁之求歡。秋香亦動情，不拒。忽有小婢來喚秋香，遂為驚散。

華安再遇秋香，堅請私會，秋香約於十五晚上，在後園牡丹亭等候。華安去後，華家二子亦來調戲秋香，秋香亦約在同日同地相會。及期，二子先後到牡丹亭等候，華安最後至。二子誤以為秋香，出而互奪，各失望而散。明日，華安遇秋香，責問其故。秋香又約其在後房相會。華安如約，誰知為夫人內房，正欲退出，已為秋香告之夫人，夫人命丫鬟拿捉，華安狼狽逃出。

華安代二公子作文，得師贊賞，告之太師，稱二公子學問已成，無可再教，請准己辭職。太師設筵相餞，當面命題試二子，一字不成，始知係華安代作。太師乃命華安為記室，執掌來往書翰。一日，見華安作詩，有孤獨無侶之感，正擬配家婢以羈留之，適祝枝山尋伯虎來無錫華府，亦請太師為之擇配。

太師與夫人乃出全府婢女，令華安自選，秋香遂被點中，即日成婚。伯虎向秋香吐真，題詩寓名，當夜攜秋香逃出華府，雇舟回蘇。太師觀詩，命人追蹤以探虛實，後知華安果為伯虎，遂親至蘇州。伯虎出秋香拜見，太師認為女，大辦妝奩，由夫人親自送往蘇州。[252]

---

[252] 譚正壁、譚尋：《彈詞敘錄》（上海：上海古籍出版社，1981年7月）頁41-42。

（二）《三笑新編》「龍亭書」、「杭州書」

明蘇州人唐寅，字子畏，號伯虎。中秋節後，與友人祝枝山同出遊，將枝山醉倒酒樓，獨自離去。行經半山塘，至虎丘寺，遇華夫人來寺燒香。婢秋香因足疾留外殿，唐寅驚其美，在跪拜時故壓其衣裾，秋香不覺一笑。及秋香主婢下山歸舟，唐寅雇小船追蹤，知舟中為太師華虹山妻，來此進香。適秋香出艙倒水，誤潑唐寅身上，唐痴望未知，秋香又為之一笑。舟至東亭鎮，秋香有事留後，見伯虎尾隨，留言四句戲之，並又對之一笑。伯虎得三笑，迷戀不已。

值華府招書童，唐乃改名康宣，賣身入府，改名華安。華虹山有二子若愚、若拙，諢名大踱、二踱。唐寅助二人作文，得虹山賞識，命伴二子讀書，兼教導二子。唐寅屢見秋香，表白來意，秋香不信。

唐寅離家日久不歸，其妻陳昭容遍覓不得，向祝枝山追索。祝無奈，攜書僮祝同尋至杭州，住周文賓家。除夕酒醉，在訟師徐子建家門上題詩，語言雙關，子建開明倫堂，大興問罪。枝山舌戰群酸，子建不敵而罷。元宵節，枝山又與文賓打賭，改妝觀燈。文賓化作女裝，為兵部子王天豹搶去，藏其妹冰心閨中。文賓向冰心表明真相，冰心告母，反邀枝山為媒，得成夫婦。

枝山回蘇，遇文徵明，得知唐寅消息。二人同追至東亭鎮，恰遇無無和尚。和尚曾在半山塘講經，推測唐在華家。祝、文備禮晉見華虹山。唐寅奉命送茶，三人心會。虹山命唐寅代送客至船中，文、祝為其設計。伯虎歸告虹山，謂祝愛己才，命背主隨之返蘇，當賜美妻。虹山被激，盡出眾婢，由唐自擇一為妻。唐寅意在秋香，虹山與妻商量，當夜即為成婚。

夜深人靜，秋香知華安實為唐寅，兩人即私出華府，潛回蘇州。虹山本欲追究，得友人相勸，遂罷。[253]

《三笑新編》係後出者，十二集十二卷四十八回，二言目，吳毓昌（信天）撰。《新編》中除原有之「龍亭書」外，攙入祝枝山為主線的「杭州書」。

按吳係江蘇金山（今屬上海）人，為乾隆、嘉慶年間之彈詞藝人，原係教師，所著吳音彈詞《三笑新編》有嘉慶六年（1801）刊本，該書卷首稱：「近來彈詞家專工科

---

[253] 譚正壁、譚尋：《彈詞敘錄》（上海：上海古籍出版社，1981年7月）頁43-44。

諢，淫穢褻狎，無所不至，有傷風雅，已失古人本意。至字句章法，全未講求。」於是戲作《三笑新編》全本。《新編》的內容情節與人物姓名，和今日蘇州彈詞《三笑》，基本上相同。

四、《三笑姻緣》的刊本

三笑姻緣的彈詞本，據戚飯牛《三笑姻緣舊小說考證》，有明末王百穀改編的《三笑緣》彈詞，惜世無刊本。趙景深認為不可信。[254]阿英《彈詞小話引》亦提到此書。

阿英藏有《三笑姻緣》彈詞本，係清乾隆五十五年（1790）重編，嘉慶五年（1800）的抄錄本。為吳語彈詞，凡四卷（分風、花、雪、月）十四回，有回目。從書目上看，已由「一笑」演變為「三笑」。此一抄本，可能係乾隆中葉的彈詞藝人所作。[255]至於《三笑》的刊本，則有：

（一）《新刻說唱唐伯虎三笑姻緣記》，一名《點秋香》，分上、中、下三卷，不分回，無目，不署撰人，三文堂書坊版。內容概要見譚正壁、譚尋編輯《彈詞敘錄》，上海古籍出版社出版，1981年7月，頁41-42。

（二）《三笑新編》，嘉慶癸酉（1813）秋刊。清吳毓昌撰，又署信天翁茗話，十二集十二卷四十八回，木刻本，有周浦、葉煥如、周均（秋帆）、馮毓麟等人序。蘇州市圖書館藏。又有清光緒四年（1878）重刊本，十二本。此為吳毓昌據俗刻《三笑》加工改編的。後世傳唱的唐伯虎與秋香故事，至此格局已成。[256]故事緊接《八美圖》之後。《八美圖》係描述唐寅風流成性，連娶八房妻室的經過。[257]事跡荒謬，現已無人說唱。

（三）《九美圖》，十二卷七十五回，清曹春江編，道光二十三年（癸卯1843）四友軒刻本，扉頁作《繡像合歡圖》，有玉京仙史識。二字回目，有表、有白、有唱，蘇州話很多，為蘇州彈詞唱本。又有道光二十四年（甲辰1844）版、同治十一年（1872）刻本，不分卷、二十六回，不署撰人。均藏於蘇州市圖書館。[258]

---

[254] 趙景深：《彈詞考證》（臺北：臺灣商務印書館，1971年9月）頁62。

[255] 路工：〈《三笑》開創了彈詞的喜劇風格〉，載《評彈藝術》第二集（北京：中國曲藝出版社，1983年9月）頁57-59。

[256] 周良語。見周良：《彈詞經眼錄》（南京：江蘇文藝出版社，1996年4月）頁13-15。

[257] 譚正壁、譚尋：《彈詞敘錄》（上海：上海古籍出版社，1981年7月）頁25-26。

[258] 曹正元、徐白雲：〈蘇州市圖書館館藏目錄〉，載《評彈藝術》第十二集（北京：新華出版社，1991年2月）頁130。

（四）《新增笑中緣圖詠》，光緒十四年（戊子1888）上海書局石印本，四卷七十五回，內容與道光本《九美圖》相同。

（五）《三笑》龍亭書，徐雲志、王鷹演出本，邢晏春整理。書分兩部，1992年12月江蘇文藝出版社出版。共五十三回，二字回目，有周良序，五十三萬字。內容刪掉八美團圖部分，說唐寅喪妻三載，在虎丘遇見秋香，驚其貌美，且誤以為對己有意，追舟至龍亭、賣身為僮，追求秋香。文詞淨化，一改傳統《三笑》書中之粗俗、淫穢的描寫。

（六）《三笑》杭州書，徐雲志、王鷹演出本，1995年6月，再由江蘇文藝出版社出版，十六回，三字回目，有思緘（楊作銘）撰〈整理後記〉。書較龍亭書為短，約二十九萬字。

徐雲志（1901-1978），蘇州人，幼時家貧，十四歲時，投師夏蓮生學《三笑》，民國十五年（1926）光裕公所出道。離師單檔演出於江浙一帶。二十世紀二十年代初，創「徐調」唱腔，真假嗓並用，徐緩悠揚，拖腔委婉起伏，人稱「糯米腔」。三十年代長期在上海演出，成為書壇響檔。1949年後刪訂《三笑》，加以淨化。書藝傳人有嚴雪亭、邢瑞亭、王鷹等二十人。

王鷹（1937-）蘇州人，1950年從父習彈詞，1956年加入蘇州市人民評彈團，與徐雲志拼檔彈唱《三笑》。1981年任教於蘇州評彈學校，後升任副校長。

五、《三笑姻緣》的書藝傳承

長篇彈詞《三笑》，現知最早的演唱者當為清嘉慶年間（1796-1820）金山張堰人吳毓昌（信天）。他的《三笑新編》首刊於嘉慶六年（1801）。另據《吳縣志》所誌，咸豐、同治年間（1851-1874）藝人趙湘洲亦說過此書，但不詳其傳人。

吳毓昌傳藝郁懷嘉，郁懷嘉傳王子香，王子香傳子王麗泉，王麗泉傳子王少泉及徒謝少泉。王少泉為「王派三笑」創始者，專說「杭州書」，他的傳人有蔣賓初、王畹香等。謝少泉為「謝派三笑」創始者，他的傳人有夏蓮生等。夏蓮生傳子夏小蓮、徒劉天韻、徐雲志。徐雲志傳邢雪亭、邢瑞亭、王鷹等二十人。

另外，謝品泉從兄謝玉泉學《三笑》，光緒十八年（1892）光裕公所出道，傳姪謝少泉、徒錢幼卿、王耕香。謝少泉先從叔謝品泉學《三笑》，再拜王麗泉為師，遂兼謝、王兩家《三笑》之長。同時「謝派三笑」之錢幼卿與「王派三笑」之王少泉拼檔說書，錢幼卿無《三笑》師承，乃拜謝品泉為師，補學《三笑》，「王派三笑」與「謝派三笑」遂互相交流。同治末至光緒初年，謝品泉、謝少泉、王少泉、錢幼卿皆以《三笑》名震書壇。

（見，附表3：《三笑姻緣》書藝傳承表）

六、精細深刻的人物描寫

在《三笑》主要人物唐寅、秋香之外，有一些故事中的小人物船夫、石榴、小荸薺等，都是生動、活潑而有稚趣。小廚房裡的石榴，與化名康宣入府為傭又改名華安的唐寅朝夕相處，心中有情。書中有幾段細節的描寫，可以讓人體會到石榴的溫柔體貼，令人喜愛。彈詞藝人劉天韻師從夏蓮生學《三笑》，其後長期說唱此書，就特別喜愛小石榴這一個角色。我們試舉幾段書，來領會一下石榴的多情。

其一：

唐寅正在廚房門口看，見石榴打扮得真漂亮。記得自己初進相府時，她身穿的都是布草衣裳，後來換綿綢，現在一身綢。而且色彩真漂亮，雪白、墨黑、鮮紅、碧綠。雪白是石榴的皮膚，墨黑是頭髮，鮮紅是扎頭髮的絲線，碧綠是髮上插一支簪。石榴姐姐原本不打扮的，所以打扮都是為了華安。早上起來揩把面，真忙，要揩掉五盆面湯水。第一盆揩一把；第二盆從前風行的，臉上搽綠豆粉，能使皮膚發嫩；第三盆將豆腐一擦，據說使皮膚白的；第四盆再用皂莢洗，從前沒有肥皂，皂莢能起肥皂的作用；第五盆再揩一把臉，然後用香粉一撲。這些唐伯虎並不知道。

石榴姐姐對唐寅上上下下細細看了一遍，深情地道：「你來了，我想與你講講話呀！你怎麼今天來得這樣早呢？」

石榴姐姐將手中的鏟刀往灶面上一放，端來一條長凳，猶恐油鍋裡的油氣熏壞唐寅的喉嚨，離開灶頭遠些才放下來。招呼道：「華安兄弟啊，請坐呀！」

「是，多謝姐姐，有坐了。」唐寅即向長凳上一坐。

石榴姐姐就在唐寅旁邊一坐。

唐寅急忙站起來，侷促不安地道：「咳……姐姐請坐。」

「哎呀！你這算什麼？坐好了呀！」石榴大方地道。

「不便的呀！」唐寅只得解釋。

石榴埋怨道：「你真是個老實小伙子，怕人家講是嗎？不要緊的，這有什麼要緊，有句老古話，叫坐得正，立得穩，哪怕和尚尼姑合板凳，坐呀！」

伯虎想這話不錯，大家規規矩矩，因此復又坐下。

石榴看著心上人道：「我一直想與你講講呀！你有時來端飯菜，時間太局促，搬了又馬上要走，我好像一直看不見你一樣。我燒小菜又沒有空與你講講，今天……巧得很，反正早呢，與你講講好嗎？」

「好啊！」

石榴：「我聽你的口音是蘇州人。」

「對，我是姑蘇人。」

石榴：「真的？啊呀！巧是巧得很！」

「有什麼巧？」

石榴：「我也是蘇州人呀！」

「喔！同鄉。」唐寅點頭道。

「同鄉，他鄉遇故知。」石榴含笑又道：「這樣更加有講頭了，你蘇州住在什麼地方？」

唐寅將賣身時杜撰的地址搪塞道：「住在閶關外山塘上，野貓弄口，九都一十八圖，西山大王土地。」

「啊呀，巧是巧得很！」石榴興奮得幾乎叫了起來。

唐寅想，又巧了，「怎樣巧呀？」

石榴激動地道：「我也是住在山塘上，我住在毛家橋呀！這麼說起來我與你遠鄉鄰呢！」

唐寅順著道：「嗯，是啊！」

「你姓啥叫啥？」

唐寅：「姓康名宣。」

「叫康宣……這名字真好聽。今年幾歲？」

「我一十八歲。」

「啊呀，巧是巧得很哪！」石榴驚喜地呼喊起來。

唐寅覺得奇怪，怎麼事事都巧？「啊？怎樣巧？」

「我也是十八歲呀！你幾時生日？」

「我啊，三月十五子時間生。」

「啊呀，巧是巧得很呀！」石榴又呼叫起來。

「怎樣？」唐寅想一定又巧了。

「我也是三月十五子時養的呀！這樣巧法，看來與你一隻船上來的。」

其二：

石榴一眼一板細細述說：「我沒有事做，替你剪了個鞋樣，做了一雙鞋子，拿到皮匠那裡楦了一楦，拿塊玄色手帕包包好，送到你房裡。你不在，我就放在你房裡，你拿到嗎？」

唐寅被她提起，方始想著。自己房裡確實多了一包鞋子，以為哪位弟兄買了寄在我那裡的，原來是石榴姐姐送給我的。看來我只能說拿著，否則她要動氣的。點頭道：「小弟拿著的。」

「你拿到了？」石榴鬆了回氣，又問道：「那你可穿穿試試？」

實在唐寅沒有穿過，怕石榴動氣，只得答道：「小弟穿的。」

「喔！那麼，鞋肚裡有一樣東西可曾拿到？」

唐寅想，這倒看見了，「可是一個紅紙包？」

「是的。你可知道裡面什麼東西？」

紙包唐寅沒有拆看，只得道：「我竟不知。」

「你不知道嗎？我放二個銅鈿在裡面……」

「還有什麼？」唐寅問。

「還有二根頭髮。這二根頭髮是我頭上拔下來的呀！……我痛都不顧的。

唐寅漫應道：「哦哦！」

「你不曉得啊……討口彩有道理的……」石榴含羞繼續說道：「銅鈿放在鞋肚裡，叫同年到老；頭髮與銅鈿擺在一起，叫結髮同心呀，你可懂了嗎？」[259]

---

[259] 邢晏春：《三笑》徐雲志、王鷹演出本（南京：江蘇文藝出版社，1992年12月）頁184-188。

其三：

唐伯虎到小廚房裡搬飯菜，現在石榴姐姐的十八鏟刀小炒肉絲已炒好，作料加過，一盆盆盛出來，擺在桌台板上。將鍋子汏洗乾淨，一切事完，她再在那邊一張四仙桌子旁邊，放好一只凳子。然後從紗櫥裡，拿出一盆一盆的菜肴，放在四仙桌子上。另外再端來一盆剛炒好的十八鏟刀小炒肉絲，拿出一瓶酒，一只杯子，一雙筷子，倒了一杯酒，十分忙碌。

唐寅站在天井裡一看，看來今天石榴姐姐請客，不知請的是誰？其實石榴今天請的即是唐寅。

石榴果真去拿了雙筷來，大刀闊斧地夾起菜來。嘴裡還不斷報菜名：「不要客氣，這是醬雞，這是醬鴨，這是皮蛋，這是金剛蝦米，這是火腿，這是薄餅，這是肉絲，吃呀，為什麼不吃呢！」

「哈哈哈……」唐寅實在忍俊不住。菜夾得又多又快，怎麼來得及吃呢！

……

唐伯虎一看，不能再吃下去了，連忙起身，將飯盤一端。

「你去了！」石榴悵惘若失。

「是呀！」

「你要來的。」

「要來的。」唐寅邊說，邊端了飯盤往外走。

石榴姐姐依戀相送，送到小廚房門口，還要切切叮嚀：「你要來的呀！」

「是。」唐寅往前走，走過轉彎角子。

石榴在後面目送，直到唐寅轉彎看不見了，她竟遷怒於墻。怒道：「這只斷命轉彎角子，多麼促狹，倘使沒有，我還好看看呢！唉！明天叫匠人師傅，我出二百銅鈿拆掉它！」墻角拆掉可以多看一會。石榴望著墻角喊道：「喂！你要來的啊——」[260]

石榴刻意打扮是「女為悅己者容」，不必點出，已可體會她對康宣有情。搬來一條長凳請康宣坐，要放在離灶頭遠一些的地方，免得熏壞康宣的喉嚨。要和康宣坐在一

[260] 邢晏春：《三笑》徐雲志、王鷹演出本（南京：江蘇文藝出版社，1992年12月）頁191-195。

起，提出「坐得正、立得穩，哪怕和尚尼姑合板凳」的理由。談到出生地和生日時刻相同，強調「看來與你一隻船上來的」。為康宣作了雙鞋，送給康宣穿，卻在鞋裡放了兩根頭髮拼著兩個銅錢，告訴康宣這是討口彩，叫做「同年到老，結髮同心」。在小廚房請康宣吃飯，殷勤布菜，康宣離去時，目送不捨，怨恨牆角阻擋了視線，想要拆掉這面牆。這些都是多麼細膩的描寫，表現了石榴的細心多情，也顯示了說書人對人性心理的了解與世事人情的洞悉。

七、《三笑姻緣》的評析

（一）《三笑姻緣》故事的流傳

《三笑姻緣》的故事流傳極廣，筆記小說、雜劇戲曲、傳奇評話、地方戲、子弟書、寶卷中均有其蹤跡。譚正璧說：

> 《三笑》故事，散見於明清人筆記，人物情節多彼此不同。在小說戲曲中，自明以來，此題材相繼不絕。話本小說有《唐解元一笑姻緣》（見《警世通言》卷二十六）。傳奇方面有清朱素臣《文星現》、佚名《三笑姻緣》（見《今樂考證》），雜劇有明孟稱舜《花前一笑》、卓人月《花舫緣》、史槃《蘇台奇遘》（見《遠山堂劇品》），似皆作於彈詞之前。京劇有《三笑姻緣》，地方戲尤多，所見有常錫戲《三笑姻緣》、秦腔《三笑緣》、川劇《三笑姻緣》與《虎邱寺》，越劇《三笑姻緣》、《王老虎搶親》與《三笑點秋香》，評劇《唐伯虎點秋香》，莆仙戲《唐伯虎》，閩西木偶戲《翠花緣》。閩劇有《潯陽妓》，講劉璞與邱家婢三笑成婚故事，劉璞即唐寅替身，可見為《三笑姻緣》故事所改作。但劇名《潯陽妓》，與劇中情節無關，當有誤植，待證實。此外，北方子弟書有《三笑姻緣》，南方湖灘有《三笑》，寶卷有《九美圖》，一名《三笑緣》。[261]

（二）《三笑姻緣》龍亭書與杭州書

《三笑》分「龍亭書」與「杭州書」兩部分，可分可合。思緘（楊作銘）於《三

[261] 譚正璧、譚尋：《彈詞敘錄》（上海：上海古籍出版社，1981年7月）頁43。

笑》杭州書〈整理後記〉中說：

《三笑》全書含兩個部分：一是唐伯虎在虎丘邂逅秋香，三笑留情，追舟至無錫龍亭鎮，賣身入華相府為奴，幾經曲折，最後點秋香，載美回蘇，以唐伯虎與秋香的愛情故事為貫串線，稱為「龍亭書」，是《三笑》的主體。一是在唐伯虎失蹤後，祝枝山除夕夜趕到杭州好友周文賓處查詢唐伯虎蹤跡，在杭州半月餘，與當地惡勢力徐子建、王老虎鬥爭，並促成周文賓與杭州才女王月仙一段美滿姻緣，稱「杭州書」，是《三笑》的分支。在演出中，這兩部分既可有機結合，又可獨立成書，這種書情結構，在蘇州評彈傳統書裡是常見的。[262]

（三）《三笑姻緣》》故事的發展過程

《三笑》的故事情節，在彈詞出現以前已經展示在雜劇、筆記、評話、戲曲甚至「寶卷」之中，長篇彈詞《三笑》說唱以後，又流派分歧，有「王派三笑」與「謝派三笑」之分。《三笑》故事的內容在歷代藝人演唱之中，逐漸豐富成長，直到近代，才具體成形為現狀。

夏玉才撰〈對徐派藝術的認識與聯想〉一文，說道：

回顧《三笑》發展的全過程，它已經歷了幾個發展階段。它不是一代藝人完成藝術創造的，而是經過了一代一代藝人的努力才達到今天的很高水平的。據史料記載蘇州彈詞的《三笑》是從吳毓昌的《三笑新編》開始的，這是第一個階段。《三笑》發展的第二階段是顧雅庭、王麗泉的《三笑》。顧雅庭與王麗泉是同時代的人。顧雅庭的《三笑》，經蘇州人江汀山的幫助，在文學上得到了很大的潤飾和提高。書中很多詩詞歌賦出自江汀山之手，使《三笑》這部書在當時文學上可與《珍珠塔》媲美（見《吳縣志》記載）。《三笑》發展的第三個階段是謝品泉、謝少泉叔侄在表演藝術上的創造。許多人物的形體表演的創造是從他們開始，如祝枝山、大踱、二刁、華太師等腳色，據有關資料記載是自他們說書開始的。《三笑》發展的第四個階段，是徐雲志的徐派藝術的創造。徐老不僅繼承發展了前人所傳的文學

[262] 思緘：《三笑》杭州書，徐雲志、王鷹演出本（南京：江蘇文藝出版社，1995年6月）頁342。

上、表演立體化的原有的藝術特色，並在彈詞音樂方面創造了符合《三笑》書性的「徐調」。這樣，《三笑》經過幾個發展階段，終於在徐雲志先生手裡把它推向了藝術的高峰。[263]

（四）《三笑姻緣》喜劇藝術的表現手法

一般來說，《三笑》的思想不高，但它是一部評彈喜劇藝術的小百科，是「嘻書」、「噱書」或「長腳笑話」。這部書充滿「笑」的手段，有許多「笑料」是反映著社會生活面的。「杭州書」中，祝枝山大鬧明倫堂，就不是與愛情故事有關的情節，而是反映當時杭州的風俗習慣，大年夜門上不寫對聯等等。

《三笑》創造了喜劇的藝術風格，在評彈藝術上，也創造了別具一格的新的表現手法。這種表現手法有下列的幾點：

1. 用秋香的三次笑，作為故事的一條引線，使聽眾進入華府，藝人巧妙的安排了唐寅誤認為秋香的三笑留情，步步深入的刻劃出他入迷的心理活動和思想狀態，讓聽眾看清了唐寅為了追求美女而不顧一切。〈追舟〉中的唐寅是迫切的、真誠的想要見秋香，這種戀愛的心態，容易為聽眾體會而樂見其成。「誤會」又是生活中經常發生的事，是現實的反映。在比較封閉的過去社會裡，女子的對人一笑，便會被認為是有情，有一句吳歌中的唱詞唱得好：「後生娘子莫要嘻嘻笑，多少私情笑裡來」，秋香的笑是無意的，卻被唐寅看做是有情。

2. 《三笑》故事中構成笑聲不斷的藝術效果，還突出的運用了「巧合」。如〈追舟〉中船老大唱山歌，唱了好多首，唐寅聽了一首，就拔一根簑衣絲丟到碗中，（一根絲表示一兩銀子）船老大無意中唱出秋天花香的秋香山歌，和唐寅心中極想見面的秋香的名字巧合，以致他高興得將簑衣撕下一大塊扔了過去，使觀眾笑不能止。這種巧合出乎觀眾意料之外，而又入於情理之中，所以觀眾感到這種巧合，是絕妙的，合情合理的。又如大呆頭、二呆頭想調戲秋香，機智聰明的秋香相約他們夜晚在花園相會，同時她又讓老夫人去花園，結果大呆頭、二呆頭與老夫人相會了，這不僅使觀眾笑不自禁，而且在笑聲中驚嘆秋香的智慧和藝人的巧妙出色的藝術表現手法。

3. 《三笑》中人物，是用對比方法相襯托的，如用大踱、二刁來襯托唐寅的才藝，

[263] 夏玉才：〈對徐派藝術的認識與聯想〉，載《評彈藝術》第九集（北京：中國曲藝出版社，1988年8月）頁107。

這是愚和智的對比，又如在點秋香中，先讓唐寅點了許多丫環，這是美與醜的對比，這類對比，不僅造成了笑的效果，而且突出了所要歌頌的唐寅的才能和秋香出眾的美貌。

上述所說的誤會、巧合、對比是《三笑》喜劇風格的組成部分，也是故事發展能引人入勝的關鍵。在故事情節發展中、在誤會、巧合對比中，常常加以藝術誇張，這樣使聽眾能得到更為鮮明，深刻的印象。這些就是《三笑》彈詞成功的藝術構思和表現手法。[264]

（五）《三笑姻緣》是虛擬的故事

《三笑》是聽眾深信其有，實乃虛擬的故事。《三笑》中的唐伯虎、祝枝山都是歷史上有名的畫家與文人，但不是用藝術家傳奇的路子，真人實事來寫照。評彈《三笑》裡的人物形象，是民間創造的，不是歷史真實的人，因此欣賞這種虛擬的故事時，不必去考證唐伯虎所以追秋香，是因為老婆死了鰥居；不必寫他們是失意文人，對人生採取玩世消極的態度；不必寫他們的故事是在上述狀態下產生的。還是走原來民間創造的故事路子好，主題思想還是盡可能保持原來的多義性，不要太簡單，太單一。如果走單一的愛情路子，反而會使原書反映生活面廣的特點，變得狹窄起來。

唐伯虎追秋香雖然是虛擬的故事，但是由於唐的身世與風格，還是讓一般民眾深信了這個故事的可能性。歷史上的唐寅雖然沒有追過秋香，但是這位多才多藝的畫家，他在會試中因弊案受到株連，而絕意仕途。為了追求藝術上的美，他遊歷了浙江、福建山水，東望大海，他忘情於壯麗的山光水色之中，因此他筆下的山水，雄壯美觀具有創造性。他也曾畫了不少美女，也畫過崔鶯鶯，他追求美，而且也經常登歌樓、涉妓館，因此像他那樣不受禮教拘束的人，完全可以去追求秋香那樣的美女。正是因為歷史上的唐寅，具有與《三笑》中唐寅的條件相一致的共性，所以彈詞藝人創造的唐寅是成功的，而且令觀眾信以為真，這是由於《三笑》的藝術創造再現了歷史上唐寅的性格和生活風貌。

（六）《三笑姻緣》故事的改造

初期的《三笑》故事無多大意義，把才子的「風流韻事」強加在唐伯虎身上，說他已經有了八個妻妾，為了華府的丫頭秋香，不惜賣身為僮。後為伴讀，在華府取得了華太師的寵信，終於騙得了秋香，九美團圓。但這個故事並不雅，而是很庸俗，格調不高

[264] 路工：〈《三笑》開創了彈詞的喜劇風格〉，載《評彈藝術》第二集（北京：中國曲藝出版社，1983年9月）頁62-64。

的，有點才子加流氓的味道。[265]

《三笑》的產生與流傳，大部份時間是在舊日的封建時代。其故事，不能不帶有許多那個時代留下的烙印。當時蘇州評彈的欣賞者主要是市民階層，藝人們為了謀生，不得不在書目裡放進許多迎合小市民低級趣味的東西。人們從過去的傳統書《三笑》裡，不僅可以聽到唐伯虎打破名教的束縛，不顧解元的身份賣身為奴去追求一個相府丫頭的基本情節和周文賓、王月仙追求婚姻自由的故事。也會聽到許多低級、庸俗、黃色的細節描繪。這些東西，影響了《三笑》的藝術基調，又損害了一些主要人物的形象。在過去的書中，唐伯虎常常會給人一個輕浮、善於偷香竊玉的輕薄文人的印象；在秋香身上也會看到輕佻、刁鑽、虛偽、善用心機的描寫。老藝人徐雲志畢生只說唱《三笑》這一部長篇，在中共建國後致力於刪改，除去書中一些糟粕性的內容，提高其藝術性。

徐雲志在對《三笑》的整理、發掘中，主要做了兩大工作：

其一、剔除了糟粕又保持與發揚了《三笑》的「情」、「趣」結合的總體特色。他盡可能地保持原有的結構框架和絕大部份基本情節和喜劇風格，大量故事情節的安排與舖陳都是按原有的結構處理。對原書中凡是健康的無害的噱頭和生動的語言都加以保留，淫穢、粗俗、色情的則全部加以刪除或用新的東西加以代替。

其二、從較高的審美要求來塑造人物形象，從更深的層次去發掘人物性格的內涵，整理過的《三笑》中一些主要人物比以前更生動、鮮明、可愛。對唐伯虎的描寫刻划，著重突出了他落拓不羈、風流瀟灑、博學多才、愛情專注，不受封建禮教約束的性格特點。清除了加在他身上的玩弄女性、輕薄無行的許多灰塵。對秋香則主要描寫她秀慧、善良、響往幸福，她對唐伯虎的愛並非建立在唐伯虎是否真是解元，而是愛他的才華、他的品行、他的誠實，剔除了原有寫她輕佻刁鑽、奴性的東西。[266]

[265] 周良：《蘇州評彈藝術初探》（北京：中國曲藝出版社，1988年10月）頁120。
[266] 楊作銘：〈徐雲志對《三笑》的整理和發掘〉，載《評彈藝術》第九集（北京：中國曲藝出社，1988年8月）頁110-111。

第五節　長篇蘇州彈詞《白蛇傳》

《白蛇傳》是清初演出的長篇蘇州彈詞中，較早出現的書目之一。《白蛇傳》的故事，一名《雷峰塔》，也叫《義妖傳》。在乾隆、嘉慶年間，就已經有王周士、陳遇乾、俞秀山等蘇州彈詞界中前輩說唱此一故事。約與《玉蜻蜓》同時，在《三笑姻緣》、《珍珠塔》流行書壇之前。

蘇州彈詞這類的說唱曲藝，在明朝中葉稱為「陶真」，當時已有說唱明人擬作的《紅蓮》、《柳翠》、《濟顛》、《雷峰》等故事。明世宗嘉慶（1522-1566）年間杭州田汝成說：

> 杭州男女瞽者，多學琵琶，唱古今小說平話以覓衣食，謂之「陶真」，大抵說宋時事。蓋汴京（北宋之都城開封）遺俗也。……其俗與杭（州）無異。若《紅蓮》、《柳翠》、《濟顛》《雷峰》、《雙魚扇墜》等記，皆杭州異事，或近世所擬作者也。[267]

這其中的《雷峰》故事，應即為《雷峰塔》，可惜不知其內容。

明末最早說唱故事的彈詞，就是《白蛇傳》。鄭振鐸得到一個崇禎（1628-1643）年間的抄本《白蛇傳》，認為「現在所發現的彈詞，無更古於此者。」[268]但其故事與日後的《義妖傳》有所不同。

一、《白蛇傳》故事的來源與演進

（一）《呂美亞》

趙景深在《彈詞考證》中，認為《白蛇傳》的故事，是從印度來的，另外印度又把這故事傳到希臘。後來英國詩人濟慈（John Keats 1795-1821）根據希臘神話，寫了一首七百行的敘事詩《呂美亞》（Lamia）。呂美亞是一個蛇精，幻化成美婦誘使青年李雪斯

---

[267] （明）田汝成：《西湖遊覽志餘》卷20（上海：上海古籍出版社，1998年12月）頁298。
[268] 鄭振鐸：《中國俗文學史》（下）（臺北：臺灣商務印書館，1999年4月）頁352。

（Menippus Lycius）和她結婚。結婚的當天，賓客阿坡羅尼阿斯（De Vita Apollonius）識破了呂美亞是蛇，於是一切幻象消失，呂美亞與房屋、器具與金銀一併消滅。

趙氏認為這故事中的李雪斯就是許仙，呂美亞就是白蛇娘娘白素貞，阿坡羅尼阿斯就是法海和尚。阿坡羅尼阿斯曾由波斯旅行到過印度國境，這個故事由阿坡羅尼阿斯從印度古代文獻裡，帶入希臘，再由濟慈根據希臘神話寫成《呂美亞》。另一方面，這個故事傳入中國，衍成《白蛇傳》。[269]

（二）《太平廣記》

成書於北宋初年的《太平廣記》[270]中，有許多蛇精的故事，這些蛇精幻化成美女之後，迷惑男人並將之殺害，情節恐怖。之中有〈李黃〉一篇，講唐憲宗元和二年（807）隴西李黃的故事，頗為詳盡，錄之如下：

> 元和二年，隴西李黃，鹽鐵使遜之猶子也。因調選次，乘暇於長安東市者，見一犢車，侍婢數人，於車中貨易。李潛目車中，因見白衣之姝，綽約有絕代之色。李子求問，侍者曰：「娘子孀居，袁氏之女，前事李家，今身依李之服方外除，所以市此耳。」又詢可能再從人乎？乃笑曰：「不知。」李子乃出與金帛，貨諸錦繡。婢輩遂傳言云：且貸錢買之，請隨到莊嚴寺左側宅中，相還不晚。
>
> 李子悅，天已晚，遂逐犢車而行，礙夜方至所止。犢車入中門，白衣姝一人下車，侍者以帷擁之而入。李下馬，俄見一使者將榻而出，云：「且坐。」坐畢，侍者云：「今夜郎君豈暇領錢乎？不然，此有主人否？且歸主人，明晨不晚也。」李子曰：「迺今無交錢之志，然此亦無主人，何見隔之甚也。」侍者入，復曰：「若無主人，此豈不可，但勿以疏漏為誚也。」俄而侍者云：「屈郎君」。李子整衣而入，見青服老女郎立於庭相見，曰白衣之姨也。中庭坐少頃，白衣方出，素裙粲然，凝質皎若，辭氣閑雅，神仙不殊。略序（敘）款曲，翻然卻入。姨坐謝曰：「垂情與貨，諸彩色比日來市者皆不如之，然所假如何，深憂愧。」李子曰：「綵帛粗繆，不足以奉佳人服飾，何苦指價乎？」答曰：「渠淺陋，不足侍君子巾櫛，然貧居有三十千債負，郎君倘不棄，則願侍左右矣。」

---

[269] 趙景深：《彈詞考證》（臺北：臺灣商務印書館，1971年9月）頁5-6。

[270] 《太平廣記》，宋太宗太平興國（976-997）年間，參知政事（宰相）李昉（925-996）奉敕編撰，全書五百卷，收錄自漢迄宋的小說、筆記、稗史中神仙妖怪等故事。

李子悅，乃於侍側俯而圖之，李子有貨易所先在近，遂命所使取錢三十千，須臾而至。堂西間門，砉然而開，飯食具備，皆在西間，姨遂延李子入坐，轉盼炫煥，女郎旋至，命坐，拜姨遂而坐，六七人具飯，命酒歡飲，一住三日，飯樂無所不至。

第四日，姨云：「李郎君且歸，恐尚書怪遲，後往來亦何難也。」李亦有歸志，承命拜辭而出。上馬，僕人覺李子有腥臊氣異常，遂歸宅。問何處許日不見，以他語對。遂覺身重頭旋，命被而寢。

先是婚鄭氏女在側，云：「足下調官已成，昨日過官，覓公不得，其二兄替過官已了。」李答以媿佩之辭。俄而鄭兄至，責以所往行。李已漸覺恍惚，只對失次。謂妻曰：「吾不起矣。」口雖語，但覺被底身漸消盡，揭被而視，空注水而已，唯有頭存。家大驚懾，呼從出之僕考之，具言其事。及去尋舊宅所，乃空園，有一皂莢樹，樹上有十五千，樹下十五千，餘了無所見。問彼處人云，往往有巨白蛇在樹，便無別物，姓袁者，蓋以空園為姓耳。[271]

〈李黃〉篇的白蛇、青蛇精作祟害人，十分可怕。故事情節還不具備日後《義妖傳》中，白蛇（白娘娘）與青蛇（小青）的人性與情義。

（三）《夷堅志》

這一類妻子為蛇精所幻化的美女故事中，宋人洪邁（1123-1202）在南宋時期撰著的志怪小說集《夷堅志》裡，有許多篇，如〈孫知縣妻〉、〈錢炎書生〉、〈衡州司戶妻〉、〈濟南王生〉等，可見唐、宋時代，蛇妻或蛇精的故事相當普遍。

（四）《西湖三塔記》

南宋時期（1127-1276），市人間說話盛行。說話就是講故事，流行於遊藝場中。這種由藝人徒口講述故事，當然採用口語的白話，與《太平廣記》、《夷堅志》[272]等志怪筆記小說的文體不同。故事的底本，叫做「話本」，是日後白話小說的起源。在宋人的話本中，有一篇《西湖三塔記》後來收入明朝嘉清年間（1522-1566），洪楩輯印的《清

[271] （宋）李昉：《太平廣記》卷458〈李黃〉。見《筆記小說大觀》（續編．二）（臺北：新興書局，1973年7月）頁1250-1251。

[272] （宋）洪邁：《夷堅志》，1981年上海中華書局據涵芬樓本點校出版，凡206卷，故事2700餘篇。見《筆記小說大觀》（正編．一）（臺北：新興書局，1973年7月）頁269-491。

平山堂話本》中。[273]

《西湖三塔記》是說杭州的奚宣贊被三個精怪所迷惑。烏雞幻化為卯奴，水獺幻化為婆子，白蛇幻化為白衣娘子，這些精怪迷惑男子以後，便將其殺害，再去迷惑別人。故事發生的地點是杭州，時節是清明。這三怪後被有法術的奚真人所收服，鎮壓在西湖中的三個石塔之下。

（五）《白娘子永鎮雷峰塔》

我國最早的《白蛇傳》故事，見於明朝馮夢龍輯的《警世通言》第二十八卷〈白娘子永鎮雷峰塔〉。該書出版於明熹宗天啟四年（1624），是一部宋、元、明話本和擬話本的總集，共有四十部小說。〈白娘子〉這一篇，有人說是宋人的話本，產於南宋時代[274]，有人認為是明人的擬作[275]，但已經過馮夢龍的整理。

《白娘子永鎮雷峰塔》的故事梗概，可以分為十三個段落：

1. 南宋高宗紹興（1131-1161）年間，杭州臨安府男子許宣，自幼父母雙亡，在表叔的生藥舖做主管，年方二十二歲。清明時節到保叔塔寺燒香薦祖，歸途中遇雨，在船上碰到白娘子與青青，因而相識，許宣將傘借與二人，自己冒雨返家。

2. 次日午後，許宣討傘，往訪白娘子，隔日又去白的住處，白娘子自稱與許有宿世姻緣，願嫁與為妻，並贈銀於許。

3. 許宣持銀往訪姐夫李仁，央其出面說親，李仁見銀，是邵太尉庫內的失銀，不敢隱瞞，乃出面自首。許宣被捕，遣戍蘇州，白娘子與小青遁去。

4. 白娘子與小青至蘇州尋到許宣，與之成親。半年之後，許宣去承天寺看臥佛，遇見終南山道士，認他有妖怪纏身，贈以靈符除妖。不料回家後被白娘子發現，靈符無效，道士反被羞辱。

5. 四月初八浴佛節，許宣再去承天寺遊玩，因身上穿的衣服與手中拿的扇墜都是典當庫內被盜之物，許宣又被公人逮捕，遣戍鎮江。由姐夫花錢保出，介紹在李克用藥舖中作事。

6. 白娘子與青青再到鎮江尋找許宣，與之同居一處。

7. 李克用見白貌美，有意染指，白娘子現出蛇身將之驚走。然後拿出本錢，讓許宣

---

[273] （明）洪楩輯：《清平山堂話本》為《六十家小說》之殘篇。1957年上海古典文學社出版，1987年上海古籍出版社重印共收白話短篇小說29篇。

[274] 趙景深：《彈詞考證》（臺北：臺灣商務印書館，1971年9月）頁7-8。

[275] 郭箴一：《中國小說史》（下冊）（北京：商務印書館，1998年4月）頁431。

離開李克用的店，自行開設藥舖。

8. 許宣去金山寺燒香，白娘子與小青駕船來接許宣回家，金山寺的法海禪師喝叱二人，二人翻舟落水逝去。禪師告訴許宣二人是妖怪。許宣回家，不見二人，相信二人確是妖怪。

9. 宋孝宗即位、天下大赦。許宣被赦，返歸杭州，白娘子與小青已先在杭州等候，許宣訴請離開，被白娘子出言恫嚇，又不意被姐夫窺見白娘子的蛇形。

10. 許宣向姐夫說出事由，姐夫命許宣請出白馬廟的戴來捉蛇，無功而返。

11. 許宣到淨慈寺訪法海禪師求救，法海給許宣一個缽盂。許宣回家，用缽罩住白娘子，隨後法海趕來，又降服了小青，原來是一條青魚。

12. 禪師將白蛇與青魚共置於缽盂之內，封了缽口，拿到雷峰寺前，將缽盂放在地下，搬運磚石，砌成一塔。並偈曰「西湖水乾，江湖不起；雷峰塔倒，白蛇出世。」

13. 許宣拜禪師為師而出家，在雷峰寺為僧，修行數年，坐化而去。[276]

這個《白蛇傳》的故事雛形，較日後戲曲和彈詞中的情節，自是簡單許多。沒有端午飲酒現形，白蛇與茅山道士鬥法，水漫金山，白蛇與法海鬥法以及斷橋相會等事件，更沒有什麼白蛇生子，日後其子考中狀元，祭塔使白娘子重生的結尾。是一個較為單純的人妖相戀的悲劇故事。

刊於清康熙二十七年（戊辰，1688）杭州陸次雲的《湖壖雜記》中記有〈雷峰塔〉一條。

> 雷峰塔，五代（907-959）所建，塔下舊有雷峰寺，廢久矣。嘉靖（1523-1566）時，東倭入寇，疑塔中有伏，縱火焚塔，故其簷級皆去，赤立童然，反成異致。俗傳湖中有青魚白蛇之妖，建塔相鎮。大士囑之曰：塔倒湖乾，方許出世。崇禎辛巳（1641），旱魃久虐，水澤皆枯，湖底泥作龜裂，塔頂塔𦦨薰天。居民驚相告白：白蛇出矣，互相驚懼。遂有假怪以惑人者。後得雨，湖水重波，塔煙頓息，人心始定。[277]

[276] 詳見（明）馮夢龍：《警世通言》（下）（臺北：里仁書局，1991年5月）頁420-445。

[277] （清）陸次雲：《湖壖雜記》〈雷峰塔〉見《筆記小說大觀》（三篇・十）（臺北：新興書局，1974年5月）頁6353。

可見一篇話本小說的妖怪故事，竟被杭州當地居民信以為真。其後這一故事就越傳越廣，遍及於各種小說與戲劇之中了。

（六）《雷峰塔傳奇》

清雍正年間（1723-1735）黃圖珌著崑劇《雷峰塔傳奇》三十二齣，脫稿後，即有伶人加以搬演，有好事者續以白娘子生子情節，流行於吳、越、燕、趙等地，黃氏雖加以痛斥，亦不能改。這三十二齣中，已經比話本小說中多了盜草、水鬥，戲劇搬演後又添上了生子、祭塔的情節。

清帝乾隆喜愛戲劇，除在宮廷中與建許多舞台供承應演出之外，巡幸在外時，也不忘觀劇。乾隆三十六年（辛卯，1771）皇帝再次巡幸江南，方成培奉命改編黃氏的《雷峰塔》傳奇，以供演出。清末浙江餘杭人徐珂（1869-1928）在其所著的《清稗類鈔》中曾記載其事：乾隆南巡途中要聽新戲，官方延請名流撰《雷峰塔傳奇》，採用舊曲腔拍演唱，御舟在運河中開航，戲臺架於二舟之上，向御舟演唱。方氏的改編本有四卷三十四齣。一般的評價較黃的劇本為好。故事的梗概，據青木正兒《中國近代戲曲史》的略述是：

> 峨眉山中有一白蛇，竊食西王母蟠桃，經修煉遂成白雲仙姑。塵念未絕，乃偕修煉千年之青蛇，自稱白娘，化身為閨秀；青蛇稱青兒，化為侍女，欲求美少年為耦，至杭州西湖。杭州有一青年名許宣，清明節祭掃父母墳墓，歸途遇風雨，停舟畔，此風雨實為白娘欲近許宣作法起之也。白娘與青兒求搭載，舟中互相心許，期後會而別。
>
> 翌日許生訪白娘，約訂婚姻，受白娘贈銀百兩而歸，適官庫失寶銀四十錠，許生姊婿悉許生持歸之銀，為所失寶銀中二錠，驚而令許生遁至蘇州知友處，姊婿乃告之官，因搜索白娘家中，果得官銀。白娘、青兒忽隱形不見，未能捕獲，旋白娘至蘇州訪許宣，同棲焉。
>
> 許宣一日詣神仙廟，廟主見許生，警告之云：汝有妖精纏身之相，給以符，祓除之。白娘知其事，命青兒捉廟主來，以術破其法，除去許生疑心。
>
> 瑞午日，白娘被許宣強飲以雄黃酒，醉臥，現本相，許生見而驚絕。白娘乃登嵩山，求南極仙翁仙草，救許宣。
>
> 秋至，虎邱桂花盛開，許生欲出遊，白娘囑冠八寶明珠巾而去。此巾為近時蕭

太師被盜之物，故許生被慱送官，經審查之下，顯然為妖怪作祟，許生因得赦罪，逃至鎮江，寄寓何員外家中。白娘復至，許生驚懼，不許其入門。員外見其為端麗閨秀，強勸許生，又暫與之同居。

鎮江金山寺中有法海禪師，為除白蛇之害，奉佛旨自西天來卓錫於此者也。時有湖北商人買取檀香之歸舟，白娘以一陣狂風將香木悉數攝取，藏之家中。法海知其事，至其門前向許宣請得其一以雕佛像，許生應諾。後日許生不聽白娘勸止，攜香木詣金山寺。白娘以法海法力無邊，憂法海保護許生不令還家，率青兒欲至金山寺奪還許生，乃指揮水族，發大水攻金山寺。法海以法力召護法神，與之鬥，驅除水族。且謂許生曰：汝與彼孽緣未滿，可暫歸杭州，在姊夫家中再與之同居，毋須恐懼。

既而白娘來西湖，時已受許生之孕，將近臨月，乃至斷橋亭時，腹痛不能前進，青兒扶之，憩亭中。許生偕法海禪師來此，與禪師作別，過斷橋，適與白娘再會，許生驚懼遁走，繼思禪師之戒，鼓勇視之，白娘陳怨言，極淒艷，許生謝前非，相攜至姊夫家中。時其姊新生一女，白娘與之約，如腹中所孕者為男兒，則訂之為夫婦，果得為男兒。

斯時法海卓錫淨慈寺中，許詣寺謁之，法海約明日親來，除去白蛇妖精。及期，早朝白娘正理髮之際，法海忽然出現，以鐵缽罩白娘頭上，白娘忽不見，僅見一小白蛇蟠居鐵缽罩中耳。法海又命揭諦神捉青兒去。法海乃埋白蛇於雷峰塔下。宣稱：「白蛇聽者，雷峰塔倒，西湖水乾，許汝再出世。」（下略）[278]

方成培改編的戲曲本子，與馮夢龍《白娘子永鎮雷峰塔》的小說相比，內容變得複雜，增添了許多情節：

1. 出山：白蛇原住蟠桃園，後赴峨眉山連環洞中修煉，欲往塵凡。其義兄黑風加以勸阻，不聽。

2. 收青：青青原佔裘王府，白蛇與之戰，收伏之，遂主婢相稱，同居府中。

3. 端陽：白蛇飲雄黃現形，驚死其夫。

4. 求草：白蛇向南極仙翁求仙草，救活其夫。

---

[278] 青木正兒：《中國近世戲曲史》（上冊）（臺北：臺灣商務印書館，1996年12月）頁431-432。

5. 療驚：因恐許宣生疑，乃以白綾化為蛇，寸磔之。

6. 化香：許宣之香係白蛇在商人覆舟時劫來者，因此白蛇又多一罪狀。

7. 水鬥：白蛇乞法海還其夫，白蛇水漫金山傷人無數，此又為罪狀之一。

8. 斷橋：法海囑許宣閉眼，令其回杭，與白蛇相會，時白蛇已有身孕。

9. 腹婚：李仁與許宣指腹為婚，後李仁得女，許宣得男，名為士麟。

10. 佛圖：士麟祭塔，法海放出白蛇，白蛇與許宣同昇仙界。

（七）《雷峰塔奇傳》

嘉慶十一年（1806）芝山吳炳[279]書序的玉山主人撰《雷峰塔奇傳》又名《雷峰夢史》，五卷十三回。趙景深認為這部小說是受了未刊的蘇州彈詞和崑劇的影響而寫出的。在故事中又多了下列的一些情節：

1. 第三回增加散瘟和賣藥大利的情節。

2. 第五回白蛇盜草，並未打敗白鶴童子，反被白鶴童子所啄。觀音手下的白鶯童子救了她。白蛇又冒充觀音托夢給縣尹，要他請許仙（宣）治病，斷為雙胎，賺了很多謝禮。

3. 第六回白蛇盜寶與眾醫生比賽，為人識破，許仙（宣）被判發配鎮江。這是替代「盜巾」的。

4. 第八回許宣害相思病，白蛇並未顯原形嚇他，僅詩一首，促其覺悟，此下無偷盜客人檀香事。

5. 第十一回增茅山道士報仇，趁白蛇在花園禱告時放出蜈蚣來咬她，仍為白鶯童子所救。[280]

這部小說與當時已經傳唱的彈詞《白蛇傳》與寶卷中的《白蛇傳》，都增添了因緣果報思想。

（八）《三祭雷峰塔》

嘉慶年間手抄本《三祭雷峰塔》寶卷中，許仙、白蛇、青蛇與法海的故事，因果的氣味甚濃，這是「勸善書」必有的特色。白蛇對許仙的無情與法海的鎮壓，並無怨恨，認為自己應該修行懺悔來贖罪。這個寶卷是殘卷，只有一本，上闕。故事是從合缽開始的。光緒十三年（1887）有杭州景文齋刊本《白蛇寶卷》，一名《雷峰塔寶卷》，宗教

---

[279] 趙景深：《彈詞考證》（臺北：臺灣商務印書館，1971年9月）頁28-29。

[280] 趙景深：《彈詞考證》（臺北：臺灣商務印書館，1971年9月）頁36-37。

色彩與因果報應思想甚濃。[281]稍後又有光緒三十年（1904）的手抄本《金山寶卷》。在這個手抄本中，故事情節完備，共分六段：

1. 許仙前身叫陶鳳美，曾在乞丐手中救過一條白蛇。

2. 呂洞賓（純陽）在長江邊賣湯圓，大的便宜、小的貴。沒有人買小湯圓，但其中有仙丹。呂洞賓將小湯圓丟入江中，為白蛇、青蛇吞食。

3. 許仙遊杭州西湖，遇白蛇、青蛇，與白蛇結為夫婦。後許仙因罪發配到蘇州，白蛇、青蛇隨至蘇州。許請道士捉妖，白蛇、青蛇與道士鬥法，打敗道士。

4. 許仙出遊虎丘，又被捕，解送到鎮江，主動上金山寺要求出家，法海禪師要他回杭州。

5. 白蛇分娩，許仙怕生出小妖，求法海給他缽盂，罩住白蛇，然後自己出家。

6. 多年後，許仙與白蛇之子許夢蛟中了狀元，來祭雷峰塔，孝感動天，母子相會。[282]

一生致力彈詞研究的譚正璧，對《白蛇傳》一名《雷峰塔》故事發展始末，敘述甚詳，擇錄於下：

> 白蛇故事傳說甚古，自唐人傳奇《白蛇記》（一名《李黃》，見《太平廣記》）而下，宋人話本即有二種：一為《西湖三塔記》（見《清平山堂話本》），內容近唐人《白蛇記》；一為《白娘子永鎮雷塔》（見《警世通言》卷二十八），即彈詞之藍本，人物情節大致相同。清人墨浪子又改編為《雷峰怪跡》（見《西湖佳話》卷十五），後黃山主人又擴大為中篇小說《雷峰塔奇傳》（一名《白蛇奇傳》）。
>
> 戲曲方面，明郯經亦有雜劇《西湖三塔記》（見《錄鬼簿續篇》）。傳奇在明代已有陳六龍之《雷峰記》，清初有黃圖珌《雷峰塔》，後陳嘉言父女改本《雷峰塔》，最後又有方成培改本《雷峰塔》，中間刪去八齣。
>
> 說唱作品有北方子弟書《雷峰塔》，山東琴書《白蛇傳》，寶卷《義妖傳》（一名《雷峰》），木魚歌《雷峰塔白蛇記》。[283]

---

[281] 胡士瑩：《彈詞寶卷書目》（上海：上海古籍出版社，1984年6月）頁103。

[282] 麟瑞堂湯永福光緒三十年手抄本，路工藏。見周良：《彈詞經眼錄》（南京：江蘇文藝出版社，1996年4月）頁92-94。

[283] 譚正璧、譚尋：《彈詞敘錄》（上海：上海古籍出版社，1981年7月）頁47。

二、《白蛇傳》的刊本

（一）《繡像義妖傳》

現存蘇州彈詞《白蛇傳》最早的說唱底本，當推清朝嘉慶十四年（1809）署名陳遇乾原稿，陳士奇、俞秀山校訂的《繡像義妖傳》，有顧光祖的序。這個說唱本子，有二十八卷五十三回，二言目。到同治己巳（1869）年的刻本中，分為四卷，亦是五十三回。趙景深說，這是一切《白蛇傳》故事中最詳細的一種。其回目如下：

〈仙蹤〉、〈游湖〉、〈說親〉、〈贈銀〉、〈踏勘〉、〈訊配〉、〈逼丐〉、〈驛保〉、〈復迷〉、〈客阻〉、〈辭伙〉、〈開店〉、〈散瘟〉、〈贈符〉、〈鬥法〉、〈端陽〉、〈現跡〉、〈盜草〉、〈迷顧〉、〈婢爭〉、〈聘仙〉、〈降妖〉、〈慮後〉、〈賽盜〉、〈驚堂〉、〈迷途〉、〈戀唬〉、〈驚敘〉、〈巧換〉、〈化檀〉、〈開光〉、〈水漫〉、〈姑留〉、〈二賞〉、〈降妖〉、〈盤青〉、〈指腹〉、〈產貴〉、〈成衣〉、〈驚夢〉、〈飛缽〉、〈鎮塔〉、〈遺容〉、〈剪髮〉、〈鬧學〉、〈盤姑〉、〈哭塔〉、〈收青〉、〈逼試〉、〈見文〉、〈考魁〉、〈祭塔〉、〈仙圓〉。

如果把說親分為〈說親〉和〈成親〉兩回，則為五十四回，內容不變。

在這個本子裡，有後來演唱者加入的一段話：

> 吾道中唱《白蛇傳》，個個有鬥法，……雖則熱鬧好聽，然而與情理勿合。神仙廟係城市大街，人煙稠密之所，豈容妖魅鬥法，各顯神通？將今比古，世事一般。豈無官府訪拿？仙官（許仙）蘇地（蘇州）焉得存身？只有陳遇乾老先生唱《白蛇傳》，並無鬥法，乃情真理切也。[284]

可見在這個說唱本子之前的《白蛇傳》是有呂洞賓廟中白蛇與茅山道士鬥法情節的。

馬如飛《白蛇傳》開篇中有〈鬥法〉一篇，描述白青二蛇至呂洞賓（純陽）廟與茅山道士鬥法的情形：

---

[284] 趙景深：《彈詞考證》（臺北：臺灣商務印書館，1971年9月）頁42。

茅山道士不應該，無事無瑞結禍胎。

二道靈符門上貼，一聲霹靂掌中雷。

幸虧未被天君打，否則今番性命危。

青白二妖皆怨恨，有心鬥法廟中來。

不走正門行側首，抄過庭心繞殿階，

見純陽不敢亂仙規。

身登寶殿焚香燭，拜罷抽身上露台。

近台道士稱妖怪，一個是十兩人參討取還。

斬妖斬怪取寶劍，遣神遣將仗靈牌。

一個是已籌未雨綢繆計，命那五鬼虛空來運開。

各顯神通施妙法，豈知羽士欠調排。

茅山道士無人助，煩刻之間已被圍。

吊上旗杆空里打，十分苦求十分哀。

不知不罪求饒恕，事出無心冒犯威。

金母娘娘門弟子，乞求收錄願追隨。

連連哀求輕輕放，咫尺茅山不敢歸，

尋師學道走天涯。[285]

趙景深認為此一開篇係根據未刊的彈詞底本而作的，因為刊本彈詞《義妖傳》即陳遇乾本，並無白蛇吊打茅山道士之事。[286]

《白蛇傳》的故事情節大抵如嘉慶本《義妖傳》，但歷代藝人說唱此一故事時，都另有增減，頗不一致。

以說唱《白蛇傳》享名，有「蛇王」之號的蘇州彈詞響檔楊仁麟（1906-1983），在其1961年自敘的〈談談說唱經驗〉中說：他在八歲時從養父楊筱亭學彈詞《白蛇傳》，十二歲和養父拼雙檔說書，十六歲開始放單檔說唱。楊筱亭（1885-1946）是師從沈友庭

[285] 《馬如飛開篇集》61〈鬥法〉，載：《評彈藝術》第十六集（南京：江蘇文藝出版社，1995年7月）頁192。

[286] 趙景深：《彈詞考證》（臺北：臺灣商務印書館，1971年9月）頁42。

（?-1909）學《白蛇傳》的。老師很保守，不太肯教，要靠自己琢磨，書學得不完全，後來楊筱亭請了一位作家曹福生編寫《後白蛇》，才把書補完。[287]

在這篇記敘裡，可見藝人說唱彈詞，底本難求，楊氏父子擅說《白蛇傳》，諒必未曾得見陳遇乾《義妖傳》的刊本，除師徒間的口傳心授以外，還靠自己的揣模摸索和請文人協助，撰寫腳本。因之也就造成一書有多種說法，每人說法不同的現象了。

另一說唱《白蛇傳》的響檔曹嘯君（1916-）師從曹嘯英習《白蛇傳》，曹嘯英師從王子和，王子和與沈友庭是師兄弟，所以曹嘯英和楊筱亭同輩，曹嘯君則與楊仁麟同輩，但小楊仁麟十歲。

曹嘯君在曹嘯英那裡聽了一年書，老師認為他沒有小嗓（假嗓），不宜說《白蛇》，沒有給他抄腳本。老師過世後，他和師叔鍾月樵拼檔說書，拼拼湊湊，編了十回書混飯吃。中共建國後，蘇州市文聯於1952年組織了一個「白蛇整理小組」整理《新白蛇》，幫助藝人說唱。

據曹嘯君的自敘，《白蛇傳》是部破書，靠人說書，不像《珍珠塔》、《玉蜻蜓》那樣，有較強的故事性和較高的文學性。書不夠，神來湊的地方不少。所謂神來湊，是說書人一時硬編出來的情節，也叫做「簣出來的」。

（二）新《白蛇傳》

1952年起，蘇州市文聯成立了兩個整舊小組，協助彈詞藝人整理《岳傳》和《白蛇傳》。到二十世紀六十年代後期，又整理出《珍珠塔》、《三笑》等書目。整理後的新《白蛇傳》，情節是完整的，文學性較好，但刪節了許多內容，線條比較粗，神話的色彩沖淡。過去老《白蛇傳》從開頭說到第三十一回〈水漫〉，要說一個月，大約是全書五十四回的一半多一點，現在《新白蛇傳》，只有二十四回，全部說完，也不滿一個月。[288]

（三）《白蛇傳》選回

《老白蛇》所以被稱為「破書」，人物塑造粗糙是一個主要的原因。1977年7月至2000年8月，由周良主編，江蘇文藝出版社出版了四集《蘇州評彈書目選》，這個選集中，收錄了長篇彈詞《白蛇傳》的選回十回。其中除兩回是《繡像義妖傳》中的第四十

[287] 楊仁麟：〈談談說唱經驗〉，載《評彈藝術》第五集（北京：中國曲藝出版社，1986年1月）頁66-68。
[288] 曹嘯君：〈我說白蛇傳〉，載《評彈藝術》第二十五集（蘇州：蘇州評彈研究會，1999年12月）頁112-113。

二回〈飛缽〉、第四十三回〈鎮塔〉外，其餘都是由說唱《白蛇傳》的著名藝人與彈詞作家合作整理出的實際的演出本。這些選回的回目如下：

1.〈成親〉王蔭柏、高美齡演出本　第三集（上冊）

2.〈公堂〉陳靈犀、蔣月泉整理　第二集（下冊）

3.〈投書〉陳靈犀改編　第一集（中冊）

4.〈計阻〉陳靈犀、楊仁麟整理　第三集（上冊）

5.〈端陽〉陳靈犀、蔣月泉整理　第一集（下冊）

6.〈盜仙草〉俞筱雲、俞筱霞演出本　第二集（下冊）

7.〈斷橋〉陳靈犀、蔣月泉整理　第二集（下冊）

8.〈合缽〉蔣月泉、朱慧珍演出本　第四集（下冊）

9.〈飛缽〉據《繡像義妖傳》第四二回　第四集（下冊）

10.〈鎮塔〉據《繡像義妖傳》第四三回　第四集（下冊）

其中〈合缽〉、〈飛缽〉是同一回書，可以對照新、舊《白蛇傳》描繪情節內容的不同，餘下的九回書，可以包括全部《白蛇傳》的主體內容了。

〈成親〉是《新白蛇傳》的第二回，第一回則是〈游湖〉。這是作家陳靈犀和藝人蔣月泉根據藝人楊仁麟的口述整理出來的，也是蔣的門徒王柏蔭與王的徒弟高美玲的說唱底本。〈成親〉是〈游湖〉與〈捉白〉、〈公堂〉之間的過渡書，情節簡單，沒有正反面人物的衝突，沒有懸念、關子，沒有精彩的唱段，沒有輔助人物的穿插湊趣，只靠說書人的說唱技巧，表現出情節的輕鬆有趣。這段書中表出白素真的善良多情、許仙的忠厚單純和小青的熱心爽朗。

〈公堂〉是許仙與白素貞成親後，白贈銀給許助其開店，許仙回家後，被姊夫發現是贓銀，將許仙送官究辦，由錢塘（杭州）縣加以審問的情節。其中發噱的是，錢塘縣要打許仙的板子，被白素貞施法術，打倒縣官的太太屁股上去了。這一段書完全是胡扯，既不具真實性，也沒有什麼趣味，這樣的「肉裡噱」，適足以顯現書情的貧乏。差役在大堂上打許仙的屁股板子，許仙不會痛，反轉到大堂後面房間裡，縣官太太不由自主的拿窗閂打自己的屁股，痛不堪言，這樣就阻止了縣官繼續審問許仙，而草草定以輕罪，將許仙發配到蘇州。這種情節，在今天的書場中和電台播放上，會有人感興趣嗎？

〈投書〉是許仙發配到蘇州後，投靠大生堂藥店老板王永昌的故事，倒是深入的刻劃了王永昌的容貌、舉止與精細吝嗇的性格。王永昌請許仙吃餛飩，怕賣餛飩的給少了而邊吃邊數的一段書，是噱得合理而有趣。

〈計阻〉是〈投書〉的後一回書，這兩回書的重點都在描述王永昌的刻薄、刁惡、虛偽，刻得細緻而生動。同時又塑造了一個伙伴阿喜的贛厚形象，襯托出許仙的忠厚老實又不失幹練。〈計阻〉中有較長的許仙思念白素貞的唱段，顯示出他對白素貞的愛戀，是頗好的描述。但是結尾又有許仙半夜進城，白素貞令小妖阻止關城門，以便讓許仙得以進城的荒誕情節，使這部書的格調無法提高。

〈端陽〉是全書情節的轉折點。在這回書之前，許仙雖然疑心白素貞是妖魔女，但未能證實，還是誠心愛她的。瑞陽節白素貞誤飲雄黃酒，現出蛇形原身嚇死許仙，才會引出以後的〈盜草〉、〈化檀〉、〈水漫〉等重要的情節。〈端陽〉後，許仙的心態改變，確認白素貞是妖怪，又愛又怕，怕的時候，就要投向法海禪師，尋求庇護，使白蛇與法海的矛盾衝突加劇，書情才湧上高潮。有人說「白蛇頭蜻蜓尾」，其實《白蛇傳》的高潮應該是在〈端陽〉與其後的各回目裡。

〈盜仙草〉緊接在〈端陽〉、〈現跡〉之後，其中神異的色彩較重。說到白素貞飛渡弱水直抵崑崙山，盜取仙丹仙草，受阻於白鶴童子，並被白鶴啄傷，幸虧壽星仙翁同時搭救，賜以仙丹，並送回蘇州。

〈盜仙草〉救活許仙後，還衍生許多情節，重要的如〈化檀〉、〈水漫〉等回目都沒有選入，直接就跳到〈斷橋〉，只以「許仙給法海和尚騙上金山，向法海索夫，法海不肯放回，白素貞無奈，只得水漫金山」一語帶過。在傳統的各種戲曲裡那種蝦兵蟹將魚精與天神鬥法的熱鬥場景都刪掉了。〈斷橋〉的書情開始得十分突兀，許仙看到水漫金山，情急之下想逃回鎮江和妻子相聚，不料誤入山洞，身不由主地由鎮江的紫霞洞直跑到杭州西湖中孤山後面的雲霞洞，就回到了杭州。鎮江直通杭州的這條山洞，恐怕是世界上最長的一條山洞吧！說書人的信口胡謅，令人觀止。又恰好白素貞水淹金山與法海鬥法失敗，帶了小青返回杭州，才在西湖斷橋亭上與許仙相遇。見了許仙雖然生氣，但經過許仙的懺悔後，便也寬恕了他，倒是小青對許仙不滿，把他大罵了一頓。白素貞愛許仙，反而替許仙說情，找理由寬諒。這一回書目中，突顯了小青的仗義直率，白娘子的體貼多情。

〈合缽〉是故事的尾聲。許仙此刻性格中軟弱、多疑、無主見的弱點再現，在法海的壓迫與眾人的起哄下，把金缽罩在白素貞頭上，使白受盡苦楚，許又後悔，想拯救白卻無能為力。白素貞卻無怨無恨，向許承認自己是千年修煉的白蛇，然後將出生彌月的幼子託付給許仙的姐姐撫養，又叮囑許仙注意自己的身體，好好處理店務，再娶一房妻子，好照顧許仙與幼兒。書情至此，白素貞的人格已經完全淨化、昇高，不是一般妖精和凡人所能相比，而是超凡入聖，躋於仙界了。

〈鎮塔〉在〈合缽〉之後，重複了〈合缽〉中收白蛇的情節，不過加上許仙的姐姐看到白蛇被收入缽中之後，大罵許仙恩負義與法海無端干涉的話。〈鎮塔〉與〈合缽〉是《繡像義妖傳》中的兩回書，署陳遇乾原稿，擇自同治己巳（1869）年刊本，沒有經過後來的藝人和文人修改，書中都是蘇州話，還有些是杭白。有方言文學的特色。

三、《白蛇傳》的本事

（一）《白蛇傳》

浙江錢塘（杭州）人許仙，年十八，在王員外生藥舖為店伙。春日，偶遊西湖，遇雨雇船，有主婢兩女搭船同行。主為白氏，婢小青，住湧金門內，許仙送兩女至家，借傘而歸。

明日，許仙往還傘，白氏殷勤接待，勸其自設藥舖，借以元寶一枚。許仙大喜，攜往告姊。姊夫陳捕正受命追查庫銀失竊，見元寶，識為庫中物，潛往告官，捕許仙追問，並跟蹤往拿白氏。至白所，忽風起，兩人均隱去，遺元寶四十九枚，適符庫中所失之數。許仙因被充軍至蘇州。

許仙到蘇，得王員外弟王二員外助，在其藥舖中為店伙。一日，出游胥門，忽又遇白氏、小青。白氏自言能仙術，故當日得脫逃。因邀許仙至其家，兩人遂於當晚成親。嗣後，白氏又出銀與許仙自設藥舖。

夏日，白氏在後園現大白蟒原形，驚死許仙。白氏潛往南極仙翁洞府，戰勝白鶴童子，盜得名為返魂香之仙草，救活許仙。於是夫婦恩愛不離，許仙又納小青為妾。

許仙於中秋節游虎丘，白氏給予懸有珊瑚墜之描金宮扇一柄。許仙至山塘，捕快見其扇為王府小姐所追失物，又逮捕許仙到衙。許仙招出白氏。白氏至堂，復化風逸去。許仙被判發送鎮江。

許仙被解至鎮江，又得王二員外弟王三員外保出，留居其家。不久，白氏、小青尋至，哄過許仙，同居在外。王三員外迷戀白氏美色，偽托做壽，誘白氏至家，欲行非禮。白氏怒變大白蛇，王三員外當場受驚而死。

一日，許仙上金山寺，遇主持僧法海禪師。法海指白氏為妖，勸許仙遠離。許惶惑。此時白氏亦追蹤尋至，與法海鬥法，不勝而逃。計許仙當歸杭州，乃往杭尋許仙姐。許仙姐留之同居。不久許仙果至，見白氏亦在，回憶法海所言，乃更往淨慈寺尋法海。法海賜以缽，命鎮白氏。白氏見缽，被逼原形，鎮壓於雷峰塔下。小青被當場擊斃。白氏義兄魚精前來報仇，亦為法海挫敗。法海命魚精往塔下取出白氏所生之子，由法海親自送歸許仙。

許子名猩猩，及長，力大能擒猛虎。後中文武狀元，掛帥征蠻。在魚精協助下，大勝而歸。被封為都督大將軍，御賜與張女翠環成婚。許仙亦受恩賜。猩猩乃奏請拆塔救母，詔諭謂白氏係妖，不准拆塔，但許春秋兩祭。全家同歸杭州西湖祭塔。祭畢回京，榮祿終身。[289]

（二）《義妖傳》

元代，上界蕊芝仙姑弟子素貞，號六支，係白蛇修成。得王母指點，下凡往臨安找尋前世恩人報恩。經鎮江，與黑魚精黑風大王結為義兄妹。在錢塘江口又收伏青蛇為婢，取名小青，結伴同行。

臨安人許仙，字漢文，幼喪父母，由姊丈捕快陳彪夫婦撫育成人，在藥材行中當伙計。時值清明，許出城掃墓歸，在西湖邊與素貞主婢相遇。素貞知即前世恩人，因施術下雨，故乘許所雇小船同歸城內。至清波門登岸，素貞邀許至家中小坐，許仙從之。素貞自稱為官家女白秀英，由小青為媒，留許仙當夜成婚。

次日，素貞贈許仙銀兩，使歸告其姊。誰知此銀乃黑風大王私盜庫銀送與義妹作禮物。陳彪識為庫銀，向縣衙出首。知縣命傳白氏主婢，人已隱去，而所失庫銀全在其家。許仙被判徒罪兩年，發配蘇州。

許仙至蘇州，為大生堂藥材行主王永昌保出，即在行中為伙計。一日入城，遇小青，知素貞主婢亦來蘇州，已賃屋住家。素貞偽詞解釋前事，夫妻和好。素貞又出資與許仙於城外自開保和堂藥店。

端午節，小青潛往深山匿避，素貞亦裝病不出房。許仙疑妻中風寒，強之服雄黃酒。素貞遂現出白蛇原形，許仙被嚇死。素貞得小青喚醒，歷險往崑崙山盜取仙

[289] 譚正壁、譚尋：《彈詞敘錄》（上海：上海古籍出版社，1981年7月）頁296-298。

草，救活許仙。又偽造假蛇以釋許仙疑，夫妻仍和好如初。

中秋日，同行賽寶，許仙因缺少寶物，受人嘲笑。小青暗借崑山工部尚書顧家寶物作賽，為人識破，告之官，將許仙捕去。素貞散去伙計，同小青移居鎮江，再開保和堂。許仙得判無罪，後因事往鎮江，又與素貞重會，遂居鎮江不歸。

鎮江金山寺住持僧法海，受佛旨監視素貞主婢，誘使許仙至寺，向許道破素貞來歷。許仙惶惑，願從法海出家，惟求一別妻子。時素貞已攜小青追蹤而至，懇求法海釋夫。法海不允，擬用金缽收素貞。但此時素貞已受孕，胎兒為文曲星，故法寶無效，素貞因得逃走。

素貞請黑風大王相助，共往金山，向法海索取丈夫。黑風不敵法海，施法使水漫金山，淹死鎮江全府生命，由是觸犯大罪，為龍神所殺。

素貞主婢失敗回杭，許仙亦被法海放回，在斷橋相遇。許仙知素貞懷孕，自認不是。小青怒欲斬許仙，終為素貞勸住，遂共往許仙姊家安身待產。

此時許仙姊亦懷孕，兩家指腹為婚。後同日生產，素貞生子夢蛟，許氏生女碧蓮。滿月，兩家設宴慶賀。法海突至，以金缽收素貞，使現原形，夫婦哭別。全家隨往西湖邊，由素貞自述前因後果。小青遁去，蓄志報仇。

許仙托子於姊，往雲栖寺出家為僧，後輾轉至金山寺。夢蛟受姑母撫養，至七歲，方知生身母離合之事。十九歲，夢蛟入京赴試，過金山寺，遇許仙，父子相會。及抵京，夢蛟應試中狀元，兩家父對母皆受封贈。

夢蛟歸家，往雷峰塔祭母，值素貞二十年難滿出塔，母子相會。素貞隨即回天，仍歸仙班。

夢蛟與碧蓮成婚，假滿回京，過金山寺探父，已於數日前坐化。[290]

四、《白蛇傳》的書藝傳承

最早說唱《白蛇傳》的名家，相傳是清初元和（今蘇州吳縣）人王周士。王周士生卒年月不詳，據說乾隆皇帝南巡時，曾奉召在御前說書，賜以七品頂載。王氏以得《游龍傳》、《白蛇傳》享名。在蘇州話中，王、黃的發音相同，有人認為王周士即黃周

[290] 譚正璧、譚尋：《彈詞敘錄》（上海：上海古籍出版社，1981年7月）頁44-46。

士，清人趙翼（1727-1814）曾在其《甌北詩抄》有詩贈黃周士，盛贊其書藝。

在現存蘇州說唱底本中，《義妖傳》（即《白蛇傳》）的刊本均題為陳遇乾原著，俞秀山、陳士奇校閱。

陳遇乾是蘇州人，生卒年月不詳。早年曾學習崑曲，並入洪福、集秀二班。後來才改業彈詞，以唱《白蛇傳》、《玉蜻蜓》聞名當世。其藝業活動於乾隆末年至道光年間。授徒毛菖佩、張夢高。

陳遇乾的弟子毛菖佩、張夢高各擅勝場，均擅說《白蛇傳》與《玉蜻蜓》。

在嘉慶、道光年間，陳士奇、俞秀山也說唱《白蛇傳》。陳士奇又兼說《玉蜻蜓》，在蘇州市評彈研究室編印的《蘇州評彈傳統書目流傳概要及歷代傳人系脈》中，陳士奇的書藝傳予張兆堂，張兆堂再傳田錦山。

俞秀山除《白蛇傳》外，兼說《玉蜻蜓》與《倭袍》，尤以《倭袍》最為著名。俞秀山的傳人最眾，門徒枝葉繁茂，傳人有錢耀山、王秋泉等人。

王秋泉，生卒年亦不詳，從錢耀山習《白蛇傳》及《玉蜻蜓》，同治十年（1871）在光裕公所出道，曾與田錦山拼檔演出。其授徒甚多，有吳西庚、王子和、張雲亭、沈友庭等人。

吳西庚，光緒十七年（1891）光裕公所出道，擅說《白蛇傳》，傳藝與弟吳陞泉、子玉蓀（1890-1958）、小松（1892-1971）、小石。

張雲亭，本為王秋泉次子，後過繼姓張，與兄王子和同從其父習《白蛇傳》與《玉蜻蜓》，其門徒亦多兼說此二書。

沈友庭，同治、光緒間藝人，師從王秋泉習《白蛇傳》及《雙珠球》，其傳人亦兼說此二書。其傳人楊筱亭養子楊仁麟（1906-1983）為說唱《白蛇傳》之名家，在二十世紀三十年代，有「蛇王」之譽，楊仁麟的傳人徐綠霞（1917-1996）除演出《白蛇傳》外，又兼《楊乃武》。楊筱亭之另一門徒余韻霖（1923-），會說全本《白蛇傳》。

王子和門徒中，俞筱霞（1902-1986）與義兄俞筱雲（1900-1985）同習〈玉蜻蜓〉與《白蛇傳》。俞的傳人有楊乃珍（1937-）。另一門徒曹嘯君（1916-）係王的再傳弟子，受業曹嘯英，與其姪女曹織雲（1934-）亦均兼說《白蛇傳》、《玉蜻蜓》二書。今簡繪一表以概其要：

（見，附表4：《白蛇傳》書藝傳承表）

五、馬如飛《白蛇傳》開篇

馬如飛（1817-1881）為當時蘇州彈詞前四大名家之一，演藝活動於咸豐、同治年間，較晚於俞秀山。俞秀山擅說《玉蜻蜓》、《白蛇傳》，馬如飛則專說《珍珠塔》，二人在藝業與傳承上，均無關聯。但馬富有文才，除加工改進《珍珠塔》，助其婿王石泉編演《倭袍》外，並編寫了數百首彈詞開篇，至今唱誦流傳。馬並著有《南詞必覽》、《雜錄》、《夢史》等篇，為蘇州彈詞留下佐證的史料，十分寶貴。

馬如飛一生所撰彈詞開篇，除藝人的傳唱和各種手抄本外，另外有光緒二年（1876）的木刻本《馬如飛時調開篇》（一名《馬如飛先生南詞小引》初集）、民國十二年（1923）吳痾塵編輯、陳瑞麟藏本《馬如飛真本開篇》（第一集），此外阿英也收藏了三本手抄的《馬如飛開篇》一九四篇。

1993年，在江蘇省曲藝家協會周良主導下，由劉家昌、楊作銘、倪萍倩等人彙整資料，查對、勘誤後，編出了《馬如飛開篇集》三五三篇。[291]

新編的《馬如飛開篇集》，分別登載於周良主編的《評彈藝術》第十六集至第十九集。這三五三篇開篇關涉到的書目有《三國》、《水滸》、《長生殿》、《白蛇傳》、《西廂記》、《紅樓夢》、《牡丹亭》、《珍珠塔》、《漁家樂》、《琵琶記》、《蝴蝶夢》及其他歷史人物、民俗等等的歌詠。

開篇是在開場說書前的一段唱篇，目的在靜場並稍候遲到的聽眾，開篇唱完後，才說唱正書。開篇的內容可以抒情、寫景，更重要的是提撮書情。

馬如飛《白蛇傳》開篇共二十三首。前面的六首依序分段詠唱《白蛇傳》的故事，第七首則一氣唱完《白蛇傳》的全部。其後又有分別唱出〈遊春〉、〈說親〉、〈贈銀〉、〈露贓〉、〈發配〉、〈贈符〉、〈鬥法〉、〈現形〉、〈盜草〉、〈還魂〉、〈婢爭〉、〈降妖〉、〈化檀〉、〈開光〉、〈訪許〉、〈水漫〉等情節的開篇，內容與《義妖傳》彈詞說唱內容十分貼合，可見是伴同彈詞來演唱的。

在〈白蛇傳〉（七）的開篇中，整個故事的輪廓都顯出了。一部說唱幾個月的書情，可以在半小時內唱畢。開篇的表現手法，在時間上是頗為經濟的。

[291] 周良主編：《評彈藝術》第十六集（南京：江蘇文藝出版社，1995年3月）頁151-154。

馬如飛開篇〈白蛇傳〉（七）

武林勝景在西湖，白氏娘娘訪丈夫。
神通廣大多厲害，她是千年修煉變姣娥。
收伏小青為使女，錫公祠內做蛇窠。
仙官寒食把丘墳掃，冤孽夫妻遇路途。
借傘留情同船坐，邀歸家內拜絲羅。
五鬼搬運把花銀贈，誰知泄漏配姑蘇。
專諸巷內開張生藥舖，不知娘子是妖魔。
神仙廟內還香願，茅山道士贈靈符。
端陽節、日當午，酒內雄黃差放多。
娘娘無奈把原形現，傾刻仙官一命無。
白氏頓即到崑崙去，誰知白鶴仙童不放過，
雄黃陣內受災磨。
南極仙翁慈悲念，賜草歸家放丈夫。
小青也把神通顯，盜取顧宦金珠返姑蘇。
錢塘縣昇升蘇州府，把仙官問罪到丹徒。
法海禪師把仙官會，化檀香邀請上山坡。
娘娘家中無可奈，水漫金山討丈夫。
金山長老神通廣，差了天神敵妖魔。
停到斷橋重相會，流浪還攜薄倖夫。
贈金缽，負義徒，產後娘娘把鬢髮梳。
被法海禪師來收伏，壓在雷峰塔下受災磨。
所生一子傳許氏，改名換姓耀帝都，
哭塔救母世間無。[292]

馬如飛的這一開篇，當係清朝咸、同年間《白蛇傳》故事的梗概，包括了〈遊

[292] 〈馬如飛開篇集〉54〈白蛇傳（七）〉，載《評彈藝術》第十六集（南京：江蘇文藝出版社，1995年7月）頁188。

春〉、〈說親〉、〈贈銀〉、〈露臟〉、〈發配〉、〈贈符〉、〈現形〉、〈盜草〉、〈迷顧〉、〈化檀〉、〈訪許〉、〈水漫〉、〈斷橋〉、〈合缽〉、〈祭塔〉等情節，可以視為舊《白蛇傳》的演出本事。

六、《白蛇傳》的描寫技巧

漢代樂府詩中有一篇民間流傳甚廣的敘事詩〈陌上桑〉，又名〈艷歌羅敷行〉，敘述羅敷在城南採桑，遭到太守調戲而嚴辭加以拒絕的故事。其中有八句詩從側面用烘托的手法來表現出羅敷的美貌，使人望之失態凝望，忘掉了自己的工作：

日出東南隅，照我秦氏樓。
秦氏有好女，自名為羅敷。
羅敷喜蠶桑，採桑城南隅。
……
行者見羅敷，下擔捋髭鬚。
少年見羅敷，脫帽著帩頭。
耕者忘其犁，鋤者忘其鋤。
來歸相怨怒，但坐觀羅敷。[293]

羅敷的美，使行人放下挑擔，少年人摘下帽子，耕田者忘掉了耕種，回家後受到妻子的怨怒。這種烘雲托月的手法，背面敷粉來烘托一個女子的美，在彈詞《白蛇傳》中也有，那就是〈捉白〉一齣中「看佳人」的一段唱詞，有表有唱，共分七段，描寫了南貨店的掌櫃、肉店師傅、酒店先生、茶館裡的小二、剃頭店的師傅、裁縫店師傅、鐵匠舖師傅等人，因為貪看白娘子的美貌，失神喪志，做出許多錯事。客人買三個銅錢白糖，南貨店老板卻拿給他兩斤白蓮心。客人買十四個銅錢板油要去熬豬油，肉店師傅給他切了六斤前夾心肉。客人買兩個銅錢的料酒，酒店先生送他兩甕紹興酒。客人向茶館小二要添開水，小二把水吊裡的水淋到客人脖子裡去了。有人到剃頭店去修面，修頭師傅只

---

[293] 高海夫、金性堯主編：《古詩新賞6古詩》（臺北：地球出版社，1989年3月）頁175-176。

顧看白娘子，把客人的眉毛、鬍鬚全都剃掉了。裁縫師傅在剪裁褲子，把褲檔開了個琵冠領。有人到鐵匠舖去買兩個銅錢香木釘，鐵匠師傅卻給人家兩隻釘棺材的子孫釘。

這段說唱雖顯瑣碎，但對眾人因看白娘子的美貌而神魂顛倒、舉止失措，卻是頗為傳神的，同時這也是一段「噱書」，足可博得滿堂哄笑。

下面摘錄的這一段書，不是陳遇乾的古本《義妖傳》中的文字，而是陳靈犀（評彈作家，1902-1982，曾任上海市人民評彈工作團文學組長。）改編《白蛇傳》中的一段：

第一段

〔　表　〕：（唱）【令令調】登勒南貨店門前來經過，南貨店裡先生來看佳人，……杭令杭，看得心裡有點昏。

顧　　客：（白）先生，三個銅錢白糖。

南貨店先生：（白）勿要響。

〔　表　〕：（唱）叫啥送脫兩斤白蓮心。

顧　　客：（白）便宜是便宜格噲，蓮心兩斤一送勒。格未先生，倷有興好哉！擺點桂圓勒紅棗下去，讓我轉去篤篤湯吃吃。

南貨店先生：（白）格老二官良心全拆脫格哉。

第二段

〔　表　〕：（唱）登勒肉店門前來經過，肉店師傅看佳人，……杭令杭，看得心裡有點昏。

顧　　客：（白）師傅，十四個銅錢板油，轉去熬豬油。

肉店師傅：（白）曉得。

〔　表　〕：（唱）「叭噠！」叫啥斬脫六斤前夾心。

顧　　客：（白）便宜是便宜格噲，倒是忒精哉，師傅倷有興好哉！再擺隻小蹄膀下去。

肉店師傅：（白）倷格良心實頭拆脫哉。

第三段

〔　表　〕：（唱）登勒酒店門前來經過，酒店裡朋友是徽州人，伢家也要看佳人，……杭令杭……

顧　　　客：（白）先生，買兩個銅錢料酒。

酒店先生：（白）曉得！曉得！

〔　表　〕：（唱）……送脫兩甕酒紹興。

顧　　　客：（白）便宜是便宜格噲，紹興酒兩甏一送勒，倒是我吃硬貨格，先生，搭我換高粱吧！

酒店先生：（白）要好得格來。

第四段

〔　表　〕：（唱）登勒茶館店門前來經過，堂倌師傅末來看佳人……杭令杭，看得心裡有點昏。

顧　　　客：（白）對勿住，堂倌，來開開水。

小　　　二：（白）曉得！

〔　表　〕：（唱）拿仔吊子勒別人家頭頸裡淋。

顧　　　客：（白）啊哇哇哇！

小　　　二：（白）對勿住！對勿住！

顧　　　客：（白）對勿住？我泡全燙出來哉！死脫倷拿我當臭蟲來格。倷想，澆下來哪亨抗得住？

第五段

〔　表　〕：（唱）登勒剃頭店門前來經過，剃頭師傅丹陽人，俚倷也要看佳人。……杭令杭。

顧　　　客：（白）對勿住！老師傅，修修面，我要搖會去啦！

剃頭師傅：（白）曉得。

〔　表　〕：（白）肥皂搭俚搽好，手裡拿仔力，眼睛看白娘娘。

（唱）息豁息豁息豁，眉毛鬚鬚剃乾淨。

顧　　　客：（白）要死快哉！剃得我還像人格啦！剃得像南瓜直梗，末要死哉！外加裝也裝勿上去格勒！

第六段

〔　表　〕：（唱）登勒裁縫店門前來經過，裁縫店師傅常熟人，俚倷也要看佳人，……杭令杭……

（白）老師傅勒浪做條褲子，想拿把尺量量檔格，勿曉得眼睛看仔白娘娘，瞎拿瞎拿，拿把剪刀呀！

（唱）息豁息豁！褲檔裡向開仔格琵琶領。

裁縫師傅：（白）乃末要死哉！褲檔裡開仔領圈，算啥呢！

〔　表　〕：（白）勿要哉！搭里換個檔上去吧。

第七段

〔　表　〕：（唱）登勒鐵匠站門前來經過，鐵匠師傅是無錫人，俚倷也要看佳人……杭令杭。

顧　　客：（白）老板，買兩個銅錢香木釘。

鐵匠師父：（白）曉得。

顧　　客：（白）乃末要死哉，要好得來，子孫釘兩隻一送勒。便宜是便宜格，倒是拿轉去要買兩口棺材，買兩口棺材還是小事體，棺材裡擺兩個芯子下去是大事體！算哉！歇一日換糖換脫拉倒，便宜仔總歸勿要緊格。[294]

七、《白蛇傳》的人物性格

（一）白素貞

《白蛇傳》是一個由神怪轉為人性化的愛情故事。在這個故事中，白蛇、青蛇都是有法術的，但她們並不儘量使用法術來支配許仙，而是採取世俗的、平民的生活色彩，與許仙共度平凡的日子。要不是茅山道士與法海禪師的無端挑釁，日子是可以平常度過的，要不是許仙的意志薄弱、情愛不堅，也不會接受茅山道士的符和法海禪師的缽來壓鎮白蛇。

白素貞當然是書中的主角，小青是陪襯，許仙是陪襯，茅山道士與法海禪師更是陪襯。小青的直爽強悍，烘托了白娘子的溫柔寬容，許仙的游移多疑，烘托了白娘子的堅

294 周清霖編：《蘇州彈詞大觀》（上海：學林出版社，1999年1月）頁442-444。

貞多情，法海禪師的正氣凜然，維護佛法，在書中遭受到許仙姐姐的責罵，凸顯了編書與說書人對白娘子的同情，使法海干涉二人愛情生活的正當性受到質疑。

書中對白娘子的描敘是一貫的，成功的。給聽眾一個清晰完整的善良多情又溫柔的女子的形像。

其一，新婚之夜，白娘子即向許仙剖心推誠：

西湖今日遇郎君，洞房花燭趁良辰。
真是千里姻緣牽一線，但願百年好合心連心，海枯石爛永相親。
休道奴一見鍾情輕薄女，把奴當作了路柳牆花一般形。
須知奴原是白門千金女，只因你人老實才托終身。
你要有始有終長相愛，切不可辜負了奴家一片心。

接著又叮囑許仙：

勸官人，為人之道須忠厚，語必由衷出至誠。
何況你我如今為夫婦，花開並蒂結同心。
更須披肝瀝膽推心腹，傾吐衷腸要語語真。
切不可花言巧語盡虛文，鬼話連篇胡亂云。
真是情意肯切。

其次又拿出錢來資助許仙開店，對許仙說：

想你寄人籬下實悲傷，為誰辛苦為誰忙？
六尺男兒須自主，涼亭雖好總難久長。
官人你另謀生計創基業，自己經營開藥房，
烈烈轟轟幹一場！
若說本銀素貞有，自有為妻作主張。
三五千金非難事，我是雪花紋銀裝滿箱。
夫妻痛癢相關切，倘分彼此不應當。

官人呀！到來日，上街坊，委親友，找店房；裝修門面好開張。

但願財源茂盛達三江，從此家業興隆有風光。

結果許仙拿了兩錠銀子回家，向姐姐告知這樁婚事，不料銀子卻是官府失竊的贓物，因此許仙被捕問罪，不過這與白素貞無關，銀子是他義兄黑風大王贈的，她並不知情，她對許仙只是由愛而相助，無害人之心。[295]

其二，端午節許仙受法海禪師之騙，強灌白素貞喝下雄黃酒，使白素貞現出原形，許仙一嚇而死。白素貞先是想到：

莫不是聽了旁人話，驀地起疑心，故而把雄黃殺害我白素貞？

哎喲官人呀！你若有心將我我害，你是辜負為妻一片情。

繼而又要上崑崙上去盜還魂丹和靈芝草，對小青說：

見死如何能不救，何況是恩愛夫妻痛癢關。

青兒呀！只消能救夫君命，哪怕下油鍋、上刀山，我是粉身碎骨也心甘。

我如今親往崑崙去，事不宜遲你休阻攔。[296]

這樣的心胸是一般人極為少有的。白素貞這條修行千年的蛇精，有如此善良的人性，多情而賢慧，實是超越凡人了。

其三，白素貞水漫金山與法海鬥法失敗，索夫不成，逃回鎮江。在杭州西湖的斷橋亭思念往事，有無限傷感！

西湖塘上又重臨，往事思量痛徹心。

想風風雨同船渡，我是一見鍾情你許漢文。

難得兩人情意合，相憐相敬倍相親。

---

[295] 《白蛇傳》選回〈成親〉，王柏蔭、高美玲演出本。引自周良主編：《蘇州評彈書目選》第三集（上）（南京：江蘇文藝出版社，2000年1月）頁153-159。

[296] 《白蛇傳》選回〈端陽〉，陳靈犀、蔣月泉整理，蔣月泉朱慧貞演出本。引自周良主編：《蘇州評彈書目選》第一集（下）（南京：江蘇文藝出版，1997年7月）頁230、232、233。

哪知道好花偏逢無情雨，明月偏逢萬里雲。
如今是花已落，月不明，不堪回首舊時情。
恨只恨出家人專管人家事，拆散姻緣的法海僧。
在身旁的小青卻認為禍從許仙而起：
娘娘呀！法海雖然心狠毒，怪只怪許仙做事不應該。
有道是樹從根上起，水從源處生。
誰教他檀香獨助一千斤，誰教他瞞了娘娘上山林，
誰教他甘心情願入空門，以致於平地風波大禍臨。

又怪白素貞對許仙過於寬厚：

妳是委屈求全容忍慣，處處放縱寵壞了你那糊塗漢子好郎君！

結果不料卻遇到許仙，小青正怒氣難消，拔劍要殺許仙，白素貞反而加以攔阻，替許仙向小青求情。在埋怨了許仙一頓以後，又歸於和好。她對小青說：

想官人本是善良人，怎奈他天生軟耳根。
以致於三番兩次遭愚弄，平地風波接連生。
青兒呀！你不能都把官人怪，
須念他，少閱歷，年又輕，惹事生非豈有心。
青兒呀！還望寬恕莫生嗔。[297]

古人常喜說「婦人蛇蠍之心」，是既歧視婦女又誣陷蛇蠍。像白素貞這位婦女又是蛇精的心腸，寬厚的程度，豈是常人所能丈量。正是這樣的寬厚，後來就遭受許仙的再度聽信法海，以金缽罩上白氏之頭，造成白娘子永鎮雷峰塔的不幸結局。

最後，到了故事的尾聲，金缽已經由許仙罩在白素貞頭上，白氏痛苦難當，仍然不怪許仙而怪法海：

---

[297] 《白蛇傳》選回〈斷橋〉，陳靈犀、蔣月泉整理本。引自周良主編：《蘇州評彈書目選》第二集（下）（南京：江蘇文藝出版社，1998年12月）頁143-145、152。

千不怪來萬不怪，單怪法海不應該，把我恩愛夫妻來拆開。

可恨禿驢飛金缽，我頭上如同壓泰山，看來是從今生死兩分開。

結果金缽壓下，白娘子將縮入顯現原形之際，仍然不忘叮嚀許仙：

你莫把為妻常想念，你另求淑女配鴛鴦，

君有妻來兒有娘，我縱死黃泉也安康。[298]

白素貞對許仙不僅是真情真愛，而且是仁至義盡，終生執著於愛，無怨無悔，幾篇傳統彈詞長篇書目中的女主角，如《珍珠塔》中的方卿表姊、《三笑》中的秋香、《玉蜻蜓》中的金張氏都遠愧不如。

（二）許仙

許仙這個人，在《白蛇傳》中是一個平庸凡俗之人。膽小、輕信、無主見，遇事猶豫不決、犯錯後又諉過於人，愈發顯示出白素貞無私奉獻、堅貞不移的節操。許仙終究是一個市井中人，未能飽讀詩書，缺少家教薰陶，只謀蠅頭小利，不免臨危忘義。

成親之夜，許仙是感念白素貞的：

勸娘子，休猜測，莫疑心，

我今朝得配女娉婷，好比遇著天仙降凡塵。

但願得，天長並地久，惺惺惜惺惺。

白髮同到老，我我與卿卿，夫唱婦隨恩愛深。

我若辜負卿卿將心變，定要天誅地滅不超生。[299]

可是因為贓銀獲罪，發配到蘇州之後，就開始懷疑起白氏來了：

錢塘庫裡的銀元寶，我是飛來橫禍上公堂，

問成了徒刑發配到金閶，……

---

298 《白蛇傳》選回〈合缽〉，蔣月泉、朱慧珍演出本。引自周良主編：《蘇州評彈書目選》第四集（下）（南京：江蘇文藝出版社，2000年8月）頁170、172。

299 《白蛇傳》選回〈成親〉，王柏蔭、高美玲演出本。陳靈犀、蔣月泉依楊仁麟口述整理。引自周良主編：《蘇州評彈書目選》第三集（上）（南京：江蘇文藝出版社，2000年1月）頁154。

哎呀！

莫非妳白素貞是妖魔女？

想世間，哪有這般花解語、玉生香，

多情多義的女妖娘？[300]

不過後來白素貞偕小青來到蘇州，許仙還是特地從大生堂藥店的工作地，急急忙忙的趕回家了。

端陽節家家散布雄黃消毒除蟲之際，白素貞與小青本來身體已極端不適，許仙卻聽信法海和尚的挑撥，強灌白素貞雄黃酒，使白變回原形，自己一嚇而暈死。白素貞盜取仙草救許仙還魂後，許對白的感情轉變，於是才有許離家出走，入金山寺出家，白素貞索夫不得，水淹金山寺的許多事端。等到白鬥法失敗，逃回杭州，又在斷橋亭與許仙相遇後，她埋怨許仙說：

不見郎君想念深，一見郎君氣難平。

我為你推心置腹披肝膽，誰知你山盟海誓盡虛情。

為妻之言你全不信，反把妖言當作真。

你不該瞞了為妻到金山去，你不該投師法海入空門，

狠心腸撇下了夫妻結髮情。

縱使你反復無常忘了夫妻義，你怎不念為妻腹內已懷妊，

怎不念許氏香煙一脈存。

難道你骨肉之情都拋卻，竟比虎狼毒幾分。

我實指望與君白首同偕老，實指望成家立業過光陰。

哪知曉我是燕子銜泥空費力，我是春蠶作繭枉操心。

可憐我多情卻被你無情誤，險在金山一命傾。

這番責罵，原也是事實，許仙無可辯解，於是把一切過錯都推到法海身上，是出於法海的逼迫：

[300] 《白蛇傳》選回〈計阻〉，陳靈犀、楊仁麟整理。引自周良主編：《蘇州評彈書目選》第三集（上）（南京：江蘇文藝出版社，2000年1月）頁165。

娘子呀！我是決心不願上山坡，恨只恨，法海妖僧這老禿驢。
他是暗施詭計心腸毒，勾結官廳逼愚夫。
我是被逼上山燒香後，只怕妳賢妻為我要掛胸窩。
我是急急忙忙離佛地，江水茫茫渡船無。
為覓船舟到山後去，偏逢法海起風波。
他說賢妻乃是妖魔女，大禍臨頭要頃刻見閻羅。
逃入空門消萬劫，除卻皈依三寶無別途，
我悔只悔一時中計太糊塗！
我是幾番欲把袈裟來衝出，可恨妖僧不放待如何。[301]

最後終於在白素貞產下的嬰兒彌月時，許仙又受了法海的恫嚇與賀客們的起哄，要求許仙拿金缽上樓罩住白素貞看她是不是妖怪，許仙又抵抗不了鼓動：

許　仙：（表）此時許仙拿了盂缽，心無主意，目定口呆，被眾人七張八嘴，弄得來疑疑惑惑。
許　仙：（唱）這一日弄得仙官心內亂糟糟，疑疑惑惑裡邊跑。想他眾口嗷嗷也說得是，難道我妻果是妖？
休害怕，莫懊惱，且看他法力如何高不高。

在情感不堅、意志動搖下，再次犯下大錯，把金缽拿上樓，罩住白素貞，完成了這個故事的結局。這個薄倖無義的男人，居然還說：

許　仙：（白）啊呀！娘子嚇——
許　仙：（唱）你既然果是靈蛇變，也應該往常對我說根苗，我自然不上他人當，決不害妻房受苦在今朝。[302]

---

301 《白蛇傳》選回〈斷橋〉，陳靈犀、蔣月泊整理本。引自周良主編：《蘇州評彈書目選》第二集（下）（南京：江蘇文藝出版社，1998年12月）頁147、148-149。

302 《繡像義妖傳》選回〈飛缽〉（第42回），陳遇乾原稿。引自周良主編：《蘇州評彈書目選》第四集（下）（南京：江文藝出版社，2000年8月）頁181、182。

白素貞的災難，都是許仙造成的，鑄成如此大錯之後，許仙仍然諉過於人，說白素貞不該隱瞞自己是蛇精。白素貞至此，應知何謂「遇人不淑」了。

（三）小青

再說小青，小青是一條青蛇修成正果的，但道行較淺，被白蛇（白素貞）收服，雙雙幻化成人形，成為主僕，互相依持。這位蛇精之對主人白素貞，才真是有情有義。

許仙與白素貞成親是小青作的媒，端陽節許仙驚嚇而死後，她也願意代白素貞去崑崙山盜取仙草，白氏以她法力不夠為由，命她留在家裡而自己前往。水漫金山之際，她與白娘子並肩作戰對抗法海，失敗後逃回杭州，依然和白氏共度時光。她對白氏是以誠相待，患難與共。但是她的性格剛烈，在斷橋亭上，與白素貞回憶往事時，自責未能盡力阻止許仙，稍後許仙出現，她立即痛罵許仙，為白氏出氣，要殺害許仙，卻被白氏勸阻。她看不慣許仙，白氏寬恕許仙後，她要分手出走，又受白氏懇求而留了下來。

合缽之後，她看到白氏的痛楚，難過之情，超過許仙多多，許仙反是怪罪白氏「為什麼不把直言談？」小青看到白氏頭上罩了缽盂，就知道是許仙下的毒手，有一大段唱詞，深刻的表白了她的痛惜之情：

那小青哭向前雙膝跪，紛紛淚落似湘江。
奴是早早勸妳休留戀，早早勸妳上山崗。
早早勸妳重修煉，早早勸妳撇仙郎。
妳偏偏不聽良言勸，反將忍耐囑梅香。
妳說道：我本學松筠真節操，原非柳絮愛顛狂。
說什麼君子從來須報德，救命宏恩總不忘。
到今朝，有災殃，性命無端一旦傷。
許仙我好恨啊，我恨你這個無情漢，全然不顧自妻房。
幾次三番行惡計，臨頭大禍起蕭牆。
害得娘娘如此樣，性命今朝必定亡。
待我剖你心來看，看看你人面獸心腸。[303]

[303] 《繡像義妖傳》選回〈鎮塔〉，陳遇乾原稿。引自周良主編：《蘇州評彈書目選》第四集（下）（南京：江蘇文藝出版社，2000年8月）頁186。

這一個蛇妖義僕一心護主，比起諉過負妻的許仙，有更多的人味！

（四）法海

白素貞與小青是妖精，許仙是人類，在人妖相戀的情節中，插入一個代表佛界的法海，造成人、妖、神三者矛盾衝突的書情。說書人似乎並不贊同法海的出面攪局，但沒有法海攪局，故事的情節又不夠熱鬧。首先形容法海的形貌是：

淡金臉，兩條濃眉，根根粗如鋼針，一雙虎目，炯炯有光，獅子鼻，老虎口，滿面鬍子。頭上僧帽，身上僧衣，腳上白襪僧鞋，當中赤辣焦黃一條火樑。

不像是一位祥眉善目，心懷慈悲的有道高僧，反倒類似《水滸傳》中的魯智深。其次，法海出面的理由是：

慾浪滔滔，輪迴難逃，恨妖魔迷戀塵囂，私下山罪孽昭昭，金輪常轉震雲霄，佛法無邊萬丈高。憑妳功行千載外，管教孽畜無收梢。

他代表著統治天界的勢力，要干預人妖之間的世俗生活。但是法海並不親自動手，而是間接加害二妖。先是：

法海曾暗命茅山道士說法破壞許、白婚姻，哪知茅山道士的法術鬥不過白娘娘。[304]

於是在端陽前自己親自到蘇州來，又想到：

假使親自動手，未免要大動干戈，反為不美；人家說起來，出家人為什麼要來拆散人家的恩愛夫妻，反而勿好，還是用你自己的斧，伐你自己的樹，來得省力。

可見法海也自知理虧，為了省力，免受世人的批判，便玩陰的，掀起許仙對婚姻與

[304] 《白蛇傳》選回〈端陽〉，蔣月泉、朱慧珍演出本。引自周良主編：《蘇州評彈書目選》第一集（下）（南京：江蘇文藝出版社，1997年7月）頁223、224。

愛情背叛。法海自認：

我是維正法、降雲霄，萬里乾坤錫杖挑，欲將孽障盡勾銷。[305]

但這一番冠冕堂皇的理由，未免失之牽強。法海先是利用許仙的軟弱，騙使他讓白素貞飲下雄黃酒而現形；再向許仙化緣檀香木，誘使他到金山寺出家，白蛇水鬥金山失敗，逃回杭州後，法海又送許仙回杭州，於斷橋亭和白素貞、小青相會，相偕回家，待白素貞產子滿月時，更脅迫許仙帶金缽上樓，將白素貞罩住。可謂費盡心機，借刀殺人。說書人借許仙姐姐之口來責罵法海說：

你是佛門弟子是僧人，為何拆散人家的夫婦恩。況且白氏弟婦多賢德，數年興旺耀門庭。現產嬰兒將彌月，怎樣撫養變成人？許氏門庭被你來拆散，我是與你冤仇海樣深。

許仙姐姐又稱贊白素貞說：

賢弟婦嚇！妳一生枉嫁這無情漢，勸儉成家苦萬分。工容言德都全備，誰知禍事起無端。如今是不能夠與妳共飲香醪酒，不能同妳園庭賞牡丹。[306]

當著許仙與法海的面，還給白素貞一個公道。白氏雖是蛇妖，但在書中的多情多義，令人同情，書名《義妖傳》，就可見著書人對白素貞的評價與肯定了。

八、《白蛇傳》故事的演出

《白蛇傳》故事，除流傳於傳奇、小說、戲曲各類作品外，在說唱曲藝方面也普遍於全國各地。

---

305 《白蛇傳》選回〈端陽〉，蔣月泉、朱慧珍演出本。引自周良主編：《蘇州評彈書目選》第一集（下）（南京：江蘇文藝出版社，1997年7月）頁223。

306 《繡像義妖傳》第43回〈鎮塔〉，陳遇乾原稿。引自周良主編：《蘇州評彈選集》第四集（下）（南京：江蘇文藝出版社，2000年8月）頁190。

中國北方有子弟書《雷峰塔》、山東有琴書《白蛇傳》、廣東有木魚書《雷峰塔白蛇記》。

近代戲劇中，除有京劇《白蛇傳》外，有川劇、滇劇、閩劇、楚劇、越劇、粵劇、廬劇、評劇、揚劇、錫劇、婺劇、淮劇、黃梅戲、皮影戲、秦腔、湘劇、漢劇、河北梆子、同州梆子、呂劇、紹興高腔等，幾已遍及全中國。[307]

此外，還有電影。在台灣，自民國三十八年（1949）以來，十年之間（1949-1959），最賣座的電影就是《白蛇傳》。[308]

在這種情形下，《白蛇傳》的故事，在中國海峽兩岸，均已是家喻戶曉。普及的程度，《三笑》中唐伯虎點秋香的故事，差可相比。《珍珠塔》與《玉蜻蜓》就只有江、浙一帶的民眾熟悉，台灣的戲劇界和民間，則是十分陌生的。

《白蛇傳》本來是一個神話故事，敘述一個凡人和蛇精的戀愛經過，結果卻是一場悲劇，有法力的白蛇終於不敵一個具有更大法力的法海禪師，遭受到鎮壓。

在故事中，富有世俗生活色彩和市民的思想觀點。與《珍珠塔》、《玉蜻蜓》、《三笑》明顯不同的地方是，整個故事情節，都是屬於小市民生活的，絲毫不沾有官宦之家的氣息。全是現實生活的描摹和人物思想、性格的人性化的刻劃。神話故事加以充分的人性化。

[307] 譚正璧、譚尋：《彈詞敘錄》（上海：上海古籍出版社，1981年7月）頁47。
[308] 婁子匡、朱介凡：《五十年來的中國俗文學》（臺北：正中書局，1998年11月）頁20。

第六節　蘇州彈詞的噱

一、噱的意義

彈詞藝人公認說書的基本藝術形式是說噱彈唱，近來還有人加上一個演。在說的部分，包括說表、說白、起腳色和放噱。噱是在說唱中產生的各種笑料的總稱。也叫噱頭。

噱是書中的笑料，無論大書（評話）或小書（彈詞）中都有噱。大書是全靠說來表演的，說中有噱；小書是說、噱、彈、唱為表演的形式，噱也是夾雜在說中的。

噱也可以說是說表中的一種特殊表現手法，是評書與彈詞中的喜劇語言。評彈有句行話，叫「無噱不成書」，又說「噱是書中寶」。

二、噱的種類

一般來說，噱分三種，一是「肉裡噱」，二是「外插花」，三是「小賣」。

（一）肉裡噱：「肉裡噱」是書中情節本身中的笑料，如人物的言行、喜劇的情節所產生的笑料。有些喜劇或鬧劇型的書目，書中笑料、噱頭特多，能使聽眾在聽書的過程中發笑不止的，特別叫「噱書」。

（二）外插花：「外插花」是結合書情，穿插進去的笑料。雖然不是書中情節，但往往有助於對書情的襯托與剖析。有時是從書情中發出的另一段趣事或笑話，有時與書情無關，祇為了活躍書場氣氛，拉近與聽眾的距離。

（三）小賣：「小賣」是演員在說書時，為逗笑聽眾，所說的一兩句幽默、風趣或詼諧的插話。

噱是豐富書情內容、增強藝術效果的一個重要方式。

三、噱的作用

噱的作用大致有三項：

（一）深化人物性格的作用

評彈演員常利用人物感情和行動上的矛盾來提煉人物身上的喜劇性。在彈詞書目中，無論喜劇或悲劇性質的書中，都有噱的存在。彈詞的書場裡，總是充滿著笑聲，既使整個故事是悲劇的結構，如《玉蜻蜓》，在每一回書中，總還是有一些噱頭的；至於喜劇風格的《三笑》，當然噱頭連連，被視為「長腳笑話」。這種從情節本身或人物行動產生出來的「肉裡噱」，是「噱」的主流，是利用人物身上的喜劇性來深化人物性格的描寫方法。

（二）引證、襯托與對比的作用

「外插花」是指游離於書情以外的笑料穿插。雖然是游離於書情之外的笑話，使用得當時，卻能產生與書情相互引證、襯托和對比的作用。「外插花」的笑料常以生活或社會事件為內容，穿插得好，猶如一篇出色的小品文，可以調劑氣氛，又可充實聽眾的見識。這類噱頭大都用表敘的手法描述，也有第一人稱的描述。

（三）愉悅的作用

任何笑話都是為愉悅聽眾的，在書場裡，適度放噱可以活躍氣氛，縮短說書人與聽眾的距離，有時說者不笑，冷冷數語可以讓聽眾笑得人仰馬翻。在說唱傳統長篇彈詞的書場中，吸引聽眾連日聽書，成為長期客人，噱是絕不可少的。

放噱，尤其是「肉裡噱」，要先有充分的舖排，在平敘的故事情節裡，突然露出底線，一語驚人，就會爆發笑果。這種手法常在襯白中使用。另一種方法是把人物矛盾透過一個局部加以放大變形，變形的結果與生活中正常的現象產生矛盾，因之爆發出喜劇效果。[309]

---

[309] 何俊：〈評彈的說表藝術〉，載周良主編：《評彈藝術》第二十三集（南京：江蘇文藝出版社，1998年7月）頁264-266。

四、肉裡噱的放噱手法

（一）運用人物性格與身分的差異

在「肉裡噱」中，利用故事中人物性格的不同、地位處境的不同，而產生言語上的差異，從而製造出笑料，是放噱的手法之一。

例如《玉蜻蜓．沈方哭更》這一回書中，流落異鄉淪為更夫的沈方與官船上二爺馬公的一段對話，就是一段噱書。

官船頭艙裡鑽出一個又長又大的人來，乃是沈君卿身邊的二太爺，叫馬公，從前做過強盜。馬公忽然見到一個叫花子盯著官船在看，那還了得！

「呔——」

「二太爺」

「王八蛋，大人的官船你配看嗎？」

「咦，看看又不要緊的。」

「我看你賊頭狗腦，一定是鑽艙賊，想偷大人的東西，對不對？」

「二太爺，不要這樣勢利，我身上不過破舊一點，你不要弄錯，我也是當差的。」

「怎麼，你也是當差的？」

「老實說，因為你們大人在這裡，我才來的，否則，你用大紅帖子也請不到我！」

「好大的口氣！你當什麼差？」

「更夫。」

「杠夫？我們大人不起岸，不要搬什麼東西，用不著什麼杠夫。再說，你一個人怎麼杠？你是個挑夫，對不對？」……

「二太爺，你什麼地方人？」

「山東。」

「尊姓？」

「什麼？」

「姓啥？」

「我姓馬。」

「倒是隻大種牲。」

「放屁！你在罵人？」

「誰罵你呀！」

「你以為聽不懂！」

「你姓馬，一匹馬的馬？對不對？」

「對，可你又說什麼大種牲，不是罵人麼？」

「蘇州話，大種牲就是很氣派、大佬倌！」

「喔！大種牲就是很氣派、大佬官？對對對，我是大種牲，我就是大種牲。」[310]

這種「肉裡噱」是從人物對白中展示的，當然也可以從人物的開像上表達。

（二）運用人物的方言

方言（鄉談）也常是放噱的手法之一，在蘇州彈詞中，起師爺腳色時一定說紹興話，起佣人的腳色用常熟（虞山）白，阿大都說江北話，小二官則講香山、無錫、常州白，這都可以產生笑果。

（三）運用人物的開像

人物開像上，有的人戇、呆、口吃、嗲聲嗲氣，相貌奇特，行為誇張，言語怪異，都可以放噱。姚蔭梅說唱《啼笑因緣》，描述沈鳳喜看劉將軍的形像是：

身體像浸胖的海參，肚子像打了氣的河豚。腦袋像豐收的冬瓜，耳朵像灶裡的餛飩。眉毛像熟透的香蕉，紅棗子一般的眼睛。鼻子像一個高裝饅頭，如果稱稱、足有半斤。兩片醬油色的嘴唇，又像打破的五茄皮酒瓶。仁丹招牌的鬍鬚，像特大的烏菱，臉色像走油的肉皮……。[311]

這是用了比喻、誇張的手法來刻劃劉將軍的醜態，也是一種噱頭。

（四）運用兩種形式的的誤差

在《白蛇傳．投書》中，描寫吝嗇商人王永昌封信的時候，（表）王永昌接過信一

[310] 蔣月泉、王柏蔭演出本：《玉蜻蜓》選回〈沈方哭更〉，引自周良主編：《蘇州評彈書目選》第四集（下）（南京：江蘇文藝出版社，2000年8月）頁120-124。

[311] 周榮耀：〈「噱頭」綜論〉，載《評彈藝術》第十九集（南京：江蘇文藝出版社，1996年5月）頁52。

舔（動作），（說）：別人家拆信是直拆的（中式信封），嗨！到我王永昌的信，是要橫拆的（西式信封）。這末有個道理，俚算討口彩，這就叫「發橫財」。

（五）運用對比手法

運用對比的手法，誇張美與醜，是另一種噱頭，在《啼笑因緣》中，尚師長將沈鳳喜與自己的妻子相比，也產生出笑料，尚師長有一段出自內心的口白：

> 鳳喜是：金子打的，白玉做的，翡翠琢的，水晶雕的，珊瑚拼的，瑪瑙刻的，珍珠穿的，金剛鑽鑲的。
>
> 雅琴是：竹根雕的，木梢鑿的，磚頭拼的，石塊堆的，爛泥捏的，黃沙拌的，三和土排的，水門汀澆的。[312]

這是運用對比、比喻、排比的手法，將沈鳳喜的美貌刻劃得淋漓盡致。

（六）運用誇大手法

運用誇大的手法，也是一種噱頭。在《三笑》〈祝枝山說大話〉中是使用極度誇張、對偶、排比的修辭法來營造喜劇氣氛。祝枝山對喬裝成大姑娘的周文賓誇耀自己家的財富，說「家財勝過當年的陶朱富，鄧通、石崇只配做我內跟班。」接著介紹自己家中房屋是：

> 共有房廊千萬間，前門勒浪上海灘，後門無錫惠泉山，走完蘇州城，還勿曾出我一個房門檻。東書房要到西書房裡去，日短天光難轉回，當中橫裡還要住客棧。到夜裡不點燈油火，用那夜明珠粒粒亮非凡，小的好像桂圓大，大的好像鹹鴨蛋，丟來丟去用棧房堆。翡翠庭柱琉璃瓦，白玉街沿珊瑚欄。聚寶盆一隻中間供，勝比當年沈萬山。新造花園真考究，翡翠亭、白玉台，金子銀子堆假山，搖錢樹種了無其數，總共倒有三千三百三十三。荷花池裡採蓮船，奇南香獨木雕成就，丈二長的珊瑚當竹竿。龍肝象肉家常飯，老山人參當它蘿卜乾。倘然家有賓客到，無非是仙果與仙丹。[313]

---

[312] 周榮耀：〈「噱頭」綜論〉，載《評彈藝術》第十九集（南京：江蘇文藝出版社，1996年5月）頁52。
[313] 思緘：《三笑・杭州書》徐雲志、王鷹演出本（南京：江蘇文藝出版社，1995年6月）頁150。

這樣的誇張，當然沒有聽眾相信，除了突顯祝枝山說大話的性格外，就在營造喜劇的風格。

五、外插花的放噱手法

「外插花」是游離於書情之外的笑料穿插，與書情無關，全憑藝人見景生情、臨場應變、隨機穿插。評話演員金聲伯（1930-2017），幼從師楊蓮青習《包公》，說表口齒清晰，語言幽默生動，擅於放噱。某年年底在南京江蘇飯店向江蘇省文化領導匯報演出，座中有文化廳廳長馬瑩伯，金以兩人名字均有一伯字，乃適機放了一個外插花的噱頭，令全場絕倒。據周玉峰在〈說噱片斷〉中記述說：

> 金聲伯一開口就自我介紹：「我叫金聲伯，凡是有伯字的，說《包公》的都是師弟兄，為啥得這樣清楚？因為在解放前我也曾這樣介紹，只說凡是有伯字的都是我師弟兄，結果國民黨反動派問我，凡是伯字的是你師兄弟，那麼共產黨的魏文伯和你什麼關係？解放後我又這樣說，一位領導就找我談話，凡是伯字的都是你師兄弟，國民黨的湯恩伯是你什麼人？」同年十二月，在南京江蘇飯店，向省文化廳領導匯報演出，金聲伯又在這只噱頭後面加了一段：「最近，大家都在評職稱，文藝界有人問我，凡是有伯的都是你師弟兄，那好，文化廳的廳長馬瑩伯也是你師兄，請幫忙通通路子。」說得省廳領導笑得前仰後倒。這只噱頭的兩次出現，我都在場，聽後感慨頗深，全部用詞不帶一個批判字眼，卻把舊社會國民黨反動派防共反共的嘴臉以及解放後一個時期的極左思潮，懷疑一切，無限上綱，最後竟把現實生活中嚴重的不正之風「走後門」一起進行了無情而有趣的「大曝光」。一只小小的噱頭包容內涵之多，含量之重，令人歎服，這無疑是噱頭中高品位的樣品。[314]

這種外插花的例子，還有一次是發生在「文化大革命」之後張鴻聲登台演出時，當時推動文革的「四人幫」（江青、王洪文、張春橋、姚文元）均已被逮捕下獄，張在開書之前，放了一噱。他先說自己和大家好久不見了，很想念大家，不知道大家還記不記

314 周玉峰：〈說噱片斷〉，載《評彈藝術》第十五集（南京：江蘇文藝出版社，1994年1月）頁77。

得他？又說他為什麼那麼久沒上台呢？是四人幫不讓他上臺。接著自問自答，這裡有沒有自家人張春橋在啊？我也姓張，自家人嗎。不過不一樣，張春橋的張是長弓張，《岳傳》中張邦昌的子孫；他自己是弓長張，《三國志》裡張飛的子孫，不搭界（沒有關係）的，這樣聽眾就被引笑了。

「外插花」不像「肉裡噱」，可以事先安排在書情中。「外插花」是臨時興起而引發的，要適時適景。據老藝人評話演員唐耿良的回憶，1984年蔣月泉和蘇似蔭師徒雙檔演出《玉蜻蜓·騙上轅門》，恰好有知名藝人馬增惠、尤惠秋在場，蔣便隨機放了一個「外插花」的噱頭。蔣說：

> 今天來捧場的學生中，北京的馬增惠是知名的單弦演員，人稱「馬調」；無錫的尤惠秋是「尤調」流派的創造者，我末是「蔣調」。伲三家頭一場演出，倒是蔣（醬）、馬（麻）、尤（油），拌海蜇皮一等。[315]

在場的聽眾多半熟知評彈藝界軼事，「蔣調」與「尤調」本是彈詞各家流派唱腔之一，至於「馬調」原係馬如飛的唱腔，本與馬增惠無關，因為他姓馬，才利用蔣醬、馬麻、尤油的諧音，把三人的姓氏合成醬麻油，用來涼拌海哲皮，引起聽眾的大笑，輕鬆了現場的氣氛，又介紹了稍後馬增惠、尤惠秋的出場。

「外插花」有時候並不僅是為博聽眾一笑，還可以化解突兀和尷尬。藝人唐耿良在「紅樓夢學會」年會上《紅樓夢》演出節目中，穿插一段評書《三國》，如何把《三國》跟《紅樓夢》搭上關係？他就放了一個噱頭：

> 今朝格（的）文藝演出，全是賈寶玉搭（和）林黛玉的市面。格末（那個）林黛玉身體弱不禁風格（的）、俚（她）搭（和）賈寶玉講，我從頭唱到末（尾），唱勿（不）動格（的）。賈寶玉說，要末去尋曹雪芹想想辦法、讓倷（你）多歇歇。曹雪芹聽了賈寶玉提出的要求說，「勿（不）礙格（的）我去搭（和）羅貫中商量」，羅貫中答應幫忙，說格（那）麼叫張飛來一趟，張飛一來末，就誤闖大觀園。

---

[315] 唐耿良：〈難忘的友情——紀念蔣月泉先生〉，載《評彈藝術》第三十一集（蘇州：古吳軒出版社，2002年12月）頁218。

這樣一搭連，在《紅樓夢》的表演節目中說一段《三國》，就順當了。[316]

六、小賣的放噱手法

「小賣」，是即興式的一兩句笑話，全憑演員信手抓來，冷言冷語，畫龍點睛，一箭中的。中篇彈詞《白虎嶺》中，說到唐僧師徒西天取經，途經白虎嶺，唐僧被妖精所擒，豬八戒往花果山向孫悟空求助，悟空不計前嫌，慨然應允，八戒感動落淚時，演員即時托了一句：「他算是豬（珠）淚雙拋」。這就是一句絕佳的「小賣」。

周玉泉是二十世紀三十年代初，在上海說唱《玉蜻蜓》的一代名家。說書以「陰功」著稱，冷雋詼諧。在《玉蜻蜓》中說到徐上珍買棄兒元宰時，以小孩子的體重計價，小孩體重多少斤就給多少兩銀子。講到這裡，突然插入一句話：「哎呀！早曉得，一場尿都不要給他撒掉的。」

周玉泉之徒蔣月泉也是說唱《玉蜻蜓》的名家，在說《玉蜻蜓・騙上轅門》這一回書時，說到阿福叫啊壽說鬼話，騙領賞賜。阿壽不會說鬼話，但賞賜卻要一起分，臨時加了一句「小賣」：「說鬼話也要吃大鍋飯的」，引起聽眾的爆笑。吃大鍋飯是中共「人民公社」中的制度，公社中的勞動人民，不領工資，沒有個人酬勞，一起在公社免費吃飯。民眾們在文革結束後，記憶猶存，引起聯想了。這句小賣是說明了阿壽的無功受祿。

小賣還有一種臨場應變、彌補說唱錯誤的作用。某演員說唱靈活，唱到「俏丫頭移步出樓房」時，一分心，唱成「俏丫頭移步出樓窗」，耳尖的聽眾馬上就聽出來唱錯了詞，就靜等著下一句，看看俏丫頭是不是要跌出樓窗跌死了，這位演員立刻發覺不對，緊接著補上一句「到陽臺上去收衣裳」，聽者聞之大笑，唱錯的詞句也就掩蓋過去了。

總而言之，在彈詞中放噱必須要高雅、雋永，讓聽眾在笑話中得到一些啟示，至少要使精神放鬆。不可以訴求於低級、庸俗或者色情。放噱也要看時機，看場合，看聽眾對象，不適當的亂放噱，會導致反效果。尤其是「外插花」，穿插得不好，反而會弄巧成拙。一個藝人的噱頭要有很多套，免得一再重複同一的噱頭，聽眾久而生厭。經年累月的說一部書，不可以每場都放相同的噱頭。放噱要機動靈活，場裡聽眾的文化水準

[316] 唐耿良：〈關於書目的創作和整理〉，載《評彈藝術》第九集（北京：中國曲藝出版社，1988年8月）頁19。

較高，要說得隱（含蓄）一點，可以在詩詞歌賦上做文章，如果是一般的民眾，可以平直、通俗些。

放噱放得好，要靠長年的磨練、累積經驗，各方面的知識要淵博，詞匯、語彙豐富。更主要的是心思敏捷，頭腦靈活，臨機反應快速，日常言語幽默。

有人說「說好正書，不必放噱」，也是對的。彈詞終究是說書，不是講笑話比賽，書說不好，只會亂放噱，就偏離本業了。不過書說得好，又能適當的放噱，可以紅花綠葉，收到相得益彰的效果。

相關附圖：

（見，附圖13：《玉蜻蜓》明代大學士申時行之墓）

（見，附圖14：《玉蜻蜓》申時行墓前享堂）

（見，附圖15：《三笑》明代解元唐寅之墓）

（見，附圖16：長篇彈詞選回《三笑・追舟》劉天韻、劉韻若）

第五章
蘇州彈詞的現狀與問題

第一節　蘇州彈詞在大陸的現狀

從「文革」十年的摧殘中走過，蘇州評彈開始復甦，獲得新生命的開始。首要之務就是建立專業研究單位與教育機構，其次是人才的教育與培養，再進一步從原有的基礎上去推展發揚評彈藝術。

一、蘇州評彈的機構

（一）蘇州評彈研究會

1978年11月，蘇州市文化局受江蘇省文化局的委託，在吳江同里鎮舉行了評彈藝術座談會，到會的有江蘇、浙江及上海兩省一市的評彈工作者五十餘人，研討評彈藝術的傳統特色，交流藝術經驗，目的在推動評彈藝術的繼承和繁榮。1979年11月，獲得中國曲協同意後，由上海代表吳宗錫、浙江代表施振眉，江蘇代表周良，負責籌備，擬訂簡章，發起組設「蘇州評彈研究會」。1980年5月21日正式成立，選舉蔣月泉為會長，嚴雪亭、吳宗錫等六人為副會長，周良、施振眉為正副幹事長。以學習文藝方針政策，努力創作新書目，整理傳統書目，搶救藝術遺產為目的。這個組織反映了「文革」以後，評彈藝術工作者復興蘇州評彈的努力。

「蘇州評彈研究會」工作十年，舉辦多項重要的工作，如年會、綜合性藝術討論會、專題性藝術討論會、藝術交流演出評獎活動、紀念性活動、青年培訓、理論研究和出版工作等。

1990年底，研究工作告一段落，江蘇、浙江、上海三個曲協同意簽署協議，予以結束。其後的大型評彈活動，由兩省一市的曲協各自舉辦或聯合舉辦。

（二）蘇州評彈研究室

「蘇州評彈研究室」成立於1979年，是蘇州評彈史上第一個從事理論研究的專業單位。當時「文革」甫告結束，蘇州評彈正處於復甦初期。

二十餘年來，評彈研究室達成幾項重要工作：

1. 搶救整理一大批評彈長篇書目和珍貴的歷史資料。六十年代初收集的資料達千餘萬字，在「文革」十年浩劫中，由於保管條件差，許多資料遭到損毀。評彈研究室成立後，進行搶救，同時進一步擴大徵集傳統長篇書目和舊錄音資料。

2. 整理出版長篇書目《岳傳》、《珍珠塔》等演出本。編印《評彈傳統書目流傳概要及傳人系脈》、《評彈出道錄》、《評彈長篇書目》、《評彈名人錄》、《三、四十年代評彈史料彙編》、《評彈音韻》等史料與專輯。

3. 先後組織開展十多項大中型評彈藝術研討活動。

1986年春，「蘇州評彈研究室」併入「蘇州市戲曲藝術研究所」，繼續參予《評彈文化辭典》的編寫。並參加由周良主編的《評彈藝術》、《蘇州評彈文選》、《蘇州評彈書目選》等書的編寫工作和書目整理工作。

（三）蘇州評彈學校

蘇州評彈的書藝傳承，自清初以來，三百年間，向來是由師徒之間口傳心授。民國成立後，各級學校興起，但一向不受世人重視的地方曲藝，仍然不在正統教育系統之內。

1956年6月，「上海市戲曲學校」開設評彈表演專業班，招收十六至二十歲的初中畢業生，施以專業訓練，分評話專業班與彈詞專業班，入學三十八人。教學一年後，甄選二十人拜師，個別學習長篇書目。一年後再甄選十人，進入「上海市人民評彈團」培訓，至1959年6月畢業。

1961年，「蘇州評彈學校」在蘇州成立，這是中國第一個正式的評彈學校。初名「蘇州市戲曲學校評彈部」，1962年改為「蘇州市評彈學校」，1980年復校時，稱「蘇州評彈學校」。在江蘇省曲藝團、蘇州市文化局、上海市文化局、上海市評彈團的通力合作之下成立。為各地的評彈團，培養新一代的青年演員。共招生九次，至1966年因「文革」開始而停辦。「文革」結束後，於1980年復校，至1996年止，已有十二屆畢業生，計二百多人，分派至江蘇、浙江、上海各地評彈團體。該校設評話專業班與彈詞專業班，兼收高中、初中畢業生，學制四年，在校三年進行基礎教學與基礎訓練，最後一年跟師學習書藝。

（四）評彈藝術團體

1. 上海市評彈團

過去評彈藝人除加入評彈行會如光裕公所、光裕社、普餘社、潤餘社外，在演出時，一向是個體戶，由個人與書場協定簽約。中共建國後，最早成立的演出團體是1951年11月在上海成立的「上海市人民評彈工作團」，後改名「上海市評彈團」，這是最先由國家舉辦的評彈團，以實驗示範為宗旨。首批演員皆為民國時代著名的評彈名家與響檔，如劉天韻、蔣月泉、唐耿良、張鴻聲、張鑒庭、張鑒國、姚蔭梅、周雲瑞、朱慧珍、陳希安等人，共十八名。次年陸續吸收著名演員嚴雪亭、薛筱卿、徐麗仙、楊斌奎、楊振雄、楊振言、朱雪琴、郭彬卿、吳君玉、蘇似蔭、江文蘭、楊仁麟等人，皆為一時之選，人才鼎盛。近期優秀演員有余紅仙、沈世華、徐淑娟、秦建國、范林元、馮小英等。

該團歷年來改編現代題材長篇、中篇評話與彈詞多部。並創作許多開篇、選曲。曾至中國北方、東北、西北、西南等地演出，並赴朝鮮、越南、新加坡、日本、香港獻藝。

2. 蘇州市評彈團

「蘇州市評彈團」成立於1951年年底，當時稱為「新評彈實驗工作團」，1960年改名「蘇州人民評彈團」，七十年代改稱「蘇州市評彈團」至今。在蘇州成立之初，名家雲集，有徐雲志、周玉泉、曹漢昌、楊震新、魏含英、金聲伯、侯莉君、尤惠秋等。幾十年來名家輩出，如王月香、薛小飛、楊乃珍、龔華聲、王鷹、張玉書、金麗生、趙慧蘭、薛君亞、魏含玉和新秀盛小雲、袁小良、王瑾、侯小莉、王池良等。

建團後，曾整理傳統長篇《珍珠塔》、《三笑》、《白蛇傳》、《玉蜻蜓》等彈詞及評話《岳傳》，也創作改編現代長篇《江南紅》、《苦菜花》、《九龍口》等。

1976年「文革」終止後，恢復傳統長篇評彈演出，一時形成空前的繁榮盛況，以1981年參加「蘇州評彈研究會」的團體為例，就有上海的六個團、浙江省的十一個團、江蘇省的十九個團，一共有三十六團。這些評彈團分布的地區，除上海市外，在浙江省有杭州、嘉興、湖州、嘉善、桐鄉、海鹽、海寧、餘姚、德清、安吉等市縣，在江蘇省有蘇州、鎮江、常州、宜興、丹陽、無錫、常熟、崑山、太倉、吳江、吳縣、沙州、江陰、啟東等市縣。這些市縣即是吳語方言地區，也是蘇州評彈的流行地區。

二、演出的狀況

蘇州評彈流傳至今已有三百多年歷史，曾創造出輝煌的藝術成果，書目繁多、名家輩出，風靡長江三角洲的民眾。在進入二十世紀八十年代以來，受內外因素的衝擊，逐漸陷於困境。

1998年，曹鳳漁撰〈評彈現狀與發展〉，文章中列舉初步調查統計結果：

1. 目前經常演出的演員人數：江蘇省有彈詞一五〇人，評話四十四人。浙江省有彈詞二十九人，評話五人。上海市有彈詞五十六人，評話三十一人。總計江浙滬三地，彈詞演員二三五人，評話演員八十人，共為三一五人。其中三十五歲以下的青年演員有九十六人。

2. 評彈演出的書場：江蘇省有一〇二家，浙江省五至八家，上海市四十八家，共計約五十六家。以三一五位演員供一五六家書場演出，就算演員均為單檔一人演出，平均每家書場不過兩人，如為雙檔演出，則每家書場只能分配到一檔。在書場多、演員不敷分配的情形下，造成書場經營上的困難。

3. 近幾年評彈演出的書目：單說彈詞部分，有傳統長篇《珍珠塔》、《玉蜻蜓》等十七部，二類書《孟麗君》、《王十朋》等十八部，新編歷史書目有《智斬安德海》、《明珠案》、《蘇州第一家》、《白玉明珠》等七十三部。總計為一〇八部。

4. 聽眾人數：據兩省一市評彈工作領導小組辦公室的調查統計，全年江浙滬聽眾總計二千萬人次。至於廣播書場、電視書場的聽眾，則無法統計。

曹鳳漁認為，從調查統計中得知演員、書場、書目、聽眾人數，較評彈興盛時期差距甚大，但評彈藝術已經走出八十年代的谷底。[317]

1999年底，據上海書場工作者協會統計，在江蘇、浙江、上海三地，評彈專業演出團體約三十個、專業演員三百多位、書場二百多家、廣播書場和電視書場二十多家。

2000年12月，彭本樂撰〈上海的書場、聽眾和評彈演員〉，文章中討論到上海市評彈演出時書場面臨的主要問題。上海現有書場八十多家，大多每天開演一場。在市區內的書場約二十家，與兩年前江浙滬的情形相同，書場多，聽眾多，演員卻少。全市專業評彈團有五六個、專業演員才四十多檔。廟多菩薩少，有許多書場因而關閉。

在上海鬧區內，除鄉音書苑等幾家書場經常客滿外，一般上座率在六至七成，市郊則在四至五成左右。至於票價，市區書場每場票價人民幣四至八元，郊區書場都是二至三元。由於彈詞是逐日連說的長篇，天天聽書，對退休的老農民和工人，負擔很重。尤其是對住在郊區的老人而言，搭車進城，交通不便、車資貴、行路難，去書場聽書的人，遠不如在家聽廣播書場或看電視書場的人多。

聽眾在接受彭本樂訪問時，多數人認為，當前上海書場面臨的主要問題是，演員和

---

[317] 曹鳳漁：〈評彈現狀與發展〉，載《評彈藝術》第二十三集（南京：江蘇文藝出版社，1998年7月）頁74-76。

書目的數量少，質量不高，這一點攸關著評彈藝術的生死興衰。[318]

三、書場的分布

（一）傳統書場

一個曲種的存在必須具備四個條件：一是人材（包括編劇、作曲、演員、劇場管理或劇團經營者），二是曲目，三是演出場所，四是聽眾。人材與曲目是內在的條件，場所和聽眾是外在的因素。

蘇州評彈一向有書場作為專業演出與固定演出的場所，這是比其他曲藝優越的地方。書場數目的多寡，書場規模的大小，都關係著評彈藝術的盛衰，或者說都反映了評彈藝術的榮枯。

二十世紀二十年代初，在評彈的全盛時期，上海市區各類書場有百餘家，一直到五十年代初仍有百餘家。六十年代中也有四五十家。文革時期，市區只有三家書場輪流演出。1976年以後，市區書場增加到幾十家。1996年，天天開演的書場，剩下十家左右，評彈呈現式微的狀態。1998年曹鳳漁寫的〈評彈現狀與展望〉說，在書場方面，江蘇省一○二家，上海市四十八家、浙江省五至八家。稍後彭本樂教授根據上海市文化局書場管理組在1999年6月的統計，指出全市登記在冊的書場，共有八十八家，尚不包括廣播書場和電視書場在內，數量顯然回升。但是根據2002年10月31日，上海評彈通訊《老聽客》的記錄，上海市實際開業說唱的書場，只有十九家，書場數目的變動極大。[319]

1999年6月上海市文化局書場管理組，統計上海登記在冊的傳統書場共有八十八家，大致可分為六種類型：

1. 茶樓書場：茶樓書場，也稱茶館書場。這是上海最早出現的室內書場的形式，數量最多，有四十多家，占書場總數的一半。過去這類書場的設備都較簡單。二十世紀九十年代有一批豪華型茶藝館運而生，如茗緣茶藝館、玉壺春茶藝館、宋園茶藝館、真如茶藝館。茶藝館相繼開演評彈後，茶樓書場的面貌開始迅速轉變。

2. 專業書場：專業書場又稱清書場，是只演評彈或以演評彈為主的書場。五十年代

---

[318] 彭本樂：〈上海的書場、聽眾和評彈演員〉，載《評彈藝術》第二十七集（蘇州：蘇州評彈研究會，2000年12月）頁153-156。

[319] 蔣錫麟主編：《老聽客》第552期（上海市百色路匯成一村34-102號）2002年10月31日。

初，市區有清書場四十多家，目前僅剩三家。其中玉茗樓遷移後尚未復業。鄉音書苑下午演出評彈，晚上經營卡拉OK。只有雅廬長期演出評彈，一日三場，是唯一真正的清書場。清書場萎縮的原因，是入不敷出難以為繼。

3. 福利書場：由敬老院、老年活動中心或老年協會創辦，政府、企業或個人加以資助，收費低廉，包括茶資一般是二元，養老院的老人可以免費聽書。這類書場出現於八十年代初，目前有十多家，家數仍在不斷增多中。

4. 文化書場：由文化館或工人俱樂部開辦的書場，全市約二十多家。設備較好、經營正規、票價便宜，甚受聽眾歡迎，將成為上海書場業的主體。

5. 公園書場：過去稱花園書場，將聽書和遊園相結合，受到老人們的喜愛。因為經濟效益不佳，全市只有一家，在奉賢縣望春園內。

6. 劇場附設書場：如蘭心大戲院的星期書會與逸夫舞台附設的天蟾書場。因為有大劇場作後盾，設備好，經營穩定。[320]

書場具有積極的社會功能，在傳統表演藝術市場普遍萎縮的情況下，上海書場的數量卻在增加，誠為一種異數。書場是寓教於樂的場所，是傳播傳統文化的場所，也是人們交流感情、輕鬆消閒的場所。

書場數量的多少是由聽眾數量來決定的，而聽眾數量則取決於演員的說唱水準、書目內容、交通便利、票價便宜。聽眾多、書場就增設。書場多，就需要更多的演員演出。演員多，競爭激烈，就要編改新而優良的書目，從而提高了評彈藝術的水準。

在蘇州市，1995年有二十家書場，2000年增為四十五家，另外還有十餘家不定期的季節性書場。書場形式除文化書場、商業書場、廣播書場外，新增旅遊書場、賓館書場、社區書場、電視書場、福利書場和個體書場。

如果我們將視野擴大及於整個蘇州評彈的經常演出區域，包括江蘇、浙江兩省及上海市，現在演出的書場計有四十四家，這是2002年10月的實際情形，較三年前上海一市的書場為少。這可能有兩個原因，其一，有些書場登記註冊後沒有開業，或者開業之後由於某些原因而歇業。其二，這四十四家書場全是營利事業，不包括福利書場及文化書場。

---

[320] 彭本樂：〈上海的書場、聽眾和評彈演員〉，載《評彈藝術》第二十七集（蘇州：蘇州評彈研究會，2000年12月）頁147-149。

根據2002年10月31日出刊的《老聽客》通訊第551期所載，目前有常設書場的地區，共有上海市、蘇州市、無錫市、杭州市、常熟市。

上海市：有鄉音書苑、美琪、玉蘭、長藝書苑、雅廬、輕工、浦興、武定、共舞台、宋園、梅文、永泰、魯藝、上綱、閔老年、夢影、九星、青年會、龍珠書院等十九家。

蘇州市：有光裕、梅竹、戲博、品芳、和平里、林楓苑、新百盛、滸關八家。

無錫市：有邦邦、三鳳、老齡、和平、二泉、惠山、梨莊、紅旗、東降、光宇、梅園、敘豐里及江陰縣的華士等十三家。

杭州市：有大華、湖畔居、青春寶等三家。

常熟市：有方塔一家。總計四十四家。

（二）空中書場

空中書場，先有廣播電臺的廣播書場，後有電視臺的電視書場。目前這兩種書場日夜播放，各種說唱充肆於城市鄉鎮的大街小巷及民眾家庭之中。

1. 廣播書場

1922年，上海中國無線電公司開播。1923年1月，《大陸報》，設台廣播。1924年，開洛電台特別聘請蔣賓初播唱彈詞節目，反響熱烈。至1934年止，上海市區有二十三家廣播電台播放評彈節目，少則每天播一、二小時，多則每天播放八至十小時。

二十世紀末期，在上海、蘇南及部分浙江城鎮，到處都能聽到空中書場的播音。評彈市場迅速擴展，演員隊伍日益龐大，女演員使聽眾風靡，新書目也大量湧現。今日仍然流行於書壇的長篇彈詞《啼笑因緣》、《楊乃武》、《十美圖》、《顧鼎臣》、《西廂記》等，都是通過當年的空中書場而走紅。

二十世紀三十年代，上海的書場添設了水銀燈、擴音器、電風扇和冷氣機。書場林立、聽眾廣泛、演員輩出、技藝精進、流派紛呈、書目繁多。由二十世紀二十年代至到四十年代，評彈藝術到達顛峰有四十年之久。

2. 電視書場

1985年，上海電視台開始播出電視書場。每週二次，每次三十分鐘，不久增加兩次重播時間。先後有楊振雄、楊振言、朱雪琴、張鴻聲、金聲伯、顧宏伯、吳君玉、張鑑庭、張鑒國、邢晏芝、邢晏春等人參加拍攝與播出。

1995年5年，上海有線電視台增闢專業性戲劇頻道，開創每天連續播放的電視書苑。每日晚飯時間播出一小時，次日午飯時間重播一次。在書目內容上，致力於搶錄老藝人的長篇書目及著名中青年演員的錄影。播出的長篇有唐耿良的評話《三國》，陳希安、薛惠君的彈詞《珍珠塔》，蔣雲仙的彈詞《啼笑因緣》，張如君、劉韻若的彈詞《描金鳳》、《太倉奇案》等等，此外又錄製了上百個彈詞開篇。

四、演出的書目

（一）文革後的演出方針

1976年9月，文革終止，百廢待舉，蘇州評彈藝術也漸漸復甦。1977年6月，由陳雲邀集的杭州座談會，在書目方面決定「說長篇、放單檔」，恢復文革前的創作，改編現代題材的新長篇；評彈可以改進，但不能改掉其特色；要說新書，解放後的新書整理好繼續演出，中篇《林沖》、《一定要把淮河修好》都不要丟掉，《青春之歌》、《林海雪源》可以到農村演出。[321]

1978年7月，中共中央宣傳部批准評彈中一些傳統題材較好的回目，也可以經過審查批准後上演。上演傳統書有三條路，一是上演雖不連貫但內容較好的選回，二是連貫的說三、五回或十回左右的書目，三是加工幾個中篇。[322]

（二）文革後的演出情形

文革之後的兩年多，評彈繁盛起來，老藝人和老書目都重新和聽眾見面，情況十分熱烈。恢復演出傳統書目後，現代題材的新書逐漸減少。上海《文匯報》在1978年12月的書場演出報告中說，現代題材的書目占26%，1979年2月占4%，下降速度之快令人驚異。到1980年，已經很少有現代長篇書目的演出了。

二十世紀八十年代，產生約二百部的新編二類書，順應市場的需要隨編隨演，演不長，卻又隨演隨丟，思想與藝術的質量甚差，題材雷同，故事情節陳舊。二十世紀的末幾年，演出的書目大都是明代的，清代少，民國更少，中共建國後的書目幾乎沒有。

截至2000年底，在蘇州市的評彈團體中，有二十餘部長篇傳統書目，五十七部新編歷史書和現代書常演常新。根據當時的統計資料，經常上演的長篇書目約有一百六十部，其中一類書約四十部，二類書約一百部，其中絕大部分不是建國後五十年代編演的，而是文革後八十年代編演的。三類書約二十部，也是文革以後的產品。這些創新的

---

[321] 《陳雲同志關於評彈的談話和通信》增訂本（北京：中央文獻出版社，1997年6月）頁76-82。
[322] 《陳雲同志關於評彈的談話和通信》增訂本（北京：中央文獻出版社，1997年6月）頁92-93。

書目，加上中、青年演員的成長，是促進近幾年書場和聽眾增加的重要原因。雖然這些書目，精緻的少，粗放型的多。[323]

（三）當前書壇主流是二類書

2002年7月，〈上海書壇陣容表〉統計，目前演出的書目中共有長篇四十四篇，包括一類書十三部，占全體的29.5%。二類書二十七部，占61.4%。三類書四部，占9.1%。從這個統計資料來看，二十一世紀初，書壇的主流是長篇的二類書，一類書悄悄隱退，三類書近乎絕跡。

二類書中，也有新老之分。老二類書，是五十年代根據古典小說和傳統戲曲改編的，其中優秀作品有《王十朋》、《梁祝》、《秦香蓮》、《梅花夢》、《四進士》、《王魁負桂英》等。新二類書，是文革後的八十年代取材於言情或武俠小說改編的，較好的有《飛龍仇》、《明珠案》、《智斬安德海》等。

二類書數量雖多，但由於編演倉促，有其重大缺點，缺乏感染力，究其原因如下：其一，書目內容單薄、情節簡單、故事構思欠妥、缺少起伏、缺少細節。往往人物跟著情節轉，甚至許多情節一帶而過，沒有呼應、沒有舖墊，即使書情達到高潮也難吸引聽眾。其二，書中人物蒼白、缺少個性、缺少刻劃人物內心世界的生動語言和具體行動的描寫。其三，沒有充分發揮口頭語言藝術的功能、角色的官白或對白往往直來直往缺少藝術化、語言不精煉、語匯不豐富。

當前書壇的主流是二類書，優點是題材新、內容新，缺點是不夠成熟，尚須假以時日淬煉。[324]

（四）現在書場演出重長篇書目

蘇州彈詞傳統的形式是長篇，因為長篇才有細膩描述的篇幅，而描述細膩、刻劃入微是彈詞的特長，長篇的評話亦然。長篇之所以吸引人，主要即是在於描述細膩，用口語表達比書面文字的描寫更富親切感和生動性。所以聽書與看書不同，是雅俗共賞的。

中篇的彈詞是中共建國以後才有的，是為了滿足沒有時間天天連續聽書的聽眾而採取的變通方式。中篇彈詞，一場演畢。書場在一天之內，大多三個檔，說三、四回書，由八、九個演員輪換上場，陣容龐大。但是中篇需要量大，沒有足夠的書目供應，一部

---

[323] 彭本樂：〈上海的書場、聽眾和評彈演員〉，載《評彈藝術》第二十七集（蘇州：蘇州評彈研究會，2000年12月）頁159。

[324] 曹鳳漁：〈從新老書目差異談起〉，載《評彈藝術》第三十一集（蘇州：古吳軒出版社，2002年12月）頁97。

書重覆演出次數太多聽眾就會厭倦。反觀長篇書目，靠著「賣關子」、「且聽下回分解」吸引老聽客天天到書場報到，這是彈詞演唱的生命線。

今天，中篇的評話與彈詞演出幾乎已經絕跡書壇，書場中是清一色的長篇，而且是單檔獨做，這也證明了彈詞的生命力是在長篇。[325]

（五）如何提升新編長篇的水準

蘇州評彈以長篇書目起家。只有出長篇，才能出人才。出人才，才能出好的長篇。書帶人，人亦帶書。一部好的長篇書目可以產生許多名家，一名好的演員可以將一部質量不佳的長篇說成優秀的書目。人與書配合得好，相得益彰。李文斌先說《雙珠鳳》不出名，後編演《楊乃武》成名。姚蔭梅先說《描金鳳》不出名，後編演《啼笑因緣》成名。楊振雄先說《大紅袍》也不出名，後編演《長生殿》一舉成名。由之可證，出書與出人是一體的兩面。

文革結束之後，評彈界也編寫了一些成功的新長篇，如《明珠案》、《智斬安德海》、《蘇州第一家》、《王府情仇》等，甚受聽眾歡迎。三類書中，也出了《九龍口》、《筱丹桂之死》、《芙蓉錦鴳圖》等現代題材的長篇。

新編的長篇要如何提升其質量？就評彈藝術理論而言需從三方面來著手：

1. 善用評彈藝術技巧塑造出栩栩如生的人物：首先書中要有幽默風趣的小人物及幽默風趣的語言，使書情有趣味性。其次將書中主要人物放在矛盾衝突中，身陷險境或困境，產生藝術懸念（關子）。再次要運用表白、咕白、官白使人物性格化，再運用面風、手勢使人物形像個性化，形成人物傳神。

2. 增加故事的文化內涵：將蘇州的文化特色如建築、商業、婚俗、民俗，蘇州的人文景觀、園林建築、吳門畫派（如沈周、文璧、唐寅、仇英）、禮儀習俗、節日風情等溶入書情之中。不要像當今書壇上新編的二類書，只側重故事的緊張、衝突，而缺少文化內涵，使人聽了覺得淡而無味。

3. 重視書情的合理性：說書不是吹牛，要說明事出有因，而且要因果分明，事情的發展也要脈絡分明。編歷史書不能違反歷史事實，編現代書不能脫離現實生活。使書中情節言之有據，說之成理。若無文化內涵，又不合乎情理，應該是復興評彈藝術的大戒。[326]

---

[325] 顧篤璜：〈小議評彈〉，載《評彈藝術》第二十四集（蘇州：江蘇文藝出版社，1999年3月）頁3-4。
[326] 聞炎（夏玉才）：〈漫談長篇書目建設〉，載《評彈藝術》第二十五集（蘇州：蘇州評彈研究會，1999年12月）頁87-90。

五、聽衆的層次

隨著社會人口的高齡化，評彈書場也盡是老人的天下。有人形容說，進了書場好像進入棉花田，一片白茫茫的景像。在書場中，盡是六七十歲的老年聽眾，中年聽眾較少，青少年聽眾更少。

（一）聽眾的類型

在市區中，評彈的聽眾大致分為基本聽眾、祖傳聽眾、新進聽眾三種類型：

1. 基本聽眾：基本聽眾是素來喜愛評彈的老聽眾，他們長期定時聽書，風雨無阻，聽書似乎是生活的一部分。對書目的內容十分熟悉，對演員的生平瞭若指掌，但大都年事已高，日漸減少。

2. 祖傳聽眾：祖傳聽眾自幼年時期就跟隨長輩到書場聽書，聽書變成一種自然的習慣，他們也經常前來書場。文革十年（1966-1976）是一個斷層，祖傳聽眾的幼年，當在1966年以前或1976年之後，今日算來也都是四五十歲以上的中老年人，此類聽眾也不少。

3. 新進聽眾：新進聽眾是退休後才開始進書場聽書的，他們過去不曾或甚少聽書，對評彈也無甚認識，只因退休生活空閒，才以評彈作為娛樂或消遣，此類聽眾在二十世紀末增長甚快。八十年代人們對於評彈走入谷底的疑慮，被這批快速進入評彈藝術的新聽眾所沖淡。九十年代末，書場又隨聽眾的增長而增設，評彈藝術又有了榮景。

為了應付這些老年聽眾的興趣，書場中現代書與中短篇評彈都已絕跡，清一色是個人單檔獨做的長篇說書。自1999年起，評彈在經歷一度低潮之後又有了起色。這就與社會人口高齡化有關，退休的人多了，他們有時間每天去聽書。但也隨即產生另一個現象，絕大多數的書場，只開日場說書，不開夜場。上海最老的兩個書場，鄉音書苑是下午說書，晚上舉辦卡拉OK，唯一有日夜場說書的是雅廬。老年人去書場聽書白天比較方便，晚上不想出門。上海唯一有日夜場說書的雅廬，生意不如鄉音。老年人生活素來節儉，在評彈書場賺老年人的錢，遠不如在遊樂場中賺青少年的錢，既快且多。

（二）聽眾的態度

到書場聽書的聽眾，在態度上分為研究型、欣賞型、嘗試型三種類型：

1. 研究型聽眾：這一種人對評彈藝術有深入的了解，欣賞水準很高，除欣賞外還進行評彈藝術的研究。他們經常是評彈藝術理論的創始人或改革者，其中多為這方面的專家與學者，也有的是文化藝術的領導人，以及評彈藝術家本人。他們都是評彈藝術界的頂峰人物，關心評彈文學內容的建設，鼓勵評彈表現形式的創新。但是這一類聽眾的人數既少，近來也不常進書場聽書。中青年演員的書藝水準與前輩名家響檔的水準差距過大，新編書目的內容蒼白無趣，無法吸引這批高水準的評彈欣賞者。

2. 欣賞型聽眾：一般欣賞型的聽眾都是老聽眾，也是聽書迷，在數量上是聽眾中的主體，他只求在聆賞評彈說唱中娛樂自己，對演員與書目並不挑剔，是評彈藝術生存、發展與繁榮的支柱。

3. 嘗試型聽眾：嘗試型聽眾不熟悉評彈藝術，偶然進書場聽書。其中一部分對評彈發生興趣，轉變為欣賞型聽眾。另一部分聽一回書，就不再踏進書場。這類型聽眾增長不快。

書場中沒有青少年聽眾，因為評彈藝術表演步調緩慢，書目內容陳腐老套，對於喜愛快速、刺激的青少年自然缺乏吸引力。社會文化早已多元，評彈藝術工作者也不必念念不忘去研討如何吸引年輕聽眾。挽留住現有的老年聽眾，供其歡娛晚年，也算是盡了社會義務。

六、演員的質量

（一）演員數量減少

1950年代初期，中共建國不久後，在上海各評彈行會掛名的演員將近五百人。六十年代初，文革以前，上海市有六個評彈團，演員還有二百多人。

文革期間，政治上的鬥爭使蘇州評彈陷入絕境，書場停開，演出停止，演員星散，在勞改、下放、入獄中，有若干演員亡故。

文革結束後的七十年代末，評彈開始復甦，上海市區有四個專業評彈團，演員回升到一百多人。可是到了八十年代，評彈藝術又開始衰落。1996年，上海四個評彈團的演員只剩下四十餘人，平均四十歲。甚至於有某一個評彈團的青年演員十餘人，竟然一起辭職轉業。[327]

上海如此，江蘇、浙江兩省的情況也雷同。目前書場雖增，但演員奇缺，加上書藝

[327] 彭本樂：〈培養跨世紀演員，重要的是提高演員的素質〉，載《評彈藝術》第十九集（南京：江蘇文藝出版社，1996年5月）頁118。

水準不高，敬業精神不夠，在小城鎮的書場裡無法吸引聽眾，書場業務蕭條，實為評彈藝術復甦與發展的警訊。

（二）演員素質不高

目前，評彈演員不敷各地書場演出的需求。而書場，不僅缺演員，也缺聽眾。一般書場上座率只有四到五成，有些新進的聽眾，偶然進書場聽一回書，不是中途離席，就是不再復返。因為演員的書藝不高，書目內容不好。書既不好，聽眾當然散失。久之，書場也隨之而關閉。

評彈演員素質不高的原因如下：

1. 養成教育的缺失。蘇州評彈學校是培育演員的主要機構，學生入學資質不高，學校制式教育功效不足，演員就業只為謀生，缺少藝術理想。

2. 演員人生閱歷太淺。當前書壇雖也有藝術水準較高的演員，但為數不多。就整體藝術水準來說，不及彈詞興盛時期的前輩。青年演員在學校勤學彈唱，模仿前輩，固然獲得若干成績，但處境安順，人生閱歷尚淺，說噱均難有成效。

3. 跟不上時代需求。曹鳳漁於1998年7月，在《評彈藝術》上發表〈評彈現狀與展望〉一文，對演員素質跟不上時代需求的現象提出說明：

（1）十年浩劫，嚴重破壞了評彈的藝術繼承工作。許多著名的藝術家太早去世或已久離書場，使得他們所創造的藝術流派和寶貴經驗，未能完整而直接的傳授給年輕一代。評彈藝術繼承正處於青黃不接，因此整體水準明顯下降。

（2）現在年輕一代處於優越的環境中，缺少吃苦耐勞獻身事業的原動力。無論是敬業精神，還是對藝術的執著追求，刻苦鑽研，精益求精，開拓創新等方面，與老一代藝術家相比，都存在著很大的差距。有些青年演員從沒說過傳統書目，盡說些情理不通的新編書，對傳統藝術精華和表演技巧都了解甚少，藝術基本功不扎實，嚴重影響了藝術上的提高發展。

（3）在商品經濟大潮中，一切向錢看的思潮大肆泛濫，造成思想混亂，對事業出現動搖，也就更放鬆對自身素質的提高。

（4）有些演員豐厚的藝術家底反成了束縛自己藝術發展的包袱，因循守舊不思進取，把學習流派停留在摹仿階段，甚至把繼承、學習流派當作藝術創作的主體，缺乏再創造和敢於超越前人的雄心壯志。安於現狀、使藝術發展陷於停頓。

（5）說法老腔老調，語言陳舊老化，角色表演雷同，噱頭庸俗化，熱衷唱什錦調，從內容到形式的改革都缺少突破性的發展。

（6）由於長期忙於演出，脫離生活、脫離群眾，很難及時汲取富有時代精神的生活養料。僅用閉門造車的創作方式，想要編演出適應時代的現代書目，必然收效甚微。[328]

（三）彈詞藝業難以傳繼

說、噱、彈、唱，難在說、噱。現今青年演員，身處學館，勤學彈唱，模仿前人，固然也有若干成績，但闖江湖少，人生閱歷太淺，說與噱就難見成效了。

論說表工夫，前輩藝人如蔣月泉的冷雋幽默，周玉泉的爐火純青，嚴雪亭的清脫利落，蔣雲仙的繪聲繪影，楊振雄的典雅有致，周雲瑞的書卷氣味，吳君玉的妙趣橫生，皆是長期深入生活，千錘百煉而獨創風格，非局處學館閉門造車可致。放噱貴在自然，天衣無縫，若是生硬切入，非但不能引人發笑，反而顯得無聊。目下一些優秀青年演員，彈唱猶可，若論說噱，則就立刻露底，顯得稚嫩。

其實彈唱亦非易事。書壇前輩每創一種唱腔，要靠天賦，還得博採名家之長，融化戲曲之美，更要孕育獨特風格，往往得花上一二十年苦功，逐漸形成。現今青年演員摹仿各家流派唱腔，形似者多，神似則難。學「蔣調」，寬宏似之，醇厚不足。學「張調」，中氣薄弱，難達其金石鏗鏘之韻致。「麗調」音色獨特，運腔多姿，韻味之佳難以描摹。彈奏亦難。張鑒國的琵琶，追聲述情，與上手張鑒庭珠聯璧合，相得益彰，境界難達。[329]

蘇州彈詞藝人徐綠霞（1917-1994）先習《雙珠鳳》，再習《玉蜻蜓》，又學《白蛇傳》，先後從師沈麗斌、俞筱雲、楊仁麟，三十年代在上海又被李伯康賞識，收為弟子，授以《楊乃武》。四十年代初，聲譽鵲起，說書兼得各家之長。晚年臥病，仍醉心藝業，希望有人承受，卻至死無人學習，書藝隨之埋入黃泉。

僅有彈詞藝人趙開生（1936-）幼從周雲瑞習《珍珠塔》，後與饒一塵拼檔說唱《珍珠塔》，晚年退休後，勤勉於老書新說的《珍珠塔》，又埋頭整理《文徵明換空箱》，整理好的兩部老書，在蘇州臺的電視書場中帶領徒弟演出。

（四）演員面臨的困境

目前蘇州評彈演員面臨的不利因素有：

---

[328] 曹鳳漁：〈評彈現狀與展望〉，載《評彈藝術》第二十三集（南京：江蘇文藝出版社，1998年7月）頁78-79。

[329] 時萌：〈弦邊直言〉，載《評彈藝術》第三十集（蘇州：蘇州評彈研究會，2002年5月）頁95-96。

1. 謀生之道多條，青年人選擇謀生的機會多，非必需以說唱評彈為業。評彈學校招生難，招優等生更難。培養至畢業的學生，也會另謀他業，四處星散。

2. 大多數的評彈名家或逝或衰，無法教徒授藝，僅有音像資料留存，跟師帶教的評彈傳承方式已經失去。現在青年演員的水準，無法達到繼往開來的任務。

3. 聽眾分流，書場蕭條了。現代娛樂門類眾多，尤其電視與電腦網路，直接將各種娛樂帶入家庭。大多數評彈老年聽眾，由於都市更新，大量遷移的結果，住處分散。遷往郊區居者，距離市內書場甚遠，去聽書的機會大減。書場聽眾少，演員謀生更為不易，不利於評彈的發展。

4. 出版處於困境。書局或出版社基於市場經濟，出版容易獲利的暢銷書，是一般出版業的慣例。評彈的作品與論著，銷路極為有限，難以出版。中國唯一的中國曲藝出版社也已關門，評彈藝術的處境可以想見。[330]

在重重困境中，如何苛求演員敬業精進，負起發揚與推展評彈藝術的重責？

[330] 魏捷：〈走出生存困境，發展評彈藝術〉，載《評彈藝術》第二十三集（南京：江蘇文藝出版社，1998年7月）頁90-93。

第二節　蘇州彈詞在臺灣的現狀

二十世紀五〇年代，蘇州彈詞在「吳韻集」社團成員的努力之下，曾經走過一段風光的歲月。可惜因為社員各自成家立業，為生活事業奔忙，逐漸停止活動。

二十多年來蘇州彈詞在臺灣已成絕響。所幸近年由於賈馨園女士的發揚，吳音雅韻再度於臺灣響起。

一、前人凋落後繼無人

1978年6月，程松甫撰〈蘇州彈詞〉一文[331]，談到後繼無人是臺灣「吳韻集」與香港「雅韻集」共同面臨的難題。香港「雅韻集」成立於1948年，極盛時期曾有過四十多位社員，經常有演出，但也遭遇與「吳韻集」相同的困擾，新社員吸收不易，老社員流動性太大，離開一個少一個，因而演出機會漸次減少。多年來，年輕人不學彈詞、不聽彈詞，捧場的觀眾多半是中年人。因為在臺灣成長的年輕人從小說國語，香港的年輕人說廣東話，與蘇州話具有語言上的隔閡，學唱蘇州彈詞的學生，紛紛知難而退。臺灣的蘇州彈詞不像江浙一帶的蘇州彈詞，是隨時隨地可以聆賞的大眾化娛樂，缺少這樣的環境，自然缺乏接觸的機會。學唱彈詞必須下苦功，所謂「臺上一分鐘，臺下十年功。」然而，在臺灣唱彈詞無法賴以為生，僅供消遣，如何能吸引年輕的一代學習這一門傳統曲藝。

又據程松甫先生2004年2月17日的親筆來函記述，2003年11月臺北市蘇州同鄉會在理事長趙廷箴遷居國外後，失去經費來源，會員所剩無幾，正式宣告結束。當年「吳韻集」的成員現況如下：健在者，戎之仁、桑松濤、程松甫、蔡善本、劉敏、嚴秀韻。已故者，季炳辰、吳承彪、徐學根、盛盤耕、程壽昌、楊錦池、薛宏彬等。前人凋落後繼無人，往事成塵，著實令人惆悵不已。

---

[331] 程松甫：〈蘇州彈詞〉，載《江蘇文物》（1978年6月第12期）頁88-92。

二、吳音留韻生機再現

沉寂多年的吳音雅韻在賈馨園女士的推廣之下，再度展現生機。賈女士熱愛崑曲，1995年透過「上海崑劇團」著名老生計鎮華的引領，開始接觸上海市的評彈藝術與藝人。1998年2月，首度邀請大陸的評彈團赴臺演出，也為此成立「雅韻藝術傳播有限公司」，成為臺灣新起的戲曲及曲藝藝術傳播者。

專精於中國古代文學藝術與戲曲文學研究的俞大綱先生說，蘇州彈詞是「中國最美的聲音」，這句評語經由賈女士的引用與發揚，已然成為現今讚譽與詮釋蘇州彈詞的經典名句。自1998年2月起至2002年6月，「雅韻」四度邀請大陸的評彈團赴臺演出。臺灣觀眾能夠欣賞到大陸傳統精湛的評彈藝術，賈女士的運籌帷幄與大力推展，功不可沒。

（一）蘇州彈詞第一次來臺演出

蘇州彈詞第一次來臺演出陣容輕簡，請來「蘇州評彈學會」研究員彭本樂，「上海市評彈團」陳希安、范林元，「蘇州市評彈團」盛小雲。1998年2月27日於臺北市立社會教育館（簡稱社教館）舉行記者招待會，由貢敏（本名貢宗耀）先生主持，陳希安、盛小雲、范林元示範演唱。2月28日在誠品敦南店一樓大廳示範演唱。另於臺灣大學、臺灣藝術大學、臺南藝術大學、中央大學、文化大學、北一女等校進行為期兩週十多場的演講與示範。

首場演出在大雨滂沱中揭開序幕，現場湧入一千二百名觀眾。由臺灣大學曾永義教授主持，彭本樂先生介紹解說蘇州彈詞，演出者只有陳希安、盛小雲、范林元三位，演唱十二首彈詞開篇與選曲。現場來賓有臺灣電視臺「戲曲你我他」節目主持人王海波與夫婿田文仲、亮軒（馬國光）與陶曉清伉儷、漢聲電臺梅少文、彈詞名票楊錦池等。舞臺設計採用明亮的平均光，呈現說唱藝術與觀眾沒有距離的本質，現場觀眾反應出乎意料的熱烈，臺上演唱者與臺下觀眾互動極佳。

1. 演出記錄

演出名稱：蘇州彈詞

主辦單位：雅韻藝術傳播有限公司

演出時間：1998年3月4日，晚間7時30分

演出地點：臺北市立社會教育館

演出人員：彭本樂、陳希安、盛小雲、范林元

演出曲目：

一、彈詞選曲《三笑・梅亭相會》	盛小雲、范林元
二、彈詞開篇〈新木蘭辭〉	盛小雲、陳希安、范林元
三、彈詞開篇〈杜十娘〉	陳希安
四、彈詞選曲《珍珠塔・七十二他》	盛小雲
五、彈詞開篇〈鶯鶯操琴〉	盛小雲
六、彈詞選曲《三笑・追舟》	范林元
七、彈詞開篇〈宮怨〉	盛小雲
八、彈詞選曲《珍珠塔・方卿見娘》	陳希安、盛小雲

2. 演出迴響

在台灣，這是一場史無前例的專業演出，採取免費贈票方式舉辦，賈馨園出錢出力全額擔負演出費用，傻勁令人感佩。由於當日並未印製節目單，演出曲目不得而知，經由越洋電話向盛小雲本人詢問後，盛女士就記憶所及，記錄下十二首之中的八首演出曲目。

蘇州彈詞對臺灣觀眾而言，原本是非常陌生的說唱藝術，經過媒體的報導與大陸藝人巡迴演講與示範演出之後，此地觀眾對這種獨特的藝術形式留下深刻印象。對大陸藝人而言，他們深切了解吳語的局限性，自忖這是第一次來臺，但也可能就是最後一次，未料臺灣觀眾竟是如此熱情，四次謝幕令演員非常欣慰。

（二）蘇州彈詞第二次來臺演出

「雅韻」舉辦的第二次演出，邀請「上海市評彈團」赴臺，另借調「蘇州市評彈團」的金麗生、盛小雲助陣，組合成「上海評彈藝術團」。舞臺設計著意呈現蘇州風華，明清古式桌椅，清末緙絲屏風，兩旁懸掛書法家董陽孜書寫的「蘇州彈詞」。三天四場，共演唱四十二首蘇州彈詞的開篇與選曲。

1. 演出記錄

演出名稱：吳音留韻——蘇州彈詞

主辦單位：雅韻藝術傳播有限公司

演出時間：1998年9月28日至10月1日，晚間7時30分

演出地點：新舞臺

演出單位：上海評彈藝術團

領隊：秦德超

演出總監：王維平

演出曲目：

（1）1998年9月28日

一、彈詞選曲《王魁負桂英・情探》「麗調」	盛小雲
二、彈詞選曲《林沖・踏雪》「陳調」	金麗生
三、彈詞開篇〈新木蘭辭〉「麗調」	沈世華
四、彈詞選回《三笑・梅亭相會》「徐調」	范林元、馮小英
五、彈詞開篇〈杜十娘〉「蔣調」	秦建國
六、彈詞選曲《西廂記・拷紅》「琴調」	余紅仙
七、彈詞選曲《西廂記・紅娘問病》「侯調」	馮小英
八、彈詞選曲《珍珠塔・痛斥方卿》「薛調」	陳希安
九、彈詞選曲《楊乃武・楊淑英告狀》「李仲康調」	金麗生
十、彈詞選曲《三笑・追舟》【山歌調】	范林元、馮小英
十一彈詞開篇〈秋思〉「祁調」	徐淑娟
十二彈詞選曲《玉蜻蜓・庵堂認母》之一「蔣調」	秦建國、沈世華

（2）1998年9月29日

一、彈詞開篇〈戰長沙〉「蔣調」	秦建國
二、彈詞選曲《三笑・備弄相會》「徐調」	范林元、馮小英
三、彈詞開篇〈滿州風光〉【北方曲調】	盛小雲
四、彈詞開篇〈鶯鶯拜月〉「蔣調」	余紅仙
五、彈詞選曲《秦春蓮・壽堂唱曲》「張調」「蔣調」	金麗生、盛小雲
六、彈詞開篇〈姑蘇好風光〉【大九連環】	馮小英、盛小雲
七、彈詞選回《玉蜻蜓・庵堂認母》之二「蔣調」	秦建國、沈世華
八、彈詞選曲《珍珠塔・唱道情》【道情調】	陳希安
九、彈詞選曲《三笑・看燈》【亂雞啼】	范林元
十、彈詞選曲《楊乃武・密室相會》之一「李仲康調」	金麗生、徐淑娟

（3）1998年10月1日

一、彈詞開篇〈狸貓換太子・寇宮人〉「徐調」	范林元

二、彈詞選回《楊乃武・密室相會》之二「李仲康調」　金麗生、徐淑娟

三、彈詞開篇〈黛玉焚稿〉「麗調」　馮小英

四、彈詞選曲《玉蜻蜓・廳堂奪子》「蔣調」　秦建國

五、彈詞選曲《王魁負桂英・行路》【離魂調】　沈世華

六、彈詞選曲《珍珠塔・方卿見娘》「薛調」「琴調」　陳希安、盛小雲

七、彈詞開篇〈宮怨〉「俞調」　徐淑娟

八、彈詞選回《雙珠鳳・定情》「麗調」　余紅仙、沈世華

九、彈詞選曲《白蛇傳・賞中秋》「蔣調」「俞調」　秦建國、盛小雲

十、彈詞選曲《三笑・點秋香》「徐調」　范林元、馮小英

（4）1998年10月1日

一、彈詞開篇〈梅妃〉「侯調」　馮小英

二、彈詞開篇〈寶玉夜探〉「蔣調」　金麗生、盛小雲

三、彈詞開篇〈霍金定私弔〉「祁調」　徐淑娟

四、彈詞選曲《三笑・周美人上堂樓》「夏調」　范林元

五、彈詞選曲《楊乃武・吐真情》「嚴調」「俞調」「祁調」　金麗生、徐淑娟

六、彈詞開篇〈思凡〉「俞調」　盛小雲

七、彈詞開篇〈鶯鶯操琴〉「蔣調」　秦建國

八、彈詞開篇〈小宴〉「徐調」「蔣調」　范林元、馮小英

九、彈詞選曲《白蛇傳・合缽》「蔣調」「俞調」　秦建國、沈世華

十、彈詞選曲《珍珠塔・妝臺報喜》「薛調」　陳希安、余紅仙

2. 演出迴響

主辦單位為使正式演出成功，用心良苦，敦請盛小雲、秦建國、范林元及馮小英四位演員先行來臺進行宣傳，展現藝人扎實的彈唱功力。演出當日門票早已銷售一空，場內座無虛席，觀眾遠從臺中、高雄、臺南蜂湧而至。藝人端坐在精緻典雅的舞臺上，感受到此地觀眾高度的審美鑑賞力與高格調的觀賞禮儀，這種備受尊重的禮遇，讓藝人感知，他們已身處在藝術殿堂之上。繁華似錦的各家流派唱腔，皆是典型的江南水鄉音樂，令聽者如痴如醉贊歎不已。下了舞臺，演出團員感到受臺灣觀眾的親切與熱情，海峽兩岸血濃於水，總有割捨不斷的牽繫。

（三）蘇州評彈第三次來臺演出

「雅韻」舉辦的第三次演出，邀請「蘇州市評彈團」赴臺，另借調「江蘇省評彈團」二位評話名家金聲伯與王建中助陣，組成「蘇州評彈藝術團」。安排的演出節目，包括唱多白少的開篇、選曲，唱少白多的選回，只說不唱的評話。

1. 演出記錄

演出名稱：吳苑弦清

演出單位：蘇州評彈藝術團

主辨單位：新舞臺、雅韻藝術傳播有限公司

演出地點：新舞臺

演出時間：1999年10月29日（賑災義演：洪建全教育文化基金會主辨）

1999年10月30日至10月31日，晚間7時30分（公演）

團長：成從武

演出總監：畢康年

藝術指導：金聲伯

演出曲目：

（1）1999年10月29日

一、彈詞開篇〈諸葛亮〉「尤調」	袁小良
二、彈詞選回《三笑・堂樓露真情》「俞調」「徐調」	王建中、吳　靜
三、彈詞開篇〈貂嬋〉「侯調」	王　瑾
四、彈詞開篇〈刀會〉「蔣調」	金麗生
五、彈詞選回《楊乃武・密室相會》「嚴調」「邢俞調」	邢晏春、邢晏芝
六、彈詞開篇〈新木蘭辭〉「麗調」	盛小雲
七、彈詞選回《孟麗君・夫妻相會》「小飛調」「徐調」	袁小良、王　瑾
八、評話選回《七俠五義・積善橋》	金聲伯
九、彈詞選回《秦春蓮・壽堂唱曲》「張調」「蔣調」	金麗生、盛小雲

（2）1999年10月30日

一、彈詞開篇〈西廂待月〉「徐調」「麗調」	王建中、吳　靜
二、彈詞選回《孟麗君・雙女成親》「尤調」「琴調」「沈調」	袁小良、王　瑾
三、彈詞開篇〈杜十娘〉「俞調」	邢晏芝

四、彈詞選回《武松・叔嫂初逢》「楊調」「俞調」　　金麗生、盛小雲
五、彈詞開篇〈瀟湘夜雨〉「琴調」　　王　瑾
六、評話選回《包公出世》　　金聲伯
七、彈詞開篇〈鶯鶯操琴〉「蔣調」「俞調」　　袁小良、盛小雲
八、彈詞選曲《林沖・誤責貞娘》「張調」　　金麗生
九、彈詞選回《楊乃武・滾釘板告狀》「薛調」「王月香調」　　邢晏春、邢晏芝

（3）1999年10月31日

一、彈詞開篇〈紅娘問病〉「尤調」「俞調」　　袁小良、王　瑾
二、彈詞選回《啼笑因緣・遇鳳》「俞調」「京韻大鼓」　　盛小雲
三、彈詞選曲《珍珠塔・唱道情》【道情調】　　王建中
四、彈詞開篇〈螳螂做親〉「薛調」　　邢晏春
五、彈詞選回《三笑・載美回蘇》「徐調」「麗調」　　王建中、吳　靜
六、彈詞開篇〈新木蘭辭〉「麗調」　　盛小雲
七、彈詞選回《楊乃武・畢氏別姑》「嚴調」「邢俞調」　　邢晏春、邢晏芝
八、彈詞開篇〈蕭何月下追韓信〉「張調」「蔣調」　　金麗生、袁小良
九、評話選回《包公・遇太后》　　金聲伯

2. 演出迴響

此次演出劇目包涵「說、噱、彈、唱」，說唱俱佳、滿室生輝。值得注意的是，說書原本是以說為主、以唱為輔，但是在臺灣的演出必需以唱為主。推究其原因，乃是絕大部分的觀眾聽不懂蘇州話，唱篇的唱詞固定，觀眾依賴字幕的文字來理解唱詞。若是說彈詞小書或評話大書，說書內容無法打上字幕，觀眾不知所云。說正書如此，藝人臨場即興的放噱，似乎也難以達到讓觀眾心神領會哄堂大笑的效果。

2002年5月24日，《中央日報》第十五版刊載由賈馨園撰寫的〈中國最美的聲音——吳儂軟語「蘇州評彈」〉一文。文中話說從頭，細數在上海鄉音書苑接觸彈詞進而邀約評彈藝術來臺演出的始末，為這一段源起留下文字記錄。

（四）蘇州評彈第四次來臺演出

「雅韻」舉辦的第四次演出，再度邀請「蘇州市評彈團」赴臺。這次老中青三代精銳盡出，包括1988年退休目前旅居加拿大的彈詞名家蔣雲仙，大陸國家一級演員金麗生、盛小雲、袁小良及優秀藝人、施斌、吳靜、王池良、周明華等八人，輪番登場。

2002年5月29日，《天下文化雜誌》為慶祝二十週年慶，特別邀請「蘇州市評彈團」舉行一場專場演出。5月30日至6月1日在臺北市新舞臺公演三場。6月2日下午，金麗生、盛小雲、施斌、吳靜至天下文化「九十三巷人文空間」舉行一場「蘇州評彈的對話與欣賞」。6月3日在臺積電文教基金會贊助下，於新竹交通大學演出一場。

1. 演出記錄

演出名稱：最美的聲音

主辨單位：新舞臺、雅韻藝術傳播有限公司

演出時間：2002年5月30日至6月1日，晚間7時30分

演出地點：新舞臺

演出單位：蘇州市評彈團

團長：邱冠華

演出總監：畢康年

藝術指導：蔣雲仙、金麗生

演出曲目：

（1）2002年5月30日

一、彈詞選曲《白蛇傳・賞中秋》	袁小良、盛小雲
二、評話選回《康熙・吃涼粉》	王池良
三、彈詞開篇〈刀會〉	施　斌
四、彈詞選回《啼笑因緣・逛天橋》	蔣雲仙
五、彈詞開篇〈鶯鶯拜月〉	盛小雲
六、彈詞選回《白蛇傳・斷橋》	施　斌、吳　靜
七、彈詞選曲《梁祝・送兄》	袁小良
八、彈詞選回《武松・大郎做親》	金麗生、盛小雲

（2）2002年5月31日

一、彈詞選曲《白蛇傳・遊湖》	施　斌、吳　靜
二、評話選回《岳飛・槍挑小梁王》	周明華
三、彈詞開篇〈史湘雲〉	袁小良
四、彈詞選回《武松・叔嫂初逢》	金麗生、盛小雲
五、彈詞開篇〈戰長沙〉	金麗生、袁小良

六、彈詞選回《孟麗君・宮闈除奸》　施　斌、吳　靜

七、彈詞開篇〈文姬歸漢〉　盛小雲

八、彈詞選回《啼笑因緣・初會》　蔣雲仙

（3）2002年6月1日

一、彈詞選曲《林沖・誤責貞娘》　金麗生

二、評話選回《康熙・君臣議政》　王池良

三、彈詞選回《三笑・唐寅尋舟》　袁小良、吳　靜

四、彈詞選回《啼笑因緣・車站送別》　蔣雲仙

五、彈詞開篇〈新木蘭辭〉　盛小雲

六、彈詞選回《玉蜻蜓・問卜》　施　斌、吳　靜

七、彈詞選曲《珍珠塔・二見姑娘》　袁小良

八、彈詞選回《武松・回差》　金麗生、盛小雲

2. 演出迴響

多次來臺，藝人在此地喜獲知音。彈唱依舊動聽悅耳、扣人心弦，蔣雲仙的小書展現蘇州彈詞「一人多角」的說書技巧，王池良改良口音的評話被聽懂了。

蘇州彈詞的歷史發展以蘇州、上海兩地最為興盛，蘇州彈詞的藝術水準也是以「蘇州市評彈團」與「上海市評彈團」為代表。那麼，這兩個來臺演出的藝術團體有甚麼樣的差異性呢？簡言之，「蘇州市評彈團」的表演風格具有文化古城的傳統與典雅，「上海市評彈團」的表演風格具有現代都市的海派與大氣。這些養成不易的表演者，皆是彌足珍貴的文化瑰寶。

第三節　蘇州彈詞當前的問題

一、吳語異化的問題

蘇州彈詞要以軟糯的吳儂軟語來說唱，才會突顯濃郁的地方藝術特色。因此蘇州彈詞演員要說好純正的蘇州話，是說好蘇州彈詞的先決條件。

目前蘇州評彈學校招收的學生，大多來自蘇州市內及鄰近各縣，有一部分來自無錫、常州、啟東等地，都屬於吳語地區範圍以內。但大部分學生，包括蘇州籍的在內，都說不好蘇州話。

造成蘇州話失準的原因很多，其一是，普通話的普及導致蘇州話的異化。評彈學校的學生受到普通話逐步普及的影響，學生們普通話講得很準確，說蘇州話時，往往用普通話的字音來念蘇州話的字音。今天的蘇州話與三十年前的蘇州話相比較，已有很大的差異。在大趨勢上來看，蘇州話在日常生活中，不可避免的向普通話靠攏。其二是，受到外地方言的影響。近年來，蘇州已有數十萬外來人口，他們模仿蘇州人說話，出現走樣、變味的蘇州話，反過來影響在蘇州出生的青少年。1999年的春節，蘇州電視臺直播「談年夜飯」節目中，一位八十高齡老太太講話時所說的蘇州話，標準得令人拍案叫絕，字字句句音準字圓，尖團分明，陰陽四聲明確，真正體現了吳儂軟語委婉動聽的魅力。但是一般的中、青、少年人士，包括電臺、電視臺的若干吳語節目的主持人，都沒有這樣的水準了。

蘇州方言與普通話一樣，每個字有聲母、韻母，有四聲念法，而且又有尖音、團音之分，尖音以舌齒音為主、團音以雙唇音為主，但最難掌握的是同一個字，甚至詞義相同的，在念法上卻有平仄之分。一字多音、連字變聲，在蘇州話中頗為常見。例如「顧」字，本屬去聲，但「照顧」的「顧」卻要念成平聲如「哥」，否則聽起來便拗腔拗調而不順耳。又如「吊」字單獨念時是去聲，而「吊扇」的「吊」意思相同卻要念成平聲如「刁」。又如一句中的一個字出現兩次，但前後讀音卻不相同，「到布店去買布」，後面的「布」是念去聲，前面的「布」卻要念平聲如「波」。因此真正老蘇州的蘇州話，是很難學的。

現在一般人的蘇州話多已說不準確了，有些蘇州評彈演員的蘇州話，也是走樣的，咬字不準，口齒不清，「確實」說成「缺實」，「一條命」變成「一條名」，「專業戶」變成「轉業戶」，「一支香」說成「一子香」，「此地」說成「處地」，若不加以糾正，將會在相當大的程度上影響到蘇州評彈的語音。[332]

二、演員教育的問題

（一）評彈教育的現狀

評彈藝術傳統的教學方式，是師傅帶徒一對一的傳授書藝，到了現代，改變成學校集體化的教育形式。蘇州市的「蘇州評彈學校」，是目前唯一一所培養評彈藝人的學校。學校在教育養成過程中遭遇到幾項基本問題，不但影響了評彈教學的成效，更足以影響到未來蘇州評彈藝術的水準：

1. 招生困難。由於戲曲、曲藝不景氣，學生畢業後的出路與待遇不是很好，所以優秀的中學畢業生多不願報考曲藝學校。一般中學，尤其是農村中學，強調升學率，對學習曲藝存有偏見，往往推薦程度差的學生投考評彈學校。而年輕的學生，愛聽流行歌曲，對評彈不感興趣，也多不願來學曲藝。因此在招生時，就產生了質低量少的現象，不容易招考到優秀的學生。

2. 學生的學科程度不好。他們整體的學科基礎，大概處於中等或中等以下的水準。進入評彈學校，只是因為不能進入普通高中的另一條出路。評彈學校錄取的學科分數低於普通高中，上課又較輕鬆，所以學生對學科不夠重視，得過且過，學識與文化素養不夠。

3. 學生的專業水準不高。評彈學校的學生，大部分來自農村，農村中學大多不教音樂知識，學生基本上處於音盲階段。入學之後，從發音到唱曲，由音準到節奏，都要從啟蒙教起，增加教學的困難度。

4. 學生的思想不成熟、獨立性不夠。蘇南一帶家庭條件比較優越，一胎化的結果，造成許多獨生子女在家深受寵愛，往往養成驕氣、任性。對自己要求不高，自由散漫，學習上缺乏勤奮努力，生活上缺乏自理能力，因而對於學習的艱苦、社會的競爭及複雜多變的生活狀況多不能適應，整體的素質較低。

---

[332] 周天來：〈吳語異化對蘇州評彈的影響〉，載《評彈藝術》第二十五集（南京：江蘇文藝出版社，1999年12月）頁105-111。

學生素質低，教育上倍感吃力，教育的成果也不容易提高，如何培養新一代的青年演員，實在是一大考驗。

（二）尋求解決之道

傳統評彈藝術的傳承，是師徒之間一對一的雙向交流，師傅可以視徒弟的資質因材施教。現在評彈學校教育，集體招生，在教室上課，師生之間無法自由選擇教學與受教方式。三年學校教育畢業之後，學生發生許多問題，一是不會長篇書目，二是彈唱尚可，說表不行。

蘇州彈詞的發展、興盛、生存全靠長篇書目。學校教育只是替學生打好基礎，認為長篇書目是分發到評彈團以後的事情，學校不管。以致於學生入團後不久，便被淘汰，使得學校教育前功盡棄。

評話和彈詞都以說表為主，故稱為「說書」。學校教育卻以彈唱為主，因為彈唱教材容易編，容易學也容易掌握，說表教材難編，而且說表強調「活」，也不容易學。學校的教育主要是打基礎，糾正語音、訓練咬字吐字、分清尖音團音，掌握語言的抑揚頓挫，書目劇情變化，達到語言流暢，能說幾回段子書就可以了。過去彈詞老藝人，是經過一二十年的舞臺演出經驗，才磨練出說表的工夫，學校短短三年的訓練時間，自然無法相比。如何融合傳統師徒個體化的教育方法與現代學校集體式的教育方式？解決之道，簡述如下：

1. 要因材施教，依照學生的天賦條件（如嗓音、彈唱或說噱能力）分別教授不同的流派唱腔和書目。

2. 學校教學大綱中，養成教育應該分成三大階段，即基礎教學、綜合教學與長篇教學。

3. 學校師資有限，應外聘各評彈團中，有藝術成就又適合教學的優秀演員，來擔任短期的教學工作。

4. 在識譜、視唱的彈唱教育之後，要教會學生依據彈詞的音樂規律發展創新能力，避免學生畢業只會看譜死彈死唱。

5. 在基礎教學階段之後，加強說表課程的份量，安排學生學習講說風格各異的長篇選回，增加說表長篇書目的能力。

6. 傳統評彈藝術，是師徒之間經過舞臺的實踐經驗，進行藝術的傳承。學校教育的後期，要強調實踐第一，加強長篇書目的教學。

7. 一方面加強歷史、文學、社會知識等文化課程，另一方面增加評彈文學、曲藝歷史、音樂等專業課程。[333]

三、蘇州彈詞演出的局限與拓展

（一）蘇州彈詞演出的局限

蘇州彈詞演出的局限，在於其採用吳語方言來說唱。以吳語方言說唱蘇州彈詞，本為其特色之一，但此一特色卻限制了它向吳語以外地區發展的可能性，使它難以發展成全國性的曲種。

中國現代漢語將全國分為七個方言區。方言即是地方語音，是一種語音的地方變體，是語音變化的結果。這七個方言區，依使用人口的多寡為序，分為北方方言區、吳方言區、湘方言區、粵方言區、閩方言區（又分閩南與閩北）、客家方言區、贛方言區。

吳方言區包括蘇州省長江以南，鎮江以東，浙江省大部分地區及上海市。使用吳語的人數，占漢族總人數的8.4%。蘇州話是吳方言的代表語言語音。

吳方言的流行地區，在長江下游三角洲一帶，詳細的說，是指長江以南，鎮江（不含）以東至上海松江縣，南至嘉興、湖州、杭州。以蘇州為中心，吳縣、無錫、常熟等市，都包括在內。蘇州話是吳方言的主要語言，但不是吳方言的全部。上海人、無錫人、常熟人、嘉興人、杭州人都說不好蘇州話，但是他們都聽得懂，所以蘇州彈詞演員中絕大多數都是蘇州土生土長的，蘇州彈詞的演出卻可以廣及蘇州市以外的吳語方言地區。

陳汝衡在《說書小史》中提到：

> 蘇州方言，以夾雜土語過多，外省人頗難索解。蘇省中若江北之揚州及鎮江、南京一帶，以語音而論，謂之國語系。自丹陽以東，常州、蘇（蘇州）、滬（上海）等地為方言系，吳音（蘇州話）則其中之尤富於地方色彩者。惟然，故蘇州操說書業者，其出碼頭也，南不越嘉禾，西不出蘭陵，北不虞山，東不過松泖。過此則吳儂軟語，不甚通行。[334]

---

[333] 聞炎：〈憶評彈藝術教育中遇到的問題〉，載《評彈藝術》第三十一集（蘇州：古吳軒出版社，2002年12月）頁159-168。

[334] 陳汝衡：《說書小史》（上海：中華書局，1936年2月）頁82。

陳氏的這一段話，指出了蘇州彈詞演出的局限性。

（二）蘇州彈詞演出的拓展

要如何突破蘇州彈詞演出的局限性呢？近年來評彈藝術團體嘗試著以普通話來說唱評彈。1982年秋，浙江省曲藝團試驗以普通話說唱評彈來接觸青年，企圖擴大蘇州評彈的聽眾群。在彈詞方面，演出開篇〈黛玉葬花〉、〈新木蘭辭〉、〈寶玉夜探〉和長篇選回〈李逵迎娘〉、〈花廳評理〉，先在杭州師範學院進行三場實驗演出，然後又在浙江大學實驗演出。由於學生中約有百分之六十來自外省，可以測試出以普通話演唱蘇州評彈被吳語方言地區以外聽眾接受的程度。

這次實驗的結果，得到的結論是：

> 評彈本身是語言藝術，如果語言不懂、內容生疏難懂，愛好和興趣又從何談起。用普通話說書，是解決聽懂的有效辦法。實踐證明，許多原來對評彈不感興趣的同志，當他們聽懂以後，領略到評彈藝術的魅力，都大為贊歎。[335]

蘇州彈詞是說唱相間的，唱的部分，由於曲調婉轉悠揚，唱詞固定，聽不懂吳語的人，在演出時可以參照字幕得知道唱詞的含義，縱使不看字幕，也可以聆聽並欣賞其優美的旋律。但在說表的部分，由於常有現場即興的發揮，並無固定的詞句，而且說表快速，詞句冗長，也無法打出字幕，聽眾完全無法了解。這就是近年來，蘇州彈詞在吳語以外地區演出時，多以開篇或選曲演唱為主的原因。

南曲北唱是以普通話來演唱蘇州彈詞，打破吳語方言造成的局限，讓北方的聽眾來欣賞評彈。蘇州話只是評彈藝術的表演方式之一，要評彈藝術進一步發揚光大，使之能流行於更廣泛的區域，1993年青島人民廣播電台通過廣播的方式，試用普通話說評彈，據主事者說，本意不是要改變評彈藝術的根本特性，而是對非吳語地區能否透過排除語言的障礙，讓更多聽眾來了解評彈藝術的一種試驗。經過這種嘗試，可以使中國北方的聽眾了解彈詞的藝術形式，包括細膩的說表、優美的彈唱和柔糯的吳儂軟語。

用普通話說唱蘇州評彈，在藝術表現風格上仍然保留評彈本身的江南特色，不是用北方說評書的那種北方話。普通話不等於北方話和北京話，而是以北京語言為標準音，

---

[335] 中化：〈評彈「就青年」與「用普通話說書」的一次試驗〉，載《評彈藝術》第六集（北京：中國曲藝出版社，1986年6月）頁164。

以北方話為基礎方言，同時吸收其他方言中的成分。這叫「北唱南曲」。這樣才能將評彈（南曲）移到北方說唱。

以普通話說唱蘇州彈詞確實有其困難之處。蘇州土語無法表達，蘇州方言說的俏皮話改用普通話也全無趣味。但評彈傳統書目中的人物語言，主要運用的是「中州韻」。「中州韻」是許多戲曲劇種在唱曲和念白時，使用的一種傳統字音標準，在讀音、咬字、歸韻、四聲、調值各方面均有特定規律。評彈傳統書目中的人物語言採用中州韻，為了使北方聽眾能接受，在讀法上聲腔稍帶些京韻，聽來也不覺拗口。至於評彈的演唱離開蘇州話，出現的「裝腔」、「倒字」、「拗口」問題，則是南曲北移中，重要的問題。彈詞唱腔的形成，有較強的吳語因素，這是吳語區域風土人情，人文環境影響的結果。濃郁的江南韻味形成的唱腔風格，不會因為語言的改變而失去原有的風格和調式結構。只要四聲正確、平仄協調、運腔自如，就不會有「裝腔」、「倒字」、「拗口」的現象出現。

經過這次「南曲北移與北唱南曲」的實驗，證明用普通話說唱蘇州彈詞，不會使之失去其審美特點，可以將彈詞藝術經過廣播的媒介，推廣與擴大影響範圍。[336]

蘇州彈詞的曲藝表演形式，如坐唱、對口、三弦與琵琶伴奏，自彈自唱，都是在全國曲種中絕無僅有的。但由於起源與流行在吳語地區，無法流行於北方。

蘇州市評彈團曾在1983年與1986年兩度到天津示範表演，由於吳語方言的隔閡，無法使當地的聽眾充分領略其中的奧妙。南曲北移，本有先例，那就是同樣發源於吳語地區崑山的崑曲，流傳到北方之後，成了北方崑曲而盛極一時。越劇演員也曾在解放（1949年）以後，成立天津越劇團，演出好多年。天津的文藝工作者還成立北方越劇團，用普通話演唱過越劇一段時期。

中國戲劇、曲藝及地方小調、民歌，在裝腔（唱腔設計）上的普遍規律是根據唱詞的方言讀音或普通話設計出來的。按照這種設計唱出來的腔調與吐出來的字音，可以使聽者準確地聽出是什麼詞語。如果音譜沒有注意到原唱詞的讀音，或者演唱者唱不準，就會唱出倒字，聽來不舒服，或者聽不出是什麼詞語。

如果把蘇州彈詞北移，用普通話來演唱，就必須注意：一、不能使用原曲譜演唱者，在不影響原曲譜的基本旋律下加以修改，但可能傷及原曲譜的風格與韻味。二、仍

[336] 華覺平：〈南曲北移與北唱南曲〉，載《評彈藝術》第十四集（南京：江蘇文藝出版社，1993年5月）頁117-122。

以原譜演唱，保留原來的風格與韻味，但會唱出倒字。

南曲北移並非原樣照搬，而含有再創造的意義。蘇州彈詞按普通話的讀音演唱，唱腔也相應改變了，形成一種新的風韻，也算是一種推陳出新。

崑曲的南曲北唱中，由於崑曲有固定的曲譜，用普通話的讀音來唱，倒字的現象非常普遍，但為保持原來的韻味，也多是無人追究。蘇州彈詞北唱之後，恐怕也將如此。[337]

四、彈詞藝術流變的停滯與延續

（一）彈詞藝術流變的停滯

蘇州評彈和其他曲藝中的曲種一樣，是一種「流變」的藝術。流變的原因有三：其一是藝術的時代性所決定的。彈詞要適應每一個時代聽眾不同的審美要求與娛樂要求，就不得不使藝術流變，以滿足聽客的要求，才能實現其自身的經濟價值與藝術價值。二是彈詞傳藝方式的可變性所造成的。傳統師徒口傳心授的傳藝方式，使受藝者依據自身的生活體驗、文化內涵，對書目內容和表演藝術進行再創造，致使彈詞藝術產生流變。三是藝人追求藝術聲譽和經濟利益，努力創新書目、加強表演技巧，促使彈詞藝術產生流變。各種彈詞流派唱腔，就是在這種情況下產生的。

如今，彈詞的藝術流變陷於停滯。書壇上跟著時代進行藝術流變的優秀傳統書目已經罕見。老二類書也已不見，三類書已無蹤跡，藝術的流變，無人聞問。

現今充斥書壇的是內容粗糙、情節乖離、道理不通、缺乏人物刻劃的新編二類書。

（二）流變停滯的主要原因

蘇州彈詞為何會出現藝術流變的停滯呢？

1. 藝人重視經濟價值而忽視藝術價值。什麼類型的書票房價值高，就一窩蜂的說。無論是傳統書、武俠書、言情書，都是一哄而上，絕大多數皆無藝術價值。

2. 評彈具有的時代性，不再受藝人重視。近代或當代社會生活內容的現代書，一部不見，充斥書壇的是新編傳統題材的二類書和少量的傳統一類書。評話和彈詞書目，都不能反映當前的社會與生活。藝人想多賺錢，不想多花心力去創作反映現實生活的新書。

3. 新時代有新的藝術形式產生，電視機和電腦的普及於家家戶戶，在娛樂家庭化的趨

---

[337] 李世瑜：〈評彈能否移植到北方〉，載《評彈藝術》第八集（北京：中國曲藝出版社，1987年8月）頁107-110。

勢之下，民眾減少外出與花費，在家中即可欣賞各類戲曲，導致評彈書場的聽眾與收入減少，逐步陷於停演。藝人有的轉業，有的雖也繼續演出，但收入不高，也無意鑽研藝業。

4. 評彈傳藝方式，由傳統師徒間的口傳心授，改為學校或學館教育以「劇本制」傳藝。說書依賴詳細腳本，依樣畫葫蘆的說，再創造的藝術空間失去了。

5. 文人參與評彈書目創作的情形日益減少。過去在國學造詣深厚的文人，曾經參與評彈書目的編寫，貢獻良多。例如，《珍珠塔》由秀才馬春帆首編首演，其子馬如飛幼習刑律，後又得到文人袁榴、陶亮采之助，加以修改，遂成為彈詞的文學範本。清代教書先生吳毓昌首編首演《三笑》，後經清代蘇州文人江汀山、歐陽春生協助藝人顧雅庭加工《三笑》，成為「顧派三笑」；清代文人吳慎初協助藝人王少泉潤飾《三笑》，成為「王派三笑」。清代常熟文人朱寄庵首編首演《西廂記》，民國文人陸澹庵編寫《啼笑因緣》供藝人朱耀祥演出；又編寫《秋海棠》供藝人范雪君演出。文人陳靈犀編寫許多中篇彈詞並創作彈詞開篇二百餘篇。藝們人獲得文人參與書目創作的助力，使得蘇州評彈的藝術流變日益成熟。但是近年來，此種現象已甚為罕見。彈詞藝人本身在國學、文學、歷史、社會等方面的知識極為有限，在書目的改編與創作方面，呈現粗疏、淺薄、硬編的現象。文人不再參與書目創作，削弱了彈詞藝術發展流變的力量，令人扼腕嘆息。

（三）如何延續彈詞的流變

彈詞藝術必需保持流變，才能具有生命力，這既是時代的要求，也是時代的逼迫，只有流變才會有光明的遠景。那麼，如何延續彈詞的流變呢？

1. 彈詞界要認識當前的國情與所處的時代。改編和創作書目時，要能立足中國國情，觀察社會生活。這樣的書目內容，才能反應時代，跟上時代。

2. 彈詞要反映與跟上時代，必需處理好傳統與現實、繼承與發展的關係。要突破傳統的架構與藝術方法，在社會生活中尋找題材，從近代新興的藝術種類中汲取新的的創作與表演方法，從國學、文學、歷史等課程中去補充知識，效法其他曲藝（如上海淮劇、浙江小百花、安徽黃梅戲、上海京劇）的勇於更新改進。

3. 要研究聽眾的層次。今日，藝術研究層級的聽眾，已不進入書場。藝術欣賞層級的聽眾也越來越少。娛樂層級的聽眾多屬退休的老人，去書場聽書的人，也比在家看電視與聽廣播的人數少。還有一些初次接觸彈詞的聽眾，則是偶然到書場聽聽書。娛樂層級的聽眾與初次接觸彈詞的聽眾，這對藝術的要求不高，在書場只是聽故事、聽新聞或是為了老人聚會而已。許多藝人在演出時，反而是正書說得少，奇聞軼事、社會新聞、諷刺現實的內容穿插得多。這樣下去，彈詞藝術的水準必將更為低落。

4. 彈詞藝術教育機制必須改革與健全。中共建國後，藝術教育出現三種形式：學校、學館和進修班。傳統的師傅帶徒弟的教育形式不見了。雖然這三種形式也培養出不少人才，但評彈學校的藝術教育已非專業化，同時辦了其他文化藝術班，很難集中精力於彈詞教育。又由於學生人數量增多，師資明顯不足，教學大綱不全，教育計劃無序，近幾年來，很少有優秀藝人出現。至於學館與進修班，前者經費不足，後者人數稀少，多半無法開辦。如何恢復傳統師父帶徒的授藝方式，值得慎重思考。

5. 要有優秀的書目，彈詞的表演藝術才有發展。如何將創作書目的作家、有創作能力的藝人與業餘的創作者結合起來，共同改編或創作新書，彈詞藝術的流變就可能再現了。

6.重新建立如過去「光裕社」、「潤餘社」的藝人行會組織，再次領導藝人從事彈詞藝術的革新與創新。[338]

彈詞藝術工作者必需覺醒，從事書目創作要能體現當代國情與社會民情，突破中國傳統藝術的束縛，向現代西方藝術學習新的表演藝術與創作方法。了解聽眾的喜好，引導聽眾提升欣賞水準。重新檢視評彈教育的方式與成效，學校教育與傳統授徒方式並重。借重既有的書目創作人材，創編優秀書目。重建評彈藝術的領導機制，帶領評彈開創新局。惟有評彈藝術的「流變」再現，蘇州彈詞的未來，才有希望。

相關附圖：

（見，附圖17：蘇州彈詞演出書場）

（見，附圖18：蘇州彈詞藝人彈唱開篇）

（見，附圖19：羅教授宗濤伉儷及愛女茵媞聆聽彈詞開篇）

（見，附圖20：華社成立十年1960年臺北市記者之家首演）

（見，附圖21：程松甫先生與邵淑芬）

（見，附圖22：程松甫先生與陳文瑛）

（見，附圖23：蘇州市評彈團來臺灣公演）

（見，附圖24：盛小雲、秦建國於臺南藝術學院演唱蘇州彈詞）

---

[338] 夏玉才：〈藝術流變的評彈必須繼續流變〉，載《評彈藝術》第二十三集（南京：江蘇文藝出版社，1998年7月）頁122-127。

第六章
結論

本篇論文於第五章中，提出蘇州彈詞當前所面臨的問題並加以探討。第六章結論，是以陳述蘇州彈詞在大陸地區及臺灣地區的前景與展望作結。並於文末兼述蘇州彈詞的研究檢討與研究建議，以作為未來研究的參考方向。

第一節　蘇州彈詞的前景與展望

一、大陸地區

蘇州彈詞和蘇州評話在二十世紀七十年代末「文革」結束之後，興盛過一段時日，但是到了八十年代便呈現出衰落的徵兆，許多人悲觀的認為蘇州評彈將在九十年代初沒落，在二十世紀末消亡，在二十一世紀初完全滅絕。沒有人預測到，蘇州評彈竟會在二十世紀末開始回升。

（一）二十一世紀蘇州彈詞的前景

二十一世紀蘇州彈詞的前景如何？未來的發展趨向又是如何？彭本樂教授在2000年5月發表〈二十一世紀評彈前景展望〉，文中非常樂觀的表示：

> 在今後的十到二十年之內，在書壇上，將會人才輩出，新的書目大量增加，新一代的流派會逐個登場。書場會大量增加，場內設備一定會有較大的改善。聽書將成為江南地區更受歡迎、更具特色的精神享受與物質享受。聽眾的年齡層次和社會階層將比現在更為廣泛，因而聽眾數量也會大大增加。當然，評彈在發展進程中也會遇到艱難和曲折，但我相信，評彈能夠跨越二十一世紀，進入到二十二世紀。這就是我對評彈前景的預測。[339]

這樣樂觀的預測，有甚麼根據呢？彭氏認為：

1. 歷史角度：從歷史角度來看，評彈是中國曲藝中，歷史最悠久的曲種之一，迄今已有四百年。四百年中，十七世紀以前是評彈的形成期，評彈從民間的說故事、講歷史，發展成為具有獨特風格的說唱形式。十七世紀，評彈形成固定的表演形式和藝術風格，具備演出節目與專業演員。十八世紀，評彈藝人成立行會組織光裕社，使評彈成為蘇州地區最具影響力的曲種之一。十九世紀，名家輩出，書目豐富，說唱藝術水準更

---

[339] 彭本樂：〈二十一世紀評彈前景展望〉，載《評彈藝術》第二十六集（蘇州：蘇州評彈研究會，2000年5月）頁78。

高，由蘇州向外發展進入上海。二十世紀，演員人數、書目和流派唱腔的數量與質量都超越前代，演出機會增加，演出環境改善，演出範圍由長江三角洲擴展至全國及海外。未來當可更上層樓，邁入二十一世紀。

2. 內在因素：評彈藝術本身具有強大的生命力，最能體現其內在生命力的是評彈的書目、音樂和表演形式這三個方面。

（1）書目：蘇州評彈傳統長篇書目，情節高潮迭起、描述生動細膩、說表令人歎服、噱頭風趣幽默。一部部扣人心弦的書目，除了故事情節之外，也都包含著中華民族的歷史、文化、風俗民情、倫理道德的豐富內容。傳統書目常演常新，新編的書目既保存傳統又創造革新，受到聽眾喜愛，這是評彈藝術生存與發展的重要因素。

（2）音樂：蘇州彈詞音樂抒情幽美，極富江南情調，堪為民族音樂瑰寶。

（3）表演形式：蘇州彈詞的藝術形式包含「說、噱、彈、唱」，相輔相乘，成熟而完整，這種表演形式在各類曲藝中獨樹一格。豐富的書目、優美的音樂、表演形式上的特色，使蘇州彈詞維持了四百年的生命，今後當更能延續與發展。

3. 外在條件：蘇州彈詞一直擁有書場作為固定的演出場所，這是強而有力的外在生存條件。1840年至1985年的一百四十五年之間，上海有過八百多家書場。1821年至1980年的一六〇年間，蘇州先後有過書場一六〇多家。按人口比例來說，評彈書場的數目遠超過其他的曲藝曲種。與蘇州評彈同屬蘇州曲藝三寶的崑曲和蘇灘就沒有這樣的條件，目前崑劇和崑曲缺乏固定的演出機會，而蘇灘更是早已消亡。目前江浙滬兩省一市，書場約有二百多家，藝人只有一七〇檔，在這種不均衡的狀態下，將會刺激藝人的快速成長。書場增加，對保存和發展評彈藝術具有重大作用。江南地區的民眾，數百年來一直有品茶的習慣，目前老年人的數量急速增加，休憩的茶館書場數量驟增，設備更好，提供彈詞藝術更優越的生存條件與演出環境。

（二）二十一世紀的演出形式

1. 形式：二十一世紀蘇州彈詞的演出形式，仍是運用「說、噱、彈、唱」的曲藝形式，不會演變為戲曲。在書目形式上仍以長篇為主，兼有中篇、短篇。在拼檔形式上仍以男女雙檔為主流，兼有單檔和少量的三個檔。至於蘇州彈詞的音樂會，則會有團體齊唱、團體對唱的形式出現。

2. 書目：書目以長篇為主，其特點是題材廣、數量大、更新快。新書大量快速增長，是出於老年新聽眾的需求，他們不是要欣賞彈詞藝術，只是要聽故事消遣，希望經常聽到新書，不太計較書藝的品質。

3. 音樂：蘇州彈詞擁有二十餘種深具特色的流派唱腔，傳承繁衍而下。上一世紀的流派唱腔仍將傳唱於書壇，新的世紀亦將誕生新的流派唱腔。

4. 表演：此處指稱的是藝人的表演風格，傳統嚴謹、穩重、幽雅的說書表演風格，注重運用豐富細膩的說表來刻劃書中人物，情節波瀾起伏、引人入勝，突出「說」，不強調「演」，是今後書壇的主流。

（三）二十一世紀的經營模式

二十一世紀的經營模式是走商品經濟道路。目前江浙滬兩省一市共有三十六個評彈團，遭遇共同而嚴峻嚴的問題是資金不足，阻礙評彈事業的繁榮和發展。今後評彈要能深諳市場的規律性，走向與商品經濟相結合的道路，仿效歐美樂團組織，在藝術總監、行政總監之外加設財務總監，除爭取企業界的資助外，可以在演出時販售各種刊物、影音資料、紀念品，並作商業廣告，以增加團的收入，提高演員待遇，將有助於演出隊伍的穩定與書藝的代代相傳。

（四）二十一世紀的藝人素養

評彈藝術最終能否生存下去，端賴藝人的競爭能力，因此藝人必須要有自覺性的提升個人的藝術內涵與知識水準。

1. 專業知識：目前中年、青年藝人的表演基本功，已達到相當水準，但對唱本的編寫能力不夠，應效法從前的名家響檔，加強自編自演的能力，豐富書情內容，以深刻的故事情節來吸引聽眾。除了舞臺上的表演藝術之外，對於評彈藝術的理論研究，亦需顧及，不可偏廢。

2. 文化知識：提高藝人的文化水準，可以減少演出中的錯誤，提高唱本的文學性和演出的整體感，顯現藝人的臺風氣質。其方法是鼓勵藝人在職進修，增進學識，依據個人所長進入相關系所繼續深造。

3. 電腦知識：善用電腦設備，成立個人網站，提供個人資歷，散發演出訊息，建立雙向溝通管道，查詢相關資料，接收國際資訊與世界接軌。

評彈藝術自身的困難和問題徵結，尚待逐步改進與解決。今日面對二十一世紀的來臨，我們對蘇州彈詞的發展願景，寄以殷切的期待。

二、臺灣地區

2000年12月8日，臺灣大學中國文學研究所曾永義教授撰〈跨世紀全球崑劇大展〉一文，刊載於《中國時報》，文中說道：「現在崑劇界都認為，崑劇的老師在大陸，崑劇的學生、觀眾，乃至崑劇的錄影帶保存和崑劇的前途都在臺灣。」「難怪大陸崑劇界面對這種情形要說：崑劇的觀眾在臺灣，薪傳在臺灣，前途也在臺灣。」

2000年12月11日，《聯合報》記者周美惠報導：「清大中文系教授王安祈昨天在臺北一場研討會中，以〈古老崑劇在臺灣的現代效應〉為題發表論文指出，今天起在臺北展開的「跨世紀千禧崑劇菁英大匯演」已明確宣示崑劇這個古老的劇種，在臺灣已厚植根基，崑劇的「臺灣現代效應」已形成，而臺灣的「崑劇效應」，以及蔚然成形的「臺灣觀點」，與大陸崑劇團未來創作方向的互動關係值得期待。」

2004年2月17日至2月22日，由海峽兩岸共同打造的經典崑劇《長生殿》，在臺灣盛大演出。2004年4月29日至5月2日，由白先勇傾力製作，蘇州崑劇院小生俞玖林、旦角沈豐英主演的《牡丹亭》，在臺灣首演。來自歐、美、日、中、港、臺的上百位學者專家，於4月27日和28日，提前展開一場「情」的研討會。中央研究院中國文哲研究所、臺灣大學、國立傳統藝術中心、美國加州大學芭芭拉分校東亞系等單位，聯合在國家圖書館國際會議廳舉辦「湯顯祖與牡丹亭國際學術研討會」共襄盛舉，借此向世界漢學界、文學界、崑劇界，宣示臺灣製作的《牡丹亭》將創世界典範級演出記錄。

我們可以借鑑大陸崑劇在臺灣所引發的種種現象，解析蘇州彈詞在臺灣的前景。2004年4月27日，筆者與蘇州市評彈團團長金麗生先生和國家一級演員盛小雲女士，進行越洋電話訪談，二位皆是大陸評彈競賽屢獲獎項的傑出藝人。盛小雲是大陸評彈界目前惟一四度來臺的演出者，她回憶起第一次為蘇州彈詞赴臺開疆闢土時，是懷抱著不成功便成仁的忐忑心情，但意外受到臺灣各界熱烈的觀迎，讓她既驚訝又感動。金麗生先生認為，臺灣的觀眾品味高、溫文有禮、親切熱情、鑑賞力強、感受性佳，舞臺佈置質感好，藝人受到尊重和禮遇，猶如置身在藝術殿堂，對蘇州評彈來日赴臺演出深具信心。

綜而論之，筆者對蘇州彈詞在臺灣的前景與發展觀點如下：

1. 彈詞演出：蘇州彈詞在臺灣的演出前景是樂觀的。唱，可以仰賴字幕。說，可以採用蘇州口音的國語變通。在此必須說明，雖然大陸彈詞研究者認為說好長篇書目是彈詞藝術生存的命脈，但受限於語言隔閡的因素，蘇州彈詞在臺灣演出的劇目，無可避免的必須以唱為主。只要節目好、水準高，此地的觀眾絕對會是知音人。因此，蘇州彈詞的觀眾在大陸，也在臺灣。

2. 藝術傳承：彈詞藝術在臺灣無法傳承。早年國民政府撤退來臺時，彈詞藝人無一跟隨來臺，傳統拜師學藝的彈詞藝術無以傳承。在臺灣藝專與臺北社教館向楊錦池、程松甫二位先生學唱的學生，皆因不諳吳語，紛紛知難而退。臺灣沒有教唱蘇州彈詞的正統師資，即便是大陸老師跨海教學，試問，不諳吳語的臺灣學子如何學「唱」，遑論學「說」。

3. 學術研究：臺灣進行蘇州彈詞學術研究的條件不夠。目前蘇州彈詞在臺灣並未獲得學術機構與學界學者的青睞，研究蘇州彈詞將是一條極其孤寂的路。研究者閉門造車無以一窺堂奧，必須長佇蘇州，學習蘇州話，親炙書場、茶館聽書，深入體驗書目中所描述的蘇州歷史遺痕與風土民情，才有可能真正理解這一門深具地域性的民間說唱藝術。因此，不同於崑劇的是，蘇州彈詞藝術傳承與學術研究的希望在大陸，不在臺灣。

第二節　蘇州彈詞的研究檢討與建議

一、蘇州彈詞的研究檢討

本篇論文旨在對蘇州彈詞進行通論性的初探，藉以作為個人研究蘇州彈詞之奠基石。撰寫過程力求嚴謹詳實，言必有據、論必有證。現就本篇論文達成的研究成果檢討如下：

1. 祈為近年臺海兩岸彈詞的研究成果與彈詞的發展現狀，留下完整記錄的研究動機已初步達成。一方面，歸納整理大陸彈詞界數十年來辛勤研究的成果，作為來日臺灣研究彈詞者之參考資料。一方面，記錄臺灣彈詞發展歷史與現狀，彌補大陸研究當代彈詞發展歷史所欠缺的版塊。二者皆已略具成效。

2. 本文內容提出四項基本關鍵問題，均已在第一章緒論中釐清：

（1）彈詞體韻文小說（擬彈詞）與彈詞說唱腳本（蘇州彈詞書目）的區別。

（2）「蘇州評話」、「蘇州彈詞」、「蘇州評彈」的差異性與關連性。

（3）「說、噱、彈、唱」與「說、噱、彈、唱、演」的歧異立論。

（4）彈詞曲藝形式的「演」與戲曲的「演」有何差異性。

3. 參考文獻採廣義定義，包含書籍、期刊、論文、影音資料，提供來日研究者辨視資訊來源。

4. 視論文需要，將與論文內容相關的圖片附於文末，呈現論述內容的具體形像。音樂方面配合論文內容的流派唱腔，引用相關錄音帶及CD、VCD，直接訴諸聽覺與視覺，明確提示參考的影音資料。

5. 蘇州彈詞的淵源與演進，述及說唱藝術淵源，彈詞的形成與發展，大陸、臺灣、香港三地近代發展現狀，對蘇州彈詞的歷史演進，敘述架構完整俱全。

6. 蘇州彈詞最著名之四部傳統長篇書目《珍珠塔》、《玉蜻蜓》、《三笑姻緣》、《白蛇傳》皆已論析，未來可就單一書目進行深入性的專題探論。

二、蘇州彈詞的研究建議

本篇論文期能對蘇州彈詞進行較為完整的論述，限於篇幅、時間及個人學養，尚有未臻周詳之處，力有未逮。現將未能完整論述之處提出簡要說明，以作為後續研究的參考方向。

1. 文獻探討旨在整理、分析、歸納與蘇州彈詞相關的著作、期刊、論文、影音資料，做摘要式的分析評論。依照民國時期、大陸地區、臺灣地區分別論述。若能向上延伸，上溯民國前歷代古籍載及彈詞者，按年代先後一併探討，頗具研究價值。

2. 文獻探討除縱向溯源外，亦應進行橫向分類，將蘇州彈詞相關著作，分門別類深入探討，例如細分成叢書、著作、專著、書目、音樂、音韻等。

3. 蘇州彈詞的音樂分析，隸屬音樂範疇，本文未作深入探討，可參見連波著《彈詞音樂初探》。

4. 蘇州彈詞各家流派唱腔的音樂分析，隸屬音樂範疇，本文亦未進行探討。

5. 本文僅就各家流派及創始人進行初步介紹，舉凡各家流派創始人之代表性唱篇，均可再作深入探討。

6. 彈詞開篇詞藻清麗，值得細細評品，亦可自修辭學角度進行切入。

7. 本文已探論蘇州彈詞最著名之四部傳統長篇書目《珍珠塔》、《玉蜻蜓》、《三笑姻緣》及《白蛇傳》。其他彈詞傳統長篇書目及中篇、短篇彈詞亦不乏佳作，值得探論。

8. 蘇州彈詞這一朵「江南曲藝之花」，在臺灣的發展僅是曇花一現，這一段短暫的歷史記錄難以追索，亟需即時整理記載。程松甫先生僅餘數卷老舊的錄音帶陪伴身旁，據聞楊錦池先生之女公子已將父親彈詞資料完整保存，是為萬幸，但音訊杳茫無處查詢。

蘇州彈詞藝術由三方面構成：一為書場與聽眾，二為彈詞表演藝術，三為彈詞腳本或稱之為彈詞文學。因而形成三門學問，即「彈詞聽眾學」、「彈詞表演藝術學」、「彈詞文學」，這些藝術系統在時間上的歷史演進形成「蘇州彈詞歷史學」，俱皆值得探究。

三、結語

1997年，屬於蘇州園林藝術的網師園、拙政園、留園、環秀山莊，被列入世界文化遺產。崑曲與蘇州彈詞，都是吳文化的音樂結晶，由相同的地域文化孕育出兩種獨具特色，影響卓越的戲曲與曲藝藝術。2001年5月18日聯合國教科文組織首次宣佈世界「人類口述與非物質文化遺產」，崑曲被列為首選，排名在日本能劇、印度梵劇之前，成為全人類的珍貴文化資產。大陸提報崑曲的中國藝術研究院受此激勵，於2002年再度將蘇州評彈列為申報世界遺產的項目之一，令人遺憾的是，該項申請並未通過，彰顯出崑曲與蘇州評彈的藝術地位與藝術評價，尚有差距。

我們冀望，蘇州彈詞從民間裡來，往民間裡去，它可以在書場裡、在茶館裡親切的彈唱，娛樂市井小民和文人雅士。它也可以俗中見雅，昂揚的跨入藝術殿堂，向世人嫣然展現其獨特的風采姿妍。蘇州彈詞的吳儂軟語與江南曲韻，永遠是「中國最美的聲音」。

附錄

附錄一：季炳辰開篇作品〈吳韻集彈詞票友〉

吳韻集彈詞票友　禾子（季炳辰）戲作

離別江南十幾春，思鄉年年不勝情。彈詞票友常集會，調絲弄弦播吳韻。幾次登臺都轟動，祇為人人愛聽是鄉音。朱庭筠群龍推為首，信手文章久馳名。偶而也把彈詞唱，白庵雲裏見娘親，彷彿當年薛筱卿。盛磐耕此中稱全才，說噱彈唱件件精，庵堂認母活志貞，倒說頂拿手還是夫妻相罵格個江北人。楊錦池面孔雖然黑，聲音之中帶磁性，一曲蔣調可亂真。去年登臺唱王承相，怒責世美小畜生，吃瘪倒霉張鑑庭。薛宏彬擅唱珍珠塔，老牌票友獨推尊，有時客串小王文。范塵鶴彈唱勁道足，天生一條大嗓門，若到金門喊話一定靈，保險嚇煞幾個俄國人。程壽昌天生老成樣，陰惻惻動慢吞吞，錢篤笤求雨瞎熱昏，噱頭多得來嘸淘成。妙手琵琶程松甫，欲點秋香久有心，可惜到今朝還勿曾碰著知心人。桑松濤人稱小弟弟，家樹別鳳最多情，女朋友弄得數勿清。徐一發雖非姑蘇產，一句一字研究精，杜十娘開篇動人聽。嚴秀韻一曲香蓮怨，沿途求乞到京城，碰著世美黑良心，幸虧楊錦池替佢倷打抱勿平。平常最愛孔方兄，時時電臺唱幾聲，聽錯當佢紹興人。萬里尋夫到臺灣地，多情要算是劉敏。黃耀璋書壇真老將，十美圖與顧鼎臣，張鑑庭還是佢個小門生。施博士（施毅軒）也愛家鄉調，閒來無事學兩聲，將來要到華盛頓，騙騙兩個美國人。韓松苞也要學蔣月泉，三弦彈來得輪輪，定然一鳴便驚人。吳承彪開講英烈傳，別開生面有精神。說到胡大海，托千斤，壓得戇胚喊救命，諸位勿要笑斷肚腸根。還有諸多名票難盡述，自慚無腔亦無韻，瞎七搭八騙諸君。

附註：季炳辰：〈吳韻集彈詞票友〉，見華社編：《吳韻集》（臺北：華社彈詞票房，1961年11月）再版。

此乃臺灣「吳韻集」創始社員季炳辰先生戲作之開篇。舉凡姓名下劃線者，皆為「吳韻集」社員。其中除吳承彪是說評話之外，其他社員清一色是說唱彈詞。至於程松甫先生，至今尚未尋獲意中人，幸與大嫂沈文玲女士、姪女程志偉、姪子程志翔比鄰而居，就近照料。家居簡樸，晚年生活恬淡安適。（2004年）

附錄二：中共建國後蘇州評彈的專著與曲藝著作

一、中共建國後蘇州評彈的專著：（含工具書、資料集）（至2000年止）

1. 《怎樣欣賞評彈》，左弦著，上海文化出版社，1957年。
2. 《彈詞開篇創作淺談》，彭本樂著，上海文藝出版社，1979年。
3. 《彈詞音樂初探》，連波著，上海文藝出版社，1979年。
4. 《評彈藝術淺談》，左弦著，中國曲藝出版社，1981年。
5. 《評彈藝人談藝錄》，蘇州評彈研究室編，江蘇人民出版社，1982年。
6. 《弦邊雙楫》，陳靈犀著，上海文藝出版社，1982年。
7. 《評彈散論》，左弦著，上海文藝出版社，1982。
8. 《陳雲同志關於評彈的談話和通信》，陳雲同志關於評彈的談話和通信編輯小組編，中國曲藝出版社，1983年。
9. 《蘇州評彈舊聞鈔》，周良編著，江蘇人民出版社，1983年。
10. 《蘇州評彈藝術初探》，周良著，中國曲藝出版社，1988年。
11. 《評彈知識手冊》，蘇州評彈研究會編，周良主編。上海文藝出版社，1988年。
12. 《論蘇州評彈書目》，周良著，中國曲藝出版社，1990年。
13. 《評彈藝術家評傳錄》，上海曲藝家協會編，上海文藝出版社，1991年。
14. 《陳雲同志和評彈藝術》，江浙滬評彈工作領導小組辦公室編，江蘇文藝出版社，1994年。
15. 《浙江省曲藝理論選集》，浙江省文化廳、浙江省曲藝家協會編，浙江文藝出版社，1994年。
16. 《尤調藝術論》尤調藝術論編委會編，江蘇文藝出版社，1996年出版。
17. 《彈詞經眼錄》，周良著，江蘇文藝出版社，1996年。
18. 《評彈文化詞典》，吳宗錫主編，漢語大辭典出版社，1996年。
19. 《陳雲同志關於評彈的談話和通信（增訂本）》，該書編輯小組編，中央文獻出版社，1997年。
20. 《蘇州評彈文選》，周良主編，江蘇文藝出版社，1997年。
21. 《彈詞》，周良著，春風文藝出版社，1999年。
22. 《陳雲和蘇州評彈界交往實錄》，周良編，中央文獻出版社，2000年。
23. 《聽書論藝集》，吳宗錫著，大眾文藝出版社，2000年。
24. 《蘇州評彈》，周良著，蘇州大學出版社，2000年。
25. 《蘇州評彈書目選》，周良主編，江蘇文藝出版社，2000年。

二、中共建國後曲藝著作論及蘇州評彈的部分目錄：（至1998年止）

1. 《彈詞寶卷書目》，胡士瑩編，上海古典文學出版社，1957年。
2. 《說書史話》，陳汝衡著，作家出版社，1958年。
3. 《中國曲藝論集（一）》，中國曲藝出版社編輯，1977年。
4. 《話本小說概論》，胡士瑩著，中華書局，1980年。
5. 《彈詞敘錄》，譚正璧、譚尋編著，上海古籍出版社，1981年。
6. 《曲藝叢談》，趙景深著，中國曲藝出版社，1982年。
7. 《評彈通考》，譚正璧、譚尋輯，中國曲藝出版社，1985年。
8. 《陳汝衡曲藝文選》，陳汝衡著，中國曲藝出版社，1985年。
9. 《陶鈍曲藝文選》，陶鈍著，中國曲藝出版社，1985年。
10. 《新曲藝文稿》，羅揚著，中國曲藝出版社，1985年。
11. 《王朝聞曲藝論文選》，王朝聞著，中國曲藝出版社，1986年。
12. 《說唱藝術簡史》，中國藝術研究院曲藝研究所編，文化藝術出版社，1988年。
13. 《中國曲藝論集（二）》，中國曲藝出版社編輯，1990年。
14. 《中國曲藝史》，倪鍾之著，春風文藝出版社，1991年。
15. 《曲藝音樂概論》，于林青著，人民音樂出版社，1993年。
16. 《「說唱」義証》，吳文科著，中國文學出版，1994年。
17. 《曲藝創新錄》，羅揚著，中國文學出版社，1995年。
18. 《中國曲藝史》，蔡源莉、吳文科著，文化藝術出版社，1998年。
19. 《當代中國曲藝》，羅揚主編，當代中國出版社，1998年。
20. 《中國曲藝與曲藝音樂》，欒桂娟著，人民音樂出版社，1998年。
21. 《曲藝音樂傳播》，馮光鈺著，華夏文化出版社出版。

附表

附表1：《珍珠塔》書藝傳承表

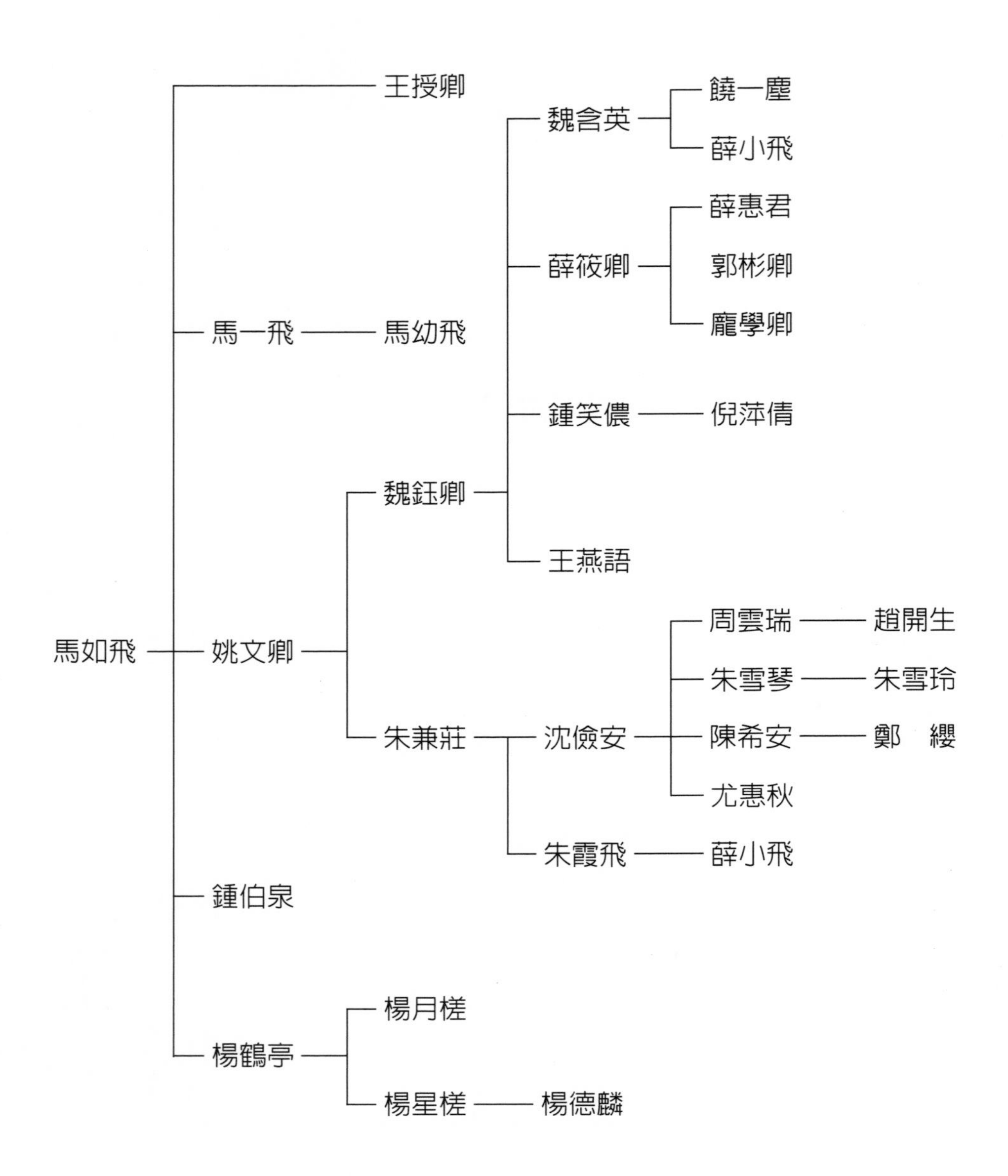

附表2：《玉蜻蜓》書藝傳承表

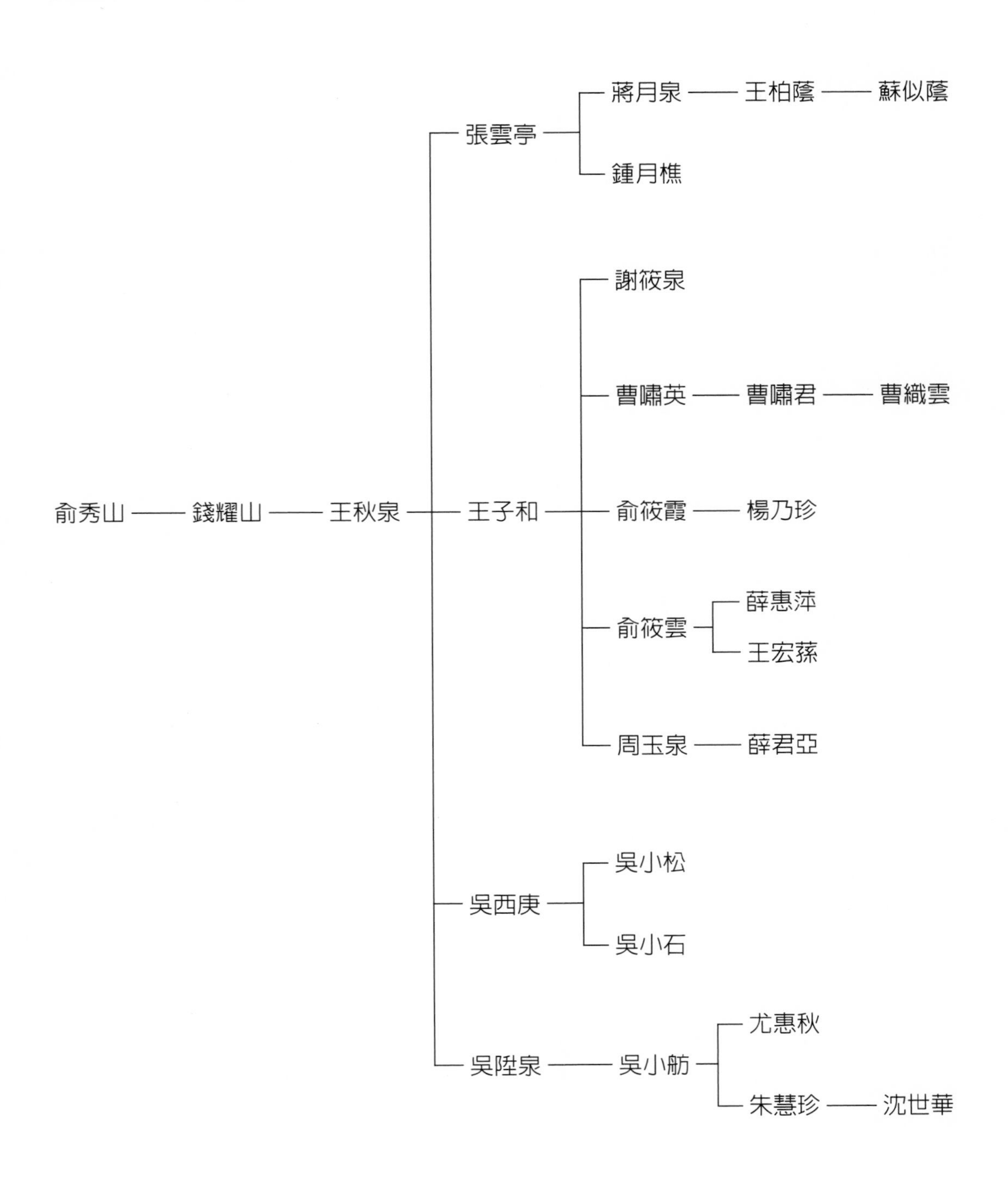

附表3：《三笑姻緣》書藝傳承表

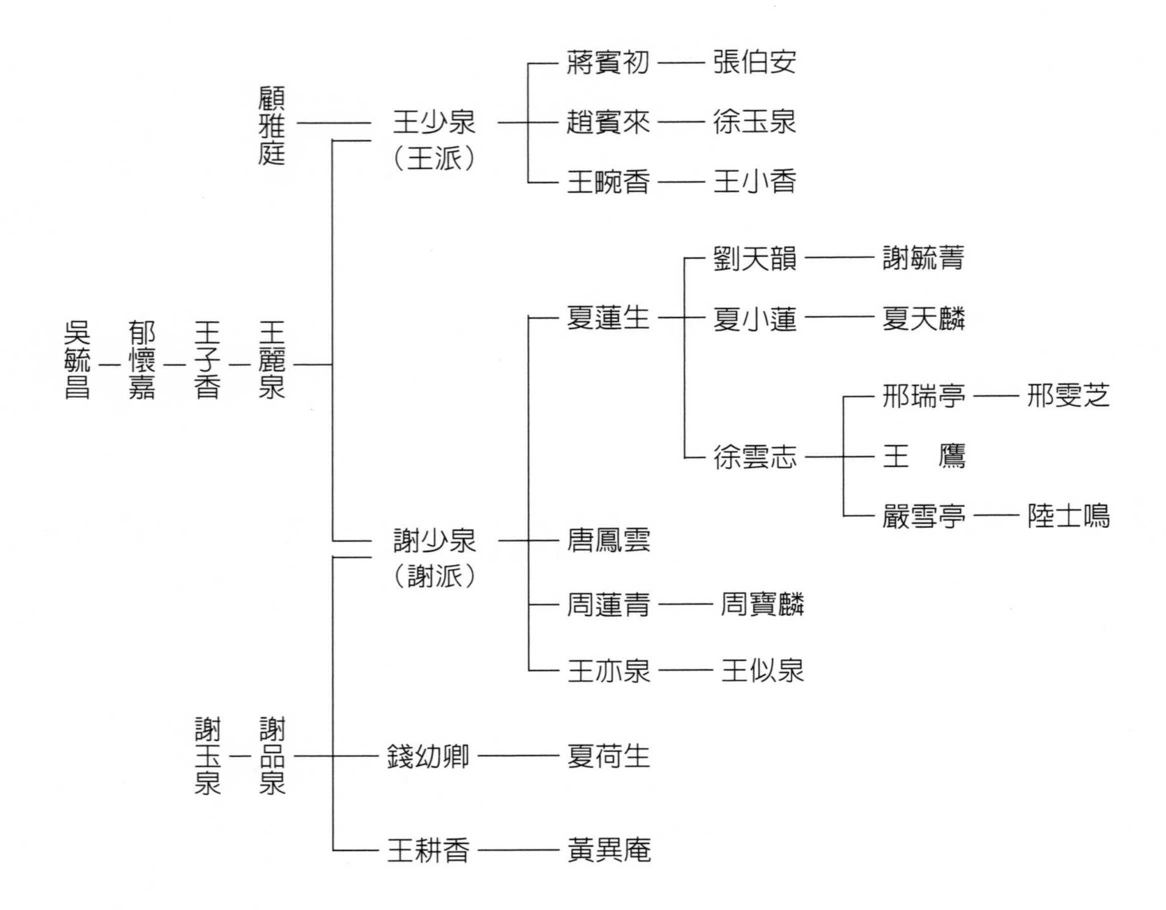

附表4：《白蛇傳》書藝傳承表

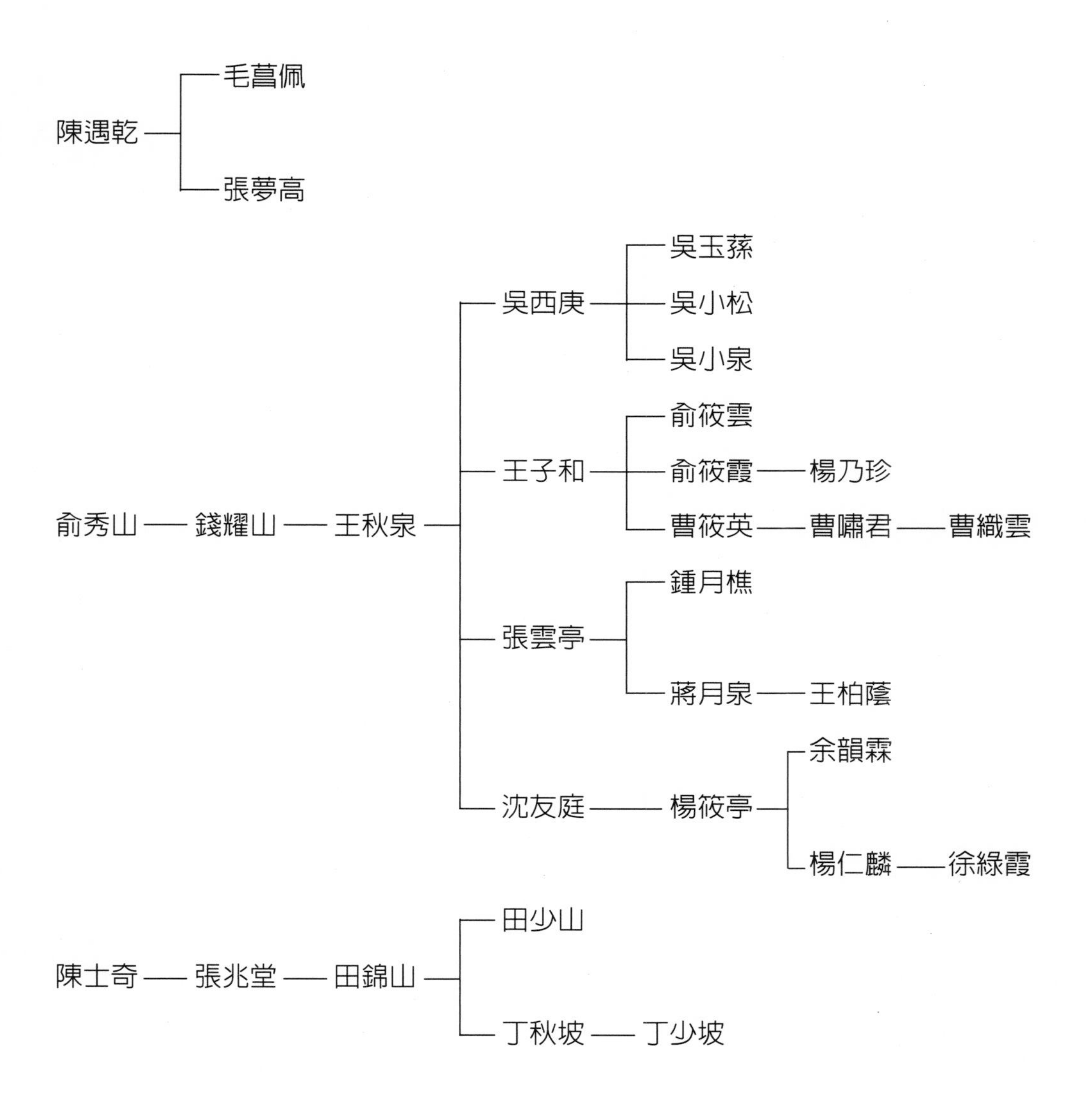

附圖

附圖1：四川成都東漢陶質蹲坐式說書俑。
參考文獻：門巋、張燕瑾《中國俗文學史》扉頁。

附圖2：四川郫縣東漢陶質站立式說書俑。
參考文獻：倪鍾之《中國曲藝史》扉頁。

附圖3：江蘇揚州西漢木質坐式說書俑一。
參考文獻：蔡源莉、吳文科《中國曲藝史》頁17。

附圖4：江蘇揚州西漢木質坐式說書俑二。
參考文獻：楊蔭瀏《中國古代音樂史稿》圖49。

附圖5：蘇州市宮巷第一天門光裕公所舊址。
清光緒己亥二十五年（1899）重建。
參考文獻：吳宗錫主編《評彈文化辭典》扉頁。

附圖6：蘇州市宮巷第一天門光裕公所新貌。
曹興仁攝於蘇州市宮巷第一天門（2002.04.01）。
「光前裕後」係清末民初書法家吳湖帆書。

附圖7：書戲《小二黑結婚》1950年上海演出。
參考文獻：吳宗錫主編《評彈文化辭典》扉頁。

附圖8：吳韻集演出。
臺北市蘇州同鄉會1989年春節團拜。
（左）程松甫（中）蔡夢珍（右）楊錦池。

附圖9：彈詞單檔：徐麗仙。
演唱蘇州彈詞開篇〈新木蘭辭〉。
參考文獻：周良主編《中國蘇州評彈》頁108。

附圖10：彈詞雙檔：（左）劉天韻、（右）蔣月泉。
演出長篇彈詞選回《王魁負桂英．義責》。
參考文獻：吳宗錫主編《評彈文化辭典》扉頁。

附圖11：彈詞三個檔：
（左）徐麗仙、（中）程麗秋、（右）孫淑英。
演出中篇彈詞《三約牡丹亭．中計》。
參考文獻：吳宗錫主編《評彈文化辭典》扉頁。

附圖12：彈詞四個檔：
（左）劉天韻、朱雪琴、薛惠君、（右）嚴雪亭。
演出中篇彈詞《三約牡丹亭．鬧園》。
參考文獻：吳宗錫主編《評彈文化辭典》扉頁。

附圖13：《玉蜻蜓》明代大學士申時行之墓。
曹興仁攝於蘇州（2002.11.03）。

附圖14：《玉蜻蜓》申時行墓前享堂
曹興仁攝於蘇州（2002.11.03）。

附圖15：《三笑》明代解元唐寅之墓。
曹興仁攝於蘇州（2002.11.03）。

附圖16：長篇彈詞選回《三笑．追舟》。
（左）劉天韻、（右）劉韻若
參考文獻：吳宗錫主編《評彈文化辭典》扉頁。

附圖17：蘇州彈詞演出書場。
曹興仁攝於蘇州市品芳茶樓書場（2002.11.10）。

附圖18：蘇州彈詞藝人彈唱開篇。
曹興仁攝於蘇州市品芳茶樓書場（2002.03.30）。

附圖19：羅教授宗濤伉儷及愛女茵媞聆聽蘇州彈詞開篇。
曹興仁攝於蘇州市品芳茶樓書場（2002.03.30）。

附圖20：華社成立十年臺北市記者之家首演（1960）。
（三弦）薛宏彬（琵琶）程松甫。

附圖21：程松甫先生與邵淑芬。
陳文瑛攝於台北縣中和市程寓客廳（今）新北市中和區（2002.10.20）。

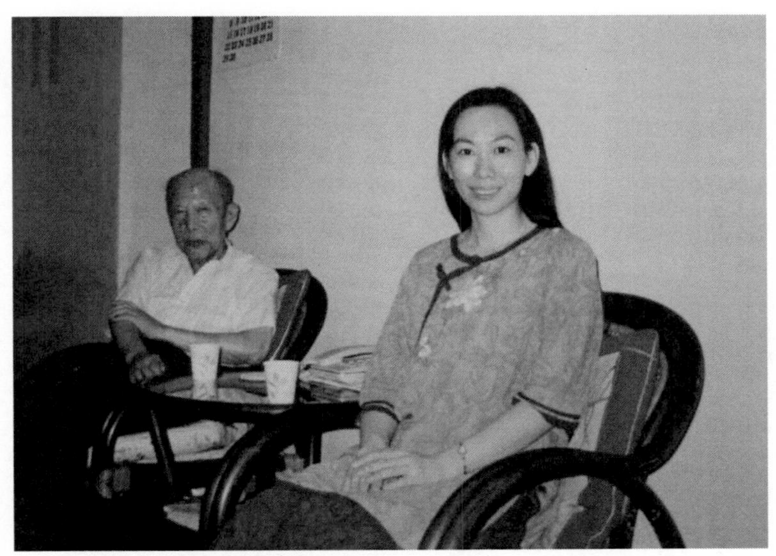

附圖22：程松甫先生與陳文瑛。
邵淑芬攝於台北縣中和市程寓客廳（今）新北市中和區（2002.10.20）。

附圖23：蘇州市評彈團來臺灣公演。
參考文獻：《聯合報》十四版（2002.05.28）。

附圖24：盛小雲、秦建國於臺南藝術學院演唱蘇州彈詞（1998.09）。
（今）臺南藝術大學。
參考文獻：《大雅》雙月刊第八期頁38（2002.04）。

參考資料

壹、書籍

一、蘇州彈詞叢書

（一）評彈藝術

1. 蘇州評彈研究會編：《評彈藝術》第一集
北京：中國曲藝出版社，1982年12月，第1版。
2. 蘇州評彈研究會編：《評彈藝術》第二集
北京：中國曲藝出版社，1983年9月，第1版。
3. 蘇州評彈研究會編：《評彈藝術》第三集
北京：中國曲藝出版社，1984年7月，第1版。
4. 蘇州評彈研究會編：《評彈藝術》第四集
北京：中國曲藝出版社，1985年7月，第1版。
5. 蘇州評彈研究會編：《評彈藝術》第五集
北京：中國曲藝出版社，1986年1月，第1版。
6. 蘇州評彈研究會編：《評彈藝術》第六集
北京：中國曲藝出版社，1986年6月，第1版。
7. 蘇州評彈研究會編：《評彈藝術》第七集
北京：中國曲藝出版社，1987年1月，第1版。
8. 蘇州評彈研究會編：《評彈藝術》第八集
北京：中國曲藝出版社，1987年8月，第1版。
9. 蘇州評彈研究會編：《評彈藝術》第九集
北京：中國曲藝出版社，1988年8月，第1版。
10. 蘇州評彈研究會編：《評彈藝術》第十集
北京：中國曲藝出版社，1989年5月，第1版。
11. 蘇州評彈研究會編：《評彈藝術》第十一集
北京：中國曲藝出版社，1989年11月，第1版。
12. 蘇州評彈研究會編：《評彈藝術》第十二集
北京：新華出版社，1991年2月，第1版。
13. 江蘇省曲藝家協會編：《評彈藝術》第十三集
北京：新華出版社，1991年12月，第1版。
14. 周良主編：《評彈藝術》第十四集
南京：江蘇文藝出版社，1993年5月，第1版。

15. 周良主編：《評彈藝術》第十五集
南京：江蘇文藝出版社，1994年1月，第1版。
16. 周良主編：《評彈藝術》第十六集
南京：江蘇文藝出版社，1995年7月，第1版。
17. 周良主編：《評彈藝術》第十七集
南京：江蘇文藝出版社，1995年3月，第1版。
18. 周良主編：《評彈藝術》第十八集
南京：江蘇文藝出版社，1996年1月，第1版。
19. 周良主編：《評彈藝術》第十九集
南京：江蘇文藝出版社，1996年5月，第1版。
20. 周良主編：《評彈藝術》第二十集
南京：江蘇文藝出版社，1996年10月，第1版。
21. 周良主編：《評彈藝術》第二十一集
南京：江蘇文藝出版社，1997年7月，第1版。
22. 周良主編：《評彈藝術》第二十二集
南京：江蘇文藝出版社，1997年12月，第1版。
23. 周良主編：《評彈藝術》第二十三集
南京：江蘇文藝出版社，1998年7月，第1版。
24. 周良主編：《評彈藝術》第二十四集
南京：江蘇文藝出版社，1999年3月，第1版。
25. 周良主編：《評彈藝術》第二十五集
蘇州：蘇州評彈研究會，1999年12月，第1版。
26. 周良主編：《評彈藝術》第二十六集
蘇州：蘇州評彈研究會，2000年5月，第1版。
27. 周良主編：《評彈藝術》第二十七集
蘇州：蘇州評彈研究會，2000年12月，第1版。
28. 周良主編：《評彈藝術》第二十八集
蘇州：蘇州評彈研究會，2001年6月，第1版。
29. 周良主編：《評彈藝術》第二十九集
蘇州：蘇州評彈研究會，2001年11月，第1版。
30. 周良主編：《評彈藝術》第三十集
蘇州：蘇州評彈研究會，2002年5月，第1版。
31. 周良主編：《評彈藝術》第三十一集
蘇州：古吳軒出版社，2002年12月，第1版。

32. 傅菊蓉主編：《評彈藝術》第三十二集
蘇州：古吳軒出版社，2003年12月，第1版。

（二）蘇州評彈文選

1. 周良主編：《蘇州評彈文選》第一冊・1950~1964
南京：江蘇文藝出版社，1997年12月，第1版。
2. 周良主編：《蘇州評彈文選》第二冊・1979~1994
南京：江蘇文藝出版社，1997年12月，第1版。
3. 周良主編：《蘇州評彈文選》第三冊・吳宗錫卷
南京：江蘇文藝出版社，1997年12月，第1版。
4. 周良主編：《蘇州評彈文選》第四冊・周良卷
南京：江蘇文藝出版社，1997年12月，第1版。

（三）蘇州評彈書目選

1. 周良主編：《蘇州評彈書目選》第一集（上）
南京：江蘇文藝出版社，1997年7月，第1版。
2. 周良主編：《蘇州評彈書目選》第一集（中）
南京：江蘇文藝出版社，1997年7月，第1版。
3. 周良主編：《蘇州評彈書目選》第一集（下）
南京：江蘇文藝出版社，1997年7月，第1版。
4. 周良主編：《蘇州評彈書目選》第二集（上）
南京：江蘇文藝出版社，1998年12月，第1版。
5. 周良主編：《蘇州評彈書目選》第二集（中）
南京：江蘇文藝出版社，1998年12月，第1版。
6. 周良主編：《蘇州評彈書目選》第二集（下）
南京：江蘇文藝出版社，1998年12月，第1版。
7. 周良主編：《蘇州評彈書目選》第三集（上）
南京：江蘇文藝出版社，2000年1月，第1版。
8. 周良主編：《蘇州評彈書目選》第三集（中）
南京：江蘇文藝出版社，2000年1月，第1版。
9. 周良主編：《蘇州評彈書目選》第三集（下）
南京：江蘇文藝出版社，2000年1月，第1版。
10. 周良主編：《蘇州評彈書目選》第四集（上）
南京：江蘇文藝出版社，2000年8月，第1版。
11. 周良主編：《蘇州評彈書目選》第四集（下）
南京：江蘇文藝出版社，2000年8月，第1版

（四）蘇州文化叢書

第一輯

1. 王衛平、王建華：《蘇州史記》（古代）
   蘇州：蘇州大學出版社，1999年8月，第1版。
2. 小　田：《蘇州史記》（近現代）
   蘇州：蘇州大學出版社，1999年8月，第1版。
3. 金學智：《蘇州園林》
   蘇州：蘇州大學出版社，1999年8月，第1版。
4. 李嘉球：《蘇州狀元》
   蘇州：蘇州大學出版社，1999年8月，第1版。
5. 吳企明：《蘇州詩詠》
   蘇州：蘇州大學出版社，1999年8月，第1版。
6. 秦兆基：《蘇州文選》
   蘇州：蘇州大學出版社，1999年8月，第1版。
7. 亦　然：《蘇州小巷》
   蘇州：蘇州大學出版社，1999年8月，第1版。
8. 姜　晉、林錫旦：《百年觀前》
   蘇州：蘇州大學出版社，2000年4月，第1版第2刷。

第二輯

1. 周　良：《蘇州評彈》
   蘇州：蘇州大學出版社，2000年8月，第1版。
2. 蔡利民：《蘇州民俗》
   蘇州：蘇州大學出版社，2000年8月，第1版。
3. 金　煦：《蘇州傳說》
   蘇州：蘇州大學出版社，2000年8月，第1版。
4. 王稼句：《蘇州山水》
   蘇州：蘇州大學出版社，2000年8月，第1版。
5. 錢公麟、徐亦鵬：《蘇州考古》
   蘇州：蘇州大學出版社，2000年8月，第1版。
6. 吳　琴、陶啟匀：《蘇州文物》
   蘇州：蘇州大學出版社，2000年8月，第1版。
7. 張曉旭：《蘇州碑刻》
   蘇州：蘇州大學出版社，2000年8月，第1版。
8. 盧　群：《千年閶門》
   蘇州：蘇州大學出版社，2000年8月，第1版。

二、蘇州彈詞論著

1. 陳如衡：《說書小史》
上海：中華書局，1936年2月。
2. 阿　英：《彈詞小說考》（本名錢杏邨）
上海：中華書局，1937年2月。
3. 華社編：《吳韻集》
臺北：華社彈詞票房，1961年11月，再版。
4. 趙景深：《彈詞考證》
臺北：臺灣商務印書館，1971年9月，臺2版。
5. 連　波：《彈詞音樂初探》
上海：上海文藝出版社，1979年9月，第1版。
6. 廖志豪：《蘇州史話》
南京：江蘇人民出版社，1980年12月，第1版。
7. 譚正璧、譚尋：《彈詞敘錄》
上海：上海古籍出版社，1981年7月，第1版。
8. 胡士瑩：《彈詞寶卷書目》
上海：上海古籍出版社，1984年6月，第1版。
9. 徐檬丹：《真情假意》中篇蘇州彈詞選
北京：中國曲藝出版社，1984年11月，第1版。
10. 譚正璧、譚尋：《評彈通考》
北京：中國曲藝出版社，1985年7月，第1版。
11. 張慧依、夏耘：《落金扇》
北京：中國文聯出版公司，1986年1月，第1版。
12. 周　良：《蘇州評彈藝術初探》
北京：中國曲藝出版社，1988年10月，第1版。
13. 周　良：《論蘇州評彈書目》
北京：中國曲藝出版社，1990年5月，第1版。
14. 邢晏春：《三笑・龍亭書》徐雲志、王鷹演出本
南京：江蘇文藝出版社，1992年12月，第1版。
15. 江浙滬評彈領導小組辦公室：《陳雲同志和評彈藝術》
南京：江蘇文藝出版社，1994年5月，第1版。
16. 思　緘：《三笑・杭州書》徐雲志、王鷹演出本（思緘：本名楊作銘）
南京：江蘇文藝出版社，1995年6月，第1版。
17. 傅菊蓉：《潘伯英評彈作品選》
南京：江蘇文藝出版社，1995年7月，第1版。

18. 吳宗錫主編：《評彈文化辭典》
上海：漢語大辭典出版社，1996年2月，第1版。
19. 周　良：《彈詞經眼錄》
南京：江蘇文藝出版社，1996年4月，第1版。
20. 楊乃珍：《金釵記》演出本
南京：江蘇文藝出版社，1996年4月，第1版。
21. 無錫市曲協《尤調藝術論》編委會：《尤調藝術論》
南京：江蘇文藝出版社，1996年4月，第1版。
22. 周　良：《再論蘇州評彈藝術》
南京：江蘇文藝出版社，1996年5月，第1版。
23. 汪　平：《蘇州方言語音研究》
武昌：華中理工大學出版社，1996年8月，第1版。
24. 編輯小組：《陳雲同志關於評彈的談話和通信》增訂本
北京：中央文獻出版社，1997年6月，第2版。
25. 周清霖編：《蘇州彈詞大觀》
上海：學林出版社，1999年1月，第2版。
26. 楊振雄：《長生殿》
上海：學林出版社，1998年3月，第1版。
27. 芳　草：《弦邊春秋》（芳草：本名周良）
上海：百家出版社，2000年12月，第1版。
28. 周道振、張月尊輯校：《唐伯虎全集》
杭州：中國美術學院出版社，2002年3月，第1版。
29. 張芸芝主編：《曲海浪花》
北京：京華出版社，2002年5月，第1版。
30. 蘇州市文化局編：《姑蘇竹枝詞》
上海：百家出版社，2002年8月，第1版。
31. 萬　鳴：《嚴雪亭評傳》
南京：江蘇文藝出版社，2002年11月，第1版。
32. 周　良主編：《中國蘇州評彈》
上海：百家出版社，2002年12月，第1版。
33. 周　良主筆：《蘇州評彈史稿》
蘇州：古吳軒出版社，2002年12月，第1版。
34. 張建庭、王冰主編：《千年勝跡雷峰塔》
杭州：杭州出版社，2003年1月，第1版2刷。

35. 夏玉才：《蘇州評彈文學論》
北京：中國戲劇出版社，2003年2月，第1版。
36. 王公企：《書壇春秋》
青海：人民出版社，2003年2月，第1版。
37. 車前子：《水天堂——世界遺產的尋》（車前子：本名顧盼）
北京：作家出版社，2003年5月，第1版。
38. 劉操南編著：《紅樓夢彈詞開篇集》
北京：學苑出版社，2003年5月，第1版。
39. 周　良主編：《藝海聚珍》
蘇州：古吳軒出版社，2003年6月，第1版。

三、古籍

1. （周）墨　翟：《墨子》
臺北：時報文化出版事業有限公司，1981年6月，初版。
2. （漢）班　固：《漢書》（一）（二）（三）（四）（五）
臺南：平平出版社，1975年5月，初版。
3. （唐）段成式：《酉陽雜俎》
臺北縣：漢京文化事業有限公司，1983年10月，初版。
4. （金）董解元：《古本董解元西廂記》（上）（下）
臺北縣：藝文印書館，1973年2月，初版。
5. （宋）陸　游：《陸放翁詩集》見《全宋詩》第四〇冊
北京：北京大學出版社，1998年12月，第1版。
6. （元）王實甫：《西廂記》
臺北：西南書局有限公司，1990年11月，再版。
7. （明）湯顯祖：《牡丹亭》
臺北：西南書局有限公司，1990年10月，再版。
8. （明）馮夢龍：《古今小說》（上）（下）
臺北：里仁書局，1991年5月。
9. （明）馮夢龍：《警世通言》（上）（下）
臺北：里仁書局，1991年5月。
10. （明）馮夢龍：《醒世恆言》（上）（下）
臺北：里仁書局，1991年5月。
11. （明）田汝成：《西湖遊覽志餘》
上海：上海古籍出版社，1998年12月，第1版。
12. （明）張　岱：《陶庵夢憶》《西湖尋夢》
上海：上海古籍出版社，2000年5月，第1版。

13. （明）郎　瑛：《七修類稿》
上海：上海書店出版社，2001年8月，第1版。
14. （清）王先謙：《荀子集解》（周）荀況著（唐）楊倞注
臺北：世界書局，1966年10月，再版。
15. （清）孔尚任：《桃花扇》
臺北：西南書局有限公司，1990年8月，再版。
16. （清）洪　昇：《長生殿》
臺北：西南書局有限公司，1990年9月，3版。
17. （清）重刻宋板：《十三經注疏》（5禮記）
臺北：藝文印書館，1997年8月，初版13刷。
18. （清）陳端生：《再生緣》（上）（下）
北京：華夏出版社，2000年1月，北京第1版。
19. 歷代學人：《說庫》（三）
臺北：新興書局，1973年4月版。
20. 歷代學人：《筆記小說大觀》（正編・一）
臺北：新興書局，1973年4月版。
21. 歷代學人：《筆記小說大觀》（正編・二）
臺北：新興書局，1973年4月版。
22. 歷代學人：《筆記小說大觀》（正編・八）
臺北：新興書局，1973年4月版。
23. 歷代學人：《筆記小說大觀》（正編・九）
臺北：新興書局，1973年4月版。
24. 歷代學人：《筆記小說大觀》（正編・十）
臺北：新興書局，1973年4月版。
25. 歷代學人：《筆記小說大觀》（續編・二）
臺北：新興書局，1973年7月版。
26. 歷代學人：《筆記小說大觀》（續編・四）
臺北：新興書局，1973年7月版。
27. 歷代學人：《筆記小說大觀》（續編・六）
臺北：新興書局，1973年7月版。
28. 歷代學人：《筆記小說大觀》（續編・十）
臺北：新興書局，1973年7月版。
29. 歷代學人：《筆記小說大觀》（三編・十）
臺北：新興書局，1974年5月版。

30. 歷代學人：《筆記小說大觀》（四編．十）
臺北：新興書局，1974年7月版。

四、文學

（一）文學史

1. 鄭振鐸：《插圖本中國文學史》
北京：文學古籍刊行社，1959年。
2. 胡　適：《白話文學史》
臺北：胡適紀念館，1974年4月，再版。
3. 劉大杰：《中國文學發展史》
臺北：華正書局有限公司，2000年8月版。

（二）文學類

1. 高海夫、金性堯主編：《古詩新賞6古詩》
臺北：地球出版社，1989年3月，第1版。
2. 張淑瓊主編：《唐詩新賞1沈佺期》
臺北：地球出版社，1989年3月，第1版。
3. 張淑瓊主編：《唐詩新賞3劉長卿 》
臺北：地球出版社，1989年3月，第1版。
4. 張淑瓊主編：《唐詩新賞4李白》（上卷）
臺北：地球出版社，1989年3月，第1版。
5. 張淑瓊主編：《唐詩新賞5李白》（下卷）
臺北：地球出版社，1989年3月，第1版。
6. 張淑瓊主編：《唐詩新賞6杜甫》（上卷）
臺北：地球出版社，1989年3月，第1版。
7. 張淑瓊主編：《唐詩新賞7杜甫》（下卷）
臺北：地球出版社，1989年3月，第1版。
8. 張淑瓊主編：《唐詩新賞8韋應物》
臺北：地球出版社，1989年3月，第1版。
9. 張淑瓊主編：《唐詩新賞11白居易》
臺北：地球出版社，1989年3月，第1版。
10. 張淑瓊主編：《唐詩新賞12杜牧》
臺北：地球出版社，1989年3月，第1版。
11. 張淑瓊主編：《唐詩新賞13溫庭筠、李頻、馬戴》
臺北：地球出版社，1989年3月，第1版。
12. 張淑瓊主編：《唐詩新賞14李商隱》
臺北：地球出版社，1989年3月，第1版。

13. 陳寅恪：《寒柳堂集》
北京：三聯書店，2001年4月，北京第1版。
14. 丁　夏：《魏晉南北朝詩卷》
浙江：浙江文藝出版社，1996年5月，第1版。
15. 鄧之誠：《東京夢華錄注》（宋）孟元老撰
臺北：世界書局，1999年9月，2版1刷。
16. 馮其庸：《紅樓夢校注》（一）（二）（三）（清）曹雪芹、高鶚著
臺北：里仁書局，2000年1月，初版6刷。
17. 余秋雨：《文化苦旅》
臺北：爾雅出版社，2000年3月，初版56印。
18. 陸侃如、馮沅君：《中國詩史》
天津：百花文藝出版社，2000年5月，第1版第3刷。

（三）通俗文學、民間文學

1. 王秋桂：《李家瑞先生通俗文學論文集》
臺北：臺灣學生書局，1982年4月，初版。
2. 曾永義：《說俗文學》
臺北：聯經出版事業公司，1984年12月，初版第2印。
3. 譚達先：《中國民間文學概論》
臺北：貫雅文化事業有限公司，1992年7月，初版。
4. 門　巋、張燕瑾：《中國俗文學史》
臺北：文津出版社，1995年6月，初版1刷。
5. 楊家駱主編：《中國俗文學》即，楊蔭深：《中國俗文學概論》
臺北：世界書局，1995年10月，初版。
6. 婁子匡、朱介凡：《五十年來的中國俗文學》
臺北：正中書局，1998年11月，臺初版第7印。
7. 鄭振鐸：《中國俗文學史》（上）（下）
臺北：臺灣商務印書館，1999年4月，臺1版10刷。
8. 高國藩：《中國民間文學》
臺北：臺灣學生書局，1999年9月，初版2刷。
9. 鄭振鐸：《鄭振鐸說俗文學》
上海：上海古籍出版社，2000年5月，第1版。

（四）研究方法

1. 林慶彰：《學術論文寫作指引》
臺北：萬卷樓圖書有限公司，2000年9月，初版4刷。

2. 朱浤源主編：《撰寫碩博士論文實戰手冊》
臺北：正中書局，2001年3月，臺初版4印。

五、曲藝

（一）曲藝史

1. 倪鍾之：《中國曲藝史》
瀋陽：春風文藝出版社，1991年3月，第1版。
2. 蔡源莉、吳文科：《中國曲藝史》
北京：文化藝術出版社，1998年1月，北京第1版。

（二）曲藝類

1. 譚達先：《中國評書（評話）研究》
臺北：臺灣商務印書館，1988年8月，初版。
2. 吳文科：《「說唱」義証》
北京：中國文學出版社，1994年7月，第1版。
3. 車錫倫：《中國寶卷研究論集》
臺北：學海出版社，1997年5月，初版。
4. 吳文科：《中國曲藝藝術論》
太原：山西教育出版社，2000年8月，第1版。

六、小說

1. 范煙橋：《中國小說史》
台北縣：漢京文化事業有限公司，1983年9月，初版。
2. 郭箴一：《中國小說史》（上冊）（下冊）
北京：商務印書館，1998年4月，北京第1刷。
3. 魯　迅：《中國小說史略》
太原：山西古籍出版社，2001年8月，第1版。

七、音樂

1. 中央音樂學院中國音樂研究所：《說唱音樂》
北京：民族音樂研究班，1961年7月。
2. 陳裕剛：《中國的戲曲音樂——總述篇》
臺北：中華樂訊雜誌社，1977年9月，初版。
3. 楊蔭瀏：《中國古代音樂史稿》（上冊）（中冊）（下冊）
北京：人民音樂出版社，1981年2月，第1版。
4. 秦　序：《中國音樂史》
北京：文化藝術出版社，2001年3月，北京第1版第2刷。

八、戲劇、戲曲

1. 蔡孟珍：《近代曲學二家研究——吳梅、王季烈》
臺北：臺灣學生書局，1992年9月，初版。
2. 青木正兒：《中國近世戲曲史》（上冊）（下冊）
臺北：臺灣商務印書館，1996年12月，臺1版6刷。
3. 譚達先：《中國民間戲劇研究》
臺北：臺灣商務印書館股份有限公司，1992年12月，初版2刷。
4. 譚達先：《民間文學與元雜劇》
臺北：臺灣學生書局，1994年6月，初版。
5. 曾永義：《論說戲曲》
臺北：聯經出版事業公司，1997年3月，初版。
6. 門　巋：《戲曲文學》
桂林：廣西師範大學出版社，2000年4月，第1版。
7. 傅　謹：《中國戲劇藝術論》
太原：山西教育出版社，2000年8月，第1版。
8. 賈馨園：《姹紫嫣紅崑事圖錄》
臺北：國立傳統藝術中心籌備處，2001年11月，初版。
9. 顧聆森：《顧聆森戲劇論評選》
香港：香港東方藝術中心，2001年12月，第1版。
10. 周　秦：《蘇州崑曲》
臺北：國家出版社，2002年12月，初版1刷。
11. 洪惟助主編：《崑曲研究資料索引》
臺北：國家出版社，2002年12月，初版1刷。
12. 洪惟助主編：《崑曲演藝家、曲家及學者訪問錄》
臺北：國家出版社，2002年12月，初版1刷。
13. 白先勇：《姹紫嫣紅牡丹亭——四百年青春之夢》
臺北：遠流出版事業股份有限公司，2004年4月，初版1刷。
14. 白先勇：《白先勇說崑曲》
臺北：聯經出版事業股份有限公司，2004年4月，初版。

貳、單篇論文

一、學位論文

1. 朱家炯：《蘇州彈詞音樂研究》臺北：私立中國文化大學藝術研究所碩士論文，1983年6月。
2. 孫雅慧：《蘇州彈詞《珍珠塔》研究 》臺北：國立臺灣師範大學音樂研究所碩士論文，1986年6月。
3. 柳喜在：《三笑姻緣故事研究》臺北：私立中國文化大學中國文學研究所碩士論文，1987年5月。
4. 楊曉菁：《《再生緣》研究》高雄：國立高雄師範大學國文研究所碩士論文，1997年6月。

二、臺灣期刊

1. 黃深明：〈陳寅恪與再生緣彈詞〉，《中國評論》，1969年12月第392期，頁11。
2. 李　芝：〈漫談皮黃與彈詞〉，《憲政知識》，1972年4月第1卷第7期，頁25-26。
3. 陳汝衡：〈彈詞大家馬如飛——十種彈詞基本曲調介紹〉，《大成》，1977年2月第39期，頁67-70。
4. 程松甫：〈蘇州彈詞〉，《江蘇文物》，1978年6月第12期，頁88-92。
5. 程松甫：〈彈詞考〉，《雄獅美術》，1978年11月第93期，頁126-130。
6. 王秋桂：〈中研院史語所所藏長篇彈詞目錄初稿〉，《書目季刊》，1980年6月第14卷第1期，頁75-86。
7. 蔡孟珍：〈詩詞吟唱的新趨向——從蘇州彈詞〈木蘭詞〉談起〉，《國文天地》，1985年10月第5期，頁60-62。
8. 李國俊：〈說寶卷彈詞（上）〉，《民俗曲藝》，1987年11月第50期，頁15-22。
9. 李國俊：〈說寶卷彈詞（下）〉，《民俗曲藝》，1988年1月第51期，頁125-131。
10. 余崇生：〈彈詞研究資料敘介〉，《中國書目季刊》，1989年3月第22卷第4期，頁105-110。
11. 夏鎮華：〈評彈名家點將錄（上）〉，《大成》，1990年9月第202期，頁72-75。
12. 夏鎮華：〈評彈名家點將錄（下）〉，《大成》，1990年10月第203期，頁74-76。
13. 沈惠如：〈《長生殿》〈彈詞〉一齣的舞臺藝術〉，《德育學報》，1990年12月第5期，頁11-30。
14. 楊振良：〈清代彈詞名家馬如飛〉，《臺北師院學報》，1991年7月第4期，頁201-227。
15. 賴芳伶：〈關於晚清幾部庚子事變的小說彈詞〉，《文史學報中興大學》，1992年3月第22期，頁31-53。
16. 欒黛雲：〈無名、失語中的女性夢幻——十八世紀中國女作家陳端生和她對女性的看法〉，《中國文化》，1994年8月第10期，頁161-166。
17. 劉　禎：〈目蓮尋母與彈詞〉，《民俗曲藝》，1995年1月第93期，頁177-217。

18. 胡曉真：〈才女徹夜未眠——清代婦女彈詞小說中的自我呈現〉，《近代中國婦女史研究》，1995年8月 第3期，頁51-76。

19. 胡曉真：〈閱讀反應與彈詞小說的創作——清代女性敘事文學傳統建立之一隅〉，《中國文哲研究集刊》，1996年3月第8期，頁305-364。

20. 許麗芳：〈試論《再生緣》之書寫特徵與相關意涵〉，《中山人文學報》，1997年1月第5期，頁137-158。

21. 胡曉真：〈晚清前期女性彈詞小說試探——非政治文本的政治解讀〉，《中國文哲研究集刊》，1997年9月第11期，頁89-135。

22. 胡曉真：〈由彈詞編訂家侯芝談清代中期彈詞小說的創作形式與意識型態轉化〉，《中國文哲研究集刊》，1998年3月第12期，頁41-90。

23. 吳淑華：〈蘇州評彈簡介〉，《臺北市立社會教育館館刊》，1998年6月第9期，頁22-23。

24. 高友工：〈從〈絮閣〉、〈驚變〉、〈彈詞〉說起——藝術評價問題之探討〉，《中國文哲研究通訊》，1998年6月第8卷第2期，頁1-10。

25. 李翠芝：〈數風流婉約還看蘇州評彈〉，《表演藝術》，1999年10月第82期，頁18-20。

26. 李殿魁：〈源遠流長話彈詞——觀「吳苑弦清：蘇州評彈藝術團」有感〉，《表演藝術》，2000年1月第85期，頁75-77。

27. 胡曉真：〈秩序追求與末世恐懼——由彈詞小說《四雲亭》看晚清上海婦女的時代意識〉，《近代中國婦女史研究》，2000年6月第8期，頁89-128。

28. 胡紅波：〈民初繡像鼓詞刊本三十二種敘錄〉，《成大中文學報》，2000年6月第8期，頁31-82。

29. 劉若緹：〈《長生殿》〈彈詞〉與《桃花扇》〈餘韻〉研究，《聯合學報》，2002年5月第19期，頁39-50。

30. 王仙瀛：〈彈詞《西廂記》的傳承〉，《中國語文》，2002年12月，頁63-71。

31. 胡曉真：〈祕密花園：論清代女性彈詞小說中的幽閉空間與心靈活動〉，《漢學中心叢刊》，2003年9月論著類第10種，頁279-314。

三、大陸學報

1. 許周鶼：〈論明清彈詞文化與吳地婦女〉，《蘇州大學學報（哲學社會科學版）》，1996年第2期，頁98-104。

2. 杜達金：〈論傳統蘇州彈詞音樂的織體〉，《黃岡師專學報（社會科學版）》，1996年11月第16卷第4期，頁45-49。

3. 張燕萍：〈明清女性彈詞文學管見〉，《信陽師範學院院報（哲學社會科學版）》，1998年10月第18卷第4期，頁69-73。

4. 芳　草：〈女彈詞考〉，《鐵道師院學報》，1999年12月第16卷第6期，頁50-52。

5. 鮑震培：〈從彈詞小說看清代女作家的寫作心態〉，《天津社會科學》，2000年第3期，頁88-93。

6. 王亞琴：〈沒有圓滿結局的圓滿——彈詞《再生緣》結尾探析〉，《渝州大學學報（社會科學版）》，2001年2月第18卷第1期，頁63-66。
7. 劉天堂：〈明清女性彈詞中的女性意識〉，《蘇州鐵道師範學院學報（社會科學版）》，2001年9月第18卷第3期，頁66-69。

四、論文集論文

1. 郭沫若：〈《再生緣》前十七卷和它的作者陳端生〉，《郭沫若古典文學論文集》上海：上海古籍出版社，1985年2月，第1版。

五、大雅雜誌

1. 彭本樂：〈評彈大師張鑒庭〉，《大雅》，1999年2月創刊號，頁39-43。
2. 彭本樂：〈上海書場今昔談〉，《大雅》，1999年4月第2期，頁4-11。
3. 顧錫東：〈評談的藝術魅力——漫談「關子」（上）〉，《大雅》，1999年8月第4.期，頁44-47。
4. 程　芷：〈徐麗仙與麗調〉，《大雅》，1999年8月第4期，頁48-51。
5. 李　沛：〈說書先生〉，《大雅》，1999年10月第5期，頁43-47。
6. 顧錫東：〈評彈的藝術魅力——漫談「關子」（下）〉，《大雅》，1999年10月第5.期，頁48-51。
7. 程　芷：〈能編善說的評彈奇才姚蔭梅〉，《大雅》，1999年12月第6期，頁52-55。
8. 沈鴻鑫：〈馬如飛和《珍珠塔》〉，《大雅》，2000年4月第8期，頁38-41。
9. 芳　草：〈藝術就是創造——蘇州彈詞藝術家徐雲志〉，《大雅》，2000年6月第.9期，頁46-50。
10. 彭本樂：〈書壇長青松——評彈藝術家陳希安的故事〉，《大雅》，2000年8月第.10期，頁51-57。
11. 程　芷：〈楊振雄情繫古典文學〉，《大雅》，2000年10月第11期，頁58-61。
12. 程　芷：〈蔣月泉的師尊、弟子及搭檔〉，《大雅》，2000年12月第12期，頁43-46。
13. 馬芳蹤：〈寫於耿良兄撰蔣月泉從藝經過之前〉，《大雅》，2001年2月第13期，頁48。
14. 唐耿良：〈蔣調藝術的形成及其發展的故事（上）〉，《大雅》，2001年2月第13.期，頁50-53。
15. 唐耿良：〈蔣調藝術的形成及其發展的故事（下）〉，《大雅》，2001年4月第14.期，頁48-53。
16. 傅菊蓉：〈他被稱做陰間秀才〉，《大雅》，2001年6月第15期，頁43-48。
17. 俞　明：〈評彈人家（一）〉，《大雅》，2001年8月第16期，頁8-19。
18. 俞　明：〈評彈人家（二）〉，《大雅》，2001年10月第17期，頁31-45。
19. 馬芳蹤：〈悼念評彈宗師蔣月泉〉，《大雅》，2001年10月第17期，頁48-51。
20. 俞　明：〈評彈人家（三）〉，《大雅》，2001年12月第18期，頁14-22。
21. 俞　明：〈評彈人家（完）〉，《大雅》，2002年2月第19期，頁44-53。

22. 陶文瑜：〈春風又綠光裕社〉，《大雅》，2002年4月第20期，頁8-14。
23. 馬芳蹤：〈蔣雲仙說噱彈唱四絕〉，《大雅》，2002年4月第20期，頁16-17。
24. 唐耿良：〈我說評話三國的雜感（上）〉，《大雅》，2002年8月第22期，頁39-43。
25. 鄭　文：〈天上謫仙音——蘇州市評彈團〉，《大雅》，2002年8月第22期，頁.44-45。
26. 胡紅波：〈說影戲話本——影詞〉，《大雅》，2002年8月第22期，頁58-64。
27. 徐希博：〈憶蔣月泉先生二、三事〉，《大雅》，2002年8月第22期，頁73-74。
28. 唐耿良：〈我說評話三國的雜感（下）〉，《大雅》，2002年10月第23期，頁43-47。
29. 夏　葉、曹徐：〈望族申家和彈詞《玉蜻蜓》〉，《大雅》，2002年12月第24期，.頁20-23。
30. 唐耿良：〈難忘的友情——紀念蔣月泉先生〉，《大雅》，2002年12月第24期頁.45-55。
31. 唐耿良：〈評彈中的「開場白」〉，《大雅》，2003年4月第26期，頁22-24。
32. 高宜三：〈胡蝶、梁秀娟、喜彩蓮〉，《大雅》，2003年6月第27期，頁18-25。
33. 編輯部：〈疫魔閃開〉，《大雅》，2003年6月第27期，頁40。
34. 邱進福：〈另類痴者——戲曲資料寶庫的守護人朱順官〉，《大雅》，2003年6月.第27期，頁60-67。
35. 金曾豪：〈聽書〉，《大雅》，2003年8月第28期，頁46-49。
36. 唐耿良：〈弘揚蘇州評話——多倫多大學講課散記〉，《大雅》，2003年8月第28.期，頁50-52。
37. 文化蘇州：〈壺中天地——書場〉，《大雅》，2003年12月第30期，頁19-20。
38. 文化蘇州：〈壺中天地——書場〉，《大雅》，2003年12月第30期，頁19-20。
39. 彭本樂：〈大書評話、小書彈詞——盛開江南的書藝〉，《大雅》，2004年4月第.32期，頁33-35。
40. 吳子安：〈評彈的講究〉，《大雅》，2004年6月第33期，頁54-57。
41. 楊振言、陳希安：〈鄉音書苑〉，《大雅》，2004年6月第33期，頁58-59。

六、報紙文章

1. 許倬雲：〈漫談說唱〉，《聯合報》，1998年8月21日。
2. 曾永義：〈真個「奼紫嫣紅開遍」〉，《聯合報》，2001年11月6日。
3. 賈馨園：〈中國最美的聲音——吳儂軟語「蘇州評彈」〉，《中央日報》，第15版，2002年5月24日。
4. 陳新民：〈唯有玉液伴金聲——蘇州評彈與恭德洛「金頂」精選酒〉，《中央日報》，第15版，2002年6月9日。
5. 曾永義：〈兩岸戲曲大展〉，《聯合報》，第39版，2002年7月6日。

參、影音資料

一、蘇州彈詞錄音帶

	片名	演唱	出版	版號
1.	蘇州彈詞流派唱腔・徐調	徐雲志、嚴雪亭	上海音像公司	YCB-1
2.	蘇州彈詞流派唱腔・俞調	俞筱霞、朱慧珍	上海音像公司	YCB-2
		楊振雄、周雲瑞		
3.	蘇州彈詞流派唱腔・嚴調	嚴雪亭	上海音像公司	YCB-3
4.	蘇州彈詞流派唱腔・麗調（一）	徐麗仙	上海音像公司	YCB-4
5.	蘇州彈詞流派唱腔・麗調（二）	徐麗仙	上海音像公司	YCB-5
6.	蘇州彈詞流派唱腔・蔣調（一）	蔣月泉	上海音像公司	YCB-6
7.	蘇州彈詞流派唱腔・蔣調（二）	蔣月泉	上海音像公司	YCB-7
8.	蘇州彈詞流派唱腔・琴調（一）	朱雪琴、郭彬卿	上海音像公司	YCB-8
9.	蘇州彈詞流派唱腔・琴調（二）	朱雪琴、郭彬卿	上海音像公司	YCB-9
10.	蘇州彈詞流派唱腔・張調（一）	張鑒庭、張鑒國 張維楨	上海音像公司	YCB-10
11.	蘇州彈詞流派唱腔・張調（二）	張鑒庭、張鑒國	上海音像公司	YCB-11
12.	蘇州彈詞流派唱腔・楊調	楊振雄	上海音像公司	YCB-12
13.	蘇州彈詞流派唱腔・侯調	侯莉君	上海音像公司	YCB-14
14.	蘇州彈詞流派唱腔・魏調	魏鈺卿	上海音像公司	YCB-15
15.	蘇州彈詞流派唱腔・祁調	祁蓮芳	上海音像公司	YCB-16
16.	蘇州彈詞流派唱腔・尤調・祥調	尤惠秋、朱耀祥	上海音像公司	YCB-17
17.	蘇州彈詞流派唱腔・姚調	姚蔭梅	上海音像公司	YCB-18
18.	蘇州彈詞流派唱腔・夏調	夏荷生	上海音像公司	YCB-19
19.	蘇州彈詞流派唱腔・陳調	龐學庭、劉小琴 朱雪琴、周玉泉 蔣月泉、嚴雪亭 周雲瑞、陳蓮卿 徐麗仙	上海音像公司	YCB-20
20.	蘇州彈詞流派唱腔・小陽調	楊仁麟	上海音像公司	YCB-21
21.	蘇州彈詞流派唱腔・周調	周玉泉、薛君亞	上海音像公司	YCB-22
22.	蘇州彈詞流派唱腔・李仲康調 ・徐天翔調	李仲康 徐天翔	上海音像公司	YCB-23
23.	蘇州彈詞流派唱腔・王月香調	王月香、徐碧英 趙慧蘭、余紅仙	上海音像公司	YCB-24
24.	朱慧珍唱腔專輯	朱慧珍	上海音像公司	YCB-32
25.	劉天韻唱腔專輯	劉天韻	上海音像公司	YCB-33
26.	周雲瑞唱腔專輯	周雲瑞	上海音像公司	YCB-35
27.	范雪君唱腔專輯	范雪君	上海音像公司	YCB-37

	片名	演唱	出版	版號
28.	聽堂奪子（上）	蔣月泉、楊振言	上海聲像出版社	X-4022
29.	聽堂奪子（下）	蔣月泉、楊振言	上海聲像出版社	X-4022
30.	珠圓玉潤—余紅仙唱腔專輯（上）	余紅仙、沈世華	上海聲像出版社	X-4033
31.	徐麗仙唱腔藝術專輯（一）	徐麗仙	中國唱片公司	HD-148
32.	庵堂認母	蔣月泉、朱慧珍	中國唱片公司	HD-213
33.	徐麗仙唱腔藝術專輯（二）	徐麗仙	中國唱片公司	HD-314
34.	楊乃武—密室露情	邢晏芝、邢晏春	中國唱片上海公司	HL-86
35.	書壇名宿・壹	沈儉安、薛筱卿	中國唱片上海公司	HL-843
36.	書壇名宿・參	蔣如庭、朱介生 朱耀祥、趙稼秋 范雪君、蔣賓初 王畹香、楊仁麟 李伯康	中國唱片上海公司	HL-845
37.	薛調唱腔選	薛筱卿	中國唱片上海公司	HL-854

二、蘇州彈詞CD

	長篇蘇州彈詞《玉蜻蜓》	演唱	出版	版號
1.	第一回・問卜（上）	蔣月泉、江文蘭	上海錄像公司	CN-E03-02-631-00/A・J8
2.	第二回・劍閣聞鈴	蔣月泉	上海錄像公司	CN-E03-02-631-00/A・J8
	問卜（下）	蔣月泉、江文蘭	上海錄像公司	CN-E03-02-631-00/A・J8
3.	第三回・貴升臨終	蔣月泉、江文蘭	上海錄像公司	CN-E03-02-631-00/A・J8
4.	第四回・智貞描容	蔣月泉、江文蘭	上海錄像公司	CN-E03-02-631-00/A・J8
5.	第五回・雲房產子	蔣月泉、江文蘭	上海錄像公司	CN-E03-02-631-00/A・J8
6.	第六回・桐橋拾子	蔣月泉、江文蘭	上海錄像公司	CN-E03-02-631-00/A・J8
7.	第七回・火燒豆腐店	蔣月泉、江文蘭	上海錄像公司	CN-E03-02-631-00/A・J8
8.	第八回・沈方拾釵	蔣月泉、江文蘭	上海錄像公司	CN-E03-02-631-00/A・J8
	杜十娘	蔣月泉	上海錄像公司	CN-E03-02-631-00/A・J8
	王貴與李香香	蔣月泉、王柏蔭	上海錄像公司	CN-E03-02-631-00/A・J8
9.	第九回・三娘受屈	蔣月泉、江文蘭	上海錄像公司	CN-E03-02-631-00/A・J8
10.	第十回・靜房絶食	蔣月泉、江文蘭	上海錄像公司	CN-E03-02-631-00/A・J8
	戰長沙	蔣月泉	上海錄像公司	CN-E03-02-631-00/A・J8
	鶯鶯操琴	蔣月泉	上海錄像公司	CN-E03-02-631-00/A・J8
11.	第十一回・沈方出逃	蔣月泉、江文蘭	上海錄像公司	CN-E03-02-631-00/A・J8
	寶玉夜探	蔣月泉、楊振言	上海錄像公司	CN-E03-02-631-00/A・J8
	梅竹	蔣月泉	上海錄像公司	CN-E03-02-631-00/A・J8
12.	第十二回・碧桃報信	蔣月泉、江文蘭	上海錄像公司	CN-E03-02-631-00/A・J8
13.	第十三回・搶救金寶	蘇似蔭、江文蘭	上海錄像公司	CN-E03-02-631-00/A・J8
14.	第十四回・搶救三娘（上）	蔣月泉、江文蘭	上海錄像公司	CN-E03-02-631-00/A・J8
15.	第十五回・搶救三娘（下）	蔣月泉、江文蘭	上海錄像公司	CN-E03-02-631-00/A・J8

	長篇蘇州彈詞《玉蜻蜓》	演唱	出版	版號
16.	第十六回・定做道場	蔣月泉、江文蘭	上海錄像公司	CN-E03-02-631-00/A・J8
17.	第十七回・結拜姊妹	蔣月泉、江文蘭	上海錄像公司	CN-E03-02-631-00/A・J8
18.	第十八回・三搜庵堂	蔣月泉、江文蘭	上海錄像公司	CN-E03-02-631-00/A・J8
19.	第十九回・恩結父子（上）	蔣月泉、江文蘭	上海錄像公司	CN-E03-02-631-00/A・J8
20.	第二十回・恩結父子（下）	蔣月泉、江文蘭	上海錄像公司	CN-E03-02-631-00/A・J8
21.	第二十一回・沈方哭更	蔣月泉、江文蘭	上海錄像公司	CN-E03-02-631-00/A・J8
22.	第二十二回・主僕相會	蔣月泉、江文蘭	上海錄像公司	CN-E03-02-631-00/A・J8
23.	第二十三回・君卿榮歸	蔣月泉、江文蘭	上海錄像公司	CN-E03-02-631-00/A・J8
24.	第二十四回・夫妻相會	蔣月泉、江文蘭	上海錄像公司	CN-E03-02-631-00/A・J8
25.	盛小雲專集	盛小雲	上海聲像公司	CN-E04-02-0025-0/A・J8
26	張鑒庭唱段精品	張鑒庭、張鑒國	上海聲像公司	CN-E04-98-0036-0/A・J8
27	蔣月泉紀念集	蔣月泉	上海音像公司	CN-E02-01-0042-0/A・J8

三、蘇州彈詞VCD

	片名	演唱	出版	版號
1.	蘇州彈詞流派唱腔演唱會（一）	王玉立、徐淑娟 魏含玉、孫扶庶 王建中、范林元 馮小英、沈世華 楊振言	上海錄像公司	CN-E03-98-0020-0/V・J6
2.	蘇州彈詞流派唱腔演唱會（二）	徐惠新、高博文 邢晏芝、江肇焜 金麗生、胡國梁 秦建國、蔣　文 陳希安	上海錄像公司	CN-E03-98-0020-0/V・J6
3.	蘇州彈詞流派唱腔演唱會（三）	余紅仙、盛小雲 侯莉君、顧佳音 趙慧蘭、袁小良 潘益麟、黃嘉明	上海錄像公司	CN-E03-98-0020-0/V・J6
4.	姑蘇雅韻（一）	胡國梁、余紅仙 金麗生、盛小雲 邢晏芝、邢晏春 王月香、丁雪君 朱麗安、景文梅 袁小良、王　瑾	上海錄像公司	CN-E03-99-0044-0/V・J6
5.	姑蘇雅韻（二）	尤惠秋、朱雪吟 徐惠新、趙開生 江文蘭	上海錄像公司	CN-E03-99-0044-0/V・J6
6.	姑蘇雅韻（三）	袁小良、張碧華 徐惠新、倪迎春 周希明、沈世華	上海錄像公司	CN-E03-99-0044-0/V・J6

	片名	演唱	出版	版號
7.	姑蘇雅韻（四）	袁小良、盛小雲 孫淑英、徐惠新 朱良欣、周劍英	上海錄像公司	CN-E03-99-0044-0/V · J6
8.	姑蘇雅韻（五）	秦建國、沈世華 孫鈺亭、張文倩 莊鳳珠	上海錄像公司	CN-E03-99-0044-0/V · J6
9.	姑蘇雅韻（六）	王建中、包　弘 范林元、馮小英 蔣　文、周　紅 丁皆平、胡國梁 王　瑾	上海錄像公司	CN-E03-99-0044-0/V · J6
10.	楊振言先生演唱專輯	楊振言	上海錄像公司	CN-E03-99-0081-0/V · J6
11.	姑蘇雅韻（之二）①	袁小良、王　瑾 盛小雲、孫扶庶 蔡小華、張碧華 周　紅、陳希安	上海錄像公司	CN-E03-00-0032-0/V · J8
12.	姑蘇雅韻（之二）②	薛小飛、劉韻若 張如君、邢晏春 金麗生、趙慧蘭 趙開生	上海錄像公司	CN-E03-00-0032-0/V · J8
13.	姑蘇雅韻（之二）③	金聲伯	上海錄像公司	CN-E03-00-0032-0/V · J8
14.	姑蘇雅韻（之二）④	沈世華	上海錄像公司	CN-E03-00-0032-0/V · J8
15.	姑蘇雅韻（之二）⑤	邢晏芝	上海錄像公司	CN-E03-00-0032-0/V · J8
16.	姑蘇神韻·姑蘇水巷	盛小雲	上海錄像公司	CN-E03-00-0032-0/V · J8
17.	評彈精粹①	朱雪琴、陳希安 薛惠君、徐雪月 張鑑庭、張鑑國 姚萌梅、張如君 劉韻若	上海錄像公司	CN-E03-01-0033-0/V · J8
18.	評彈精粹②	蔣月泉、江文蘭 余紅仙、沈世華 張振華、莊鳳珠 秦建國、王惠鳳	上海錄像公司	CN-E03-01-0033-0/V · J8
19.	評彈精粹③	楊振雄、楊振言 水文君、楊德麟 華世亭、范林元 余紅仙、顧建華 張維楨、沈傳辰 孫淑英	上海錄像公司	CN-E03-01-0033-0/V · J8
20.	評彈精粹④	秦建國、倪迎春 吳君玉、徐麗仙 蔣月泉、張鑑國	上海錄像公司	CN-E03-01-0033-0/V · J8

	片名	演唱	出版	版號
21.	長篇蘇州彈詞 《珍珠塔》 第一回・七十二個他 第二回・翠娥下樓	陳希安、鄭　櫻	上海音像出版社	CN-E07-99-0016-0/V・J8 V99016 V99017
22.	長篇蘇州彈詞 《珍珠塔》 第三回・姑侄相見 第四回・夫妻相會	陳希安、鄭　櫻	上海音像出版社	CN-E07-99-0016-0/V・J8 V99018 V99019
23.	長篇蘇州彈詞 《珍珠塔》 第五回・戲弄姑娘 第六回・逼唱道情	陳希安、鄭　櫻	上海音像出版社	CN-E07-99-0016-0/V・J8 V99020 V99021
24.	長篇蘇州彈詞 《珍珠塔》 第七回・方卿見娘 第八回・打三不孝	陳希安、鄭　櫻	上海音像出版社	CN-E07-99-0016-0/V・J8 V99022 V99023
25.	麗調神韻・記念徐麗仙	徐麗仙	上海音像出版社	CN-E07-02-322-00/V・J8 V2002-48、49
26.	月下聽泉・緬懷蔣月泉	蔣月泉	上海電影音像出版社	CN-E28-01-0016-0/V・J8
27.	江浙滬名家大會集（上集）	范林元、王建中 蔣雲仙、魏含玉 黃嘉明、秦建國 金麗生、盛小雲 馬曉暉、徐惠新 周映紅	中國唱片上海公司	CN-E01-98-0163-0/V・J8 CN-E01-98-0164-0/V・J8
28.	江浙滬名家大會集（中集）	施雅君、吳迪君 劉　敏、趙麗芳 邢晏春、邢晏芝 金聲伯、吳君玉	中國唱片上海公司	CN-E01-98-0165-0/V・J8 CN-E01-98-0166-0/V・J8
29.	江浙滬名家大會集（下集）	趙開生、鄭　纓 梁衆益、郭玉麟 史麗萍、龔華聲 袁小良、王　瑾 倪迎春、張如君 劉韻若、丁皆平 金聲伯、陳衛伯	中國唱片上海公司	CN-E01-98-0167-0/V・J8 CN-E01-98-0168-0/V・J8
30.	吳音流韻・壹	蔡惠華、施　斌 吳　靜、金麗生 盛小雲	中國唱片上海公司	CN-E01-03-407-00/V・J8
31.	吳音流韻・貳	魏含玉、趙慧蘭 司馬偉、張麗華 王　鷹、王建中	中國唱片上海公司	CN-E01-03-407-00/V・J8
32.	吳音流韻・參	張君謀、徐雪玉 張國良	中國唱片上海公司	CN-E01-03-407-00/V・J8

	片名	演唱	出版	版號
33.	吳音流韻・肆	袁小良、魏少英 侯小莉、王池良 余瑞君、莊振華	中國唱片上海公司	CN-E01-03-407-00/V・J8
34.	彈詞流派演唱會	丁秀華、秦建國 魏含玉、郭玉麟 徐淑娟、袁小良 盛小雲、周　紅 趙慧蘭、毛新琳 徐惠新、高博文 孫武書、金麗生 胡國梁、陳藝飛 余紅仙、史麗萍	中國唱片上海公司	CN-E01-01-358-00/V・J8 HVCD-0137 HVCD-0138
35.	胡國梁演唱集	胡國梁	中國唱片上海公司	CN-E01-03-0072-0/V・J8
36.	書苑摘華（一）琵琶篇	楊振言、莊鳳珠 余紅仙、范林元 周　紅、毛新琳	上海市郵電管理局	無版號
37.	書苑摘華（二）三弦篇	秦建國、余紅仙 濮建東、莊鳳珠 徐惠新、周　紅	上海市郵電管理局	無版號
38.	書苑摘華（三）扇子篇	秦建國、沈世華 余紅仙、陳希安	上海市郵電管理局	無版號
39.	書苑摘華（四）茶壺篇	余紅仙、沈世華 陳希安、高博文	上海市郵電管理局	無版號
40.	水天堂—世界遺產的尋夢	總策劃–周向群 總編導–周亞平 總撰稿–車前子 （顧盼）	中國文聯音像出版社	CN-A49-03-0033-0/V・Z

國家圖書館出版品預行編目

蘇州彈詞綜論 / 陳文瑛著. -- 臺北市 : 致出版,
2020.12
面； 公分
ISBN 978-986-5573-03-4(平裝)

1. 彈詞 2. 歷史

858.7 109018636

蘇州彈詞綜論

作　　者／陳文瑛
出版策劃／致出版
製作銷售／秀威資訊科技股份有限公司
114 台北市內湖區瑞光路76巷69號2樓
電話：+886-2-2796-3638
傳真：+886-2-2796-1377
網路訂購／秀威書店：https://store.showwe.tw
博客來網路書店：http://www.books.com.tw
三民網路書店：http://www.m.sanmin.com.tw
讀冊生活：http://www.taaze.tw

出版日期／2020年12月　　**定價**／620元

致 出 版